진실 찾아 아스팔트로

진실 찾아 아스팔트로

김광수 에세이

도화

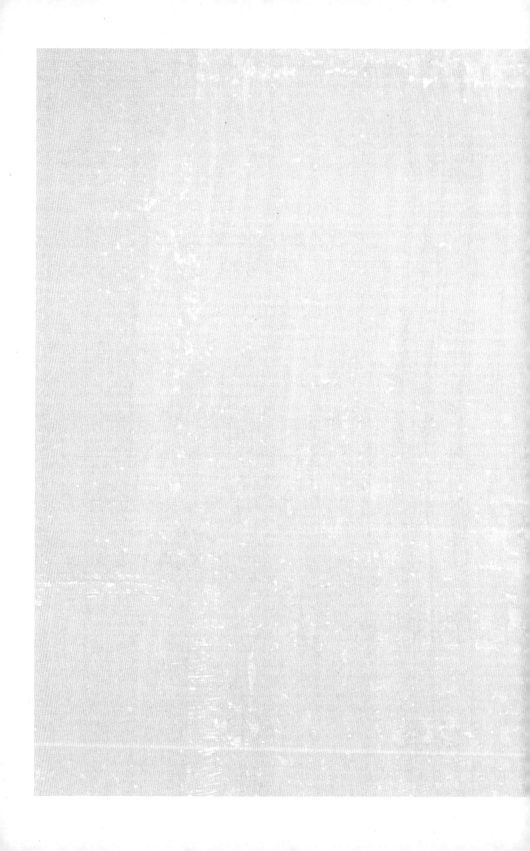

차례

서문

내용

마음이 편안하고 안정될 때는 천국이라 한다. 불안하여 안절부절 못하면 이곳이 바로 지옥이라 한다. 날마다 수많은 정보들이 쏟아져 나오는 소리는 적화시키기에 합창하고 있다. 방송사마다 엿보지만 대동소이하다. 마치 특수 교육을 받고 내려온 사람들 같다. 나라를 대표하는 자는 희희낙락거리는 모습에 철판을 깔지 않고는 저럴 수는 없다. 정상 외교를 하는 곳마다 웃음거리가 되었다 국민들의 자존심마저 땅 바닥에 깔아놓고도 성공적이라 한다. 한치 앞을 바라볼 수 없는 미로 같다. 출구는 분명히 있는데 보였다 말았다 한다. 미욱한 백성들은 더욱 안갯속이다.

속도전으로 추진하는 일중에 하나라도 잘하였다는 것이 있었으면 좋겠다. 간덩이가 배밖에 나오지 않고는 도저히 상상할 수 없는 일들이 일어나고 있다. 조금씩 감았던 눈을 뜨고 있지만 미치지 못하는 실정이다. 눈 감고 코끼리 다리 만지는 격이다. 구름은 밤낮을 가리지 않고 하늘을 뒤덮고 있다. 언제쯤 밝은 태양이 활짝 떠오를 것인지 날마다 손꼽아 기다리는 심정이다. 능력이 없으니 방바닥에 앉

아 이렇게라도 키보드 두드리며 넋두리 하지 않으면 숨통이 끊어질
듯하다. 마음속에 있는 응어리를 이렇게라도 풀지 않으면 내 부모님
에게 불효요 하나님에게 불충하는 일이라 굳게 믿기에 매일 매일 기
록하는 일로 세월을 낚았다. 헛소리가 되었든 바른 소리가 되었든 울
분을 토할 수밖에 없다. 내 양심의 소리에 귀 기울이면 답은 그곳이
있다. 별난 사람도 아니고 특별한 사람은 더욱 아니다. 지극히 평범
한 늙은이다. 이 땅이 소중함을 알았고 길러주신 부모님께 감사드리
며 교육받을 기회를 주셨으니 이만하면 족한 것이 아닌가 한다. 더욱
이 직장도 주셨고 열심히 앞만 바라보며 살아온 내 삶에 대하여 긍지
와 자부심을 주시기도 한 대한민국이다. 옛날에는 평균수명이 20대
일 때도 있었다고 한다. 조금 나아진 것이 30대 중반을 거쳐서 40대
를 지나 50~60의 어려운 시절도 극복하여 지금에는 80대에 이른다하
니 자랑할 만한 일이 아닌가.

　나아가 100세 시대를 노래하고 있다. 먹을 것이 지천에 넘쳐난다.
배 골아 찬물로 배를 채우던 시절을 생각하면서 날마다 감사하여야
할 것이다. 물질의 풍요를 이만큼 이루어 문맹률도 세계에서 가장 낮
다하지 않은가. 교육열은 세계에서 최고라는 소리 들리지 않은가. 무
엇하나 부족한 것이 없다. 집집마다 자동차 없는 집이 없으니 천국이
먼 곳에 있는 것이 아니라 바로 우리가 살고 있는 자유대한민국이 천
국이란 말이다. 이 못난 사람들아 바보짓 그만하고 갑옷처럼 입고 있
는 옷들 훌훌 벗어 던져버리자. 부모님께서 무엇을 바라시는지 아주
조금만 생각해 보아도 답이 나올 것이다. 온 세상이 아니라고 하는데
홀로 독야청정 한다고 누가 알아나 준다던가. 옛 말씀에 순천자(順

天者)는 흥하고 역천자(逆天者)는 망한다는 말씀 기억하였으면 좋겠다. 아침마다 동쪽하늘에 밝은 태양이 솟아오르고 저녁때면 서천으로 사라지는 이치를 애써 외면하지 않기를 바라는 간절한 나의 소망이다. 정상이 보였다가 사라지기를 반복한다. 무엇 때문인가. 당신들의 막가파식의 국정 운영 때문이다. 무엇을 얻으려는가. 무엇을 이루려고 광분하고 있는지 나의 상식으로 도저히 이해를 할 수 없구나. 신념이 죽을 만치 소중한 것인가. 부모 처자식 모두 버려도 좋다는 생각인가. 장구한 세월동안 무엇을 보고 무엇을 배웠는가. 생각이 있는 자여 돌아오시게나. 묻혀버리고 죽어버린 의식을 깨워 보자구나. 노력으로 충분히 가능한 일이다. 역지사지(易地思之)하는 마음만이라도 있다면 희망이 보일 것이다. 먼 훗날 후손들이 어떻게 생각하고 평가하며 기록할 것인지에 대하여 생각해 보았으면 좋겠다. 우리의 가까운 역사는 을사오적을 반면교사로 던져주셨다. 자유대한민국이 존재하는 한 오욕(汚辱)의 역사는 대대로 이어질 것이다. 김일성 왕국의 미래가 보이지도 않는다는 말인가. 나 같은 무지렁이도 보이는 그림을 못 본다면 당신의 눈을 가린 커튼을 걷어내시길 바란다. 그것이 국정의 최우선적으로 하여야 할 일이다.

2018년 11월 만추에.
夢室에서 김광수.

가랑비에 옷 젖는다 2018년 6월 19일

우리 속담에 가랑비에 옷 젖는 줄 모른다는 말이 있다. 가랑비는 가늘게 내리는 비를 말하는데 이는 이슬비보다는 조금 굵은 빗줄기를 지칭하기도 한다. 가랑비나 이슬비는 활동하기에 별 어려움이 없는 비다. 창문 밖에서 소리 없이 조용히 내리는 빗줄기를 보노라면 사색(思索)에 잠기기도 하는 고마운 비이기도 하다. 바쁜 세상을 헤엄쳐 살기에는 때로는 힘이 부쳐 돌부리에 걸려 넘어지기도 한다. 역발산의 힘만 믿고 도끼처럼 사용하던 육신은 여기저기 걸레가 되었다. 날마다 병원 신세를 지면서도 오기(傲氣)는 남아 유아독존처럼 키보드를 두드린다.

길거리에 잡초처럼 보잘 것 없는 늙은이의 넋두리다. 그래도 감사하지 않을 수 없다. 이제 내게 남은 것은 그래도 이 글을 쓸 수 있다는 능력을 주셨으니 어찌 감사하지 않을 수 있겠는가. 창밖의 소리 없이 실버들 가지처럼 내리는 빗줄기를 바라보니 문득 내 부모님은 누구이시며 날 낳아 길러 후사를 보시려고 인고(忍苦)의 세월을 살다 가신 부모님을 생각하니 가슴이 앓이고 시야가 흐려지기도 한다. 나 또한 허락하신 삶이 끝나면 부모님이 계신 곳으로 귀소(歸巢) 하게 될 것이다. 한마디로 허접한 심정이다.

무엇을 이루고자 이 시각까지 옆도 돌아볼 사이 없이 달려왔던고, 나 자신에게 물어보지만 아무것도 생각나질 않는다. 언제인지 기억도 가물가물하다. 철들었다고 생각하면서 돌아보니 세상이 멀리도 많이도 변하였다. 하늘같은 부모님도 피붙이들도 가버리고 만날 길이 없구나. 세상은 천지개벽하듯 날마다 새로운 세상이 펼쳐지지만 손에 쥐고 있는 밧줄을 놓칠세라 내 청춘을 그곳에 묻었다. 지금은 무엇인가 모두가 부질없는 뜬구름만 찾는 모양이다. 뜻을 달리하는 사람들은 모두 북으로 넘어가고 없는 줄 알고 자라면서 간첩들이 있다는 이야기만 들었는데, 공장 짓고 도로 뚫리고 아파트 단지가 만들어지는 사이 쥐도 새도 모르게 세포 분열하였다.

사람 사는 세상 속으로 잠수하였다. 잘 살아보자고 날마다 외치면서 오천 년의 초가지붕도 벗기고 마을 진입로며 안길도 넓혔다. 부엌도 개량하고 화장실도 새로 고쳤다. 너도나도 하나 되어 새로운 마을 공동체를 형성하였다. 이 마을 저 마을에서 들불처럼 번져 도시로 그리고 직장으로 공장으로 나라 전체가 하나 되었다. 게으르고 나태한 국민들의 의식을 일깨워 하면 된다는 정신들이 오랜 잠에서 깨어났다. 나라 살림이 조금씩 나아지고 가정의 소득도 조금씩 늘어나는데 재미붙여 더욱 열심히 살았다. 백성은 나라님을 믿고 적극적으로 협조하면서 고도성장기에 이르기도 하였다.

이러한 분위기에 용케도 공산주의자들이 지하에서 둥지를 틀었다. 공산주의 종주국이 무너져 해체되니 그들을 지탱케 하던 사상이라는 것도 역사의 뒤안길로 사라졌다고 하였는데, 자유진영의 승리로 쾌재를 불렀는데, 아니었다고 한다. 새로운 변형된 무리들이 발붙이기 시작하였다. 듣지도 보지도 못한 무슨 주체사상이라나, 김일성이 살아남기 위하여 급조된 교조적인 유일사상이 빈대처럼 우리 사회에 기생하였다. 이것이 마치 바이블처럼 미성숙 된 학생들 사이에 공부를 대신하여 파고 들었다. 이들은 독재를 타도하는 주체로서 민주화라는 탈을 쓰고 거리로 뛰쳐나왔다. 이것이 문제였다.

기성세대들은 내 어린 자식들과 동생들이 주장하는 모습에 관심을 갖기 시작하였고 어린 학생들이니 그럴 수도 있겠구나 하는 생각이 눈덩이처럼 불어났다. 처음에는 이슬비처럼 비인 줄도 몰랐는데 조금 지나니 가랑비가 되었다. 이 학교 저 학교 지하에서 조직적으로 활동하기에 이르렀다. 여기에 정치집단들과 기성 좌파세력들이 뒷배가 되어 민주화란 이름을 빙자하여 선동에 앞장섰다. 이에 어린 학생들은 전사가 되었다. 이들은 노동계로 교단으로 언론으로 국가기관에 이르기까지 광범위하게 물들어갔다. 대단위 시위는 전국적으로 파도처럼 밀리기 시작하였고, 드디어 좌파 정부 10여 년 동안 크게 세를 형성하였으며 간첩이란 용어 자체가 사라지게 되었다. 이들의 꿈이 현실화되기까지 박근혜 대통령을 탄핵하는데 크게 일조하였으며 5·9 선거에서 주사파로 조각된 문재인 정부가 권좌에 오르게 되었다. 여기에는 주체사상 파들이 1등 공신임에 어느 누구도 부인하지 못하게 되었다. 우파는 몰락하였다. 이슬비가 가랑비가 되고 그

가랑비가 폭풍우가 될 줄 어느 누구도 관심 밖의 일이었다. 향후 좌파의 앞날은 양양하기만 하다. 더구나 6·13 지방선거에도 압승하였으며 국회의원 보궐 선거에도 싹쓸이하였으니 거칠 것 없다.

이제 남은 일은 연방제를 위하여 속도를 낼 것으로 믿어 의심치 않는다. 오늘 보도에 따르면 김정은의 낚싯밥에 트럼프는 걸려들었고, 문재인 정부는 쾌재를 부를 것이다. 8월에 예정된 을지프리덤가디언 (UFG) 훈련을 유예한다는 발표를 보았다. 이것이 바로 김정은의 단계적 핵 해결 방안이다. 무엇을 의미하는가. 적어도 안보 공백이 발생했다는 뜻이다. 드디어 가랑비가 폭우가 되어 둑이 위험하게 되었다. 믿고 싶지 않지만 이것이 우리의 현실임을 깨닫기에는 너무 늦은 것은 아닌지.

안개 낀 아침 2018년 6월 20일

　사람들에게는 아침이 매우 중요하다. 시작이 반이란 말이 있듯이 아침이 활짝 갠 날이면 마음마저 가벼워 활기찬 하루를 열어갈 것이다. 비 온 후 며칠 동안 맑은 하늘이 3~4일 계속되어 기분 좋은 아침을 맞이하였는데 이틀 전부터 또 안개가 가득한 아침은 마음마저 무거웠다. 멀리 금봉산(金鳳山)과 대림산(大林山)은 안개로 희미하게 형체만 보였다. 봄철에는 중국 발 황사로 몸과 마음마저 시달렸는데 6월에 접어들면서 안개가 또 삶에 한 축이 되었다. 안개는 대기 중에 응결핵(凝結核)에 물방울이 응결되어 일어나는 현상이라고 한다.

　불안전한 기온이 발생할 때 일어난다. 지표면의 온도가 지상 온도보다 낮을 때 일어나기도 하고 반대 현상에도 안개가 발생한다고 한다. 또 이 안개 속에는 오염물질을 함유하는 것이 보통인데 이를 스모그현상이라 한다. 안개는 자연현상일 수도 있고 또 사람들이 파괴한 환경오염으로 발생하는 경우도 있다. 또 그렇지 않은 경우도 있

15

다. 이것은 결국 사람의 문제이다. 생활 문화로 일어나는 현상이라 한다. 개발이나 경제발전 과정 또는 전쟁 등에서 수많은 요인들이 작용하게 된다. 산업화 이전에는 식수는 자유재(自由財)로서, 누구나 우물이 되었던 지하수가 되었던 샘물이며 계곡에서 흐르는 물도 그대로 음용하였다. 환경은 개발에 밀려 오염되고 파괴되어 식수의 희소성(稀少性)이 나타나기 시작하였다. 정부에서는 화들짝 놀라 도시에는 상수도를 공급하고 기업은 이윤 가치가 있다고 하여 생수 개발에 앞장섰다. 시골에는 간이상수도를 설치하여 안정적인 음용수를 공급하고 있다. 요사이는 상수도 물도 못 믿겠다 하여 각종 정수기 제품이 불티나게 팔린다고 한다. 그러니 돈을 주고 사 먹는 세상이 꽤나 오래되었다. 문화의 발달은 곧 인재로 나타나 편익은 좋아졌지만 건강에는 저해요인으로 등장하였다.

이제 와서는 공기도 오염이 심각하여 고통을 받고 있다. 공기도 돈을 주고 사 마시는 시대가 도래하였다. 오염의 정도가 해마다 심하여지니 이수(利數)에 밝은 기업들은 공기 정화기를 개발하여 가전 판매소마다 불티나게 팔린다고 한다. 이것이 가상의 세계가 아니고 날마다 겪는 현실이다. 공기도 돈을 주고 사 먹는 시대에 살고 있다. 불과 반세기 만에 광풍처럼 밀려온 생활문화다. 작년도에 큰 머리가 공기 정화기를 구입해 보내왔다. 포장을 뜯고 내용물을 검토하고 시운전을 해보았다. 그리고 소중히 보자기에 싸서 보관하였다가 금년에 들어서 봄철 황사가 심하다 하여 거실에 놓고 사용하고 있는 중이다. 기분은 좋아진 것 같았는데, 실제로 얼마나 개선되었는지는 측정기가 없으니 증명할 수 없지만 좋아졌다는 생각만으로도 즐거운 일 아닌가. 다음에는 어떤 기기들이 나타날까 관심이 가는 대목이다. 방독면이 나타날지도 모를 일이다. 간단한 코에 정화기가 개발될지도 모를 일이다. 안개는 자연현상일 수도 있지마는 대부분 환경 파괴로 일어나는 현상이다. 이러한 안개 현상은 시국(時局)에도 나타난다. 작금의 시국은 안개로 한치 앞을 바라볼 수 없다. 무엇이 어떻게 돌아가는지 캄캄한 정국(政局)이 혼돈을 거듭 야기하고 있다. 어제는 8월 중에 실시할 계획이었던 을지프리덤가디언(UFG:한미군사합동훈련)을 유예한다고 발표하였다.

이 훈련은 북한의 군사적 위협에 대응한 훈련인데 1990년 이후 28년 만에 있는 일이라 한다. 오늘 아침에는 내년 3월이 있을 키리졸브(KR)훈련과 독수리(FE)훈련도 역시나 중단이나 연기 등 검토하고 있다는 보도를 보았다. 적어도 비핵화 협상 기간에는 중지하겠다는 이야기다. 이것은 무슨 이야기인가. 비핵화 협상기간에는 국가 안전보장은 구멍이 뻥 뚫렸다는 것이다. 작전의 실효성은 끊임없는 훈련으로 생명력을 불어넣는데 유사시 훈련이 되지 않은 오합지졸을 전투에 참여시킨다. 자살행위일 것이다. 고도로 잘 훈련되어 1당 100을 능가하는 전력의 북한 정예군을 맞이하여 싸울 수 있는지 염려하지 않을 수 없다. 비핵화의 초기이지만 진행되는 모양새는 북한식 단계적 비핵화임을 맞보기로 보여주는 것 같아 우려된다. 더구나 김정은은 또 세 번째 중국을 방문하였다고 한다. 무슨 의도로 무슨 목적으로 갔을까 하여 중구 부언하는 전문가로 자처하는 패널들의 이야기는 우려가 대부분이다. 나 역시 우려를 금할 수 없다. 싱가포르 회담의 결과를 어떻게 추진할까에 자문을 구하고자 갔을까. 아니면 승인을 받으러 간 것일 수도 있다. 중국은 6·25전쟁에 직접 참여하여 북한을 지원한 피의 혈맹이라 입버릇처럼 이야기하여왔다. 그때 중국의 개입이 없었다면 통일 대한민국이었을 것을 두고두고 피의 대가를 받아내야 할 입장이다.

분명한 것은 단계적 비핵화에 모종의 역할을 요구하였을 개연성이 많다고 보인다. 아마도 미국은 새로운 셈법을 계획할는지도 알 수 없다. 지난 일요일 직통전화를 한다고 개인 전화번호도 알려 주었는데 전화하였다는 보도는 없었다. 또 폼페이오 국무장관을 북한에 보내 비핵화에 지퍼를 열려고 준비한다는데 김정은의 예상치 못한 중국 방문으로 오리무중이 되었다. 우리는 무엇인가. 좌파 정부의 색깔은 분명하다. 그들을 지원하는 모든 세력들은 반미 성향이며 친중 성향이다. 그럼에도 운전석에 앉는다고 하였는데 운전석은 고사하고도 조수석에도 보이질 않으니 안타깝다.

5천만 명 국민들의 생명과 안전 보장은 한미합동훈련 유예로 구멍이 뚫렸는데 대응 방안을 검토한다는 이야기는 들은 바 없다. 손 놓고 바라만 보고 있는 중이다. 김정은은 적대국인 미국을 친구로 삼았고 중국과 러시아도 튼튼한 지원국으로 자랑하고 있는데 비하여 우리는 무엇인가. 미국으로부터 괘심죄에 걸려있고 일본으로부터도 환영받지 못하는 처지에 김정은으로부터도 업신여김을 받고 있는 위기 상황을 즐기고 있지나 않나 하는 무력감이 나를 괴롭힌다. 안개 짙은 이른 아침에 금봉산과 대림산이 나를 깨웠다.

감나무 밑에 누워서 2018년 6월 21일

가을이 되면 오곡백과 무르익어 보기만 하여도 배가 부르다. 특히 빨갛게 익어가는 감을 볼라치면 먹고 싶다는 유혹을 뿌리치기 어려울 정도다. 감은 동양권인 중국, 한국, 일본 등에서 재배되며 주로 단감과 떫은 감으로 구분되는데 우리나라는 떫은 감이 많이 재배되고 있다. 단감은 경남 일부 지역에서 재배하고 있는 실정이다. 감은 먹음직스럽다. 붉은색이 사람들의 구미를 당기게 하고 굵기가 크고 당도가 있어 누구나 선호하는 과일이다. 내가 자랄 때는 전문적으로 재배하지는 않았다고 기억된다. 주로 담장 안에나 밭둑 같은데 유실수로 몇 그루 심어져 있었을 뿐이다. 거름 주고 가꾸고 할 필요도 없이 스스로 자라면서 사람들의 시선을 집중하였다. 유년시절 우물가 박씨 집 울타리 안에 자라는 감나무는 5미터 정도로 매우 큰 데다 감도 많이 달려서 지나는 사람들의 입맛을 다시게 하였다. 그 감을 몰래 따 먹다가 주인에게 발각되어 혼이 나기도 한 감을 잊을 수 없다. 지금이야 전문적으로 재배하는 농가가 많아지고 품종도 개량되어 맛도 좋아졌지만 아직도 감 하면 그때 어린 시절 몰래 따 먹던 그 감이 기억에 새롭다.

언제부터인지는 아버님께서 뒤뜰에 감나무 한 그루를 심었는데 가을이 되면 주먹만 한 감이 달려 우리 집에도 감나무가 있다며 뽐내기도 하였다. 내가 왜 이 아침에 비싼 밥 먹고 쓸데없는 감 이야기를 하였을까? 그리고 아직은 감이 익어갈 철도 아닌데 하겠지만 꼭 하고 싶은 이야기가 있어 감 이야기를 하고자 한다. 공짜 좋아하는 사람이 너무 많아 나라가 거들 나게 생겼으니 그냥 지나기가 내 양심이 허락지 않았다. 다시 말해서 감나무 밑에 누워 감 떨어지면 받아먹으려는 사람들이 많아져 나라의 곳간이 거들 나게 되었다. 일은 하기 싫고 다른 사람이 가진 것 무조건 나도 가져야 하고 다른 사람이 여행 가면 나도 가야하며 다른 사람이 1등 하면 나도 1등 하여야 직성을 풀린다. 다른 사람이 좋은 대학 가면 내 자식도 좋은 대학가야 하며 좋은 직장에 취직되어야 하는 등, 모두가 1등 아니면 안 되는 새로운 계층들이 조상들이 피땀 흘려 벌어놓은 차고 넘치는 곳간을 너도 나도 나눠 갖자는 것이다. 공짜 좋아하는 거대한 무리들의 욕구를 충족시키기 위한 무상복지로 나라가 거덜 나게 되었다. 밥상에 차려놓은 먹거리가 한정되어 있는데 숟가락 가진 자가 너무나 많아서 간에 기별도 안 간다고 외치니 빈 곳간을 채워야 하는데 어찌하겠는가. 빚이라도 내야하며 가진 자의 고혈을 짜서 보충하지 않으면 안 되는 현실이다.

나라의 경제 정책이 곳간을 늘리고 채우자는데 있는 것이 아니고 분배(나눠먹자는데)에 역점을 두고서 소위 그들이 말하는 소득 위주의 정책이 두 마리의 토끼를 모두 잡을 수 있다면서 강공 드라이브를 하고 있다. 내노라고 하는 국내외 경제학자들의 이야기로는 성장 위주의 경제정책은 교본에 있지마는 소득 위주 경제정책은 듣지도 보지도 못했다고 하는데도 정부는 마이동풍이다. 최저임금 인상으로 이전소득을 늘려보려고 시도하였지만 실업자의 증가와 폐업자만 늘어났다고 한다. 근로시간을 주 52시간으로 단축 결정하고 보니 근로자들이 실질 임금은 줄어들게 되었으니 민주노총에서는 거리 데모를 하고 있다. 이렇게 정부의 지원세력들이 들고 일어나고 있으니, 한발 물러나 불이행에 따른 벌칙은 6개월 잠정 기간을 설정하여 계도기간을 둔다는 정부의 발표를 보았다. 통계청의 발표에 따르면 이전소득(무상소득)이 근로소득을 앞질렀다는 보도를 보았다. 국가정책은 실험 대상이 아니다. 5천만 명의 전체 국민을 상대로 실험하기 때문에 절대로 금기사항이다. 일하기 싫고 놀고먹는 사람들을 대상으로 무상으로 퍼주자는 것이다. 근로 없는 곳에 소득 없다는 평범한 진리는 어디에서도 찾을 수 없다. 일자리는 그냥 생겨나는 것이 아니다. 경제활동이 선순환 법칙에 따라 돌아갈 때 비로소 일자리가 생겨난다고 전문가들은 이야기 하고 있다.

과연 우리들 주변에 일자리가 없는 것인가. 분명히 있다. 소위 3D 업종에는 있지마는 귀하신 몸이 되어 어렵고 힘이 드는 일을 외면하니 외국 근로자들의 차지가 되었다. 언제부터 찬 물 뜨거운 물 가리게 되었는지 안타깝지 않을 수 없다. 조상님들의 말씀에 아무리 양반이라 하더라도 사흘 굶으면 담장 뛰어넘지 않은 양반 없다는 속담을 곱씹어 보아야 할 것이다. 그러니 아직도 뱃가죽에는 기름기가 있다는 이야기다. 감나무 밑에 누워 감 떨어지기를 기다리는 귀하신님 들을 위해서라도 하루속히 경제정책을 성장 위주로 바꿔 온기가 남아 있을 때를 놓치지 말아야 할 것이다. 이것이 일자리 창출의 지름길이기 때문이다. 기업을 옥죄지 말고 규제를 풀어 기업하기 좋은 세상 만들 때 외국 투자자들도 늘어날 것이다. 투자는 생산을 유발하며 가치가 창출되며 이어서 분배가 이루어진다고 배웠다. 또 분배된 가치는 소비를 하고 남는 잉여분은 저축과 재투자의 재원이 된다는 원리가 선순환 될 때 일자리가 생긴다고 배운 교육이 잘못되지 않기를 간절히 바란다.

도박은 진행형 2018년 6월 22일

어려서 어른들로부터 들은 이야기다. 도박으로 패가망신하는 경우를 흔히 듣고 보기도 하였다. 하지만 도박으로 흥하였다는 말은 들어보지 못하였다. 가을이 되면 농촌에는 눈코 뜰 사이 없이 바쁜 계절이다. 특히 담배농사를 짓는 사람들은 목돈을 마련한다는 매력으로 손이 많이 가는 담배농사를 마다하지 않는다. 추수가 마무리될 무렵부터 건조한 잎담배를 등급별로 정성 들여 선별하여 정한 규격으로 포장한다. 마을별로 수납하는 날이 정해지면 수납장으로 이동하여 검사원으로 부터 좋은 등급을 받기 위하여 로비활동이 치열하다고 한다. 그러다 보니 주변에는 음식점과 술집이 문전성시를 이룬다. 목돈을 만지게 되면 간덩이가 커져서 생전에 안 가든 술집에도 가고 투전하는 곳에도 기웃거리게 된다. 처음에는 뒷전에서 구경하다가 흥미가 생기면 판에 합류하게 된다. 기다리고 있든 전문 투전꾼들은 봉이 왔다고 하면서 축적된 기술을 이용하여 허리에 차고 있는 전대를 모두 털어버린다. 이것으로 꿈은 사라지고 말았다. 그것만이면 그래도 괜찮은데 어렵게 마련한 생명줄인 논밭도 잡혀 먹고 알거지가 되어 야간도주하는 사례도 있다고 하였다. 도박은 삶 속에 깊숙이 들어와 있다.

　도박은 투전판만이 도박은 아니다. 일생 생활 속에서 얼마든지 도박적인 생활을 하고 있으면서도 다만 의식하지 못하고 있을 뿐이다. 요사이도 부동산 투기꾼들이 일확천금을 노리면서 전국을 돌아다닌다. 돈이 될 만한 곳은 귀신같이 냄새를 맡고 찾아든다. 땅이면 땅, 건물이면 건물 등 가리지 않고 떴다방들이 꿀 찾아 날아드는 벌처럼 진을 친다. 여기에 얼치기 투기꾼들이 낚싯밥을 물게 된다. 용케도 조금씩 이익이 나면 입소문을 타고 흥행거리가 된다. 이와는 반대로 투자한 돈이 회전 안 되면 빌린 돈 이자도 못 갚아 부도가 나는 경우도 허다하다. 도박은 어디에나 있게 마련이다. 어떻게 선별하고 선택하느냐에 따라서 천당일 수도 있고 지옥이 될 수도 있다. 예측 가능한 일이면 얼마나 좋겠냐마는 아쉽지만 그렇지 못한 것이 인생 사다. 우리가 몸담고 살아가는 대한민국에도 도박은 날마다 진행되고 있다. 잘못된 집중과 선택으로 유럽과 남미 여러 나라에서는 국가부도 상황을 염려하는 나라들이 있다고 한다. 우리도 경제 위기에 외환 보유고의 고갈로 IMF의 구제 금융에 의존하기도 하였다. 가정마다 가지고 있든 귀금속을 내놓아 기사회생한 전력이 있다. 이웃나라 일본도 20여 년 저성장으로 고생하다가 요사이 아베 노믹스로 다시 회생하고 있다는 뉴스를 보았다. 흥하고 망하는 이유를 분석하면 반드시 도박성이 주요 원인으로 등장한다.

가까이는 6·25전쟁이 그렇고, 남과 북이 쪼개진 것 또한 그렇다고 할 수 있다. 조선 말기에는 공리공론(空理空論)으로 집중과 선택이라는 도박을 잘못하였다. 후과는 일본 천황의 신민으로 36년간이라는 치욕을 당한지 불과 100여 년 전의 일이다. 지금의 문재인 정부는 도박판 벌여 놓고 판 자체를 리드하여야 국물이라도 얻어먹을 수 있는데 주도는 고사하고 구경꾼에 몸달아 하는 모습이 애처롭기도 하다. 왜 아니겠는가. 도박에 전문가들이 진치고 있으니 비집고 들어갈 틈이 없는 모양새다. 김정은으로 말하면 3대 세습 절대왕권을 거머쥐고 세습 교육을 착실히 받은 자다. 받들어 모시는 신민들 역시 수십 년 동안 자기 분야에 최고라 하는 자들을 수하로 거느리고 있다. 그러하니 전문 도박꾼으로 보아야 할 것이다. 미국의 트럼프는 세계를 좌지우지하는 공룡 같은 전문가 집단이 대통령을 받들어 모시는 나라다. 분쟁이 있는 곳에는 언제나 해결사로 등장하는 전문 도박사들이다. 이들 두 사람이 마주 앉아 카드게임에 열중하고 있으니 위급할 때마다 뒤집고 들어가 보지만 처참하리만큼 당하는 모습에 국민들은 통분하지 않을 수 없다. 두 번째 공룡으로 자처하는 중국도 틈을 노려보지만 마주 앉을 처지는 못 되는 모양이다. 우리보다도 월등히 강한 일본이나 러시아도 주변을 배회하면서 틈만 바라보고 있는 실정이다.

　이러한 때에 우리 문재인 대통령이 카드를 잡아 패를 돌린다는 것은 환상이 아닐는지 우려스러운 마음 금할 길 없다. 김정은과 트럼프가 마주 앉아 우리의 운명을 좌지우지하는 상황을 바라보는 국민들은 비 맞은 생쥐가 되었다. 우방이라는 미국으로부터는 괘씸죄를 밥 먹듯 범하였으니 패싱 당하였고, 무슨 신 북방 정책을 한다고 도박카드를 내밀었으나 중국은 외면하고 업신여김에 입이 다물어지지 않는다. 멀고도 가깝다는 일본은 반일을 기조로 삼고 있으니 경계의 대상이 되었으며, 러시아에게는 전력(前歷)이 먹잇감으로 대접받았으니 사방팔방 돌아보아도 어디에도 우군은 없다는 것이다. 문재인 대통님 무엇을 하자는 겁니까. 막연히 하늘만 바라보고만 있을 겁니까. 당신이 이끌고 가는 대한민국은 지금 바람 앞에 등불이 된 지도 두해가 지나고 있습니다. 나라를 경영하시는 데는 연습이라는 항목은 없습니다. 시험의 대상이 아니란 말씀입니다. 제발 청원컨대 정신 차립시오. 이것이 문재인 정부도 살고 대한민국도 사는 길이라 확신합니다. 우리의 영원한 우방이며 혈맹을 버리는 우를 더 이상 하지 않기를 간곡히 바랍니다.

아! 어찌 잊을 수 있겠나 2018년 6월 23일

6월은 호국보훈의 달이라고 한다. 입으로 말하기도 고통스러운 전쟁의 역사다. 1950년 6월 25일 새벽 4시 20분을 기하여 북한 괴뢰군은 평화롭게 꿈꾸고 있는 부모형제자매들에게 총부리를 겨누고 일제히 38선을 넘어 침략하였다. 괴수 김일성이 공산주의 종주국인 소련 스탈린의 사주를 받고 남침한 전쟁이다. 동족을 죽이려는 전쟁이었으며, 공산진영과 민주진영의 이념전쟁이기도 하다. 또한 유엔군과 공산군과의 전쟁이기도 했다. 일제 강점기부터 대립하기 시작한 좌익 우익세력들은 임시정부 수립 시기부터 전면에 태동하기 시작하였다. 연합군이 1945년 8월에 일본의 항복을 받아내면서 2차 세계대전은 종전됨과 동시에 조선은 광복을 맞이하였다. 혼란기에서 미 군정의 도움으로 점차 안정을 찾는 중 1948년에 남과 북에서는 각각 단독정부가 수립되었다. 소련과 중공의 사주를 받은 김일성은 남침의 꿈을 실현코자 대규모 소련의 탱크를 앞세워 일거에 침략하였다. 2차

세계대전이 끝나고 4년 10개월 만에 동서 냉전체제는 다시 전쟁이라는 열전으로 변모하였다. 청년들은 훈련 한번 제대로 받지도 못하고 전선으로 투입되어 추풍에 낙엽처럼 산화하였다.

내 나이 6살 때에 어느 날 인민군들이 마을을 점령하고 우리 집은 병사들의 막사가 되었다. 아버지 어머님 삼촌과 누님은 피난 가고 늙으신 할머니와 집에 있었는데 총을 메고 있는 어린 병사들의 총신이 땅에 닿는 모습도 보았는데 자고 일어나니 언제 가버렸는지 썰물처럼 남쪽으로 빠져나갔다. 순식간에 서울이 함락되고 정부는 대전을 거쳐서 부산으로 옮겨가게 되었다. 전선은 남으로 낙동강 최후의 방어선을 남기고 있는 때에 유엔군이 인천상륙작전에 성공함으로써 괴뢰군은 철수하기 시작하였다. 마을마다 골골마다 피로 물들었고 피난 행렬은 도로를 가득 메웠다. 괴뢰군이 퇴각하면서 모두 강제로 데리고 간다는 소문에 우리 가족 모두는 이웃 산골마을로 피난 가기도 하였다. 다음 날 아버지 등에 업혀 집으로 돌아오는 중에 전투기 소리에 화들짝 놀라 논 두락 밭 두락 밑에 엎드렸다가 지나간 뒤에 돌아오기도 하였다. 다음 날 눈뜨고 건너편 국도를 바라보니 철모에 풀들을 꽂아 위장한 군인들이 가득 메워 북진하는 모습을 보고 안심하여도 된다는 말씀을 들었다. 마을 여기저기 집들이 불에 탄 흔적들을 보았다. 이때가 아마 괴뢰군이 퇴각하고 국군 아저씨들이 대 반격하는 모습이라 생각된다. 언제인지는 모르지만 삼촌께서 보이질 않았다.

나중에 안 사실이지만 집을 나간 뒤 돌아오지 못하였다. 들리는 이야기로는 다른 사람들과 이북으로 끌려갔다고들 하였다. 아버님께서는 직접 이야기는 하시지 않으셨다. 간혹 술을 잡수시고 나면 동생은 반드시 어디엔가 살아있을 것이라는 이야기 하는 걸 들으면서 자랐다.

다음 해에 초등학교에 입학하였다. 입학이라야 별도로 있는 것도 아니고 줄을 서라고 하여 줄을 서서 선생님 말씀을 듣는 것으로 입학은 끝났으며, 학교가 별도로 있는 것도 아니고 마을 동사(회관) 마루를 교실로 삼아 선생님의 가르침을 받으면서 자랐다. 전쟁은 계속 진행되었으며 북진은 압록강에서 중공군의 개입으로 후퇴하기 시작하여 밀고 당기는 지루한 전쟁이 계속되었다. 이것이 1·4후퇴였다. 이로써 1천만 명의 이산가족이 생겨나게 되었다. 전쟁은 3년 2개월 2일 만인 1953년 7월 27일에 휴전협정으로 휴전상태가 지금까지 이어오고 있다. 이것이 내가 겪은 6·25전쟁사다. 그런데 언제부터인지는 모르지만 이상한 사람들이 나타나기 시작하여 6·25전쟁은 북한이 남침한 것이 아니고 남한이 북침하였다고 한다. 간첩들이거나 정신병자가 아니고서는 이런 주장을 할 수 없다. 전쟁에 직접 참여한 실전 세대들이 많이 생존해있는데 입 가졌다고 헛소리를 지껄이는 놈은 대체 무슨 속셈으로 역사를 날조하는지 알 수가 없다. 살아있는 중인들이 두 눈 부릅뜨고 있는데 분명 의도하는 바가 있을 것이다.

역사를 왜곡하는 쓰레기들인 모양이다. 북에서 넘어온 놈들인지 또는 추종하는 놈들이 아니고서는 도저히 있을 수 없는 일이다. 이런 헛소리하는 놈들 잡아 처벌하는 법은 없는가. 국회 쓰레기들아 하루속히 법 만들어 대한민국 국민이기를 포기한 놈들 잡아다가 벌하여라. 이것이 네놈들이 하여야 할 책무다. 내일모레가 68주년을 맞이하는 6·25전쟁 기념일이다. 내 부모님 세대들과 선배들께서 피로 지킨

이 전쟁을 한시도 잊어서는 안 될 것이다. 이것을 다음 세대들에게 철저히 교육하여 다시는 북침이라 주장하는 얼간이들이 없기를 바란다. 역사는 곧 우리의 정체성이기에 올바른 역사관을 심어주어야 한다.

6·25전쟁의 유산 2018년 6월 26일

역사는 동서고금을 통하여 그 시대의 흐름에 따라서 펼쳐진다. 고대의 부족 국가에서 정복 국가로 4000년을 이어오다가 통일국가로서 약 1000여 년 동안 하나 되었다. 5000년의 장구한 역사는 피의 역사였음을 전쟁사에서 증명하고 있다. 980여 회의 외침을 당하였다고 하니 산술 평균적으로 5년마다 전쟁이 있었다는 것이다. 우리의 역사는 외침의 역사이다. 5년마다 전쟁이 있었다고 한다면 무엇이 남아 있었겠는가. 이 땅에 뿌리박고 살아가는 사람들 하루살이와 무엇이 다르다 하겠는가. 통일된 나라가 1000년 만에 다시 두 쪽이 나고 말았다.

이것도 이민족에 의한 것이 아니고 뿌리가 같다고 하는 괴뢰집단들에 의하여 갈라선 지도 벌써 70돌이 되었다. 역사는 그 나라의 거울이다. 개인에게는 지나온 삶 자체가 거울이듯 지나온 날들은 현재를 허락하여 주었고, 내일의 갈 길을 가르쳐주는 것이 역사이며 지나온 삶 그 자체이다. 어제가 6·25전쟁 68주년이 되는 해다. 피아 모두 200만 명이 희생된 참혹한 살상(殺傷)의 전쟁이었다. 이 전쟁을 놓고 아직도 한국전쟁이라는 용어를 사용하는 사람들이 있다. 이는 나무만 보이고 숲은 보이지 않은 사람들이 말하는 것이다.

분명한 것은 이념전쟁(자유민주주의와 공산주의)이며 냉전체제(민주체제와 공산체제)의 전쟁이고 강대국의 대리전(소련과 중공의 사주를 받은)의 성격이 내포된 전쟁이다. 절체절명의 마지막 낙동강 전선을 놓고 부산 앞바다에 장렬히 침몰하기 직전에 유엔군의 참전으로 기사회생한 대한민국이다. 천재일우라고 하는 편이 올바른 표현이 될는지 모르겠다. 휴전협정 이후 65년 동안 자유민주주의를 최고의 가치로 배우고 익혀왔다. 5년마다 전쟁의 역사를 비웃기도 하였다. 무려 65년 동안 나라의 안전은 미국이라는 혈맹 덕분에 걱정 없이 경제개발에 매진한 결과가 오늘의 번영을 가져왔다. 나라를 세우고 지키며 지원한 은혜를 잊어버린다면 금수(禽獸)와 무엇이 다르겠는가.

가장 이상적인 발전은 물질문명과 정신문명이 함께 성장하는 것이라고 하였다. 우리의 경우는 정신문명이 물질문명에 따라가지 못한 결과가 각종 사회병리 현상으로 나타나기 시작하였다. 괴뢰 집단은 6·25전쟁에 패배한 후 적화통일의 여러 방안들 중에 수많은 크고 작은 도발도 서슴지 않았다. 간첩들을 양성하여 침투시키고 후방을 교란하는 중에 공산주의 종주국이 해체되어 공산주의(PD) 이념의 존립에 위기의식을 느꼈다. 살아남기 위하여 변형된 새로운 가치를 내 세웠는데 소위 주체사상(NL)이라는 것이다. 이를 김일성 주체사상이라

하여 우매한 북한 주민들에게 학습시켜 절대 권력을 유지하고 행사하는데 총알받이로 사용하고 있다. 또 이를 신격화하기 위하여 김일성 일가를 교주로 모시는 교조적인 사상이라고도 불리고 있다. 이러한 김일성 주체사상은 우리의 고도성장에 따른 사회적 병리 현상에 침투하기 시작하였다. 6·25전쟁의 유물로 남아있는 공산주의(마르크스 레닌주의 즉 PD 계열)와 주체사상(NL)에 심취한 세력 간의 갈등이 시작되었다. 결과는 주체사상자 즉 주사파의 승리로 우리 사회가 급속히 좌경화의 전위 부대가 되었다. 이러한 주사파는 대학에 똬리를 틀고 우리 사회의 불만세력들에게 급속히 전파되었다. 일부는 반국가세력으로 일부는 반정부 세력들로 눈덩이처럼 커지기 시작하였다.

그리고 노동계로 교단으로 지식인들에게 확산되어 정치집단들이 이들을 이용하고 지원하여 정식으로 대한민국 의회에 진출하는 전대미문의 사건이 일어났다. 이들은 공히 민주화라는 가면을 쓰고 국민의 공감을 불러일으키기도 하였다. 자유대한민국의 가치는 그들에게는 없었다. 있다면 주체사상이 자유민주주의를 대신하고자 광분하여왔다. 세상이 온통 붉은 무리들로 가득하다. 언론에게는 공정보도는 찾아보아도 찾을 길이 없고 곡필이 아둔한 국민들을 속이고 있다. 법원, 검찰, 경찰의 사법기관은 권력자들의 시녀가 된 지도 오래되었다. 무소불위의 주사파 정부는 걸리는 것 모두 적폐로 몰아 법이라는 허울을 뒤집어 씌워 단죄하고 있다. 대표적인 것이 박근혜 대통령을 뇌물을 먹었다느니 국정 농단을 하였다느니 거짓 죄를 뒤집어씌워 감옥소에 불법적으로 가두고 1년이 넘도록 조사해 보았지만 1원한 장 받은 바 없는 건국 이래 청렴의 표상이 된 대통령을 석방하지 않고 있다. 특정지역을 배경으로 확실하게 뿌리내린 주사파 정권은 10·4정신을 이어받아 연방제에 올인하고 있다. 내가 아니면 안 된다는 오만(傲慢)이 나라를 거들 내려고 하고 있다. 6·25라는 전쟁은 자유대한민국을 되돌리기도 어려운 상황이 되었다. 공산주의는 6·25전쟁을 일으켰고 이어서 김일성 주체사상으로 재무장하여 남한 내에 주사파라는 세포조직이 오늘의 문재인 정부를 받들고 있다. 전쟁이 남긴 유산은 연방제에 있음이 백일하에 드러나고 있다. 그것은 6·13 지방선거에 나타났으니 더욱 속도전을 펼칠 것이다. 또 간과할 수 없는 것은 저들의 감언이설로 남남갈등을 고착화하여 되돌릴 수 없는 상황에 이르렀다. 무엇 하나 온전한 것이 없다는 것이다. 적화는 기간의 문제가 아니고 시간 단위의 문제이다.

6월의 기도 ^{2018년 6월 28일}

오늘이 6월 하순(下旬)이니 벌써 반년이 지나가고 있습니다. 우주 만물을 창조하시고 티끌 같은 목숨 부지하게 하시는 하나님의 은혜를 날마다 잊지 않게 하시니 감사합니다. 세상이 온통 역류(逆流)하는 암울한 나라에 몸과 마음 둘 곳 오직 주님밖에 없음을 깨우치게 하시니 더욱 감사합니다. 하나님 앞에 기도로 세운 자유대한민국이 풍전등화에 처하였습니다. 모두 저희들의 믿음이 부족하여 일어난 죄의 구름이 하늘을 가리고 있습니다. 하나님을 믿는다고 입으로는 날마다 하면서, 뜻은 세상의 불의를 선호하고 야합하는 야누스 같은 저의 죄를 고백합니다. 백 번 천 번 죽어 마땅한 저희입니다.

지은 죄가 무엇인지 알지도 못하는 무리들로 가득한 세상이 되었습니다. 이제 와서 변명하고 속죄한들 아무 소용없음을 잘 알고 있습니다. 저희들이 지은 죄 용서하여 주십사고 기도하기에는 너무나 엄중합니다. 주님 앞에 설 마음도 자격도 없음을 용서하여 주십시

오. 죄를 물어 심판하신다 하여도 어느 누구 이의를 제기할 수 없는 저희들입니다. 일찍이 은둔의 나라를 깨우치게 하시고 하나님의 사명을 주시고 실천하게 하셨습니다. 그러한 은혜도 까마득히 잊어버린 지가 얼마나 되었는지도 모르며 살아가는 우매한 민족이 되었습니다. 가슴이 아프고 쓰립니다. 어디에서부터 새로이 시작하여야 할지도 뒤죽박죽이 된 세상입니다. 초심의 믿음을 찾아보아도 찾을 길 없고 모두가 죄의 사슬에 매여 심판받기를 원하는 행렬로 가득한 세상입니다. 68년 전 하나님을 부정하는 공산집단들에 의하여 6·25전쟁으로 쑥대밭이 되었습니다. 이 나라 이 민족을 긍휼히 여기시어 바로 세우서 오늘처럼 물질적인 번영을 주셨습니다. 감사합니다. 하나님이 이 나라에 임재하시며 주신 축복입니다. 교세가 날마다 확장 되었습니다. 이 또한 감사합니다. 믿음의 성도들도 늘어나 1000만 명의 시대가 되었음을 감사드립니다.

그러나 하나님께서 주신 풍요는 자만(自慢)에 이르게 하였습니다. 믿음은 균열되기 시작되었습니다. 얇아지고 얕아져 믿는다고 하면서 생각은 세속적인 것에 침몰되어 갔습니다. 편익만을 추구하였습니다. 이익을 쫓아다녔습니다. 환락적인 것에 사로잡히기도 하였습니다. 교회 가기가 싫어지고 기도의 시간이 줄어들며 세상 것에 현혹되어 타락의 늪에 빠지고 말았습니다. 5천 년의 장구한 역사 속에 처음으로 주신 풍요는 주님의 주신 사명을 이루는데 사용되어야 했습니다. 그러함에도 하나님이 거하시는 교회는 외형적인 규모로 교세를 과시하였고 교인 수로서 위상 높이기에 열중하였습니다. 일 년 예산이 얼마며 매주 헌금이 얼마였다느니, 과시욕은 불신자와 차이가 없었습니다. 또한 일부 몰지각한 목회자는 교회가 마치 개인 소유인 것처럼 자식에게 세습하는 모양새는 참으로 참담함을 금할 수 없습니다. 이웃을 내 몸같이 사랑하라는 말씀을 실천하는 사례를 들어보지 못하였습니다. 오른손이 하는 일을 왼손이 모르게 하라는 말씀이 무색하였습니다. 이것이 성공한 목회자의 모습이 되었습니다. 때로는 정치권력과도 상부상조하면서 정교일치하는 모습도 보이는 말세적인 현상이 나타나기도 하였습니다. 이러는 와중에 사이비 교단이 늘어나 우매한 백성들을 현혹하여 가진 것 모두 바치게 하는 악덕 교주도 나타나 믿음의 세계를 흔들어 놓았습니다.

　이러는 혼란스러운 때에 철의 장막 북쪽에서는 김일성 수령이 어느 날 교주로 변신하였습니다. 그는 주체사상이라는 교리를 만들어 하나님을 대신하는 것처럼 백성들을 학습시켜 3대를 대물림하는 세상이 되었습니다. 그들은 적화통일을 위하여 기독교의 나라 자유대한민국에 주체사상 침투의 가시적인 성과를 거양하였습니다. 거룩하신 하나님이 세우신 이 나라가 북쪽의 사이비 김일성 교주의 주체사상이라는 듣지도 보지도 못한 교리로 나라를 붉게 물들였습니다. 이들은 수단과 방법을 가리지 않고 국민이 직접 선출한 대통령을 끌어내렸습니다. 이것도 모자라 감옥소에 불법 감금하고 1년이 넘도록 조사하였으나 법을 어겼다는 흔적도 밝혀내지 못하였습니다. 아마도 감옥소에서 죽도록 바라고 있는 것 같습니다. 거룩하신 하나님 불쌍한 박근혜 대통령을 살려주시길 기도합니다. 교주의 명을 받들어 모시는 주사파 정부는 자유대한민국을 고스란히 김정은 교주에게 바치려는 사업이 착착 진행되고 있습니다. 전능하시고 위대하신 나의 하나님 집 나간 탕자가 돌아오게 하신 것처럼 저의 지은 죄 너무나 커, 용서의 기도를 드릴 처지임이 아닌 것을 알고 있습니다. 그래도 구할 곳은 오직 주 예수 그리스도뿐이기에 기도드립니다. 용서하여 주소서. 무너지며 자빠지는 이 나라를 바로 세워주시옵소서. 이후 주신 사명 잘 지키는 백성으로 거듭 태어나겠습니다. 거룩하신 우리 구 주 예수그리스도의 이름 받들어 간절히 기도합니다.

자탄(自嘆) 2018년 6월 28일

나는 오늘도 대책 없이 가만히 기다릴 뿐이다. 무엇인가 하여야 하는 마음은 간절하지만 할 수 있는 것이 없다. 아니 없는 것이 아니고 능력이 없다는 말이 옳은 표현일 것이다. 겨우 한다는 것이 새벽에 일어나서 매일 하는 운동이 전부이고 에너지 보충하는 것 외에는 특별히 하는 일없이 세월아 네월아 하는 무위도식(無爲徒食)이 나의 일과다. 이를 두고 사람들은 개 팔자라 한다. 노동은 신성하다고 하였지, 생각은 있지만 어디에고 발붙일 수 없다. 효용가치가 사라진 지가 오래되었다. 사람으로 태어날 때 하나님은 죽을 때까지 일하라고 하였는데 지금에 와서는 꿈에 지나지 않는다. 주신 목숨줄 스스로 놓을 수도 없는 쓸모없고 짐이 되어버린지도 오래되었다. 이러한 자신을 발견하여 보지만 무슨 뾰족한 해결 방안이 있는 것도 아니다.

그러하니 가물가물하는 정신줄 붙잡고 멍하니 처분만 기다리는 하루가 또 시작된다. 나 자신과 내 가정이며 몸담고 있는 사회와 국가에도 처치 곤란한 짐이 되었다. 혈기 왕성할 때는 세상이 돈짝만 하게 보였는데 모든 것이 손바닥 안에 있었다는 오만을 부리기도 하였는데 다 지나간 일장춘몽이다. 사람의 탈을 쓰고 태어났으면 무엇인가 일을 하여야 비로소 내가 사람이라는 것을 인식할 때 즐거움이 있다고 하는데 주위를 돌아보지만 어디에도 찾을 길 없다. 때로는 지나온 세월 내가 살아온 날들을 돌아보는 기회가 많아지기 시작하였다. 고통스러웠던 일들이 떠오를 때면 마음 저리면서 그때 이렇게 하였으면 좋았을 것을 하는 때늦은 후회로 눈시울을 적시기도 하였다. 기쁘고 즐거웠던 일들이 생각하면 모처럼 내가 살아있다는 희열을 느끼면서 웃기도 하였다. 이런 경우를 누가 표현하기를 늙으면 과거에서 산다고 하였는데 내 입장에서 보면 딱 맞는 말씀이다. 그래서 노동은 신성하다고 한 모양이다. 지금 내게는 일자리가 없다는 것은 슬픈 일이지만 쓸 수 있는 것은 없는지 구석구석 찾아보니 아직도 내게는 깨어있는 의식(意識)이 있다는 것에 감사하여야 할 것이다. 어디 이 뿐만은 아니지 않은가. 눈은 있으되 올바로 보지 못하면, 귀가 있어 듣지 못하게 된다면, 얼마나 불행할까.

입이 있어 말을 못하는 처지와 머리는 있다지만 생각을 못하는 경우를 생각한다면 더욱 고맙고 감사한 일이고, 사지 육신 잔병은 달고 있지만 활동에는 지장이 없으니 쾌재를 불러야 할 것이 아닌가 한다. 사는 동안 항상 하늘만 바라보면서 살아왔기에 하늘만 있는 줄 알았지 땅은 보이질 않았으니 의식에 불균형이 상기간 계속된 결과다. 항상 한쪽만 보아왔기에 반대편에 무엇이 있는지를 생각할 겨를도 없이 외골수 인생을 살았다는 이야기다. 한발 물러서서 바라보니 땅도 보이고 나무와 숲도 그리고 강물도 보이는 게 이제 와서 비로소 철이 드는 모양이다. 고기도 놀던 물에서 놀아야 한다고 하였다. 놀던 수중 환경에 익숙하였기에 하는 이야기다. 내가 살고 있고 우리가 함께 땀 흘러 이룩한 자유대한민국에서 자유를 마음껏 누리면서 살아온 대한민국이다. 세상 사람들이 부러워하는 나라이다. 이 땅에서 열심히 살고 있는 5천만 명을 제물로 삼아 사이비 김 교주에게 바치려하고 있다. 자유라는 것 눈곱만큼도 찾아보려 해도 전무하며 거짓 신세가 된 괴뢰 집단이다. 백성들이 굶어죽는 수를 가늠할 수 없는 동토에다가 불평 한마디 할라치면 철저하게 총살해 버리는 살인마들이다. 3대 세습한 사이비 김 교주의 그늘에서 무엇을 얻고자 광분하는지 미궁 속이다. 동족이라는 것 하나로 좋은 방향으로 이해하려 하지만 도저히 묵과할 수 없는 오늘이다.

자식 영화 보려고, 또 가문을 세우려고 땅 팔고 소 팔아 대학이라는 곳에 보냈다. 대가리에 든 것 없고 공부하기 싫어 방황하는 중에 공산주의에 물들고 이어서 주체사상에 빠져 헤어나지 못하는 올챙이들이었다. 그들은 지하에서 학습을 하고 세를 넓혀 드디어 개구리 세상을 만들었다. 감언이설의 표징인 뱀의 혓바닥으로 나라와 선한 국민들을 온통 붉게 물들이고 말았다. 이 땅에서 하늘같은 부모님의 슬하에서 자라고 배웠는데 그 고마움은 어디에도 없었다. 이들은 분명히 폐족인데 어찌하여 이들에게 모든 것 빼앗기고 밀려오는 쓰나미에 속절없이 무너져야 하는지 기막힌 세상이 되었다. 이들의 세상에는 눈 똑바로 뜨고 있는데도 코 베어 가는 세상이 되었다. 법이라는 것이 있기는 있지만 거짓이 정당화되고, 불법이 적법이 된 세상이니 말해 무엇 하겠는가. 모든 것이 제자리에 있지 못하고 일탈하였다. 옳은 것이 옳게 평가되어야 하는데 아니라고 한다. 개판 세상이 되고 말았다. 나는 쓸모없는 늙은이 줄 알았는데 아직도 쓸데가 있는 모양이다. 얼마나 고마운 일 아닌가. 실의에 빠져 우왕좌왕하였는데 좁은 지면을 할애하여 내 주장을 할 수 있다니 두고두고 감사할 일이 아닌가 한다.

오늘도 하루가 시작 2018년 6월 29일

장마는 금주에도 이어진다고 하였다. 사시사철 만물이 생동하기에 더도 말고 알맞게 왔으면 좋겠다. 대부분의 사람들의 희망이다. 국지적인 폭우로 보금자리가 침수되어 가재도구는 흙탕물에 뒹굴고 잠자리마저 잠겨 퍼내고 씻고 닦는 영상도 보았다. 매년 잊지도 않고 반복된다. 당한 분들을 생각하면 가슴이 쓰리다. 지진이며 기상이변, 폭설과 폭풍 등등 수많은 자연재해들이 잊지도 않고 찾아온다. 이와는 달리 사람의 잘못으로 발생하는 재해도 함께하는 일상이 되었다. 목숨을 앗아갈 위험한 요소들이 처처히 쌓이고 쌓여있다. 내가 오늘 목숨이 붙어 있다는 것이 기적 같은 일이다. 언제 어디서 무슨 일어 닥쳐올지 한치 앞을 예단할 수 없는 인간이기에 항상 당하면서 사는 것이 숙명이라 생각하는 모양이다. 어제 일어났던 일은 까마득히 잊어버리고 새로운 것이 없는지 찾고 또 찾아 헤맨다. 무엇인가 새로운 것이 나타나면 관심사로 끌어올리기에 죽기 살기 식이다. 무슨 나쁜 일이 터지면 우선 덮고 보자며 쉬쉬한다.

백일하에 드러날지라도 오늘은 숨기고 감추어야 한다. 그리고 나의 잘못을 인정하지 않고 남 탓으로 돌리는 의식이 세상을 지배하고 있다. 특히 권력 가진 자들은 나중에 들통 나더라도 오늘만큼은 아니라고 한다. 이것이 대한민국의 권력자들의 현주소다. 이런 의식들은 곧 천민 사상이 지배하였던 귀족들이나 양반들이 가졌던 오만의 극치일 것이다. 노블레스 오블리주의 정신은 어디에도 없었다. 자신의 신분에 걸맞은 도덕적 의무는 먼 나라 로마에만 존재하는 모양이다. 우리에게도 1세기 전만 하여도 이에 손색없는 선비정신이 있었다. 이들은 출사(出仕)를 하지 않고도 사림(士林)에 묻혀 살면서도 정의(正義)를 실현하고자 후학(後學)들을 가르치고 본(本)이 되었다. 그것은 권력자들의 전횡(專橫)을 막는데 크게 기여하였다. 조선의 단일 왕조 500년의 기저(基底)에는 선비사상이 강물처럼 흘러 세계사에 유례를 찾아보기 어려운 역사를 창조하기도 하였다. 당시의 기층민(基層民)들은 문명의 혜택을 받지도 못한 하층민들이었지만 사람이 지켜야 할 기본적인 도리(道理)는 알고 실천하였기에 가능하였다. 오늘 우리는 [왜]라는 의문을 던지지 않을 수 없나. 선인들보다 배우지를 못하였나. 가진 것이 없는지 아무리 생각하여 보아도 답이 나오질 않는다. 너무 많이 배워 머리가 돌아버렸다. 가진 것이 차고 넘치니 귀한 줄을 모르고 있다. 원래부터 잘 살고 있는 것으로 착각하는 모양이다.

무엇이 옳고 그름이 있는지 관심 밖의 일이다. 지인들과 함께라면 지옥이라도 마다하지 않는다. 양은 냄비가 되었다. 쉽게 달아 오르고 바로 식어버린다. 결과에는 내 책임이 없다고 한다. 돼지는 뒤돌아보질 못한다. 우리는 마치 돼지처럼 뒤돌아볼 수 없어 무엇을 하여왔고 무슨 일들이 있었는지 모른다. 앞만 바라볼 수 있는 구조로 태어나지 않았다면 이러지는 않았을 것이다. 오늘이라는 날의 시작은 있었지만 어제라는 날이 있었는지도 가마득히 잊어버린 치매환자들이다. 가는 길이 뒤죽박죽이다. 닦아 놓은 길은 분명 있는데 그 길은 갈 수 없다고 한다. 평화라는 공동의 목표는 분명 있다. 그런데 그 평화를 달성하기 위하여 가야 할 길은 서로 다르다고 한다. 모든 것을 희생하여서라도 평화만 온다면 나라를 팔아먹어도 된다는 뜻이 아닌가. 70년 동안 천신만고 끝에 지키며 이룩한 번영의 열매를 뿌리까지 바꾸려 하고 있다. 그냥 공짜로 가져다 바치자는 권력자들로 돌이킬 수 없는 곳으로 질주하고 있다. 이것이 현실이다. 아무리 부정하고 쉽지만, 부정할 수 없는 현실임을 알아야 하는 돼서부터 다시 시작하여야 할 것이다. 평화는 힘이 뒷받침되었을 때 보장된다는 것은 세상 사람들이 모두 알고 있다. 나도 알고 있고 너도 알고 있으며 적들도 알고 있는 보편적인 진리이다.

그런데도 평화라는 주사 한 방에 나라는 거들 나고 있다. 힘없는 약골은 언제나 적으로부터 침략을 받을 수밖에 없다. 그것이 무려 980여 회나 침략을 받았다는 역사를 부정하고 싶은 사람들의 의사 표현이다. 여기에는 많은 원인들이 있겠지만 한 가지만 이야기한다면 배신이다. 장구한 역사 속에 배신으로 나라가 뒤집힌 사례를 보고 배웠다. 인류 지도에 가장 나쁜 것이 배신이다. 가장 기본인 것도 지키지 못한 배신 때문에 이들은 모두 돌아앉았다. 오늘도 얼굴 보이지 말아야 할 모리배들이 활개를 치고 있으니 볼 장 다 보았다. 제로섬 게임을 바라고 있는데 기득권 놓기가 아쉬워 손아귀에 피를 튀기고 있다. 불쌍하고 가련한 하루살이들이 아닌가. 저들에게 무엇을 기대할 수 있겠는가. 까마귀 노는 골에 백로야 가지 말라는 선인들의 가르침은 안중에도 없다. 희망이라는 에너지가 차고 넘쳐도 모자랄 판에 시시각각 밀려오는 걱정거리에 날밤을 새우고 있다. 마치 집단히스테리를 즐기는 사람들의 군상이다. 오늘 하루만이라도 즐거웠으면 하는 작은 소망마저도 빼앗아 버리는 무리들을 믿고 어찌할 것인가. 나는 밤과 낮으로 방황한다. 남가일몽(南柯一夢)이었으면 좋겠다.

입고 있는 옷이 온전한가?

    티끌 모아 태산이다. 작은 물방울이 모여 내를 이룬다. 작은 것의 소중함을 일깨우는 말들이다. 천릿길도 한걸음부터 시작한다. 작은 것이 소중하듯 시작도 이에 못지않게 중요하다. 무엇으로부터 시작할 것인가는 오직 자신의 선택이다. 어려서야 부모님과 스승님의 가르침에 크게 영향을 받기도 하지만 결국에는 자신이 선택의 주인공이 되는 것이다. 살다 보면 입고 있는 옷이 자신에게 맞지 않아 바꿔 입기도 한다. 그리고 그 길을 열심히 최선을 다해 살아온 것이 사람들의 자화상이다. 사는 동안 입고 있는 옷이 마음에 들지 않아 갈아입은 사람도 부지기수다. 갈아입고자 시도하여 보았지만 여건들이 허락하지 않아 포기도 하였을 것이다. 인생은 한마디로 선택의 문제였다. 사람들은 일생 동안 수많은 선택의 기로에 선다. 선택의 결과는 천차만별이다. 천명을 다하지 못한 경우도 있으며 폐가망신한 선택일 수도 있다. 입신양명할 수도, 거부(巨富)가 될 수도 있다. 크고 작은 꿈을 실현한다. 학문으로 예술로 기량으로 자신의 선택된 꿈을 실현하기 위하여 노력해 왔다.

위대하지는 않지만 평범한 삶을 살아가는 사람들이 모여 사는 세상을 아름다운 세상이라 믿는다. 잘나고 못난 사람들이 소수인 세상이라도 아름답다 하지 않을 수 없다. 모두가 잘났으면 좋겠지만 그렇지 못한 것이 세상이다. 이것을 인정하였을 때에 비로소 사회는 안정될 것이다. 이것을 부정한다면 갈등의 씨앗을 뿌리는 것이다. 믿고 선택하는 것은 자신의 몫이지만 결과는 자신만의 문제가 아니다. 공동체에 막대한 영향을 미치기 때문이다. 홀로 독야청청할 수만 있다면 선택의 제한을 받을 수 없지만, 더불어 살아가는 공동체에 미치는 영향은 사안에 따라서 엄청난 파장을 일으킨다. 필수로 검토되어야 할 것이다. 믿고 싶지 않고 선택하고 싶지 않지만 반드시 고려하여야 할 중요한 가치이다. 태어나면서 가족의 구성원으로, 사회의 일원으로 나라의 주권자로 왔음을 주먹 불끈 쥐고 큰 울음으로 세상에 고하고 당당하게 온 것이다. 이것은 본인의 의사와는 무관한 천부께서 주신 사명이다. 지난 70년 동안 선인들께서 선택한 길을 열심히도 살아왔다. 민주화를 외치던 사람들의 의견도 수렴하여 민주화도 이루었다. 최빈국에서 먹고 살만한 나라로 성장 발전하였다. 가장 이상적으로 성장하였다고 세계인들이 부러워하는 나라로 발전하였다. 우리보다 한발 뒤진 개발도상국들에 의하여 발전의 모델이 되기도 하였다.

우리가 그들에게 뽐내려고 한 것도 아니고 우리가 선택하여 주어진 여건에 열심히 개량하며 일하여 온 결과물에 지나지 않는다. 지금에 와서 무엇이 문제인가. 우리 모두가 열심히 일하여 이룩한 이 아름다운 결과에 만족하지 않고, 가야 할 길은 멀고도 먼 길이 남아있다. 정상이 바로 보이는데 그곳에 태극기를 꽂아야 한다는 것은 이견이 없다. 무엇이 문제인가. 그 길로 가면 안 된다고 하는 사람들이 나타났다. 지금껏 열심히도 살아온 길이 잘못되었다고 하는 사람들이 나타났다. 바꾸자고 한다. 근본부터 틀을 바꾸자는 세력들이 등장하였다. 이들은 오랫동안 성장의 그림자 뒤에 숨어서 민주화라는 가면을 쓰고 싹을 키우고 있었다. 별것도 아닌데 하면서 방관한 대가는 한순간에 거대한 자유대한민국을 부정하는 세력들로 성장하였다. 기득권이라는 자들은 설마하니 그렇게까지 하겠는가 하는 안이(安易)한 생각에 감투싸움에 몰입하였다. 잡고 있는 권력으로 각종 이권(利權)에 개입하여 사익(私益)을 추구하는 쓰레기로 자처(自處)하는 동안에 세상이 암흑으로 뒤집히고 말았다. 요사이 줄줄이 쇠고랑 차고 큰집으로 끌려가는 모습을 바라보니 싸다라는 생각이 들기도 하였다. 뒤집어 권력을 찬탈한 자들은 그들이 꿈꾸어왔던 세상을 만들려고 고속질주를 하고 있다.

지금까지 추진하였던 모든 것을 부정하고 역류(逆流)를 하고 있다. 이것은 아니라고 하면서도 주장하는 사람을 눈 닦고 찾아보아도 없다. 혹간 옳은 소리를 주장하는 사람이 오히려 이상한 사람으로 비치는 세상이다. 혈맹(血盟)을 나가라고 하면 나가야 한다고 공공연히 외치고 다닌다. 선구자다. 지금까지 그런 주장한 사람 없었는데 장한 일이 아닌가. 불모지에 길을 닦자고 하였으니 전도가 양양한 자다. 왜 그러느냐고 하니 학자의 견해라고 변명하는 것을 믿든지 말든지 마음대로 해석하라는 것이다. 길은 정해졌다는 것이다. 멀지 않아 오늘을 있게 한 혈맹을 이제는 너희들이 걸림돌이 되어 필요 없으니 나가라고 할 날도 멀지 않았다는 느낌이다. 그들이 꿈꾸어온 세상이 설마 그렇게야, 하겠는가 하는 바보 같은 믿음이 이제는 돌이킬 수조차 없는 곳까지 오지 않았나 하는 것이다. 초대 이승만 대통령은 국회에서 성경책을 잡고 당선 메시지를 선서하였으니 대한민국은 하나님이 세우신 거룩한 땅이다. 이 땅이 병들어 심판받아야 마땅한 때이다. 곧 준엄한 심판이 있을 뿐이다. 천벌의 고통쯤은 안중에도 없는 무리들이 동토의 땅을 만들려고 광분하고 있다. 이들이 하는 불법은 적법으로 둔갑해 귀 막고 눈 감고 있으니 정당화가 되었다. 폐륜 중에 폐륜을 저지른 인간쓰레기를 좋다고 당선시킨 나라다. 불법선거의 몸통의 복심임이 밝혀지고 있는데도 아니라고 도백에 당선시킨 위대한 백성들의 나라이다. 이런 위대한 선택을 한 백성들이 있으니 주저할 이유가 없는 실정이다. 그들의 성공을 기원하는 아둔한 자들과 같은 하늘 아래 있다는데 참을 수가 없다. 너무 오래 살았나?

밤사이 안녕하셨습니까? 2018년 7월 2일

밤새 안녕하세요! 오랜만에 들어보는 소리다. 밤사이 아무 일 없이 잘 지내셨는지 또는 주무셨는지 문안드리는 인사말씀으로 애용하였다. 이것 말고도 식사하셨습니까. 좋은 꿈꾸셨습니까. 등등 잊혀가는 인사말씀들이다. 그때의 시대상황과 처지에 따라서 사용되었다. 6·25를 전후한 암울하였던 시절에 혹시라도 밤사이에 괴뢰군들에 의한 변고는 없었는지 존체(尊體)는 편안하셨는지 염려하고 위로하는 인사말씀이 아니었나 기억된다. 먹고사는 것이 당면 문제였다. 땅은 척박하고 거의 지주들의 차지하였다.

이들로부터 땅을 빌려 소작농(小作農)으로 열심히 살았다. 하지만 가을에 추수하고 소작료(小作料) 납부하고 나면 남는 것이 없었다. 이듬해 봄철 나기가 어려워, 보릿고개라는 넘어야 할 고개가 힘들기도 하였다. 어쩔 수 없이 고리(高利)의 장리쌀 얻어 생명 부지하였다. 가을 추수철이 되어 소작료와 고리의 장리쌀을 상환하고 나면 쌀독은 텅 비었다. 그런 어려운 시절에 인사말씀이다. 땅에서 나는 소출(所出)이 지주들에게 집중되어 살기 어려워지니 산으로 눈을 돌리게 되었다. 산야초(山野草)를 채취하고 송피(松皮)를 채취하여 연명(延命) 하던 어려운 시절이다 보니 산은 벌거숭이가 되었다. 장마철이 되면 홍수의 범람으로 산사태가 나고 농경지가 유실되며 도로가 끊겨 더욱 어려웠다. 굶주린 배를 움켜쥐고 찬물로 배를 채우던 시절이 엊그제였다. 밤새 안녕하세요! 이 인사말씀이 모든 것을 말해주고 있다. 식사하셨습니까. 얼마나 먹을 것이 부족하였으면 식사하셨습니까, 라는 인사말씀이 있었을까. 가슴 아픈 인사말씀이었다. 밤이 되면 공비들이 출몰하여 방화(放火)나 약탈(掠奪)을 일삼았다. 어른들은 산으로 피신(避身)가고 해가 뜨면 농사일에 종사하던 어른들의 모습을 보고 자랐다. 그렇게 어려웠던 시절에도 사람들의 인정(人情)은 강물처럼 넘쳐났다.

이웃 할머님 생신날이 되면 친구들을 초청하여 한 끼를 나누는 아름다운 인정의 맥이 흘렀다. 길사(吉事)가 되었던 애사(哀史)가 되었던 모든 마을 사람들이 하나 되어 같이 축하하고 기뻐하였으며 슬퍼하였다. 마을마다 향약(鄕約)이나 두레로 나라의 힘이 미치지 못하는 일들을 마을에서 자체 해결하는 풍습이 전통이 되어 공동의 삶을 살았던 시절이다. 이웃의 일이 바로 자신의 일이 되었다. 지금에 와서 돌아보니 사라져 버릴 우리의 소중한 풍습이었다. 우리의 세대들도 까마득히 잊어버린 우리의 문화였다. 젊은 사람들은 믿기시 않은 이야기로 받아들일 것이다. 개구리 올챙이 시절을 모르는 것처럼 그렇게 오늘을 살아간다.

모든 것이 넘쳐난다. 가계마다 상품이 가득하다. 먹지 않고 보기만 하여도 배가 부를 지경이다. 부족함 없이 모든 것이 넘쳐난다. 편익(便益)은 어디까지 갈 것인지 기대 반 우려 반이다. 사람의 능력이 신(神)의 영역까지 침범하기에 이르렀다고 한다. 사람을 대신하여 기계들이 분야를 넓히고 있다. 생명까지 불어 넣을 수도 있다고 한다. 눈만 뜨면 새로운 정보에 놀라기가 일상이 되었다. 4차 산업을 준비한다느니 융합(融合)의 시대에 적극 대응하여야 살아남는다고 한다. 향후 10년이 지나면 수만 가지의 직종이 사라지고 새로운 직종이 나타난다고 진단하는 시대에 살고 있다. 이처럼 물질문명은 차고 넘쳐난다.

우주를 정복하고자 과학자들은 밤과 낮을 잊고 연구한다. 제2의 지구를 찾아 나선지 반세기가 지나가고 있다. 곧 별나라 여행은 보편화가 될 날도 멀지 않았다고 한다. 지구촌이 우주촌이 될 날도 멀지 않았나 하는 기대치를 높이고 있다. 인간의 생명도 한계치를 넘어 설수 있는 비전들이 있다. 그러니 죽지 않고 영원히 사는 것을 꿈꾸고 있다. 이렇게 좋은 세상인데 날마다 즐겁고 기뻐하여야 할 것인데 이구동성으로 그렇지 못하다고 한다. 무엇인가 잘못되어가는 분야가 있다. 아름다워야 할 정신세계는 황폐화되어가고 있다. 이를 걱정하는 사람들의 목소리가 커야 하는데 들릴 듯 말 듯하다. 메말라 버린 강바닥 같다고들 우려한다.

어렵고 암울하였던 시절에 인정이 강물처럼 흘러가던 시절도 있었다. 이 시대에 살았든 사람들이 걱정해보지만 귀담아 듣지 않는다. 인성(人性)을 찾아 키워야 사람 사는 세상이 될 것이다. 도덕책에도 있는지 없는지 모르지만 인간의 본성(本性)을 찾을 때 비로소 사람의 세상이 된다는 이야기다. 모든 것은 사람으로 시작이기 때문에 사람의 세상을 찾아야 한다는 주장을 해보았다. 하나님의 뜻이기 때문이다.

빗방울 2018년 7월 2일

똑똑똑 빗방울이 반가운 손님으로 찾아왔다. 초하(初夏)의 가뭄이 심하여 초목들이 장생(張生)에 어려워졌다. 잎은 말라 가고 줄기도 가늘어지는 절박한 때에 비바람이 몰아치니 반갑지 않을 수 있겠는가. 창문을 조용히 두들기는 노크 소리에 찾아온 꿈의 손님이 일어나라고 한다. 비몽사몽 눈 비비고 베란다에 나갔다. 톡톡톡 속삭임이 나를 오라고 하였다. 수정같이 맑은 작은 알갱이가 부딪쳐 사라지면서 반갑습니다, 인사한다. 돌아가 친구들에게 당신의 백호(白毫) 모습을 전해드리겠습니다. 또다시 오겠습니다. 미련과 여운을 남기고 사라졌다. 빗방울님 고맙습니다. 낮에 오시던지 밤에 몰래 찾아주셔도 언제나 환영합니다. 오래도록 참고 참았는데 갈급하였는데 한꺼번에 벌충하듯 탁탁 들리는 소리가 아둔한 나의 귀청을 울린다. 사람들이 말하기를 지름이 1mm~2mm 사이를 빗방울이라 한다. 그 작은 물방울이 내 모습을 담아 순식간에 사라졌다. 작은 알갱이 빗방울이 모여 생명수가 된다. 샘물이 되기도 하고 실개천을 이루어 큰 강을 만들어 바다로 스며든다. 땅속으로 꼬리를 감추어 초목들에게 피가 되고 살이 되기도 한다.

사람들에게는 잠시도 없어서는 안 될 생명수다. 우주 만물의 근원이 빗방울이라는 작은 알갱이에서 시작된다니 감사하고 고맙지 않을 수 없다. 보석 같은 알갱이들이 모여 강물이라 할 때 사람들은 오염시켜 사용할 수 없는 환경을 만들기도 한다. 한 번의 오염은 독을 품어 재생하기에 많은 비용이 들기도 한다. 지상이나 지하에서도 오염되어 사용할 수 없으니 비싼 돈을 주고 깨끗한 물을 사서 먹는 세상이 된 지도 오래되었다. 이 땅에서 맑은 물을 못 구한다면 어떤 세상이 올까. 물로 심판받는 날이 오지나 않을까. 염려가 앞선다. 하나님께서 창조하신 이 아름다운 세상이 오염되어 지키지 못한다면 어떤 징벌이 내릴지 두려움이 앞서기도 한다. 창가에 모처럼 찾아온 귀한 손님, 작고 작은 빗방울의 위대한 가치를 생각하여야 할 것이다. 훼손하고 오염된 자연을 원래의 모습으로 되살려야 할 것이다. 개인이나 사회는 물론이며 나라에서도 제1의 과제로 보고 투자하고 깨끗한 생명수를 확보하여야 할 것이다. 이것이 모두가 사는 방식이다. 나는 부자이니, 나는 권력을 가졌으니 피할 수 있다고 생각하는 바보는 되지 말아야 할 것이다. 오염의 위기는 특정 계층에만 존재하는 것이 아니고 모두에게 작용되는 것임을 잊지 말아야 할 것이다. 조선시대 봉이 김선달님께서 대동강 물을 팔아먹었다는 이야기는 우리에게 많은 교훈을 가르쳐 주고 있다.

첫째로 대동강 물이 그만큼 맑았다는 사실이다. 둘째로는 사람이 먹어도 될 만큼 오염이 되지 않았다는 것이다. 셋째로 평양 시내에 식수는 사람들로 오염이 되었음을 일깨워주고 있다. 넷째 물의 오염이 얼마나 위험한지를 알려주었다. 다섯째 물의 귀중함을 알려주는 이야기다. 한 모금의 물은 사람을 살리기도 하고 죽일 수도 있다. 사람들이 날마다 수시로 먹는 물이 생명수라는 것을 한시도 잊어서는 안 된다는 것이다. 인체(人體)는 70%가 물로 이루어졌다는 사실을 잊지 말기를 바란다. 한 방울의 빗물이라도 소중하게 여겨야 하며 사용하였던 물을 하수구로 흘려보낼 때 깨끗한 물을 생각하였으면 좋겠다. 내가 버린 하수물이 어떤 영향을 끼치는지도 생각하면 더욱 좋겠다. 우리는 더불어 살아가는 공동체이기 때문에 더욱 그러하다. 이것이 하나님이 기뻐하시는 일이다. 원형을 회복하는 길이기에 지원하시고 축복하실 것임을 잊지 말아야 할 것이다. 사시사철 오는 빗방울을 고맙고 감사한 마음이라도 가진다면 보다 나은 세상이 되지 않을까 한다. 백지장도 맞들면 가볍다는 말처럼 모든 사람이 관심을 가진다면 아름다운 세상이 반드시 열릴 것이다. 오늘 새벽에 찾아온 귀한 손님은 자기의 소임을 다하고 또다시 올 것을 예비할 것이다.

앞서 온 빗방울은 뒤에서 오는 빗방울에 밀려 순환한다. 이것이 하나님의 걸작품이다. 위대하신 하나님이 아니고는 누구도 설명할 수 없는 섭리다. 태풍이 온다고 하였는데 오는 모양이다. 빗방울은 바람과 함께 오기에 산만하고 어지러워 밖에 나갈 일이 있어도 보류하기로 하였다. 소나기처럼 쏟아붓다가도 언제 그랬느냐는 식이다. 갈피를 잡을 수 없는 우중이다. 매년 몇 개의 태풍이 몰려오지만 당하는 것은 항상 사람들이다. 지은 죄의 업보일 것이다. 수정처럼 맑은 빗방울이 생활에 찌들고 마음 상한 일들이 많을지라도 나에게는 생명수가 되었기에 흔적을 남기고자 하였다. 우리 모두의 소중한 가치다.

햇살 2018년 7월 3일

　오늘은 모처럼 햇살이 창틈을 비집고 거실에까지 와 보아달라고, 나 예뻐해 달라고 찾아왔다. 어제는 즐거웠으니 오늘도 더욱 즐거웠으면 좋겠다. 무슨 특별한 즐거운 일이 있어 즐거운 것이 아니라 즐겁다, 라는 마음의 자세가 즐겁게 하는 인자(因子)이다. 오늘은 어제와 같은 날이지만 어느 날에는 화가 날 때도 있고 슬플 때도 있는 것처럼 기쁘고 즐거울 때도 있는 것이다. 이것은 주위의 여건에 따라서 일어날 수도 있지만 자신과의 연이 닿는 곳에서 원인을 제공하는 것이 대부분이다. 그날그날 날씨가 좋으냐 아니냐에 따라서도 달라진다.

　오늘은 비가 왔으니 좀 센티 해지기도 하고 지난 일들이 주마등처럼 떠오르기도 한다. 어렸을 때 자라던 생각도 난다. 힘들고 고통스러웠던 일들, 마음의 상처를 받았던 기억도 떠오른다. 며칠 동안 장마로 햇살을 보지 못하였는데 반가운 손님이 아닐 수 없다. 답답하던 마음에 닫힌 대문이 활짝 열리는 기분이다. 거실에 켜두었던 전등도 소등하였다. 햇살이라는 천연 전등이 찾아왔으니 실내가 더욱 환하였다. 베란다에 50여 종의 크고 작은 화초 친구들도 춤을 추고 있다. 매일 찾아오지 왜 이렇게 오래도록 무엇하다 이제 왔느냐는 불평의 소리도 들리는 것 같다. 어떤 놈은 배가 고프니 빨리 먹을 것을 달라고 안달도 한다. 활짝 핀 꽃들은 오늘따라 더욱 예뻐 보인다. 개화하려는 꽃망울도 밝은 햇살에 감사하면서 고이 감추고 있던 아름다운 자태를 보이기 시작하였다. 나의 즐거움을 가져다주는 친구들이다. 아침마다 이곳에서 친구들과 아침 인사를 나누고 기도로 하루를 시작하기 때문이다. 이들은 나의 생활의 일부분이다. 이놈 저놈 살펴보고 밤사이 떡잎이 된 놈은 없는지 갈증을 느낀 친구가 있는지 낙화되어 흩어진 꽃잎을 쓸어 담는다. 병든 가지며 잎을 제거하고 영양분은 충분히 공급되었는지 등등 살핀다. 이들과 함께하면 마음에 안정을 찾게 되니 기쁘고, 생명의 소중함을 새삼 느끼게 한다.

가장 어려운 환경에도 그들의 생명을 보면 찬사를 금할 수 없다. 주어진 척박한 환경이지만 잘도 적응한다. 마지막 한 방울의 에너지도 최선을 다하는 이들을 바라보노라면 나의 지나온 세월이 너무도 아깝다는 생각이 들기도 한다. 찾아온 아침햇살에 화초 친구들과 대화하노라면 나는 무엇을 하며 지금껏 살아왔는지 자괴감을 느끼지 않을 수 없다. 이들의 위대한 삶에 대하여 큰 스승으로 모셔야 되겠다는 결의를 하기도 하였다. 낮이면 찬란한 태양이 우주 만물의 성쇠(盛衰)에 대한 열쇠를 쥐고 있다는 것에 무디어진 나의 지혜가 부끄럽기도 하다. 날마다 찾아 주는 것이기에 으레 그러느니 하는 생각이 바보를 만들고 있다. 나는 바보로소이다. 햇살이 없는 며칠 동안에는 그 소중함을 생각하게 된다. 날마다 시도 때도 없이 함께한다면 그 귀중하고 소중함을 까마득히 잊고 있는 것이기에 나는 바보라는 것이다. 태양계에 속해있는 모든 별들에게는 생성하고 성장하며 사라지게 하는 에너지원이기에 감사하여야 할 일이다. 그러나 사람들은 보이지 않을 때는 나타나라고 하고 나타나면 외면하고 더워서 못 살겠다고 아우성이다. 햇살이 미치지 못하는 그늘막을 찾는 불나방 같은 인생들이다. 태양은 무소불위의 능력을 갖고 있다.

태양에서 에너지를 얻기도 하고 기온을 조절하여 우로(雨露)를 주기도 하며, 기압을 이동케 하여 발생하는 바람을 통하여 사람에게 이로움을 무한히 주는 능력이 있다. 인간의 생로병사(生老病死)와 함께 동반하는 분신이기도 하다. 작은 거실에 찾아든 햇살이 너무 고마워 햇살에 대하여 어떤 생각들 가지고 있었는지 나 자신을 돌아보는 계기가 되었다. 태양은 마치 하나님의 명을 받아 심판하고 중재도 한다. 성장하고 발전하며 변형하는 에너지원이 되기도 한다. 차고 넘치면 반드시 중재를 아끼지 않는다. 이것이 하나님의 섭리라는 것이다. 태풍을 일으키는 것도 홍수가 나는 것이며, 물이 넘치고 불이 나며 쓸어가는 것도 하나님의 능력이다. 태워버리는 일도 모두가 차고 넘치기 때문에 중재를 하지 않으면 멸망에 이르기에 중재자로서 서로 간의 밸런스를 맞추는 것이다. 이것이 태양의 역할이다. 절기상으로 하절기다. 태양은 멀리 앞산 너머에 있었는데 언제부터인지 정수리까지 가까워지고 있으니 덥다고 느끼게 되었다. 날마다 30도 상하에서 오르락내리락하니 더워서 못 살겠다고 아우성이다. 더울 때는 더워야 한다. 추울 때 또한 추워야 한다는 것이다. 이 간단한 원리를 내 것으로 삼아 슬기롭게 대처하는 것이 하나님의 뜻이다. 믿는 자는 즐거울 것이요 믿지 않은 자는 고통이 따를 뿐이다. 햇살의 고마움을 느낀다면 인생은 좀 더 기쁘고 즐거워질 것이기에 중구부언하였다. 긍정은 나의 힘이다.

난민(難民) 2018년 7월 3일

지금 제주도에는 예멘 난민 문제로 나라가 떠들썩하다. 제주도는 무사증으로 한 달 동안 머물 수 있는 곳이다. 이곳에 500명이 넘는 예멘 난민이라고 주장하는 사람들이 들어와 난민으로 인정하여 달라고 한다. 국제적으로 난민으로 인정하는 경우는 국적과 인종 또는 종교를 떠나서 특정 사회나 집단의 구성원의 신분이나 정치적 견해를 이유로 박해를 받아 다른 나라로 망명하는 자를 이르는 말이다. 예멘에서 온 난민이라고 주장하는 사람들은 2015년 수니파 정부군과 시아파 후티 반군 사이의 내전으로 발생된 사람들이라고 한다. 유엔 난민기구의 말을 빌리면 2017년 11월 기준으로 예멘을 떠난 난민은 모두가 28만여 명이라 하였다. 이들 중에는 무사증 입국이 가능했던 말레이시아에 입국하였다가, 체류 기간 만료로 떠나야 할 사람들이 다시 무사증 입국이 가능한 제주도를 선택하여 입국한 사람들이라 한다.

금년에 예멘인 561명이 입국했고, 이 가운데 519명이 난민 신청을 하였다고 한다. 이들 구성원은 대부분 남성으로서 젊은 청년들로 구성되었다고 한다. 난민 하면 우선 떠오르는 것이 보트피플을 생각게 한다. 월남이 패망하고 더 이상 살 수 없어 목숨을 걸고 작은 보트를 타고 탈출하는 자들을 난민이라 생각나게 하였다. 그런데 난민이라 주장한 사람들의 면면을 바라보는 시선은 곱지만 않은 것 같다. 먼저 자국의 내전으로 탈출한 사람들이다. 그건데 내전이 죽을 수밖에 없을 정도로 절박한가 하는 문제다. 정치적 탄압은 아니다. 남아서 내전을 치르는 자들과의 비교가 된다. 두 번째는 모두가 남성들로 나이가 20대의 젊은 청년이라는 점이다. 셋째 이질적인 문화의 극복이 가능한가이다. 예를 들어 일을 하면서도 4~5번 기도를 하는 문화가 우리나라에 통용 가능한지, 또한 휘잡을 착용하는 등이다. 가장 중요한 것은 무슬림 중에 원리주의 자들의 테러를 보아왔다. 소름 끼치는 살인을 보아왔다. 머리에 검은 두건을 씌우고 칼로 목을 쳐서 목이 분리되어 땅바닥에 굴러가는 영상을 보여 주는 자들이다. 어린아이에게 총을 주어 쏘아 죽이는 모습에 사람이기를 포기한 집단들이라 생각나게 한 자들이다. 또한 미국의 무역 센터를 비행기로 테러하는 모습에 전 세계인을 경악케 하였다. 다만 무슬림 모두가 그렇다는 것은 아니다.

　그렇다 하더라도 이들을 받아들이기에는 어려울 것으로 전망된다. 물론 종교적인 문제도 큰 요인이다. 또한 정치적인 문제는 예멘은 이북과도 국교를 맺고 있으며 특히 군사 면에서 지원을 받고 있다고 알려진 나라이다. 우리의 실증법상으로는 엄연히 이북은 적으로 대응하고 있는 현실을 감안한다면 이면에 무엇이 있는지 도저히 묵과할 수 없는 일이다. 말레이시아를 경유하였다 하는데, 말레이시아는 무슬림 국가이니 이웃사촌이다. 이웃사촌도 난민 수용을 못하고 배척한 사람들을 우리가 받아준다는 것은 난센스다. 우리는 어떤 입장인가. 인구밀도가 세계 3위권으로 좁은 땅에서 많은 사람들이 살고 있고, 철의 장막 북쪽에는 이사 직전의 동족 2500만 명이 언제 밀려올지도 모르는 절박한 현실이다. 더불어 사는 지구촌이라지만 이들을 받아 용해할 수 있을지는 아니라고 보인다. 홍익인간의 단군의 건국이념을 빌려오지 않더라도, 인도주의에 입각한다 하여도 이건 아니다. 대부분은 난민이라는 탈을 쓰고 있는 자들로 볼 수밖에 없다. 일자리를 달라고 하여 농촌에 알선해주었는데 며칠 일하다가 안한다고 한다. 이유인즉 노임이 작다는 이유다. 그래서 서울로 가게 하여 달라고 난민 신청하였다니 배부른 자들이다. 농촌에 하루 품삯이 7~10만 원꼴인데 이런 자들은 취업하기 위하여 난민을 위장한 가짜 난민이다. 청와대에 50만 명이 넘는 국민들이 난민 수용 반대 글이 올랐다고 한다.

제주 도민들의 난민 반대 시위가 이제는 서울을 점령하였다. 정부에서는 하루속히 전국으로 확산되기 이전에 난민 수용 불가를 선언하여야 할 것이다. 세상에 난민을 알선하는 인터넷 사이트도 있다니 하루속히 범죄 집단을 색출하여 의법 조치하여야 할 것이다. 모 언론사 기자는 사이트에 접속하고 난민 자격을 득하는데 어떻게 하느냐고 질문하였더니 134만 원 정도 소요된다고 한다. 돈으로 난민 자격증과 안내를 받는다고 하니 무서운 세상이다. 제주도에 입국한 예멘 사람들도 철저히 조사하여 처리하여야 할 것을 강력 촉구하는 바다. 등잔 밑도 못 보는 처지에 값싼 관념에 젖어 암적 요인을 만들지 않기를 간곡히 부탁드리는 바다. 유럽이나 미국의 사례를 반면교사로 삼아야 할 것이다.

7월의 단상(斷想) 2018년 7월 4일

오늘이 7월 4일이다. 작은 소망(所望) 하나 이루어지기를 기대하는 달이다. 7월은 일 년 열두 달 중에 일곱 번째 맞이하는 달이다. 상반기가 지나가고 하반기가 되었다. 연 초 계획한 일을 돌아보고 점검하여 남은 반년을 맞이한다. 태양이 정수리까지 가까워지니 본격적인 더위가 오는 달이다. 초중고는 방학이 있기도 한 달이다. 흩어졌던 손자 손녀가 오는 달이다. 한아름 되는 수박이며 노란 참외도 지천에 늘려있다. 청포도 주렁주렁 익어가는 7월이다. 강가에는 어린 아이들 소꿉놀이에 삼매경이다. 말간 하늘에는 흰구름 둥둥 영(嶺)을 넘어가고 푸른 강물에는 물 반, 고기 반이다. 아이들의 깔깔 웃음소리가 천국임을 알리는 7월이다. 이른 봄에 뿌린 씨앗들은 수세(樹勢)가 무성히 자라는 성숙한 7월이다. 매일 하는 일 없이 무위도식(無爲徒食) 하지만 사용 년 수가 많아지면 무어라 해도 건강이 제일이라 한다. 7월은 본격적으로 무더운 여름이라 주의할 점이 많다. 때때로 외출 중에 혹서(酷暑)로 희생당하는 노옹(老翁)들이 전파(電波)를 타기도 하였다. 얼마 전까지만 하여도 구구 팔팔 이삼사가 꿈이었는데 지금은 아니라고 한다. 구구 팔팔 복상사(腹上死)가 최대의 꿈이라고 웃기는 사람들도 있다. 내 가슴은 언제나 푸른 강물처럼 머물러 있을 줄 알았는데 착각을 거듭하는 중에 세월이 멈추었다고 오기(傲氣)를 부려 보았지만 안중에도 없다.

한잠 자고 일어나니 검은 머리 파뿌리처럼 되었구나. 동안(童顔)에 크고 작은 도로(道路)들이 얽히고설킨 내 모습에 화들짝 놀라기도 하였다. 세상이 아니, 세월이 야속하기도 하다. 나도 왕년에는 좋았었는데 또 한가락 하였던 귀하신 몸이야 하고 뽐내 보기도 하였다. 이빨 빠진 호랑이의 넋두리가 아니라 초상집 대문 앞을 지키는 비 맞은 늙은 견공의 신세다. 마음은 청춘이라 아무리 외쳐보지만 어느 누구 귀담아 들어줄 리 없는 세상이다. 여보시오! 나와 함께 놀자 하면서 동행할 친구 찾아보아도 보이질 않구나. 세상이 온통 나를 위하여 있는 착각과 환상이었으면 좋겠다. 죽을 때까지 계속되었으면 좋겠다는 희망이다. 꿈속에서 살다가 갔으면 얼마나 행복할까 때때로 생각이 난다.

마음도 늙고 몸도 늙었으니 뒷방이 내 차지이지만 주야 장차 누워 이 생각 저 생각 해보았자 그 생각이 그 생각이다. 간혹 친구 만나 식사라도 할라치면 옛날 같지 않고 먼 나라에서 낯선 사람 만나는 것 같으니 어찌하여야 할지 답이 없다. 서천행 열차는 도착했는데 차표 끊기가 아직은 이르다고 수십 번 다짐하여 보았다. 마지막 기름 한 방울 다 소모할 때가 언제인지 알지 못하지만 준비는 하여야겠다는 생각이 들기도 한다. 이 세상 왔다가는 흔적 남겨 무엇에 쓰겠는가. 조용히 사라지는 것이 자연의 가르침이다. 시절은 만물이 왕성한 것처럼 청춘을 구가하는 호시절(好時節)이라 노래한다.

어찌하여 시국(時局)은 적폐(積弊) 청산하는 시절이 되었는지 지나간 시간들이 이룩한 흔적들을 모두가 적폐로 청산하겠다고 한다. 선배들이 이룩하고 형님, 아저씨, 아버지, 할아버지가 이룩한 일은 모두가 적폐로 몰아 청산하여야 한다고 난리법석을 떨고 있다. 청산의 계절이 어찌하여 이리도 많기도 하고 길기도 한가. 자신이 하지 않은 일은 모두기 적폐라 한다. 대대로 적폐청산하는 나라가 되지 않을까 심히 우려된다. 가뜩이나 마음 둘 곳 없어 희미한 불빛이라도 찾는 중인데 적폐라는 돌멩이가 잠자고 있는 심연에 돌을 던지니 죽으라는 것인가 살아 있어 달라는 것인지 알 수가 없다. 철없고 지각 없는 아이들도 아닌데 자기부정을 하고 있으니 믿기지가 않는다. 내가 잘못 살아왔고 잘못 생각하고 있는 것은 아닌지 수백수천 번 돌아보았지만 아니다. 그런데 현실은 그것이 아니라 하지 않은가. 70%가 넘는 국민들이 아니라고 하니 어찌하겠는가. 나도 아니라고 하여야 맞지 않는가. 그것이 적폐 시국이라고 하는데 인정하라는 압력이다. 하지만 나는 결단코 아니라 주장한다. 길을 인도하는 사람이 천당의 길을 혼동하여 지옥의 길로 가자고 하는데 절대로 동의할 수 없기 때문이다. 천인단애가 보이는데 검은 악마의 붉은 이빨이 보이며 고통의 소리가 천지에 가득하게 들리고 심판의 날이 가까워지는데 두고 볼 수 없다는 것이 나의 생각이다.

어른이 무엇 때문에 어른이라 하는가. 어른이 어른답지 못하다면 무엇 때문에 어른으로 대접받아야 하는지 돌아보자. 이것은 먹고사는 문제가 아니고 죽느냐 사느냐 하는 엄중한 적폐 시국이기에 나의 주장이 비록 찻잔 속에 미풍이 될지라도 해야 하는 것이 나의 소임이다. 소를 거꾸로 타고 가자 해보았자 소는 예비된 길로 갈 수밖에 없다는 진리를 그들도 깨우치길 바라면서, 서천행 차표를 발부받지 못하는 이유가 여기에 있다. 오늘도 즐거움을 찾아보자.

더위를 이기는 기호품들 2018년 7월 4일

환경은 생존의 필수조건이다. 생존은 환경의 산물이기도 하다. 태풍 쁘라삐룬은 지나간 모양이다. 아랫마을에 생채기를 내면서 태풍이라는 이름값을 하고 사라졌다. 이어서 더위가 반가운 손님으로 집안 구석구석을 찾아오니 감사하여야지. 말로 덥다 덥다 하니까 실제로 더 더운 것 같다. 아직은 더운 것도 아닌데 체감이 그렇다고 하니 나도 그렇게 생각된다. 집안에서야 더우면 선풍기 틀고 있으면 신선놀음이다. 에어컨은 전기료가 비싸다 하니 언감생심 잘 모셔놓기만 하고 더우면 한번 쳐다보고 하는 정도다.

탈 원전을 한다니 많은 사람들이 전기료 폭탄 세례 받지나 않을까 하는 우려도 있다. 그 조짐이 서서히 나타나는 것 같기도 하다. 실제 상황이 온다면 선풍기도 사용하지 못할는지 우려가 되기도 한다. 설마하니 그렇게 하겠는가 하는 작은 기대도 있다. 만약에 그것이 현실화된다면 손풍기(부채)로 대체하는 도리 밖에 다른 무슨 뾰족한 방안이 떠오르지 않는다. 손풍기 하니 옛날 생각이 절로 난다. 지금도 내 머리맡에는 손풍기를 비치하고 있다. 여차하면 틈새에 애용하고 있지만 주종은 아니다. 손풍기인 부채는 손으로 부쳐서 바람을 일게 하는 도구이다. 에어컨이나 선풍기가 나오지 않을 때에 모두가 사용하던 더위에 없어서는 안 되는 기호품이었다. 더위에 주로 사용하고 때로는 의식을 거양할 때도 사용하였다. 의상에 따르는 부속품으로도 인기가 있었다. 대표적인 종류는 둥글부채와 접이식 부채가 주종을 이루고 있다. 어디에서부터 유래가 되었는지, 혹자들의 이야기로는 나뭇잎에서 근원을 찾았다고 하였다. 언제부터 사용하였는지는 우리의 역사만큼이나 오래된다. 바람을 내는 목적 외에도 예술적으로 승화되기도 하였다. 산수화나 수묵화로 예술성을 표현하기도 하였다. 부챗살이나 모양에 따라서 신분을 표시하기도 하였다. 주로 접었다가 폈다 하는 접이식 부채는 양반 계층에서 애용하였고 둥글이 부채는 일반 시민들이 많이들 사용하였다. 사용하는 모습도 가지가지였다.

더위의 정도에 따라서 손놀림이 바쁘게 흔들어 바람의 량을 많이 일어나게 하는 방법도 있고, 양반님 내들은 품위를 잃지 않으려고 점잔을 빼면서 수염을 휘날릴 정도이다. 아낙네들은 아름답게 흔들어 정숙함을 나타내기도 하였다. 종류와 사용은 사람에 따라서 신분에 따라서 나타나기도 하였다. 부채는 대오리로 살을 만들고 넓적하게 하여 그 위에 창호지나 헝겊을 바른 다음에 그림을 그려 넣기도 하였다. 부채란 말은 "부치는 채라는 말인데" 줄여서 부채가 되었다고 전한다. 사용의 연원은 원시사회까지 거슬러 올라간다는 설이 있다. 더위에 없어서는 안 되는 필수품 부채는 각 업체에서 광고용으로 많이 제작하여 무상으로 공급하고 있다. 또 예쁘고 고급인 제품은 대량생산하여 시장에 공급하기도 한다. 여름철에는 더워야 한다. 성장의 계절이기에 합당한 기온은 필수조건이다. 더워야 할 때 추워버리면 성장은 멈춰버리는 재해(災害)가 오는 것이다. 때문에 더워야 하는 계절을 부여한 것이다. 요사이 사람들은 참을성이 많이 부족한 것 같다. 특히 춥고 더울 때에 죽겠다고 호소하는 사람들이 많다. 문화가 발달되고 모든 것이 풍요로워지니 편익만 찾게 되는 문화에 익숙하였기에 고통이 따르는 일은 하지 않으려는 경향 때문이다.

사람도 자연의 일부분이다. 자연을 거스르면 재앙이 찾아오게 된다. 순응하면서 살아가는 연습을 하여야 좋지 않을까 한다. 사람들은 더위를 이기기 위하여 산을 찾고 강도 찾을 것이다. 차가운 계곡에 발을 담그기도 하고 수목 속에서 산림욕도 즐기게 될 것이다.

역지사지(易地思之) 하는 사람들은 극기 훈련을 하기도 한다. 농촌 일손 돕기로 더위를 극복하고자 하는 아름다운 젊은이들도 보인다. 푸른 바다에서 젊음을 과시하기도 한다. 숨겨진 지구촌의 절지를 찾아 족적을 남기려는 자들도 있다. 세계는 하나의 무대다. 어떻게 이용하는지는 자신의 몫이다. 덥다고 불평 말고 이기는 방안을 모색하여야 할 것이다. 그것이 당신의 존재 이유다. 자연의 일부이기 때문이다. 우리 선조들께서는 동구 밖 느티나무 그늘을 피서지로 이용하였다. 사랑방 퇴청 마루에 불어오는 시원한 바람에 목침 베고 누워 시절을 읊기도 하였다. 철따라 자연을 생활에 적극 이용하셨던 분들이셨다. 우리는 공동체의 삶 속에서 자신의 꿈을 키운다. 홀로는 불가능하기에 더불어 사는 지혜를 가졌으면 보다 나은 세상이 열리지 않을까 더위를 앞두고 생각해 보았다. 생각은 항상 나를 새롭게 한다.

고통은 또 다른 성숙이다 2018년 7월 5일

나이가 한 살 두 살 많아지면 아픔을 느끼게 된다. 몸에 상처가 나서 아픔을 느끼기도 하고 병이 있어 고통을 느끼기도 한다. 이렇게 육신적 고통 외에도 심적(心的) 고통도 느끼면서 성장한다. 절박한 위험에 처했을 때나 소망하였던 일이 실패하거나 난관에 부딪쳤을 때도 아픔이 따른다. 소중한 것을 잃어버리거나 빼앗겼을 때도 그러하다. 그러니 육신적 고통과 심적 고통을 경험하면서 유아에서 청소년으로 성인으로 자라 사회의 일원이 된다. 이와는 반대로 기쁘고 즐거움을 함께 동반하기도 한다. 기쁘고 즐거움을 많이 가져라고 의사들은 권고하지만 말처럼 쉽지 않은 것이다. 날마다 즐거우면 얼마나 좋겠냐마는 희망사항에 지나지 않는다. 많이 웃을수록 엔도르핀이 많이 생성되어 고통을 완화시켜 건강한 삶을 유지할 수 있다고 하지만 아는 것에 머물러있다. 알면서 또 뜻이 있다고 해서 모두 이루어지는 것은 아닌 모양이다. 부처는 삶 자체가 고(苦)라고 하였다. 정답이다. 고(苦)라고 하는 것은 성숙의 묘약(妙藥)이라 나는 표현하고 싶다. 고통은 자신이 직접 느끼면서 경험한 후에 다음에는 같은 유형의 고통을 경계하기 때문이다.

예수는 사랑을 가르쳐 왔다. 하지만 사랑도 마음에 있다하여 다 이루어지는 것은 아니다. 사랑에는 인내와 고통이 함께 동반한다는 것이다. 사랑 아무나 하는 것이 아니다. 사랑은 용광로와 같아야 한다. 모든 것을 녹여주는 용광로가 사랑이다. 용광로는 고통도 사랑도 모두 받아들이는 것이 진정한 사랑이다. 그래서 사랑을 아무나 하는 것이 아니라고 한다. 사랑하고자 노력하라는 말씀이다. 사랑은 고통을 줄여주고 기쁨을 더하는 신비한 약이다. 모든 사람들이 귀담아 듣고 실천하기에 앞장설 때에 세상은 아름다워질 것이다. 그래서 사랑은 위대하다고 한다. 고통 없는 세상이 사랑이 가득한 세상이라는 것이다. 고통을 줄인다는 것은 사랑을 이루는 과정이다. 사랑이라는 목적을 달성하기 위하여 고통이라는 어두운 터널을 지나야 한다는 이야기다. 우리말에 고진감래(苦盡甘來)라는 말이 있다. 고통을 넘어야 사랑이 있다는 뜻이다. 인생은 쓰다. 그러나 그 열매는 달다는 말도 같은 의미이다. 세상에는 원인과 과정없는 결과는 없다는 것이다. 이루고자 하는 목적이 있다면 이루기 위하여 여러 경로를 통하여 자료를 수집하게 된다. 수집된 자료를 분석하여 어떤 길이 좋을 것인지 선택하게 된다. 도보할 것인지 아니면 열차로 또는 비행기로 갈 것인지를 선택한다. 그리고 힘이 드는 고통을 감수하면서 열심히 자신의 길을 간다.

목적지에 도달한다는 것은 고통과 함께 동반하는 일련의 과정을 이르는 말이다. 세상사 공짜가 없는 것이다. 노력한 만큼의 결과를 얻는 것이다. 그것이 하나님이 주신 인생사다. 무엇일까. 바로 고통을 주셨다. 남자는 일하는 고통과 즐거움을, 여자는 산고(産苦)의 아픔과 즐거움을 함께 주신 것이다. 우리는 반드시 이 위대한 사명(使命)을 지키며 살아야 하는데 그렇지 못하니 세상이 어지러운 것이다. 우리가 몸담고 있는 대한민국이 바로 엄청난 갈등(葛藤)이라는 고통으로 절체절명의 위기를 맞이하고 있다. 이 위기를 담아 녹일 수 있는 용광로를 찾고 있는 것이다. 이것이 우리가 해결하여야 할 하나님의 주신 사명(使命)이다. 선택은 우리의 몫이다. 하나님이 선택하신 자유대한민국에 희망이 있겠는가. 아니면 동토인 북쪽에 있는지 가슴에 물어보아야 할 것이다. 자유대한민국이 처한 갈등은 너무나 깊고 넓어 그 끝이 어디까지 인지 가늠조차 어려운 현실이다. 지금 같아서는 치유가 불능하지 않을까 하는 우려를 금할 수 없다. 보다 못하여 나라를 지키고 발전시키다 은퇴하신 국가 원로들께서 호소하여 보지만 들려오는 것은 메아리뿐이다. 권력을 잡고 있는 자들은 무소불위의 행진을 감행하고 있다. 모두가 하향평준화에 맞춰서 속도전을 펼치고 있다. 처참한 경지의 나락으로 떨어지는 중이다.

적어도 하향의 기준은 북쪽에 버금가는 정도로 하고자 하는 것이 목표인 것 같다. 지금의 우리 고통으로 성숙할만한 비전이 동토의 땅에 있는 것인가 묻지 않을 수 없다. 사랑(평화)이라는 이름으로 무지한 국민을 속이고 기만한 그 죄과를 어떻게 감당할 것이지 측은지심(惻隱之心)이다. 세상에는 원한다고 모두가 이루어지는 것은 아니다. 지금까지 성장하고 발전시킨 성과와 수고하신 분들을 외면하고 역사에 지운다면 어디에서도 희망은 찾을 수 없다. 이것이 하나님의 뜻이다. 이들이 추진하는 연방제는 도박도 아니고 혁명도 아니다. 평화라는 이름으로 자유대한민국을 테러하고 있다. 깨어나자 국민들이여! 평화와 사랑을 지키고자 한다면 깨어나야 한다. 누가 이야기하였든가. "헛되고 헛되니 모든 것이 헛되도다." 이 이치(理致)를 깨우친다면 당신은 누리마루(정상)에 올라선 것이다.

정의(正義)는 어디에 있는가? 2018년 7월 5일

　누구나 옳다고 하는 일에 손뼉 친다. 탯줄을 끊으면서부터 배운
다. 죽을 때까지 이것이 바른 일이고 바른 세상이다. 어떤 사안에 대
하여 생각하는 바, 또는 처리하는 일을 보고 그 사람이 정말로 정의
로운 사람이라고 평가하는 것과 같이 개인에서부터 정의는 출발되었
을 것이다. 정의는 개인으로부터 시작되는 가치이고 의식이다. 어느
부모가 어느 선생이 옳다고 하는 것을 그르다 하겠는가. 공동체의 사
회가 복잡하여지면서 사람들의 이해관계가 얽히고설켜 갈등이 점증
하면서 정의라는 가치는 개인에서 사회적인 성격을 띠게 되었다. 오
늘날에 정의를 말하면 반드시 사회적인 정의를 말하는 것일 것이다.
정의는 그 시대와 관점과 장소 혹은 이념적인 입장에서 다양하게 나
타나고 있다. 정의사회를 구현한다는 것은 그 사회가 추구하는 최고
의 가치가 되었다는 말이다. 이는 사상의 문제가 아니고 사회 제도상
의 문제이다. 자유대한민국을 지키기 위하여 우리 사회에 맞는 정의

를 구현하는데 의무와 책임이 있다 할 것이다. 자유대한민국의 질서에 반하는 정의를 추구한다면 당연히 배척되고 비난받으며 갈등을 가져오는 것이다. 지금 우리 사는 자유대한민국이 정의로운 사회인가 아닌가에 대하여 심도 있게 고민하여야 할 것이다.

보시다시피 정의는 찾아 볼래야 찾을 길이 없다. 우리 모두 바른 세상에서 살고 있다고 믿고 있는지 자신에게 물어보자. 그것은 높은 데 있는 것도 아니고 낮은 곳에 있는 것도 아니다. 바로 자신의 의식 속에 있다. 그래서 이것이 옳은 일이 아니라고 판단되면 행하지 않는 것이다. 그러니 자신의 책임 하에 결정하고 동의하고 부정하게 된다. 옳고 그름을 판단하는 것은 개인의 천부적인 능력과, 자라는 환경에 의하여 의식과 가치가 정립되는 것이다. 개인이나 사회도 마찬 가지다. 바르고 옳은 일들이 넘쳐날 때 살만한 세상이 된다. 지금 우리 사회가 바른 사회라고 생각되는지 아닌지 매일 피를 튀기는 일들이 진행되고 있으니 바라보는 국민들은 이 무더운 여름철에 복장이 터질 지경에 이르렀다. 각종 이익집단들의 주장은 사회질서에 반하지 않으면 환영받을 일이다. 자신들의 주장을 들어주지 않는다고 하여 다른 사람의 권리를 침해한다면 비난을 받아 마땅한 일이다. 이것이 옳은 일이며 정의일 것이다. 자신들만의 세상이 아니다. 더불어 살아가는 세상이기에 사회정의가 필요한 것이다. 자신들의 권익을 위해서는 타인이 향유할 가치마저 부정한다면 옳은 일도 아니며 정의는 더욱 아니다. 홀로 외딴섬에 살아간다면 옳은 일이 무엇인지 찾아보지만 어디에도 없을 것이기에 하는 이야기다. 모두가 알고 믿고 있는 상식이 바로 옳은 것이며 정의라 하여도 무방할 것이다.

정의가 어렵고 난해한 것이 결코 아니다. 대다수 사람들에 의하여 오랫동안 이치에 합당한 일로 인식되어 왔던 일들을 말하는 것이다. 지금은 법도 사라지고 도의도 양심도 찾을 길 없으며 사회의 모든 주체들과 기능들이 마비되고 말았다. 정의도 눈 닦고 찾아보아도 흔적조차 찾을 길 없다. 자유대한민국은 허울만 있었지 알맹이는 벌써 없어진지 오래다. 흠 없고 도덕적이며 건국 이래 가장 청렴한 대통령을 망나니 칼춤으로 탄핵하고 끌어내려 감옥소에 보내고 1년하고도 반년이 지나고 있다. 모두가 외면하고 있다. 정의는 책에나 있는지 오래되었다. 이것이 올바른 세상인가. 결단코 아니다. 자유대한민국을 말살하고자 하는 자들이 무소불위의 칼을 휘두르고 있다. 나라의 모든 기능이 그들이 추구하는 연방제에 맞춰져 있기 때문이다. 대한민국을 없애겠다고 질주하고 있다. 70%가 넘는 국민들이 손뼉 치는 중에 지방선거에서 싹쓸이하였으니 꺼릴 것이 없다. 두목과 두 번 만나모두 조율도 끝낸 모양이다. 되자고 하니 가만히 앉아서 밥상을 받아먹게 되었으니 주저할 이유가 없을 것이다. 3대 세습에 와서야 적화통일의 꿈을 이루는구나! 쾌재를 부르고 있다. 5천만 명의 생명줄을 그들에게 바치려 하고 있다. 모르고 있는 건지 외면하고 있는 것인지 알면서도 기나라고 있는지 알다가도 모를 일이다.

가진 것 모두 바쳐야 하고 몸도 마음도 바쳐야 하는 날이 다가오는데도 묵묵부답이다. 지금까지 이룩한 모든 것 상납하여도 목숨을 부지할런지도 모를 일인데도 믿지 않고 있으니 벽을 바라보는 것 같다. 직접 당해보아야 정신이 들려나. 지금 아무리 아니라고 말해 보았자 우이독경(牛耳讀經)이다. 전쟁과 평화 중에 선택할 먹잇감을 주니 앞

뒤 가릴 것 없이 평화를 물었다. 늙은이들이야 전쟁과는 한 다리 멀리 있으니 그렇게 주장할 수도 있겠지만 당사자는 젊은이들이기에 어떤 경우가 오더라도 평화를 지지할 수밖에 없다는 것이다. 불쌍하고 가여운지고, 밥그릇만 생각하였지 쌀독은 생각 못하는 어린 광대들이다.

숨! 잘 쉬고 있는지 2018년 7월 6일

  사람이 가장 축복받은 일은 이 세상에 태어났다는 것이다. 생명의 소중함을 이르는 말씀이다. 종교적인 의미도 있을 것이고 과학적인 탄생의 신비도 있다. 이렇게 거룩하고 숭고한 생명을 열심히 살다가 왔던 곳으로 돌아간다. 살아있다는 증거를 손쉽게 확인하는 방법 중에 숨을 쉬느냐 아니냐 확인하는 것을 많이 이용하고 있다. 코나 가슴이나 배 등을 통하여 감지하는 것이다. 호흡이 원활하다는 것은 건강함의 증표이기도 하다. 호흡에는 건강한 호흡이 있는가 하면 해로운 호흡도 있다고 한다. 호흡은 낮과 밤을 가리지 않는다.

  또 활동하며 수면 중에도 호흡은 계속 이어진다. 태어나 죽을 때까지 연속된다. 숨이 끊어지면 모든 기능이 멈춰진다. 흔히들 숟가락 놓으면 죽는다는 말은 숨이 끊어지면 숟가락을 놓는다는 말이다. 하나님의 영체가 부모님의 육신을 통하여 이 땅에 태어나게 하셨으며 주신 사명을 열심히 살다가 거두어가실 때까지 숨은 계속 쉰다. 날마

다 즐겁고 감사하여야 할 것이다. 즐겁고 감사가 있는 호흡이 중요하
다. 반대로 감사하지 않은 호흡은 무익하다. 아주 옛날부터 호흡이
라는 들숨과 날숨에 대하여 연구하고, 체험을 통하여 정립되어 전해
지는 호흡들이 지금도 건강의 중요한 분야를 차지하고 있다. 사람들
은 호흡에 대해 크게 관심을 가지고 있지 않은 것 같다. 들숨과 날숨
이 무슨 건강에 크게 필요하지를 느끼지 못하는 현실이다. 몇초 만에
들이쉬고 내쉬는 것은 인체의 필요 현상일 뿐이니 관심 밖의 일이다.
관심을 가진다 하여도 별로 뾰족한 방안이 없기에 자신의 신체 현상
에 그냥 맡기고 있다. 호흡에는 가슴으로 호흡하는 흉식(가슴) 호흡
이 있고 배로 숨 쉬는 복식호흡이 있다. 가슴으로 쉬는 호흡은 태어
나 성장하면서 환경에 의하여 습관화된 호흡이고, 복식호흡은 태아
의 호흡을 말하고 있다. 간난 아기의 호흡을 말한다. 아이가 잉태되
어 모체에 있을 때는 배꼽과 연결된 탯줄을 통하여 호흡하였다가 태
어나 탯줄을 차단하고 나면 배로 호흡하는 모습을 아기에서 발견할
수 있다. 태아서부터 시작한 호흡이 복식호흡이다. 배로 호흡한다는
말이다. 이것이 호흡의 시초이고 원천이며 건강의 상징이 된 호흡이
기에 태아의 호흡법으로 돌아가자고 하는 것이다. 그것이 건강과 밀
접한 연관성을 체험과 연구를 통하여 발견하였기에 우리에게 가장
많이 알려진 것이 복식호흡법이다. 호흡은 건강한 에너지를 받아들
이는 들숨이 있고, 몸속의 나쁜 에너지를 밖으로 내보내는 날숨으로
구분한다. 이 들숨과 날숨을 힘 있게 교차하면서 운용하느냐에 따라
건강한 생활에 막대한 영향을 미친다고 한다. 태아의 새근새근하는
숨소리는 배의 팽창과 수축을 쉽게 보아왔다. 나는 십 년이 넘도록

복식호흡에 관심을 가지고 실행하고 있다. 호흡은 산소를 마시고 이산화탄소를 배출하는 반복 작용이다. 복식호흡은 기(氣)를 원활하게 한다. 우리의 몸은 기(氣)의 순환이 잠시도 쉬지 않고 운행하는데 어느 한 곳에 막히게 되면 답답함을 느끼기도 하고 고통을 가져오기도 한다. 복식호흡은 막힌 기의 순환을 촉진시켜 원활하게 한다. 혈액순환을 촉진시키고 정상적인 체온을 유지케 한다. 혈압도 안정적으로 유지하는 효험이 있다. 나아가 장운동을 원활히 함으로 소화에 도움을 주고 변비를 없애는 기능도 있다.

정신불안을 안정시켜 평상을 회복하는 역할을 한다. 호흡을 어떻게 할 것인지는 어렵지 않고 쉽게 할 수 있다. 관심의 문제이고 의지의 문제다. 지금부터라도 늦지 않았으니 모두가 관심을 가져 보았으면 좋겠다. 간절한 생각이다. 처음 하시는 분들에게는 10분 정도는 길게 느낄지 모르지만 연습으로 충분히 즐거운 마음으로 할 수 있다. 나는 처음에는 걸어가면서도 단전을 통하여 연습하였다. 몇 발 걷다가 잊어버리면 또 하고를 반복하였다. 숙달이 되면 아랫배가 따뜻해짐을 느끼게 된다. 1차로 호흡 효과를 보는 순간이었다. 집에서는 아침 운동하기 전에는 명상과 함께 10분간, 저녁에 잠자기 전에도 10분간 명상과 함께 복식호흡을 생활화하고 있다. 몸의 신진대사가 원활해짐을 몸소 체험하고 있다. 때로는 귀찮다는 순간도 있지만 인내와 의지로 극복하고 있다. 평자 세로 눈을 감고 턱을 약간 아래로 당기고 순기능에 따라서 들숨을 하고 1~2초가량 멈추었다가 천천히 고르게 내쉬기를 반복하는데 들숨보다 날숨을 조금 더 길게 하는 방법이다. 건강은 사람에 따라서 자기의 취향대로 하는 것이지만 서로의 취득한 정보를 교류함으로써 건강에 도움이 된다고 믿고 있다. 너무 늦었다 생각하는 것은 하지 않겠다는 뜻이다. 늦었다는 것은 없다. 지금이 최적기라고 믿는다.

우려스러운 점은 없는가 2018년 7월 6일

    사람 사는 세상은 신뢰라는 믿음의 바탕에서 유지되는 것이다. 그만큼 신뢰를 갖는다는 것은 생명만큼이나 중요한 것이다. 비록 가난하였지만 믿음을 최고의 가치로 살아오신 우리 조상님이 너무나 자랑스럽다. 선인들의 가르침이 지금에 와서 그 빛을 발하고 있다. 크고 작은 약속을 지키는 일이야말로 신뢰를 쌓는데 출발점이다. 매일매일 약속을 하고 이행하면서 신뢰를 쌓는 것이 사람의 일상이다. 신뢰를 잃는다면 어떤 현상이 올까. 철석같이 믿고 약속을 하였는데 그 약속이 지켜지지 못한다면 믿음 자체는 존립하지 못할 것이다. 약속에는 구두로 하는 약속도 있고 문서로 하는 약속도 있으며 증인을 세워하는 약속도 있다. 이는 개인의 생활은 물론이며 사회나 집단 간의 그리고 크게는 국가 간의 약속도 있다. 사람이 사람답게 행한 것이 유교의 지도이념이다. 이는 인성(人性)을 두고 하는 말씀이다. 사람이 사람답지 못하면 금수(禽獸)와 같다는 말로 표현되고 있다. 사람과의 약속을 지키지 않는다면 사람이 아닌즉 금수(禽獸)와 같다는 말이다. 신의(信義)는 생명줄이다. 지금 우리 사는 세상에 국민들의 합의한 약속을 무너뜨리는 일들이 공공연히 진행되고 있다. 국가 전반에 걸쳐 만들어 놓은 약속들을 헌신짝만큼도 여기지 않는 세상이 되었다. 정해진 약속을 지키는 사람이 범법자로 취급받는 세상이다. 언론은 언론이기를 포기한지 오래되었고 교단이나 노동 분야며 행정도 법치도 문화도 모두 일탈하였는데도 바로잡아야 할 국민들은 관심 밖이다. 너희들이 알아서 하라는 것도 아니고 오히려 손뼉까지 치고 있으니 설명이 되질 않는다. 종전의 약속들은 모두가 인정할 수 없다는 것이다. 지켜야 할 양심도 도의도 규범도 법망도 모두 인정할 수 없고 새로운 패러다임을 만들기를 원한다고 하니, 70%가 넘는 지지를 받는다는 발표를 보니, 경이로운 세상이다. 그 길이 미치는 영향 같은 것은 안중에도 없다. 우리끼리 하고자 하는데 왜 간섭을 하는가 라는 의식이 팽배해 있다. 과거에 우리를 도와주고 보호한 일들은 과거사일 뿐이고 우리도 먹고 살만하니까 더 이상 간섭하지 말고 당신들 나라로 돌아가라고 한다. 우리가 자유민주주의를 하던 조선 인민민주주의 택하든 연방제를 원하든 우리의 문제이니 관심 끄고 나가라는 것이다. 그러기 위해서 판문점 선언이라는 것이 나왔다.

선언의 내용이 잘 증명해 주고 있다. 한반도 비핵화는 우리의 문제가 아니고 미국의 문제이며 나머지는 모두 도와주고 퍼다주자는 이야기 밖에 다른 것은 어디에도 없다. 가장 중요한 것은 핵인데, 핵은 우리가 하나가 되면 우리의 소유인데 왜 없애려고 하는가 하는 주상을 해서 우려를 낳게 하고 있다. 국제사회의 우려도 고려 대상이 아니다. 국제 협약도 안중에 없다. 그 실례로 남북 농구 경기를 평양에서 개최키로 하고 선수들을 태우고 가야 하는데 이동 수단을 비행기로 결정하고 보니, 북한을 방문한 일반 여객기 비행기는 미국에 입국할 수 없는 유엔 제재를 피하기 위하여 군용 수송기를 이용하였다니 한마디로 웃기는 일이다. 미 대사관 앞에서 반미 선동자들이 성조기를 태우니 바라만 보는 우리 경찰들의 모습과, 태극기 집회에서 인공기 태우는 자들을 즉석에서 체포하는 경찰들의 민낯을 보았으니 무슨 말이 더 필요하겠는가. 6·12 싱가포르에서 미, 북 회담은 트럼프 대통령을 가지고 놀았다는 증거들이 서서히 밝혀지고 있다. 회담을 하는 중에도 핵시설은 확충되었고 또 다른 시설들이 포착되었다는 미국 정보기관들의 보고는 우려하지 않을 수 없는 소식이다. 북한은 얻을 것 이상으로 얻었다. 그리고 의기양양하게 중국 국적기로 돌아가 우려하였던 것이 현실에 가까워지고 있다.

그들은 애초부터 핵 포기는 계획에 없었다. 있다면 오매불망 적화통일뿐이다. 트럼프의 과대포장은 세계인들을 실망시켰다. 그의 말에 신뢰성은 떨어졌다는 이야기다. 나중에 이것이 아니라는 낌새를 차리고는 말이 조금씩 바뀌기 시작하여 우려스러움도 표현하기까지 이르렀다. 북핵 폐기 로드맵을 2년 안에 이루겠다고 호언하였는데 꼬랑지는 보이질 않는다. 급기야 폼페이오 장관을 북한에 보냈지만 6·25 참전 미군 유해 송환으로 북한은 답례할 것으로 보인다. 또 미국은 커다란 선물 보따리를 풀어 놓을 확률이 매우 높다는 것이 나의 생각이다. 아무리 얼리고 달래보았자 괜히 힘만 빼는 회담이 될 것이다. 저들은 핵 보유를 인정하라는 것이다 인정하는 바탕 위에서 진지한 회담을 하자는 것이 저들의 전략이며 전술이다. 나라 안에서는 주권자인 국민들이 부당하고 불법적으로 권력을 잡은 자들의 단죄를 물어야 하는데. 위급한 봉홧불을 보고도 눈 감고 있으니 희망이 보이질 않는다. 이 시간에도 북쪽은 전쟁 준비를 하고 있다는데.

모처럼 청명한 하늘을 보다 2018년 7월 7일

모처럼 파란 하늘이다. 더구나 거실까지 허락도 없이 무단 침입한 대림산과 금봉산의 아름다운 진경산수화가 눈앞에까지 다가왔다. 오늘따라 청명하기가 몇 달 만인지 기억도 가물거린다. 항상 희뿌연 오염된 황사와 미세먼지며 스모그 가득한 공간만 바라보다가 모처럼 화창한 날씨를 보니 마음은 하늘을 날고 있다. 자연은 넘치거나 부족하면 반드시 자정하여 밸런스를 유지케 한다. 사람들은 문명의 발달로 자연의 가르침을 외면한 결과가 오염의 원인 제공 주범이다. 훼손은 한순간이지만 복구는 오랜 세월 동안 지속되고 천문학적인 비용을 요구하게 된다. 그리고 나만, 우리만 잘하면 되지 하는 시대는 지났다. 지구촌 모두가 함께 노력하여야 가시적인 효과를 기대할 수 있다. 미국의 기상학자 로렌츠는 브라질에 있는 나비의 날갯짓이 미국 텍사스에 토네이도를 발생시킬 수 있다고 주장한 바 있다. 미세한 변화는 정기적으로 큰 변화를 일으킬 수 있다는 것이다. 우리는 기상학적으로 보면 매우 취약한 상황이다. 위로는 광활한 사막과 사막화가 진행되고 있다. 중국과 몽골에서는 철따라 강력한 편서풍이 불면 건조한 사막의 모래 알갱이를 하늘 높이 끌어올린다. 기류를 따라 한반도로 이동하면서 산업화로 발생한 유해한 오염물질들을 포함한다고 한다.

이렇게 오염된 공기가 우리의 청명한 하늘을 공격하게 된다. 경제개발로 공업단지가 무수히 건설되면서 이들로부터 배출되는 오염된 공기와 폐수는 가히 살인적이다. 우리나라를 포함한 중국 몽골 모두 같은 입장이다. 때문에 어느 한 나라가 잘 한다고 하여 해결될 문제가 아니다. 발생 원인에서부터 서로 간에 인정하는 것이 우선이다. 자국에서 원인 제공이 아니라고 하면 대화의 의미가 없다 중국, 몽골, 한국은 서로의 오염 원인 제공을 인정하면서 대화가 시작되어야 하는데 황사를 자연현상이라고 한다면 의미가 없어진다. 대화를 몇 차례 해보았자 서로의 입장만 개진한 것이 전부다. 오염된 공기는 인류 공존에 위협을 가하고 있다. 각종 질병이 사람들의 생명을 위협하고 그로 발생되는 비용은 매년 천문학적이라 한다. 요람에서 무덤까지라는 꿈은 역시나 꿈에 지나지 않을 것이다. 이수(理數)에 밝은 기업들은 이 기회를 이용하여 공기 정화기를 개발하여 이익을 취하고 가전제품 판매소마다 가득한 상품을 보고 시민들은 너도 나도 구입하여 사용하는 세상이 되었다. 얼마 전까지만 하여도 공기는 공짜로 무한히 사용하였는데 지금은 아니라고 한다. 자유재(自由財)로 사용하던 때는 옛날 이야기책에나 나오게 되었다.

돈을 지불하고 마시는 세상이 되었다. 청정공기는 사람에게만 사용된 것은 아니다. 우리나라는 재료를 수입하고 가공을 거쳐 상품을 생산하여 외국에다 팔아서 먹고사는 나라다. 제품 생산에 청정공기는 필수 재료다. 특히 첨단 제품에는 오염된 공기는 치명적이라고 알려져 있다. 4차 산업이니 융합의 시대니 하면서 미래의 먹거리에 필요한 상품생산을 하는데 청정공기는 원가에 큰 영향이 미칠 것이다. 개발은 파괴를 함께 동반한다. 지구촌 모두가 개발한다는 명목이 보존한다는 주장을 압도한 결과이다. 하늘이 전부 오염 물질로 가득하다. 앞으로 집을 건축할 때도 공기 청정 시설이 필수로 등장할 것이다. 외부의 오염된 공기를 집안으로 유입할 때는 깨끗이 정화시켜서 유입하고 실내에서 사용된 나쁜 공기는 밖으로 배출할 때도 정화시키는 시스템이 도입되지 않을까 전망되기도 한다. 지금 첨단 연구시설에는 완벽한 정화시설이 갖추어져 있을 것이다. 밖에 나갈 때도 호흡기는 물론이고 입고 있는 의상에도 필요한 상품들이 개발될 것이다. 생활문화는 상상을 초월한 변화의 조짐들을 예고하고 있다. 생활의 근거지도 크게 변화를 예상할 수 있다. 도시를 탈출하는 일들이 일어날지도 모를 일이다. 산수 좋은 곳을 찾아 오지(奧地)로 몰려들 수도 있다는 말이다. 매일 자연인으로 살아가는 사람들이 화면에 비치진다. 그사들이 선구자가 될 지도 알 수 없는 일이다. 살기 위하여 무슨 일인들 못하겠는가. 이동 수단도 많이 달라질 것이다.

자동차는 휘발유에서 전기로 수소로 나아가 물을 사용하는 세상을 염두에 두는 사람들도 있을 것이다. 한발 더 나아가면 도로를 위하여 투자할 필요가 없는 세상을 예상할 수 있다. 하늘을 나는 드론 같은 제품이 다방면으로 확대될 개연성이 보인다. 이웃에 나들이 갈 때도 자전거나 자동차 대신에 드론을 이용하게 될 것이다. 먹을 것과 입을 것, 사용하고 이용할 모든 것들에 대하여 분명한 것은 대혁명이 일어난다. 그것은 선택이 아니라 필수 상황이다. 대기 오염의 결과는 상상을 초월한 새로운 시대가 열린다는 것을 대비하여야 할 것이다. 이것을 만만디로 생각해서는 공멸하는 사태가 올는지도 모르기 때문에 시급히 준비하는 자만이 성공할 것이다. 지금 주사파들이 연방제에 몰입할 때가 아니란 말이다. 등신들아!

과일 천국 2018년 7월 9일

 철이 과일 철이다. 길 가다 보면 노점상들도 과일로 생계를 꾸려
간다. 재래시장이나 마트에도 과일이 상좌의 주인 행세를 한다. 특
히 수박은 풍채만큼이나 단연 최고다. 참외도 뒤질세라 색깔로 나 여
기 있소 하고 자랑한다. 주먹만 한 빨간 토마토는 침이 목구멍을 꿀
격하고 넘어가게 하는 눈요기다. 이름도 잘 알려지지 않은 외래종도
비집고 앉아있다. 시장은 노력 여하에 따라서 광야처럼 확장하고 있
다. 나라 간의 또는 다자 간의 FTA 타결로 국경이 사라지고 있다. 물
이 높은 곳에서 낮은 곳으로 흘러가듯 상품은 가격 경쟁력이 있는 곳
으로 흘러가게 마련이다. 얼마 전까지만 하여도 철따라 시장에 나타
나는 과일들이었는데 지금은 사시사철 나타난다. 재배 기술의 발달
로 철이 없어지고 있다. 지금은 농한기가 없어졌다. 하우스재배로 연
중 생산하고 있다. 세상 참 많이도 변하였다. 나만 변한 줄 알았는데
변하지 않은 것이 없다. 품종도 개량되어 크기나 당도와 영양가도 높
아지는 전천후 농업이다. 멀고 먼 칠레에서도 미국에서도 캐나다 등

등 과일은 파도처럼 밀려오고 있다. 협상에 따라서 오래된 토종이 사라지는 경우도 나타날 수 있다고 우려한다. 농민들이 거리로 뛰쳐나오는 이유다. 특히 우리나라와 같이 자원 없는 나라에서는 재료를 수입하여 중간재나 아니면 완제품을 만들어 오대양 육대주에 팔아먹고 살기에 시장은 생명줄이나 다름없다.

　과일 천국에 독보적인 크기를 자랑하는 수박은 남아프리카와 아열대의 건조한 초원지가 원산지로 알려져 있다. 허준이 지은 음식품평서 『도문대작(屠門大嚼)』에 따르면 고려를 배신하고 몽고에 귀화한 홍다구(洪茶丘)가 개성에 처음으로 수박을 심었다는 기록이 보인다. 세월 따라 토착화가 되었다. 수박은 땅을 기는 덩굴에서 2~15개 정도 달리는데 잎은 깊게 갈라지고 꽃은 연한 노란색이 줄기와 잎 사이에 핀다. 열매의 모양은 둥근 공 같은 것도 있고 타원형도 있으며 껍질은 푸른색으로 수박 잎 모양으로 위장하여 자신을 보호하고 있다. 속살은 붉은색이 대종을 이루고 있으며 무게도 1~2kg에서 20kg 이상 되는 초대형도 있다. 기술 개발로 씨가 없는 수박도 있으며 껍질이 푸른색, 붉은색, 노란색도 개량되고 있다. 속살도 대부분 붉은색이지만 요사이는 노란색도 나타난다. 무더운 여름철이 되면 집에 수박이 끊어지질 않는다. 작년도만 하여도 한 덩이에 1만 원 정도 하였는데 요사이는 1만 5천 원 정도 된다고 한다. 육질과 즙이 덩치만큼이나 많고 당도가 높아 여러 식구들이 먹기에 딱 좋은 과일이다. 여러 토막을 내어서 얼음 넣고 화채를 만들어 먹기도 한다. 무더운 여름 한철에 필수 과일로 자리매김 한 지도 꽤나 오래되었다. 수박은 더위나 열을 내리는 효능이 있다고 한다. 또 폐(肺)의 독성을 해독하며 가습이 답답하고 편치 않아 손발이 떨리는 증상과 갈증을 없애주는 효능도 있다고 한다. 간염, 신염(腎炎:콩팥 염증), 고혈압, 황달, 담낭염 치료에 효과도 탁월하다고 한다. 껍질은 급성신염, 간경화 복수, 고혈압치료로 사용하기도 하고 씨는 노인들의 변비 치료와 자보(滋補: 정기를 길러서 보익〈補益〉함)에 유익하게 사용한다고 알려졌다. 수박은 껍질, 속살, 씨에 이르기까지 버릴 것 없는 유익한 과일이다. 노란 참외도 여름 과일로 손색없는 과일이다. 성주참외가 유명세를 떨치고 있다. 전에는 많이 먹었는데 작년도 사드 반대 시위를 보고 금년에는 일체 구입을 금하고 있다. 그들의 반대 시위는 나라에 커다란 생채기를 남겼기에 앞으로도 계속 먹지 않을 것이다. 나 하나쯤 안 먹는다고 해서 큰일 날 것도 아니지만 심각한 갈등을 초래한 모습은 그냥 못 본 것으로 하기에는 너무나 큰 충격이었기에 작심한 것이다. 수박도 이미지만큼이나 사람들에게 유익하지만 또 다른 이미지를 낳기도 한다. 흔히들 사람이 이중적인 생각이나 행동을 보일 때 수박 같은 사람이라 한다. 겉과 속이 다르니까 비유한 표현이다. 수박 같은 빨갱이라는 말도 있다. 겉은 푸른색으로 위장을 해 사람들로 하여금 나와 같을 것이라 생각하게 하고, 다른 곳에서는 해롭게 하는 사람을 이르기도 한다.,

　평상시 보통 이웃 사람으로 살아가지만 중요한 정보를 득하여 적국에 넘겨주거나 팔아먹는 첩자들을 일명 수박 같은 빨갱이라 한다. 표리부동(表裏不同)한 사람이라고도 한다. 수박은 한자로 표현하기도 하는데 서과(西瓜) 또는 수과(水瓜)로 표현하며 동절기에 하우스 재배를 하고 여름철에는 노지 재배로 농가 소득에 중요한 작물이다.

세상이 수박만큼이나 풍요로웠으면 좋겠다. 우리 사회에 수박 빨갱이가 많다고 황장엽 비서가 말하였는데 없었으면 좋겠다는 희망이라도 해보았다.

잠! 안 오는 한 여름 밤 2018년 7월 9일

우리나라 사람들이 덥다고 느끼는 분기점이 아마도 섭씨 30도 내외일 것이다. 계절적으로 보아서는 여름에 접어들었다. 잠이 보약이라는 말처럼 잠을 잘 자야 건강을 유지하는데 필요충분 조건이다. 언제부터인지 잠을 설치기를 밥 먹듯 하니 건강에 빨간불이 들어왔다. 사적인 일이 원인이 된다면 해결방안을 쉽게 찾을 수 있지만 그렇지 않다는 데 큰 문제가 있다. 나 혼자만의 문제는 아닐 것인데 날마다 걱정만 쌓여간다. 이곳저곳 반가운 소식이 있는지 뒤지고 찾아보지만 헛다리만 짚고 있다. 가슴에 화 덩어리는 점점 커지는 것 같기도 하고 건강도 전만 같지 않다는 것을 느끼지만 대책이 무대책이다.

생각을 바꾸어 보지만 그것도 잠깐 사이다. 아마도 나란 사람은 그것이 잘 안되게 태어난 모양이다. 시원한 구석이 있어야 크게 숨도 쉬어보겠는데 요사이는 숨도 제대로 쉬지 못할 환경들이 날마다 지속되고 있다. 하는 짓이 하나하나가 불난 집에 부채질하는 꼴이다.

드루킹이란 놈은 나는 모른다고 딱 잡아 때는데도 매미 허물 벗기듯 그 실체가 조금씩 드러나고 있다. A 방송사가 공개한 사진에는 송인배와 문재인 그리고 드루킹이 만나는 사진을 공개하였는데도 아니라고 한다. 이런 천인공노할 놈들이 있나. 내가 아니라고 하는데 어느 놈이 감히 맞다고 하느냐는 무소불위의 권력을 휘두르고 있다. 이러니 국민들이 열 받지 않을 수 있겠는가. 그 많은 사람 중에 나도 한 사람이다. 언제 어디까지 아니라고 할는지 두고 볼 일이다. 아무리 개돼지 같은 국민들로 취급받더라도 기본적인 양심은 속일 수 없을 것이다. 언젠가는 양심의 소리를 듣게 될 거다. 신 북방 정책인가 하는 발표 후에 대중국에 대하여 러브콜을 계속하고 있다. 국빈 방문이라 화려하게 포장하여 선전선동매체를 통하여 금방 세상이 뒤집히는 것처럼 야단법석을 떨었다. 중국은 기다렸다는 듯 요놈들 이번에 한번 당해보아라 하면서 손님 취급도 아닌 일반 여행객쯤으로 대접하였다. 이놈들 6·25 때 밟아 죽이지 못한 한풀이를 하였다.

이런 모욕을 당하고도 성공적인 국빈 방문이라 국민들을 등신 바보 취급하였다. 신 남방정책인가 뭔가 하였는데 그 후속 조치로 이번에는 인도를 방문한다고 하였는데 거기에서 삼성이 공장을 건설하고 준공식에 이재용 부회장이 참석하기로 하였는데 느닷없이 문재인이 참석한다고 한다. 더욱 웃기는 이야기는 문재인이 이재용을 초청하지 않았다고 대변인이 브리핑을 하였다. 국민들은 깜짝 놀랐다. 한마디로 코미디다. 온전치 못한 열병을 앓고 있는 것은 아닌지. 그 공장 명칭이 삼성이 투자하고 건설하여 준공하려는 삼성 공장이 아니고 청와대 공장인가. 그러하니 공장 준공식에 문재인이 참석하고 초청하지도 않은 이재용 삼성 부회장이 참석하였다고 한다. 도저히 납득이 가질 않는 브리핑이 나오게 된 것이다. 삼성이 수많은 외국에 투자하여 건설한 공장에 나라 대통령이 참석한 사례가 있는지 의문이다. 만에 하나 대변인의 말씀이 맞는다면 삼성은 국유화를 끝낸 상태일 것이다. 그렇지 않아도 현 정부는 삼성 죽이기에 안달이 났다고들 하는데 그 프로그램의 일환일는지 모르겠다. 판문점 선언을 빙자하여 퍼주기가 속도를 내고 있다. 도로와 철도건설에 박차를 가하고 있고 농구선수 가고 오는데 꼼수를 부리지 않나, 이산가족 상봉을 핑계로 시설 점검을 한다는 명분으로 열을 내고 있다. 미국이나 유엔은 안중에도 없다. 폼페이오 국무장관이 북한을 방문하고 빈손으로 돌아왔다. 6·12 싱가포르 회담 결과 후속 조치가 가시적으로 성과가 없으니 직접 찾은 것이다. 결과는 공수표다. 합의한 내용은 휴지 취급하겠다는 저들의 속내를 보고 온 것이 성과다. 6·25 참전 미군 유해 송환이란 선물 정도는 받을 것으로 기대하였는데 도로 아미타불이 되고 말았다. 김정은은 트럼프를 가지고 놀았다. 앞으로도 계속 진행될 것이다. 중국과 러시아를 적절하게 이용하는 등거리 줄타기를 이용하여 연명을 이어가기를 반복할 것으로 예측이 된다. 안전보장을 미국에 맡기려고 하였는데 세습에 치명적인 함정이 있다는 것을 판단하고 생명줄을 중국과 러시아에 걸기로 결정하였다고 볼 수밖에 없다. 아마도 중국으로부터 미국의 전면적인 북침은 책임지고 막아주겠다는 확답을 얻었기에 합의 사항을 휴지조각으로 만들었다는 추론이다. 미국으로서는 큰 부담을 안게 되었다. 할 수 있는 일이 있다면 코피 작전이나 아니면 두목의 체인지 정도일 것이라 생각된다. 우리는 돈 퍼다 주어 핵 개발케 하고 코가 꿰어 끌려 다니는 신세가 되었다. 원망해서 무엇 하겠는가. 가만히 처분만을 기다릴 수밖에 없는 처지인 것을 미군 철수는 종전선언에 이어서 평화협정으로 진행되고 한미 동맹은 한중 동맹으로 바뀔 것에 또 손뼉 쳐야 할 운명이다.

바뀐 세상 2018년 7월 10일

　세상이 많이도 바뀌었다. 새로운 환경에 적응한다는 것이 녹녹하지만 않다. 날마다 바라보는 새로운 날도 같은 것은 없다. 내 생각이며 자신을 비롯한 가족들 모두 어제와 같지 않다고 한다. 그런데 사람들은 같다고 착각 속에서 생활한다. 대충 어제와 같은 것이라고 한다. 친구를 만나도 어제와 같은 모습에 같은 옷 입고 같은 말을 하면서 표정도 같은데 어제만 같지 않다고 한다. 그래 같은 것은 하나도 없다. 그렇다 하여 생활에 크게 어려움이 있는 것을 느끼지 못하고 있다. 그런데 왜 지금의 바뀐 세상에 태극기 물결이 도로에 넘쳐날까? 촛불이 광장을 점령할까? 이념의 문제다. 공동체의 구성원들이 합의하여 정하여진 이념을 바꾸자는데 기인하는 것이다. 오늘 우리의 지고한 이념은 자유민주주의를 지키기 위하여 수많은 선열들의 피를 바쳐 이룩하고 유지하여온 이념이다. 이를 김일성 주체사상으로 또는 사회주의로 바꾸려는 사람들이 있기에 갈등은 날마다 증폭되고 있다. 한마디로 이념의 문제는 타협이 있을 수 없다. 양보도 있을 수 없으며 설득도 소용없다. 해결은 구성원의 의식이 바뀌진다면 가능할 것이다. 그러나 그것은 자유민주주의 토양에 자란 사람들은 불가능하다고 확신한다. 다만 그것이 무엇인지 잘 몰라서 일시적으로 또는 반사회적인 사람들이 동조하려는 자들이 있을 수 있다. 이것이 민주주의 장점이 될 수도 있고 단점이 될 수도 있다. 이것은 생존의 원천이며 가치이고 혈맥이다. 이 이상의 것은 아무것도 없다. 예를 들어 입만 열면 통일을 노래하지만 이념 위에 있을 수 없다. 통일은 이념의 하위개념이다. 이것을 착각하다면 현재와 같은 갈등들이 이어질 것이다. 조금만 생각하면 금방 알 수 있는 일이다. 북은 자신들의 체제하에서 통일을 위하여 소위 적화통일을 꿈꾸면서 스탈린의 사주를 받고 모택동의 지원을 받아 6·25전쟁을 감행하였다. 통일의 꿈이 실패하였음에도 적화야욕을 버리지 못하여 핵을 개발하고 남쪽을 인질로 삼고 있다. 우리 또한 자유민주주의 체제하에서의 통일을 생각하여왔다. 여기까지는 모두가 쉽게 이해하고 인정할 것이다. 북은 국민들이 자유가 무엇인지 알게 되면 바로 체제가 무너지기에 철저히 문을 닫고 외부 세상을 차단하여왔다. 소위 조선 말기의 쇄국을 하면서 적화통일을 위한 결속만을 강조하여왔다. 핵만 개발하면 통일도 이루어지고 유리걸식하던 생활도 이밥에 고깃국을 먹을 수 있다고 선전 선동하여 왔다. 국제사회와는 철저히 차단하고 암흑의 나라 은둔의 나라로 변하였다. 핵이 놀고 올 파장 성노는 능히 핵으로 대응하겠다는 오기는 결국에는 유엔을 상대하기에 이르렀다. 각종 제재에 더 이상 버틸 수 없다고 판단하고 어두운 동굴 속에서 밖으로 나왔다. 핵의 성과를 토대로 미국과 대좌하기에 세상이 깜짝 놀랐다. 몇 가지 주요사항에 대하여 서명하고 돌아가서 검토하여보니 이 약속을 진행한다면 체제 유지와 세습에 문제가 있다고 판단하였다. 급히 중국 시진핑에게 살려달라고 구걸하고 돌아와 태도가 바뀌었다고 트럼프는 불만을 토로하였다. 중국은 지금 미국과의 무역전쟁에 돌입하였는데 유리한 고지를 점령하기 위하여 북한 카드를 활용하는 것 아닌가 하는 추측이 나오고 있다. 충분한 가능성이 있다고 보인다. 우리 사회는 어떤가. 한마디로 혼돈이다. 가치관은 평등이고 평화다. 시장경제체제 하에서의 오늘의 번영을 인정하면서도 차별은 못 보겠다는 이중성이 하향평준화를 몰고 왔고 나아가 평화는 이념을 삼켜버린 결과이다. 평화만 담보된다면 주체사상도 좋고 사회주의도 좋다는 자들이 권력을 잡고 있으니 기름에 불을 붙이고 있다.

  국민의식을 올바로 이끌고 지켜야 할 자들이 북쪽의 사람들과 생각을 같이하고 있으니 멋 모른 추종자들 늘어나 갈등만 키우고 있다. 그러하니 바뀐 세상이다. 그러면 과연 권력자들의 생각처럼 세상이 바뀌어졌을 때 모든 국민들이 동의하고 인정할 것인지는 의문이다. 자유에 맛 들인 사람들은 목숨과 바꿀는지도 모를 일이기 때문이다. 무서운 것이 이념이다. 스스로 깨쳐 아는 것과 강제로 주입하여 아는 것과는 하늘만큼 땅만큼이나 다르다는 것이다. 빵만 해결된다 하여 모든 것이 수용되는 것이 아니다. 금수라면 모르지만 사람이기에 불가능하다는 것이다. 할 수 있는 일은 없는 것인가. 세상에 불가능은 없다고 한다. 있다면 피로써 가능할 것이다. 무력으로 억압하여 강제한다면 가능할 것이지만 그것도 일시적이다. 이 평범한 이치를 집권자들이 모르지 않을 것이다. 나 같은 사람도 알고 있는 사실을 저들이 모르고 있다면 말이 안 되기 때문이다. 아마도 피를 보아서라도 하겠다는 것이다. 나중에 일은 그때 가서 보자는 것이다.

우기(장마)철 건강 2018년 7월 11일

　우기(雨期)가 되면 고온다습하여 자칫하면 일상의 페이스를 잃어 버리기가 일쑤다. 특히 나이 많으신 어른들께서는 면역력이 점차 줄어들 시기에 더욱 주의를 요하는 계절이다. 바깥출입이 줄어들어 집 안에 있는 시간이 많아지면 답답하고 신경이 쓰이며 스트레스가 쌓여지기도 한다. 괜히 짜증스러워지며 평상시 같으면 그냥 보고 넘어갈 일도 시비를 걸어 가족들에게 화를 내기도 한다. 건강에 좋다 하여 담배도 끊고 술도 입에 댄 지가 오래되었는데 화풀이로 다시 시작하기도 한다. 운동으로 지탱하여 온 건강도 여기저기 쑤시고 아픈 곳이 재발되기도 한다. 심하여지면 우울증 같은 정신질환까지, 없던 병도 찾아와 병원 신세를 지는 원인이 된다. 특히나 세상이 잘 돌아간다면 다행이지만 요사이 같이 주사파들이 권력을 쥐고 무소불위로 휘두른 칼날에 적폐라는 이름으로 처단의 참상을 보니 더욱 화가 난다. 케케묵은 지난날의 국가사업으로 추진한 일도 이현령비현령(耳

懸鈴鼻懸鈴)의 법이라는 그물망을 치고 단죄하고자 하는 모습에 아연실색할 따름이다. 현재는 황금으로 미래에는 보석으로 각광 받는다고 전문가들이 주장하는 원전 정책을 비전문가들을 동원하여 청문을 하고 폐기하였다.

당장 건설하고 있는 공사장을 중단함으로써 천억 이상의 추가 비용이 든다고 하는데 누가 변상할 것인지 답이 없다. 권력자 말 한마디로 국민 세금을 축내는 것은 변상을 안 해도 되는 것인지 알다 가도 모를 일이다. 또 하나 4대강 치수사업도 도마 위에 올려놓고 난도질을 하고 있다. 감사원을 통하여 3번이나 감사를 하였다니 입이 다물어지질 않는다. 감사원은 무엇 하는 곳인가. 정부가 바뀔 때마다 감사하는 전례를 세웠으니 아마도 10년 아니면 20년이 되어도 감사하다 세월 다 보내겠다. 누가 보아도 이건 완전히 정치보복이라 볼 수밖에 없다. 권력자의 입맛에 따라서 미세먼지라도 털어야 하겠다는 것이다. 다소 흠은 있지만 성공적이라 전문가 집단에서는 평가를 하고 있다고 하는데도 좌파적 성격의 인사들의 말만 듣고 온통 부실 덩어리로 치부하여 단죄하는 모습에 앞날이 암울할 뿐이다. 남북의 문제는 더욱 우려스럽다. 내가 아니면 안 된다는 오만이 이렇게 꼬여만 간다. 남북의 문제는 우리끼리 만의 문제는 더욱 아니라는 것쯤은 삼척동자도 모두 알고 있는데 우리끼리 하겠다고 한다. 온 국민들이 경악케 하고 있다. 잘 나가던 경제가 벽에 부딪쳤다는 전문가들의 진단에도 마이동풍이다. 무슨 소득주도 경제정책이라나 5천만 국민의 경제를 실험하겠다는 것이다.

실험의 대상이 된 국민경제다. 전통적 경제전문가들도 듣지도 보지도 못하였다고 한다. 집무실에 일자리 창출 현황판을 만들어라 내가 직접 챙기겠다고 하였는데, 어쩌나 일자리는 점점 줄어들고 실업자는 유례를 찾아보기 어려울 정도로 늘어만 가니 출로가 보이질 않는다. 집권 1년이 지나가고 있는데 잘하였다는 평가는 어디에서도 찾아보기 어렵다. 지지도 70%가 넘는다는 수치에 마춰되어 앞이 보이질 않는다. 빌고 또 비 오니 제발 정신 차려 현군은 아니더라도 중간은 가기를 소망해 본다. 장마로 또 나라 돌아가는 모습에 미치지 않은 것만도 다행이다. 우기는 곧 끝날 것이다. 찜통더위가 찾아와 하루가 지겨울 때가 다가온다. 시국이 개판이나 술집과 담배 점포 매상고가 올라간다는 통계치는 안 나온다. 이것도 손보는 것인지 모르겠다. 그러려니 하면 좋겠는데 노력은 하여보지만 잘 안 되는 것이 또한 사람이다. 선풍기라도 틀어놓고 읽고 쉽다고 생각해 두었던 책들로 스트레스를 이겨보았으면 좋겠다. 혹시 누가 아나 책 속에 해결방안이 있을는지. 그도 아니면 각자에 맞는 운동으로 이겨 보자. 이 나이에 누가 하라고 또 시킨다고 하는 시기는 지났다. 스스로 알아서 할 일이다. 매년 잊지도 않고 찾아오는 장마는 몬순기후대에서 습한 공기는 전선을 형성하여 남쪽과 북쪽을 오르락내리락하면서 많은 비를 내리기도 한다. 폭풍을 동반하여 인명과 재산을 파괴하기도 한다.

부주의로 건강에 치명상을 입기도 한다. 몸의 변화를 잘 관찰하여 작은 이상에도 바로 적절한 대응을 하였으면 한다. 친구 만나 막걸리 한잔 놓고 안부 묻고 시국 이야기하면서 쌓인 스트레스 확 푸는 방안도 좋을 것이다. 무엇이 옳고 그르다는 것은 다 알고 있다. 인생 70에 종심소욕불유구(從心所欲不踰矩)라 하지 않던가. 세상은 믿는 만큼 아는 만큼 보인다 하지 않던가. 화무십일홍(花無十日紅)처럼 권력은 사라지고 또 새로이 생성하는 요사스러운 능력자인지도 모르겠다. 우기에, 암담한 시국에, 건강하시란 말씀 밖에 드릴 것이 없습니다.

생활의 지혜 2018년 7월 12일

며칠 전부터 베란다 화초에 병이 발생하였다. 벤저민과 행운 목에 하얀 반점이 발생하였지만 대수롭지 않게 여겼는데 점점 확산되어서야 병이란 것을 알게 되었다. 가까운 농약 판매소에서 찍은 사진을 보여줬더니 흰 가루 깍지 병이라 하였다. "모 벤토"라는 약을 구입하였다. 물 1.8리터에 작은 약 숟갈 한 스푼을 넣고 저어서 흠뻑 적시도록 살포하였다가 5일 후에 다시 한 번 더 하라고 하였다. 시키는 대로 살포를 하고 3일째 지켜보는 중이다. 누구 말처럼 알아야 면장이라도 하지, 라는 말이 기억난다.

작은 화초 하나 키우는데도 알아야 한다는 이야기다. 날마다 이들과 아침인사를 하고 기도를 하면서 물 주고 이상이 있는지 매일 검토하고 살피지만 나의 무지는 여과 없이 드러났다. 작년도에는 진드기 병으로 치료하는데 한참 씨름을 하였었는데 세상에 공짜는 없는 모양이다. 늙어 죽을 때까지 배워야 한다던 할아버지 말씀이 새삼 떠오른다. 세상사 모두 알기는 어렵지만 나와 관련이 있다면 알아야 하는 것은 너무나 당연한 것이다. 다원화되고 혼란스러울 정도로 복잡한 세상이지만 선별하여 안다는 것 자체도 이제는 버겁다는 것을 느끼게 되었다. 조금 더 일찍 알았다면 화초들도 병으로 고생이 덜하였을 것을 생각하니 미안한 마음이다. 주인 잘못 만나 고생하는구나 생각이다. 목숨이 붙어 있으니 사는 것 아니냐는 반론도 있겠지만 그것은 살아있는 송장이나 다름없을 것이다. 육신이 말을 듣지 않는다면 그럴 수도 있겠지만 나 같은 무지한 주인을 만나면 돌보아야 할 것들 모두가 병이 들거나 고생할 것이라 생각하니 더욱 분발하여야겠다는 생각이다. 역지사지(易地思之)하는 마음으로 문재인 정부가 떠오른다. 국민들의 생명과 재산을 보호할 의무와 책임을 지고 있는 사람들을 들여다보니 제사에는 관심이 없고 오직 잿밥에만 눈독을 드리고 있다. 무엇 하나 제대로 하는 일이 없으니 어디에 비교할 수도 없는 자들이다.

잘한다는 것 한 곳이라도 있었으면 좋겠다. 죽을힘을 다하여 살아 두 눈 부릅뜨고 쌓은 탑을 한 계단 또 한 계단씩 허물기 경쟁하는 모습에 복장 터질 일이다. 나도 이들과 별반 차이가 없다지만 그래도 늦게라도 깨우치고 농약을 구입하여 치료하는 흉내라도 내고 있으니 위안이 된다. 그런데 이들은 조금도 자신을 돌아보는 일이 없다. 반성하는 일은 더욱 없다. 잘못되었다고 인정할 것은 인정하고 치유할 것은 치유하고 되돌릴 수는 없는지. 그것이 권력을 위임시켜준 국민들의 뜻인데 안중에도 없다. 어느 개가 짖느냐 하는 식이다. 우리는 전능자라고 오만을 떨고 있다. 너희들이 아무리 떠들어 보았자 하수(下手)라는 것이다. 하수들이 지껄이는 말은 들을 가치도 없다는 식이다. 죽음을 반기는 독수가 눈앞에 보이는데 저들은 생명수라고 한다. 우측 길은 잘못된 길이기에 쳐다볼 필요도 없고 오직 좌측 길로만 가자는 것이다. 막장에는 끝이 보이질 않은 낭떠러지다. 세상 사람들이 모두 알고 있다. 전신이 종주국으로 살았던 그들의 후예들도 모두 알고 있는 사실을 아니라고 우기는 사람들이다. 고집도 변할 수 있는 여지가 보이고 있을 때 고집이라 한다. 그렇지 않을 때는 통하지 않은 벽창호라 표현한다. 진정으로 불쌍한 사람들이다.

평생을 외길로 살아오다가 회심하고 전향하여 살았던 수많은 사람들은 분명히 영웅들이다. 자신이 살아온 생활의 지혜들을 모두 부정하기란 어렵다지만 이것은 아니다. 반미에 목숨 걸고 있는 자들의 면면을 살펴보면 그들의 자녀들은 목숨 걸고 반대한 미국으로 유학 가고 이민 가는 모습은 도저히 납득이 가질 않는다. 그렇게 밤낮으로 좋다고 외치는 북쪽으로 유학 보내고 이민도 보내는 것이 옳은 일이 아닌가. 이들은 야누스인가 아니면 탈 쓴 가짜들인가 세작들인가. 무엇으로도 설명이 되질 않는다. 나라가 누란에 처한다면 모든 가능성을 검토하는 차원에서 계엄을 검토하였다는데 상은 못 주더라도 감옥소에 보내려고 칼로 난도질하고 있다니 갈 때까지 간 모양이다. 국방을 책임지고 있는 국방부를 해체하고자 한다. 국민의 생명과 재산 같은 것은 처음부터 안중에도 없다. 이런 집단을 믿고 설마하니 저들도 사람인데 하면서 손뼉 쳐주는 국민들 의식을 알다가도 모를 일이다. 70%가 찬성한다는데 어디에도 희망의 돛은 보이질 않는다. 생각도 말고 행동도 말며 가만히 기다리는 도리 밖에 없다. 주는 대로 받아먹고 삽과 곡괭이 들고 땅굴을 파라고 명령하면 숨도 쉴 사이 없이 일하라는 것이다. 지도자님 감사합니다, 반복하면서 부모 자식들과 손주들 그리고 형제자매들이 죽었는지 어디로 끌려갔는지도 모른다. 그저 날마다 수령님께서 감사하고, 개돼지처럼 취급받는다 하여도 좋다는 세상이 눈앞에까지 왔다는 것 아닌가. 축하합니다. 자력갱생(自力更生)은 죽어서 꿈에나 있을는지.

국민의 안전

세상의 모든 생명체는 안전보다 더 중요한 것은 없다. 생명이 보장되지 않으면 죽은 목숨이나 마찬가지다. 금수(禽獸)들도 안전을 보장하기 위하여 무리 지어 생활한다. 아프리카의 사바나의 세계가 증명해 준다. 하물며 사람 사는 세상이야 두말할 필요도 없다. 개개인은 자신을 지킬 만큼 능력의 보장은 어디에도 없다. 한마디로 주위의 환경은 위험천만이다. 언제 무엇이 자신의 목숨을 앗아갈지 예측이 불가하다. 그래서 공동체의 일원으로서 안전을 유지하여왔다. 그 공동체가 국가로 나타났다. 백성이 국가를 구성하고 대표자를 선임하여 자신의 생명과 재산을 보호하여 주도록 한 시스템이 자유대한민국이다. 이것은 국민 모두가 다 알고 있는 사실이다. 작금의 상황은 안전을 지켜야 할 그물망이 하나하나 훼손되고 있어 국민들은 우려를 금할 수 없다.

북은 핵 개발을 완료하고 다방면으로 우리의 안전을 위협하고 있다. 강력한 안보태세를 갖추어도 힘에 버거운 때다. 이런 엄중한 상황에 더욱 국방력을 강화하는 것만이 희망이다. 그런데 이상하게도 기 구축하여 놓은 그물망을 하나하나 걷는다고 한다. 바라만 보아야 하는 국민들의 마음을 조금이라도 헤아려 보았는지 하고 둘러보지만 어디에도 없다. 대신에 평화를 구축하겠으니 입 닫고 지켜보기만 하라는 식이다. 평화는 힘 있는 자가 주장할 용어다. 그런데 힘 없는 자가 평화를 말하고 있으니 이는 굴종이나 다름없는 실질적으로는 문을 활짝 열어 놓겠다는 것이다. 국민들이 위임한 권리는 국방력을 튼튼히 하여 적화야욕을 분쇄하라는 명령이었다. 자의적으로 국방력을 훼손하라는 권리까지 위임한 것은 아니라 생각된다. NewDaily에서 제공한 자료에 따르면 국방개혁이라는 미명하에 해체하는 것이 아닌가 하는 우려가 점점 현실화되는 느낌이다. 근년에 일으킨 침략사건들 상처가 생생한 지금이다. 금강산 관광객 박왕자 씨 저격 사살 사건, 휴전 철책 경비병을 목함지뢰로 불구를 만든 사건, 천안함 폭침, 연평도 포격, 서해교전 등등 도저히 용서가 되질 않은 만행에 대하여 불문에 부치면서 힘없는 자의 평화 구걸 모습에 처참한 심정이다.

북 핵의 인질이 되었다. 말로만 듣던 인질의 효과가 나타나기 시작하였다. 고도의 전략전술에 뛰어난 저들의 요구 조건을 들어줄 모양이다. 대통령이 북한을 평창 동계 올림픽에 참석하도록 구걸하면서 그들 앞에서 간첩죄로 엄벌에 처한 신영복을 제일 존경하는 분이었다고 하였다. 깜짝 놀랐다 내 귀가 잘못되었는지 의심하기도 하였다. 근년의 침략에 직접 관련 있는 김영철이라는 놈이 왔는데도 책임을 묻는 것은 고사하고도 사과 한번 받지도 못한 무능의 극치를 보았다.

이어서 구걸 사절단을 보내 판문점 선언이라는 것을 내놓았다. 핵은 우리의 문제다. 직접 머리에 이고 협박을 당하면서 지금도 진행되고 있는 북 핵을 미국에 떠넘기는 얄팍한 기만을 보았고 나머지는 퍼주는 것 뿐이다. 거짓의 대명사로 전 세계인들이 우습게 보는 대한민국 언론을 통하여 성공적인 회담이었다고 하였다. 창피하여 쥐구멍이라도 찾을 심정이다. 국방개혁이라는 이름하에 해체 수순에 들어간 사례를 보자. 첫째 지난 4월 23일에 대북 확성기 방송 중단을 감행하였다. 심리전에 큰 효과를 보고 있는 확성기 40대를 5월 1일에 철거한다고 밝혔다. 거금 160억 원을 투자한 물품들은 먼지만 쌓여질 것이다. 두 번째는 4월 17일 기 철거되고 있는 대전차 방호벽을 철거에 속도를 내겠다고 하였다. 남침 주요 노선에 전차들의 남침을 저지하기 위하여 설치한 방호벽 철거함으로써 무사통과하게 되었다. 셋째 6월 14일에는 판문점 일대 무장해제하자고 합의하였다고 한다. 이날 남북 장성급 회담에서 휴전선 비무장화의 시범사례로 판문점 일대에 있는 무장을 모두 철거하는 방안을 향후 논의한다는데 합의하였다. 넷째 7월 1일에는 비무장지대 군부대 신축공사를 전면 보류한다고 발표하였다. 남북 관계가 매우 유동적이기에 예산낭비 차원에서 보류한다는 명분이다. 다섯째는 6월 14일 NLL 서해평화수역을 설정하기로 남북 간 의견 교환을 하였다고 한다. 안방을 내어 주겠다는 발상이다. 여섯째 7월 4일 인천 해안선 철조망 철거를 시작한다는 것이다. 무장 침투나 간첩들을 무사통과시키자는 것이다. 일곱째 6월 17일에는 한미 연합훈련을 잠정 중단하겠다고 발표하였다. 또한 자체 훈련도 모두 잠정 중단하는 것으로 보인다. 여덟 번째 7월 10일 기무

부대 계엄령 검토 사실에 대하여 대통령의 독립 수사 지시와 군 정보망 해체 수순에 돌입하였다. 현대전은 정보 전쟁이다. 정보는 생명줄이다. 아홉 번째 7월 2일 대북 전력사업 재검토하겠다는 것이다. '3대 축' 즉 킬 체인(Kill chain ⇒ 적의 공격 징후를 미리 탐지하여 선제공격하는 방위 시스템) 사업을 재검토하겠다는 것이다. 또 북의 장사포 요격미사일 사업도 재검토하겠다는 것이다. 열 번째 해병 2사단과 육군 7군단을 후방으로 배치하겠다는 계획에 논란이 거듭되고 있다. 열한 번째 양심적 병역거부도 허용하겠다는 것이다. 징병제를 채택한 나라에서 군에 가기 싫다고 하여 안 간다면 어느 누가 군에 가려고 하겠는가. 열두 번째 대통령 공약사업 중 군 복무 기간 단축사업이다. 군은 훈련이 생명이다. 훈련 없는 군은 오합지졸에 지나지 않는다. 입대하고 돌아서면 제대하는 경우는 없어야 할 것이다. 이상 생각나는 되로 인용하고 열거하여 보았다. 아니기를 소망해 본다.

삶은 감자 2018년 7월 13일

요사이 날마다 삶은 감자로 즐겁게 간식을 한다. 어렸을 때 시골에서 자랄 때는 감자를 즐겨 먹었다는 기억도 별로 없고 또 맛있다고 느껴 보지도 못하였다. 감자는 구황식물(救荒植物)이다. 나이가 들어 감자의 진면목을 입맛으로 체험하고 있다. 내가 이곳에 정착하기는 1969년 4월이었다. 벌써 49년이 지나고 있다. 산자수명(山紫水明) 하고 인심 순후(淳厚) 하여 인정(人情)이 넘쳐나는 국토의 중심지이다. 넓은 분지에 현무(玄武)에 해당되는 금봉산(金鳳山)을 주산(主山)으로 하여 우백호(右白虎)에 계명산(雞鳴山: 鷄足山), 좌청룡(左青龍)에 대림산(大林山) 이, 진 치며 주작(朱雀)에 대문산(大門山: 彈琴臺) 이, 천기(天氣)를 품고 있는 명당지로 그 유명세를 더하고 있다.

고구려 때는 국원성(國原城)을 설치하였고, 통일신라에서는 중원경(中原京)을 설하였다가 고려에 와서 현재의 충주(忠州)로 이름 하였다. 69년도 4월에 관광지로 알려진 탄금대를 처음 찾은 적이 있다. 그곳에서 본 아동 문학가이며 독립운동 하였던 권태응 시인의 감자 꽃노래비가 나를 감동케 하였다. "자주 꽃 핀 건 자주감자/파보나 마나 자주감자. 하얀 꽃 핀 건, 하얀 감자/ 파보나 마나 하얀 감자" 짧은 4줄에 지나지 않지만 의미는 칼날처럼 다가왔다. 창씨개명에 저항 한 시로 알려져 있다. 이름을 바꾸었다 해서 김 씨는 물어보나 마나 김 씨며, 조선 사람은 물어보나 마나 조선 사람이라는 의미다. 감자를 보거나 먹을 때는 귀하신 조병천 장로님 내외분이신 사돈을 생각나게 한다. 유달리 정이 많으신 분이시기에 철따라 힘들여 재배하신 농작물을 넉넉히 나누는 정은 머리가 숙여진다. 나는 그렇게 하지 못할 것 같기에 더욱 존경스럽다. 재주가 뛰어나 무엇이든 그분의 손에 들어가면 하나의 아름다운 작품을 만들어내는 능력을 하나님께서 주신 것 같다. 변혜숙 권사님이신 안사돈께서는 주방의 여왕이시다.

그분의 요리 솜씨 맛을 아는 분들은 찬사를 잊지 않는다. 그 솜씨를 썩히기에는 아깝다는 생각을 평소 하였는데 하나님의 인도하심으로 문경온천 지구에 소재한 금강산 가든을 경영하였다. 수많은 식도락가들을 즐겁게 하였다. 매일 충주에서 문경까지 오고 가는 길이 힘들어서 자택 바로 옆집을 인수하여 손수 리모델링하여 정가(情家)라는 식당을 개설하였다. 정가의 대표 메뉴는 '문경 약돌 돼지 구이'다. 전국적으로 알려진 약돌 돼지는 날로 그 유명세를 더하고 있다. 한정 생산되기에 직접 방문하여 구입한다고 한다. 약돌 돼지 구이는 참숯불에 구워 냄새가 없고 질감이 쫀득하며 미네랄이 풍부하여 건강에 이롭다는 과학적 분석에 따라서 수많은 사람들이 즐겨 찾는 메뉴다. 문경 금강산 가든 경영의 경험과 인연을 통하여 공급처를 확보하여 처음 이곳 충주에 약돌 돼지구이를 맛보게 하였다. 앞으로 무궁한 발전을 기대해 본다. 과수원을 경영하시면서 땅의 진정성을 체험하신 분들이라서 그런지는 모르지만 천사 같은 분들이다. 사돈 두 분께서 땀 흘려 재배한 감자를 먹을 때마다 생각나게 한다. 하얀 꽃 핀 건 하얀 감자처럼 검증할 필요도 없이 하얀 감자다. 세상 돌아가는 것이 하얀 감자처럼 되었으면 좋겠다. 자주 꽃 핀 건 자주감자처럼 백성들이 믿고 살게 하여 주었으면 좋겠다. 자유 대한민국은 캐 보나마나 자유대한민국이 되었으면 좋겠다. 믿는다는 것은 공동체를 이루는 접착제다.

접착제가 제 기능을 하지 못하면 공동체는 쪼개질 수밖에 없다고 한다. 이것은 불문율이다. 구석구석 수많은 접착제가 제 역할을 하지 못하니 깨어지기 일보 직전이다. 어느 한 곳도 성한 곳이 없다. 병이 들어도 단단히 들었다. 집도하는 의사는 환부를 치료하질 않고 성한 곳만 두들겨 패고 있다. 멀쩡한 곳을 곪아 터지게 하는 역할을 즐겨 하는 사람들이 가득하다. 이들이 주장하는 평화에 반대한다는 이유로 말살하고자 무소불위의 권력을 휘두르고 있다. 하얗게 핀 하얀 감자 꽃을 파보아도 하얀 감자가 아니고 붉은 감자나 검은 감자라고 우긴다. 진실은 간곳없다. 거짓이 하늘을 가리고 위선이 사람을 병들게 하였다. 말을 듣지 않고 따르지 않으면 적폐로 간주하여 처벌한다고 한다. 가는 길에 돌부리가 있으면 손에 쥐고 있는 무기로 치우고 간다고 한다. 추진하는 계획에 방해가 되면 없는 죄도 만들어 씌우고 단죄한다. 그간 밤낮으로 구축한 아성도 밑돌 윗돌 가리지 않고 빼버린다. 이곳저곳에서 성이 무너지는 소리가 들린다. 어찌하여 이리 되었는고. 같은 나라에서 같은 학교에서 같은 사회에서 먹고 자라면서 배웠는데 어찌하여 이리도 이질감만이 세상을 난도질하는지 알다가도 모를 일이다. 기껏 살아야 100년도 못 되는데 부모님이 피눈물로 쌓아놓은 이 아름다운 세상을 뒤집으려고 하는가.

하늘 위에 뫼가 있다 2018년 7월 14일

살다 보면 착각하는 일들이 종종 있다. 의식하지 못하는 사이에 착각은 누구나 있을 수 있다는 것이다. 그런데 그렇지 않고 상시로 착각 속에서 사는 사람들이 문제다. 정상적인 사람들은 하늘 밑에 뫼가 있다고 하는데 반해서 하늘 위에 뫼가 있다며 살아가는 사람들의 옆에는 항상 피비린내를 풍기는 것이 문제라는 것이다. 북쪽의 수령 동무와 그 추종자들은 명이 다할 때까지 뫼가 하늘 위에 있다고 착각하면서 눈에 그슬리는 것들은 모두 피를 튀긴다. 그 대상이 피를 나눈 형제가 되었든 손위의 어른이 되었든 가리지 않는다는 것을 우리는 보았다. 그것도 형님을 다른 나라 공항에서 자객을 통하여 독살하였다. 조폭 세계는 더욱 아니다. 하늘 위에 있다고 착각하는 자들이 천고의 패륜을 저질렀다. 이런 인간 망나니만큼도 못한 놈을 천사로 둔갑시켜준 자들이 있다. 우리의 생살여탈권(生殺與奪權)을 쥐고 있는 높은 자리를 차지하고 있는 꺼벙이들에 의하여 연출되었다. 잠시 동안의 쇼를 바라보는 순박한 사람들인지 아니면 덜떨어진 사람들인지는 모르지만 손뼉 치며 환호하였다. 화면에 비친 어느 젊은 여성은 그가 예쁘다고 하였다. 세상에 그놈을 보고 예쁘다고 생각한 사람의 뇌구조는 어떻게 생겼는지 이해가 가질 않는다. 어쩌면 내가 잘못하여 착각 속에 있는지도 모른다는 생각이 들기도 하였다. 더욱 한탄할 일은 지지도 여론이 80%에 육박한다니 아마도 내 정신 상태가 정상이 아닌 모양이다. 누구 말처럼 두 눈 가진 원숭이가 외눈 가진 원숭이 사회에 가면 병신 취급받는다는 말이 나를 두고 하는 말인 듯하다. 이런 세상이다 보니 마음 둘 곳 없어 날마다 방황한다. 거리마다 태극기 들고 뇌는 하늘 아래 있다고 외치는 소리에 한마디의 반응도 없다. 이쪽저쪽 기웃거려 보지만 인터넷 방송 외에는 어디에도 알려주는데 없다. 우리가 이만큼 살게 된 것 모두 부정하는 사람들의 세상이다. 그들은 지난 성과는 모두 적폐로 몰아 단죄하고 있다. 자유 대한민국이 아니라 적폐청산 대한민국이다. 자유대한민국이 아니라 독재 대한민국이다. 누구 말처럼 김 두령의 2중대가 맞는 모양이다. 설마 하면서도 믿지 않으려고 했는데 믿음에 금이 가는 소리 들리고 있다. 폼페이오 장관이 3차 방북을 하고 떠난 후에 그들은 미국을 비난하였다.

이에 대하여 대통령이라는 사람은 싱가포르에서 협상전술이라고 그들을 대변하였다. 그래서 2중대란 말이다. 신뢰에 금이 간다는 이야기다. 아마도 내가 착각하고 있는 것이 확실한 모양이다. 미, 북 간의 비핵화 과정을 지켜보니 김 두령은 애초부터 비핵화는 없었다. 오랜 세월 동안 다져온 외교 전략과 전술은 유감없이 발휘되고 있다.

세계를 쥐락펴락하는 거대한 코끼리를 상대하는 자들은 땅굴 속에 생쥐처럼 기어 나와 코를 물고 희롱하고 있다. 여기에 우리의 실력자들이 가세를 하니 기고만장하는 모습에 손뼉 치는 얼빠진 순한 백성들이 영문도 모르고 좋다고 한다. 그들은 처음부터 핵을 인정하는 데서부터 협상은 시작된다는 것이다. 다음이 체제를 보장하라는 것이다. 이 두 가지가 충족이 되면 우호적일 수 있다는 미끼를 주고 있다. 아마도 미국은 이 제안을 마다하지 않을 수 없을 것이다. 꿩 먹고 알 먹는 형세다. 이것을 놓칠 위인들이 아니라는 것이다. 이 시나리오에 대하여 남과 북의 공통분모를 찾았다는 것이다. 판문점 선언을 하면서 두 사람은 손뼉 치고 포옹하면서 합의하였을 것이다. 미국의 입장에는 우방에 북쪽을 포함시킬 수 있으니 절호의 찬스라는 것이다. 우방 체제하에 북 핵을 미국의 핵우산으로 대치한다면 다홍치마가 될 것이다. 이 진수성찬의 밥상을 누가 마다하겠는가. 나 같은 아둔한 사람도 수저를 들것이다.

그런데 여기에 훼방꾼이 등장하였다. 그냥 너희들의 계획대로는 절대로 그냥 둘 수 없다는 것이 짱깨들이다. 만약에 그렇게 된다면 중원 천하가 종이호랑이에 지나지 않을 뿐만 아니라 춘추전국시대가 다시 올는지 모르기 때문이다. 아마도 김 두령은 미, 중 간의 패권 경쟁을 적절히 이용하면서 잇속을 챙기려 하고 있다. 트럼프의 말처럼 김 두령이 시진핑을 만난 후 태도가 달라졌다고 하였다. 이것이 증거다. 솔로몬의 지혜를 갖고 있다면 그들은 살아남을 것이다. 답은 나와 있다. 사는 길은 미국과 우호관계를 맺는 길 뿐이라는 것을 그들도 알고 있고 우리도 알고 있으며 나도 알고 있는 일이다. 광명이 보이는데 밝은 빛이 보이는데 다시 땅굴로 들어갈 수는 없지 않겠는가.
더구나 2중대를 자처하는 사람은 경제공동체라고 하는 마당에 땅 짚
고 헤엄치기가 아닌가.

열대야 2018년 7월 16일

　요사이 잠 못 이루는 밤이 많아지고 있다. 선풍기를 안고 잔다. 에어컨을 켜기에는 전기료 폭탄 맞을까 언감생심이고 차선책으로 선풍기가 효자 노릇을 하고 있다. 이열치열(以熱治熱)이라고 잠자기 전 1시간 전에 간단한 운동을 겸하고 나면 한결 잠들기에 도움이 되는 것 같아 매일 반복하고 있다. 우리말에 참 재미있는 말들이 많이 있다. 세종대왕님의 덕분이라 생각된다. 보통 무엇인가 잘 풀리지 않고 기대하였는데 미치지 못하여 화가 나고 열날 때가 종종 있다. 화와 열이라는 것이 몸속에 기(氣)가 골고루 운행되었을 때는 느끼지 못하지만 기가 단전(丹田) 위로만 운행될 때 가슴이 답답하고 얼굴에 열이 나는 현상을 이르는 것이라 믿고 있다. 잠은 자야 하는데 열이 올라 잠들 수 없는 현상들을 빗대어 불난 집에 부채질한다. 휘발유에 불붙인다. 설상가상이다. 자빠져도 코가 깨어진다. 등등 이외에도 많이 있을 것이다. 열대야(熱帶夜)는 야간에 최저기온이 25℃ 이상인 밤이 지속될 때를 말한다고 한다. 열대야는 원래 일본 기상청에서 사용한 용어다. 우리나라에서는 하루 최고 기온이 30℃ 이상인 한여름 기간에 오후 6시부터 다음날 오전 9시까지 25℃ 이상을 마치 열대지방의 밤처럼 잠들기 어려운 여름밤을 열대야로 정하였다고 하는데 2009년 7월 24일부터 시행하였다.

언제부터 시행하였는지 안 하였는지가 중요한 것이 아니고 밤잠 못 잔다는 것이 문제다. 어릴 때 할머님께서 등목을 시켜주신 것이 아직도 잊지 않고 기억에 남아있다. 차가운 물 한 바가지가 더위를 싹 가시게 한 느낌이 지금도 있었으면 좋겠는데 연식이 오래되니 깜짝 놀랄만한 스릴을 좋아하지 않는 것이 사실이다. 그러다 보니 매일 반복하는 샤워도 더운물도 아니고 차가운 물도 아닌 미지근한 물로 하고 나오면 금방 또 더워진다. 세월에 익숙하게 동화된 현상을 원망한다고 해결될 문제는 더욱 아니다. 그저 그러느니 하고 견디는 도리밖에 별도로 뾰족한 방법이 있는 것도 아니다. 다만 더위 이 외의 열 받는 일이 없었으면 얼마나 좋을까 절실하게 생각난다. 주위의 환경들이 부채질하지 않았으면 좋겠는데 그렇지 못하니 더욱 열 받는다. 숙면은 건강에 대단히 중요하다고 하는데 적당한 온도는 18~20℃로 알려지고 있다. 이까지는 아니라도 나라에서 적극적으로 해결하도록 하여야 하는데 더욱 부채질한다. 전기료 인상한다고 하지, 각종 세금 인상하며 건강보험료를 비롯하여 기초 임금 인상에 문을 닫는 자영업자들이 늘어나고, 기업을 옥죄어 일자리는 줄어들고 실업률은 최고치를 경신한다고 한다. 열대야가 아니라도 열 받는데 나라가 국민 건강을 외면하니 결국은 그것은 부메랑이 되어 국가로 책임이 전가될 수밖에 없는 것이 된다. 일사백사(一事百事) 가 아마추어를 넘어서질 않는다. 이것까지도 참으라고 하면 참을 수 있다.

참지 못하는 일만을 골라 하는 것이 더욱 화나게 한다. 탈 원전 정책을 한다는 말 한마디에 공사 중단으로 1천억 원의 이상의 국민 세금을 도둑맞았다. 국민 감사청원을 하여서라도 그 책임을 물어야 한다. 특별활동비 몇억 사용하였다고 줄줄이 감옥소 보내는데 무려 1천억 원의 국가예산을 탕진하였는데 당연히 책임을 묻는 것이 국민 된 도리일 것이다. 그런데 이것도 약과다. 체제를 전복시키려는 세력이 활개를 치고 있다. 자유대한민국이라는 체제를 주체사상 체제나 아니면 사회주의 체제로 바꾸려고 연방제에 목숨 걸고 있다. 이걸 보고도 70% 지지를 한다고 하니 머리가 터져버릴 것 같다. 이 목표를 달성하고자 없으면 새로 만들고 걸림돌은 모두 치우는데 그 첫째 희생양이 박근혜 대통령 탄핵이다. 김성태란 놈과 안민석이란 놈의 대화중에 김성태 왈 안민석 의원이 4년 동안 탄핵을 위하여 노력하였지 않았는가라는 대화 내용을 보고 치밀하게 오래전부터 계획된 국가반란 세력들이 틀림이 없다. 그런데 처벌은 고사하고도 정치판에서 내로라하는 모습에 말문이 막혔다. 전 정부와 전전 정부까지 적폐라는 이름으로 단죄하면서 넘지 말아야 할 한미 동맹까지 계속 찔러보는 것이다. 외교활동이라는 것이 창피하여 말이 나오질 않는다.

G20 회의에서의 왕따 당하는 모습이며 혈맹인 미국에서의 모습이며 신 북방 정책이라 중국에 아첨 떨고 방문하여 대감집 개 취급을 당하고도 성공적인 국빈 방문이라 했다. 러시아 방문 때도, 인도 방문에서도 어느 한구석도 제대로 대접받은 일이 없는 데도 국빈 방문이라 병신 언론을 앞세워 나팔 불었다. 이런데도 70%가 넘는 지지층

이라니 내가 병신인지 아니면 그들이 병신인지는 분명히 한쪽은 병신들이다. 나라는 갈등을 키우는 원인 제공자다. 이것이 열대야에 기름을 부으니 없는 질병도 나타날 것이다. 해결 방법은 없는 것인가. 나라의 원로들도 앞장서지만 찻잔에 부는 바람이란다. 할 수 있는 일이 별로 없다. 이제는 더 물러설 수도 없다. 나머지는 하나님에게 기도하는 길 만이 유일한 방법이다. 때가 되면 반드시 기도를 들어주실 것으로 확신하고 간절히 기도하자. 하나님을 믿고 신뢰한다면 반드시 들어주시는 대한민국의 하나님이시다. 아멘.

사랑은 어디에 있습니까? 2018년 7월 16일

사람들은 누구나 아름다움을 추구한다. 아름다운 자연을 보노라면 탄성이 절로 나온다. 금강산 일만 이천 봉이 아름답다 한다. 설악산도 아름답다. 겸제 정선이 그린 진경산수화를 보노라면 아! 하고 탄성이 절로 나오듯 사람은 그 누구도 아름다움을 외면하는 사람은 없다. 우리들 주위에는 아름다움이 산재해 있다. 이름 모를 잡초들도 그들 나름의 아름다움을 간직하고 있다. 베란다에 걸려있는 꽃들을 보노라면 마음에 즐거움이 넘치기도 한다. 사물(事物)에 대한 시각적인 아름다움이 있는가 하면 보이지 않은 아름다움에 사람들은 찬사와 눈시울을 적시기도 한다. 내면의 아름다움에 더욱 매료되기도 한다. 남자는 건강한 아름다움을 추구하고 여자는 여성다운 예쁘고 고상하며 지적인 아름다움을 죽을 때까지 간직하려 한다.

인간의 속성은 아름다움과 함께 생활한다. 이것은 어떤 의미인가? 하나님은 사랑이라 하셨다. 그 사랑을 찾는 것이다. 죽을 때까지 사랑이 무엇인지는 잘 모르지만 각자 죽을 때까지 찾아 생활한다. 예수님은 어린아이 같지 않으면 결코 하나님에게로 나아갈 수 없다고 하셨다. 어린아이는 무엇인가. 아름다움이고 사랑이다. 사랑이 있을 때에 비로소 하나님을 만날 수 있다는 이야기다.

　나는 길이요 진리며 영원한 생명이라 예수는 말씀하셨다. 곧 사랑이다. 사람들은 언제나 자신과 함께 동거하고 동락하는 사랑인데 원하면 곧 얻을 수 있고 찾는다면 바로 보이지만 남의 일로만 생각한다. 매일 먹고 마시고 일하는 모든 것들이 그 가깝고도 멀리 있는 사랑 곧 진리를 찾다 가는 부나비 같은 인생들이다. 아름다움은 큰 것에도 있지만 작은 것에도 많이 있다. 아들이 아버지에 대하여, 아버지가 아들에게 보내는 아름다운 사연, 며느리의 시부모님에 대한 아름답고 애틋한 사랑들이 가슴을 울리며 눈시울을 뜨겁게 한다. 400년 전의 안동지방의 한미한 양반가의 아낙네는 돌아가신 남편의 관 속에 넣어 둔 지극한 사랑의 편지가 훼손되지 않고 원본 그대로 공개되어 세상을 놀라게 하였다. 사랑은 시대와 공간을 초월하여 감동을 주는 위대한 능력이 있다. 이웃들에 대한 온정이 메마른 세상을 감동케 한다. 왜 감동하고 가슴을 울릴까. 사랑이 대답이다. 형편에 따라서 가족들이 흩어져 살지만 밤낮으로 생각나게 하고 그리는 마음이 바로 사랑이다. 사랑이 멀리 있는 것이 결단코 아니다. 바로 내 옆에 있지만 무의식중에 살다 보니 멀리 있는 것으로 느껴진다는 것이다. 불교에서는 깨우친다고 하였다. 사물의 이지(理致)를 깨우쳤다는 말이다. 곧 사랑이 무엇인지 알았다는 말씀이다. 그 사랑을 위해서 석가모니는 보리수 아래에서 6년 동안 기도로서 깨우쳤다고 설법하였다.

공자는 평생을 인(仁)을 위해서 살다 가신 분이다. 그의 사상은 인(仁) 자 하나로 대변된다. 인은 곧 사랑이다. 인성(人性)을 인(仁)으로 가득 채울 것을 원하시고 가르치신 분이다. 인(仁)은 곧 사랑이기에 사랑을 가르치려고 여러 나라를 순회하셨다. 이분들은 기원전 5세기경에 살았던 성인(聖人)들이다. 그분들의 생각과 말씀이 2,500년이 지난 오늘에도 왜 진리(眞理)로 가르치고 있는 것일까 생각해 보았으면 좋겠다. 오늘은 무엇을 생각하면서 살고 있는지 자신을 성찰(省察)이라도 하였으면 좀 더 나은 세상이 되지 않을까 생각이 난다. 힘이 드는 것도 아니고 돈이 들어가는 것도 아닌데 선(善)은 점점 더 왜소해지고 악(惡)은 점점 덩치를 키우니 걱정 아닌 걱정이 된다. 진정한 사랑은 어디에도 없는 듯 오직 탐욕만이 정신적 황폐화를 초래하고 있다고 느껴진다. 매일 향락에 흥청망청 허물어지는 도의(道義)와 예의(禮儀)는 찾아보기 어렵고 육체적인 즐거움만이 인성(人性)을 무너뜨리고 있다. 탐욕으로 질서는 무너지고 법은 뒤안길에 가두었으며 인치(人治)는 법치(法治)를 무너뜨려 날마다 죽이고 싸우는 소리만이 천지를 진동케 한다. 평화를 부르짖지만 북쪽하고만 평화 놀음하고자 법석을 떨고 있다. 정작 나라 안에서 제일로 평화를 추구하여야 하는데도 안중에 없으니 갈등만 증폭된다. 그러니 남의 다리만 긁고 있다.

갈등이 증폭되어 암울하기만 하다. 날마다 누구를 감옥소에 보냈다는 소식만이 특종처럼 이구동성이다. 삶은 점점 더 어려워진다고 통계치는 증명하지만 칼자루 쥔 귀하신 분들은 아니라고 한다. 도

(道)는 길이다. 날마다 다니는 길을 두고 그것도 70년이 넘도록 피 흘려가면서 다지고 닦아 탄탄대로를 만들어 이용한 길을 외면하고 있다. 한번도 경험해 보지 못한 다른 길을 가고자 하는 위인들이 나라를 궁지로 몰아넣고 있다. 이것이 가능하다고 생각하는 사람들 때문에 나라가 거덜 나게 생겼다. 세상에 모든 사람들과 나라들도 지옥 같다고 하는데도 죽기 살기 식이다. 목숨을 걸고 있다. 훗날 이들을 역사는 어떻게 평가할까. 그들의 심성(心性)에는 사랑은 씨앗까지 메말라버렸지 궁금하구나. 하나님이시여 도우소서. 불쌍한 저들을 어떻게 하여야 합니까?

혹서(酷暑) 2018년 7월 18일

날마다 더위는 심하여진다. 예년에 비하여 10일 정도 빨라진다고
한다. 초중고 방학이 10여 일 다가오고 있는데 초등학교 손주 놈들
이 덥다고 한다. 정말로 더운 모양이다. 나이가 많아지면 기후 반응
에 민감하여지고 대응력도 줄어들어 더운 줄로 알았는데 정말 더운
모양이다. 시골에서 할머니 한 분이 밭일 나갔다가 희생되었다는 보
도를 듣기도 하였다. 여름 한철 더운 일은 당연시되지만 해가 갈수록
더 덥다는 느낌이다. 방안에 온도계가 증명을 하고 있다. 30도를 넘
는 일이 며칠 전부터 진행되고 있다. 선풍기를 앞에 놓고 있어도 시
간이 지나면 더운 바람이 불어온다. 아마도 모터가 열이 나서 일어나
는 현상인 모양이다. 바람개비에 불날까 봐 그것도 연속은 금물이다.
참고 또 참는 도리 밖에 없다. 탈 원전하고 친환경적인 에너지 정책
을 전환한다고 하였으니 전기료 인상은 받아놓은 밥상이나 다름없으
니 아끼는 도리밖에 없다. 태양광발전 사업과 풍력발전 사업이 전국

적으로 확산되고 있다. 보존하여야 할 산림자원 훼손 같은 것은 고려
대상이 아니다. 산자락마다 쉽게 볼 수 있는 집열판들이 환경을 해치
는 데도 환경단체들은 입에 자물쇠를 채웠는지 말이 없다. 더구나 중
국 제품 집열판에서 1급 발암물질이 녹아 인체에 치명적이라 하는데
도 지나가는 바람이다. 또 러시아산 천연가스 사용도 멀지 않은 듯
가스관이 북한을 경유하여 우리의 안방까지 공급한다고 한다.

　탈 원전이 몰고 오는 바람이 혹서는 별것도 아닌 것 같다. 혹서야
길어야 한 달 정도 지나면 시원한 바람으로 변할 테니까 하는 소리
다. 벌써 도시가스 사용료며 상하수도에 이어서 재산세도 인상된다
니 삶은 더욱 어려워질 것이다. 더구나 기초 임금도 인상하면 안 된
다고 자영업자들이 거리를 메우고 있다. 실업자는 고공으로 늘어나
고 실질적 소득은 줄어든다고 야단법석을 떨고 있다. 기업의 환경
은 날로 어려워져 본사를 외국으로 이전하는 업체가 늘어나며 고급
인력들도 탈 한국을 이어간다고 한다. 소득 위주 경제정책이 몰고 오
는 바람이 혹서만큼이나 어렵다고 이구동성이다. 내년도 경제전망도
2%대로 하향 전망치를 보도하고 있다. 정책 결정은 연습이 아니다.
더구나 실험이 되어서는 안 된다. 연구소가 아니기 때문이다. 어려
서 깊이를 헤아릴 수 없는 깊은 우물에 두레박으로 한 바가지 퍼 올
려 등목을 하노라면 세상 더위 같은 것은 안중에도 없었다. 왜 이렇
게 더위에 약해졌나. 환경은 변하는데 사람들은 환경에 동화되지 못
하는 현상이다. 몇십 년 전만 하여도 시원한 나무그늘을 찾아 손풍기
하나로 매미 노랫소리 자장가로 삼아 피서를 하였는데 지금은 흘러
가는 노래가 되었다. 고려 말의 삼은 중에 한 분이신 길재 선생은 "산

천은 의구한데 인걸은 간데없네"라고 노래하였다. 지금은 어떤가. 선생께서 지금의 상황을 보신다면 산천도 인걸도 옛 모습이 아니구나, 읊었을 것이다.

혹서에 기름까지 부어 화기(火氣)가 머리까지 더하여진다. 주사파들이 펼치는 연방제의 파노라마는 사람들을 기절(氣絶)시키기에 충분하다. 더욱 열(熱) 받는 일은 여론 기관마다 70%의 지지를 한다고 하니 내가 멍청한 모양이다. 내가 꿈속 세상을 헤매는 모양이다. 사람이 사람을 좋아하는 일은 자연적인 현상이다. 우리말에 유유상종하고 끼리끼리란 말이 있다. 뜻이 같은 사람들끼리 또는 연령층이 비슷한 사람들끼리 통하니까 좋아한다고 한다. 수준이 나보다 높고 나보다 많이 가진 사람이며 힘이 나보다 엄청나게 크면 소통이 잘 되지 않으니 좋아하질 않는다.

부담 없는 사람 소탈하고 가식이 없는 사람, 이웃집 오빠 같고 아저씨 같은 사람, 무엇이든지 이야기하면 쉽게 들어주실 것 같은 사람을 좋아한다. 자신보다는 조금 모자라 멍청해 보이는 사람도 호감이 가며 좋아한다고 한다. 이것들이 70%라고 이해하고자 한다. 무더운 혹서 철에 나라의 정책 추진들이 혹서만큼이나 더위를 더하여 준다. 시원한 구석 찾아보지만 날마다 하루가 힘에 겹다. 혹서는 분명한 것은 기후변화에 기인한다. 세계의 평균 기후 변화는 1880년 이후 100년 동안 계속 증가하고 있다. 최근에 자주 발생되는 혹서는 많은 피해를 몰고 왔다. 농작물의 피해와 물 부족으로 고통 받기도 하며 일사병과 탈수증으로 건강을 해치기도 한다. 재해 정도가 해마다 증가하는 추세다. 수많은 인명 피해는 물론이며 자연에게 미치는 영향은

셈할 수도 없다. 오늘 이 아침에도 숨이 막힐 만큼 덥다. 모든 것 접어두고 충주댐 시원한 담수를 바라보면서 쉴만한 곳 찾아 세월 낚았으면 좋겠다는 생각이다.

천년고도의 꿈을 꾸고 2018년 7월 23일

　기후 온난화로 매일 폭염이 지속되고 있다. 온열로 인하여 고귀한
생명이 희생되기 시작하였다고 한다. 덥다고 하지만 이렇게 더운 것
도 별로 느끼지 못하였다. 날씨를 검색해 보니 경주에는 37~38도까
지라고 한다. 이쯤 되면 밖에 나가기가 두려움이 앞설 것이다. 태양
은 가장 가까운 하늘에서 초사하는 일사량에 나이 많은 늙은이들은
특히 조심하여야 할 것이다. 12시 30분에 경주에서 만나자고 약속하
고 중앙고속도를 달리고 있다. 김 시장이 민선(民選)으로 고향(안동)
향리에 목민관(牧民官)으로 재임 시에 세운 남예문(南禮門)을 통과
하고 있다. 잘 닦인 고속도로를 달리는 기분은 상쾌하기만 하다. 남
예문(南禮門)은 원래 유교에서 인간이 지켜야 할 기본적인 4덕목의
인의예지(仁義禮智) 중에 하나인 예(禮)를 상징하여 현대인들에게
사양지심을 일깨우기 위하여 세운 문이다. 안동의 역사적인 정신을
기리고자 안동시를 "정신문화의 수도"라 한 것처럼 정신문화의 수도

를 뒷받침하는 4덕목의 실물인 동인문(東仁門), 서의문(西義門), 남예문(南禮門) 은 보았는데 북향에 북지문(北智門) 은 보지 못하였다. 유가(儒家)의 후예답게 잘 정립(定立) 하였다.

옆 좌석의 박 소장은 매일 산에 다닌 덕분에 건강한 모습이 얼굴에 나타났다. 고향의 친구들 소식 전해 듣고 중간 휴게소에서 잠시 쉬었다가 계속 달렸다. 날씨가 무척이나 사람들을 어렵게 한다. 도로의 표면 온도가 높아지면 타이어가 터지는 경우를 보았기에 염려가 더하였다. 의성 군위 영천을 지나 경부고속도로에 진입하니 거대한 차량 물결이 앞서거니 뒤서거니 한다. 건천 휴게소에서 대구 팀들과 만나기로 하였으니 기다리는 중에 지난번 수안보에서 만났던 친구들과 악수를 하고 안부를 묻기도 하였다. 시간상 아직은 이른 시간대라 경주 들어가서 점심을 먹자고 하여 권 사장 차를 뒤따랐다. 경주는 여러번 왔지만 오면 올수록 새롭다는 느낌이다. 천년의 역사는 로마처럼 세계적으로도 손으로 꼽을 만큼 희귀하다. 신라인들이 동쪽 변방에서 부족으로 출발하여 혼연일체의 마음과 뜻을 모으고 각고의 노력으로 삼국을 통일하는 위업을 이루었으니 그만큼 나라를 잘 다스렸다는 증거들이다. 수많은 전란으로 또는 일제 치하에서 많이 훼손되었다고 하지만 아직도 시가지 전체가 거대한 살아있는 박물관이다. 보문관광단지로 향하는 중에 식당가 옥류관에서 시원한 냉면으로 중식을 하고 목적지로 이동하였다. 연도의 가로수는 3~4십 년 된 벚나무들이 시립하고 반가이 맞이한다. 가로수 터널을 계속 달리면서 이야기는 계속 이어졌다. 형제자매들의 소식이며 아들딸 손자 손녀들까지 궁금하였던 일들을 묻고 답하면서 한화리조트에서 여장을 풀었다. 권 사장 내외는 항상 여행을 많이 하시는 분들이라 준비한 내용물을 보노라면 입이 다물어지질 않는다. 일단 정돈을 하고 지나온 삶의 흔적들 속으로 꿀 같은 삼매경에 빠졌다. 특히 박 사장과 김 국장은 애국당 당원이라고 하였다. 그래서 매주 태극기 집회에 나간다고 하였다. 이 나이에 애국하시느라 고생하시는 모습에 존경스럽기까지 하였다. 나도 몇 번 나가보았지만 보통 성의로는 불가능하다. 바로 옆에서 집회를 하여도 마음에 없으면 거들떠보지도 않은 것이 사람이다.

나라 걱정 날씨 걱정에 가지고 온 먹거리로 입을 즐겁게 하면서 어릴 때 버릇이 나오면 웃기도 하고 치기 어린 욕도 가감 없이 하였다. 그래서 만나자 하면 무슨 자력에 끌리듯 쫓아왔다. 저녁은 감포에 계시는 '전영두' 선배님께서 준비하신다고 사전에 박 소장과 교감이 있었다고 하였다. 내게는 고등학교 대선배이신 분이시다. 작년도에 선배님이 직영하시는 공장에 들렸었는데 큰 선물을 받고 지금도 에너지원의 중요한 메뉴의 하나이다. 바닷가 작은 어촌 회 센터에서 푸짐하게 대접받았다. 숙소로 돌아와서 이야기는 이어졌다. 저녁 뉴스도 보고 야구 경기도 보면서 밤은 무르익어만 갔다. 나는 일찍 자리보전하고 잠자리에 들었다. 다른 친구들은 또 다른 세상에서 연구와 실습을 한다고 하였다. 새벽에 일어나 샤워를 하고 나니 피로가 확 풀렸다. 이 여사님께서 준비하신 아침 조반을 먹고 시원한 냉방에서 하고 싶었든 이야기들 나누면서 방콕을 즐겼다. 밖에 나가고자 하였으나 따가운 햇살이 두려우니 그냥 있자 하였다. 살기 어렵다고 하지만 빈말인 것 같다. 사람들로 넘쳐난다. 대부분이 젊은 사람들이다. 저녁은 준비한 쇠고기로 과식하였다.

아닌 줄 알지만 견물생심은 통제가 어렵다고 한다. 소주며 맥주 과일 등등 먹고 마시고 이야기하고 또 하루가 그렇게 지나갔다. 아침 온천욕을 하고 나서 조반은 나가서 먹자고 하였다. 행장을 준비하고 탑승하여 식당가로 이동하여 매운탕과 도리뱅뱅을 시켜 아침 겸 점심을 먹었다. 박 사장이 음식 값을 부담하셨다. 아들이 연예 기획사를 운영하는데 아버님 친구 분들 접대하시라면서 거금을 송금하였다고 하면서 기꺼이 부담하셨다. 효자 아들 두어서 좋겠다고 축하했다. 서울 친구들은 오후 2시에 서울역에서 집회에 참석하여야 한다면서 일어났다. 석별하고 집으로 돌아왔다. 또 만남의 정을 나누고 각자 처소로 돌아갔다. 대구 권 사장 님 내외분 수고 많았습니다.

까만 밤 2018년 7월 24일

한치 앞도 보이지 않는 칠흑 같은 밤이 계속이다. 눈앞에 보이는 것이 무엇인가 무슨 의미가 있는 것인가. 렌즈에 비치는 수많은 형상들은 그 하나하나에 의미를 부여하고 싶지만 마음뿐이다. 모두가 허상이다. 위선으로 가득한 세상이다. 진실은 모래사장에 바늘 찾기만큼이나 어렵다고 한다. 마음에 안정이 절대적으로 필요하지만 동서남북 어디에도 찾을 수 없다. 광야에 길 잃어버린 양 떼 무리들이 가득하다. 마지막 남은 한방울의 기력이 있어 주말마다 집회에 나아가 피를 토하며 외쳐보지만 돌아오는 것은 메아리뿐이다. 이것이 현실이다.

교육 수준이 세계 최고라고 하는데 무엇을 가르치고 배웠는가. 초근목피 시절을 벗어나 당당히 세계열강 대열에 오뚝이처럼 일어나 할 말하고 사는 나라가 되었다는데 무엇이 부족한지 알 수 없다. 나라가 있기는 있는지 의심이 점점 농후하여진다. 백성들의 생명과 안전을 보장한다는 나라는 정신 줄 놓은 지 언제인지 가마득히 잊은 지도 오래다. 옹달샘에는 끊임없는 새로운 맑은 물이 솟아올라 생명수가 되어 혹세무민하는 백성들을 살리고 올바른 길로 인도하여야 하는데 찾을 길이 막연하구나. 맑고 투명한 옹달샘이 온갖 해충들로 가득하여 구정물이 되어 백성들이 도저히 먹을 수 없는 독수가 되었다. 나라 전체가 황사와 미세먼지로 가득하여 호흡하기도 어렵다고 한다. 보다 못한 노옹(老翁)들은 자신의 육신 하나 움직이기 어려운 몸이지만 눈 감기 전에 옹달샘이라도 청소하여야 하지 않겠나하는 오기로 날마다 하늘보고 땅 보고 외쳐보는 현실이 눈물겹다. 손발이 터지고 허리가 휘어지도록 일하고 또 일하여 자식 하나 잘 가르쳐 보자고 청춘을 불살랐던 지난 세월이 야속하기만 하다. 세상은 마치 막장 드라마를 보는 듯하구나. 40도에 육박하는 뙤약볕에 작은 태극기에 목숨 걸고 외치는 마당에 위로하는 한 놈도 볼 수 없으니 어떻게 된 것인가. 있는 그대로라도 보도하여 모든 백성들에게 알렸으면 좋겠는데 모두 어디로 숨어버렸는가. 네놈들의 부모님들께서 그렇게 가르쳤는가. 네놈들의 선생님들에게 배웠다는 이야긴가. 천인공노할 일을 네놈들 총대를 메었으니 세상이 뒤집히면 너희들의 목숨 줄을 보장한다는 약속이라도 받았는지 말 좀 해 보자꾸나. 어제는 빨갱이 한 놈이 자살하였다고 난리 법석을 떨고 있다. 그놈 한 놈의 목숨 값이 수백만의 노옹들의 외침보다도 중하다는 말인가. 나 하나 죽어 빨갱이 체제를 유지한다면 기꺼이 죽어 대대로 영웅이 되겠다는 네놈의 속셈을 아는 사람들은 다 알고 있다. 치부가 낱낱이 들통 날까 두려워 네놈 부모님의 허락받고 죽었느냐. 특검이 하여야 할 일들이

산적한 마당에 핵심에 접근하니 사전에 막자고 생각을 같이한 무리들과 사전 모의하고 죽었느냐. 아니면 타의에 의한 자살을 위장한 것은 아닌가. 발표한다는 모든 것들이 위선으로 가득하기에 여러 가능성을 염두에 두어야 할 것이다. 망자에 대한 예의는 아니지만 네놈에게는 예의 같은 것은 사치이기 때문이다. 어떤 경우라도 특검에 영향을 주어서는 절대로 안 된다. 특검은 끝까지 소임을 다할 것을 강력히 국민의 이름으로 명령한다. 언젠가는 진실이 밝혀지리라 굳게 믿는다. 손바닥으로 하늘을 가리는 일들이 여반장이다. 북한산 석탄이 러시아에서 원산지를 세탁하여 수십 회에 걸쳐 국내로 반입되었다고 한다.

이 무슨 개 풀 뜯는 소리인가, 아무리 막가파식이라도 이건 아니라고 믿고 싶다. 하기야 지금까지 퍼주기 위하여 안달이 났으니 무슨 일은 못 하겠냐 만은 유엔의 제재에 딱 걸렸다니 우리나라에 미칠 영향에 우려를 금할 수 없다. 가뜩이나 경제는 곤두박질치는 상황에 제재를 받게 되면 걸음마 하는 아이에게 다리 분질러놓은 경우가 온다면 누구 말처럼 사면이 초가(楚歌)로 불릴 것이다. 이들이 하는 일이 한 가지라도 제대로 하는 일이 있었으면 좋겠는데, 희망사항이다. 권력은 정통성이 매우 중요함을 모두가 지켜보았다. G20 회의나, 중국의 국빈 방문이며 러시아의 국빈 방문에서, 미국에서 베트남에서 인도에서 가는 곳마다 서당 개로 취급받는 모습에 분노가 탱천하였다. 나라는 걸레가 되었다. 그나마 지탱하는 근저(根底)는 거리마다 쏟아져 나오는 늙은이들의 태극기 물결일 것이다. 국정원을 해체하고 이제는 국방부를 해체하고자 칼을 빼들었다. 걸림돌은 원수 갚기로 모두 척살하였으니 남은 기무사를 계엄령 문건 작성 이유를 들어 해체한다면 국방은 해체되는 것이다. 정보는 생명이다. 세계는 정보전쟁을 밤과 낮을 가리지 않고 치열하게 전개하여 왔다. 나라를 유지하는데 반드시 필요한 정보를 얻기 위하여 전쟁도 불사하는 것이 오늘의 현실이다. 남과 북이 엄연히 적대적으로 상존하는 마당에 정보기관을 없앤다는 것은 국가이기를 포기 한 것이나 다름없다. 나라를 고스란히 연방제로 시작하여 그들에게 바치자는 계획이 착실히 진행된다. 이를 지켜보는 마음이 까만 밤이란 말이다. 활짝 갠 날이 올는지.

그때의 여름 2018년 7월 24일

요사이 더위는 무덥다는 말은 약과다. 더위가 아니고 찜통을 넘어 폭염이라는 말이 맞는 것 같기도 하다. 평균 37~38도 정도이니 체온보다도 높아 인명 손실도 늘어난다고 한다. 심한 곳은 40도까지라는 예보는 위협이 되어 매시간 힘에 겹다. 엄동설한에 출입문 틈새 들어오는 살을 에는 한기를 막아보려고 문풍지를 달았던 시대가 엊그제 같았는데 이제는 열기를 막으려 문풍지라도 달아야 할 것 같기도 하다. 예전에도 이렇게 더운 때가 분명히 있었을 것이다. 그때는 어떻게 더위를 이겨냈을까? 생각도 가물가물하다.

무더운 여름이면 으레 반변천이 휴식처이고 놀이터이며 더위를 잊게 하는 곳이었다. 강 위로는 가을철에 섶다리를 놓아 주민들이 이용한 구역에는 조약돌들이 수중과 물 밖에 도포하여 장난감으로도 많이 애용하였으며 작은 물고기들의 놀이터이기도 하였다. 아래로 중간 구간에는 소(沼)로서 수심 약 1.5m 정도로 헤엄치기에 딱 좋은 곳이었다. 하류에는 강폭이 넓고 수심이 얕아 물속과 물 밖에는 하얀 모래층으로 이루어져 있고 유속도 늘려서 아이들 놀기에는 안성맞춤이었다. 그 하류에는 아랫마을 사람들이 이용한 섶다리가 있는 구역에는 역시나 작은 조약돌들이 있어 고기잡이에 딱 좋은 환경이었다. 위로부터 아래로 약 400m의 강 호안에는 무성한 숲이 조성되어 머루며 딸기들이 입맛을 돋우기도 하였지만 뱀과 해충들 또한 위협이 상존하기도 하였다. 마을을 지키는 수호나무가 있는 곳으로 매년 음력 보름에는 동민의 안녕을 기원하는 동제(洞祭)를 올리는 곳이다. 북쪽의 얕은 산자락에 100여 호가 옹기종기 가족처럼 살아가는 윗마을과 아랫마을로 자리하고 앞들과 뒷들에는 그림 같은 전답이 주민들의 생계 터전이었다. 소(沼)가 있는 강(江)에는 거룻배(도선)를 띄워 홍수철 강물이 불어나면 중요한 도선으로 이용하였는데 이웃 2개 마을에서 함께 사용하였다. 물론 나도 학교 다닐 때 이 배를 이용하여 강을 건너 등교하였다.

방학 기간에는 아침부터 저녁까지 강에서 친구들과 함께 하였으며 농우(農牛)가 쉬는 날 오후에는 목동이 되어 주변 야산을 섭렵하기도 하였다. 십여 명씩 떼를 지어 산에다 풀어놓으면 소들은 저들이 알아서 배를 채우게 된다. 그리고 우리들의 천국이 된다. 씨름도 하고 기차놀이도 하면서 머루랑 다래도 따 먹고 연한 송피도 벗겨 씹어보기도 하였다. 감자 서리를 해 쪄서 먹기도 하였다. 여름 하늘에는 흰 구름 검은 구름 두둥실 떠다니고 갑자기 검검하여지면서 소나기 한 줄기 세차게 내릴 때면 흠뻑 젖어 오들오들 떨기도 하였다. 멀리 보이는 신작로에는 차가 지날 때면 하얀 먼지가 길게 띠를 이루는 풍경이 있는 곳이다. 어느 날에는 노는데 몰입하여 소를 잃어버렸다. 이곳저곳 찾아보았지만 어느 곳에서도 보이질 않았다. 겁을 잔뜩 먹고 집에 와서 눈치만 살피는데 아버님께서 다행히 꾸지람을 하시지 않으셨다. 유난히도 놀기를 좋아하였던 나로서는 그날은 쥐 죽은 듯 어머니 뒤에서 몸을 숨기기도 하였다. 다음날 새벽에 아버님께서는 어디서 찾으셨는지는 모르지만 황소를 찾아 거름 터기에 매어 놓으셨다. 쫓아가서 몽둥이로 때려주고 싶은 마음 억지로 참고 학교에 간 기억이 새롭다. 한여름 밤 시골 하늘에는 별들의 천국이다.

별똥별이 좌로 우로 번쩍이는 선을 그으며 천국을 만들어가는 밤이다. 마당에 멍석 깔고 가족들이 오순도순 저녁을 먹으면서 이야기를 이어가는 옆에는 모깃불의 자욱한 매연이 방해를 하지만 아랑곳하지 않았다. 할머님 무릎을 베개로 삼아 별빛 천국을 바라보면서 크고 작은 별들에게 너는 거기서 무엇 하냐, 너의 가족들은 누구이며 어느 학교에 다니느냐는 등등 자문자답하기도 하였다. 언제 잠이 들었는지 아침에 깨어나면 아버님 옆이었다. 언제나 아버님 옆이 내 자리였다. 결혼하기 전까지 아버님 옆에서 자곤 하였다. 지금 생각하면 몹시도 아버님이 그리워지기도 한다. 너무나 엄하셨지만 그 교훈이 오늘날 나를 있게 하셨다. 때로는 간혹 부모님이 그리워질 때도 있다. 불효하여 좋은 세상 다 보지도 못하시고 소천하게 한 나의 불효를 생각날 때 마다 내가 싫어진다. 이제 와서 후회한들 가신 분들께서 살아 돌아오시는 것도 아닌데 하며 자위하여 보지만 가슴앓이는 죽을 때까지 이어질 것이다. 요사이 같이 이렇게 더워서 지내기가 어려울 때면 주변의 여건들이라도 시원한 구석이 있어야 할 터인데 오

히려 불난 집에 부채질하는 꼴이 더욱 덥게 만들고 있다. 러시아 월
드컵에 16강에라도 진입하였더라면 답답한 마음이라도 시원하였을
것이 아닌가. 풍전등화 같은 자유민주주의는 어디로 갈 것인지 암울
한 소식들만 들려오니 더위에 더위를 더하는 꼴이다. 오늘의 폭염이
나의 어린 시절의 더위를 생각나게 한다.

오늘의 희망 2018년 7월 25일

오늘도 찜통더위는 계속되고 있다. 선풍기 앞에서 흰 머리카락 휘
날려 보지만 답답하기는 마찬가지다. 키보드 두드리면서 날씨 원망
해 보지만 무슨 뾰족한 방법도 없으니 짜증만 더하여진다. 은행에 정
리할 일이 있어 밖에 나갔더니 거리가 한산하다. 가로수도 힘에 겨운
모양 잎이 생기가 없이 축 늘어진 모습이 애처롭기까지 하였다. 빌딩
들과 에어컨 외기에서 나오는 열들, 자동차 배기가스 공장에서 배출
되는 열기 등등 도시는 열섬이라 하였던가. 아무튼 이런저런 원인으
로 아스팔트는 용광로처럼 달아오르는 중이다. 수도꼭지도 더위 먹
었는지 미지근한 물 한 모금 축여보지만 갈증만 더하여진다. 참아보
지만 열기는 머리꼭지까지 올라 무엇인가 하기는 하여야는데 도무지
떠오르지 않는다. 내 몸도 내 머리도 더위를 먹었는지 수돗물처럼 허
리 멍청해지니 이건 아니다 싶다. 벽 한쪽 구석에 장식용으로 세워두
었던 냉방기를 처다만 보았는데 가동하였다. 조금 있으니 냉풍이 나

와 더운 공기를 몰아내니 살 것만 같았다. 문명의 이기다. 방안에 두고 쳐다만 볼 때는 장식품에 지나지 않았다. 왜 진즉 사용하지 않았는지는 뒷전이고 사용의 결과인 전기료 폭탄에 더 관심이 집중된다. 나라를 운전한다는 사람의 한마디로 원전깃발을 내렸다고 한다. 땅을 치고 통곡할 일이다. 이승만이란 위대한 건국대통령에서부터 원전의 중요성을 인식하고 불모지에서 시작한 것이다. 오천 년의 역사를 새로이 쓰게 한 위대한 박정희 대통령을 거치면서 원전 강국이 되었다. 세계 유수의 전문가들도 부러워하고 인정하여 원전 수출의 길이 열렸다. 효자 산업으로 각광받고 있는 것이 배알이 틀려서 하루아침에 원전 정책을 바꾼다 하였으니 날아가는 새가 웃을 일이 아닌가. 그 결과 시공 중에 있는 원전 발전소를 중단함으로써 1천억 원의 국민 세금을 도둑질하였다. 그뿐만이 아니고 수조원에 달하는 수출 길도 막혀 버렸으며 나라 간의 외교 문제로까지 비화되었다. 국가의 위상을 땅에 떨어지게 한 그 운전자 어떻게 책임지려고 하는지 불쌍한 생각마저 든다. 수요예측을 잘못하여 세워두었던 발전소도 가동한다는 보도를 보았다. 그것도 인터넷 방송을 통하여서 알게 되었다. 지상파는 무엇하는 곳이며 종합 채널들과 YTN, 연합 방송 기타 수많은 신문 잡지 등등은 운전대 잡은 사람의 선전 하수인에 지나지 않는다. 이런 나라가 어디에 있는지 있다면 오직 북쪽의 괴뢰집단뿐일 것이다. 경제는 나락으로 떨어져 길거리를 방황하는 백성들이 울부짖고 있다. 경제 전문가들이 우려하여 보지만 쇠귀에 경(經) 읽기가 되었다. 자신들과의 뜻이 같지 않은 사람들의 이야기는 지나가는 개소리로 취급하는 사람들의 독주가 자유대한민국을 짓뭉개고 있다. 그래도 이들이 집권하기 전까지는 희망이 있었는데 그 희망 찾을 길 없구나. 이웃 나라 일본의 후쿠시마 원전 사고를 빌미로 하여 원전 정책을 백지화였다. 초등학교 수준이다. 그간 선진 원전을 이루기 위하여 양성한 세계 최고의 전문가들은 배제하고 비전문가들로 구성한 청문회를 통하여 결정하였다니 국민 알기를 손톱 밑에 때만큼도 여기지 않았다는 증거다. 아마추어 정도라도 된다면 괜찮겠는데 이건 완전히 문외한들이 국정을 농단하고 있다. 국정을 마치 운동 연습장으로 생각하는 사람들의 수준이다. 그간 무엇 하나 제대로 된 것 하나라도 있으면 제시해 보시기 바란다. 100가지 중에 99가지를 잘못하였더라도 1가지만 잘하면 개돼지 같은 국민들은 따라올 수 있게 할 수 있다는 괴벨스의 말처럼 어디 한 가지라도 있으면 제시해 보아라. 에너지는 국가를 움직이는 동력이다. 사람 같으면 혈관 속을 흐르는 피 같은 것이다. 사람이나 국가나 에너지는 곧 생명이다.

이를 하루아침에 비전문가들에게 물어보고 결정하였다니 이게 말이나 되는 소리인가. 입 있으면 대답 좀 해보아라. 청정 대체 에너지원을 개발한다면서 한쪽은 산림녹화에 땀을 흘리는데 다른 한쪽에서는 훼손하여 집열판을 설치하고 있다. 그것도 1급 발암물질이 뜨거운 햇볕에 녹아 국민 건강을 크게 위협한다고 하는데 중국으로부터 대단위로 수입하였다니 무슨 커넥션이 있는 것이 아닌지 색안경으로 들여다보고 있다. 언제까지 속일 수 있다고 생각하시는가. 러시아산 천연가스는 배관을 북한 지역에 매설하고 그 배관을 통하여 수입한다고 하였는데 도화지에 그림은 초등생들도 그릴 수 있다. 그럴 수 있다고 하자 지금 돈 퍼다 주고 핵 개발에 1등 공신이 되었는데 그

핵에 개 목줄이 되어 오라면 오고 가라면 가야 하는 비참한 현실인데 말을 듣지 않는다 하여 배관에 밸브를 잠근다면 또 다른 목줄이 생기는 것이다. 어중이 떠중이들아 정신 차려라 너의 조상이 묻혀있고 너의 자손들이 살아가며 일가친척뿐만이 아니고 수많은 친구들과 지인들이 너희들을 지켜보고 있다. 오늘 하루만이라도 희망을 좀 보여주면 안 되겠느냐. 오늘 하루만이라도.

일상의 안녕 2018년 7월 26일

오늘은 초등학교에 다니는 손자 손녀들이 여름방학 시작된다고 좋
아하였다. 아침에 요놈들을 등교시키고 나면 할 일 없으니 매일 집
지킴이로 살아간다. 베란다에 나와 함께 살아가는 50여 종의 화초들
과 대화하고 돌보는 일이 첫 번째 일과다. 며칠 전에 벤자민과 행운
목에서 병이 발생하였다. 폰으로 찍어 농약판매소에 보여주었더니
흰 가루 딱지 병이라 하였다. 시키는 대로 충분히 살포하였는데 아
직도 치유되지 않아 안타깝다. 사람도 병이 나면 고생인데 말 못하
는 식물들이라 고통이 없겠는가 생각하니 마음이 좋지 못하였다. 가
족들 모두 자기 할 일 찾아 나갔다. 홀로 불볕 열기가 허가도 없이 스
며드는 곳은 있는지 이곳저곳 살핀다. 의심 가는 곳에는 긴급 조치를
하고 나서 무슨 좋은 소식이라도 기대하면서 검색을 시작한다. 매일
생명의 양식이 되는 하나님의 말씀을 접하고 상고(上考)한다. 주님
의 종으로 충주터교회 담임으로 시무하고 있는 김상룡 목사의 강해

(講解)를 접하고 영(靈)의 양식 힘으로 오늘도 무사안일하기를 기원한다. 다음은 소식 주고받는 200여 명의 친구들의 근황(近況)을 살핀다. 밤새 안녕들하신지 문안이 시작된다. 보내온 소식들을 하나하나 검색하여 몰랐던 시계(視界)를 넓히고 마음의 양식으로 저장하면서 매 시간 시간마다 즐거움을 찾는다. 그리고 자리를 옮겨 무엇이든지 물으면 해결하여주는 만능 박사로서 나와 생사고락을 함께하는 컴퓨터와의 씨름을 시작한다. 그런데 오늘은 순서를 바꾸었다. 그간 게을러 조발(調髮)을 하지 못하였는데 어제 하려고 하였으나 이발소(理髮所)가 쉬는 날이라 하여 오늘 하기로 하였다. 또 왼쪽 발 새끼 발가락 관절이 부어올라 며칠 전부터 통증이 있었지만 미련하게 참고 지냈는데 심하여지는 것 같아 동네 병원에도 들릴 겸 또한 내가 상용하는 건강식품도 떨어져 구입하고자 집을 나섰다. 개 눈에는 뭐 만 보인다더니 늙은이에게는 늙은이들만 보이는 모양이다. 이발소에서도 동네 병원에도 가는 곳마다 늙은이들 뿐이다. 이웃나라 일본이 초 고령사회라고 하더니 우리나라도 고령화가 가속 되는구나 실감하게 되었다. 이발소에서 어느 이름 모를 노인은 노회찬 죽음에 대하여 게거품을 물고 쌍욕을 하였다. 나도 뒤질세라 맞장구쳤다. 막혔던 체증이 내려가는 기분이었다. 저들은 죽음의 미학(美學)에 도통(道通)한 사람들이다. 또 하나의 새로운 영웅이 탄생하게 되었다고 온 나라에 도배질을 하고 있다. 절대로 자살이 아니라고 한다.

타살이라는 증거라며 조목조목 이야기를 듣고 있노라면 사실이라는 인증을 하여주었다. 지금까지 동조세력들의 죽음은 모조리 민주화 투사로 영웅 대접을 하여 있는 것 없는 것 모두 찾아 새로운 법을 만들어 지원하였다. 나라 위해 목숨 바친 장병들은 개죽음에 지나지 않은 현실을 개탄하지 않을 수 없다. 진정으로 개 같은 나라다. 해병대 수리온의 사고로 희생된 장병들의 상가(喪家)에는 국군통수권자라는 사람을 비롯해서 그 추종하는 졸개들 한 놈도 보이질 않았다니 용납이 되질 않는다. 그런 자를 믿고 나라와 국민의 생명과 재산을 보호하여 주십사하고 지지하였던 얼간이들아 보아라! 너희들이 그렇게도 열광하였던 세력들이 지금 무엇을 하고 있는지 똑똑히 보아야 할 것이다. 병원에도 역시나 늙은이들 뿐이다. 연식이 오래되어 찾는 자가 많은 것은 당연하지만 어쩐지 달갑지만 않았다. 접수하고 의사 선생님의 진료가 시작되었다. 발가락은 염려할 정도는 아니니 안심하여도 좋다고 하였다. 통풍의 징조는 아닌가라고 물었더니 아니라 한다. 즐거운 마음으로 병원 문을 나섰다. 그런데 사람들은 아프다고 하면 무조건 큰 병원을 찾는다. 동네 의사나 종합병원 의사나 의과대학에서 배울 때는 비슷비슷한 과정을 겪었을 것이다. 특별히 진료를 더 잘하리라는 증거는 어디에도 없다. 그런데 이상하게도 다른 사람이 큰 병원에서 고쳤다고 하니 너도나도 때로 몰려간다.

이런 맹신(盲信)은 의료 체계를 왜곡되게 하고 국민 부담만이 늘어나게 된다. 마지막에 조금 떨어진 충북원예협동조합에서 운영하는 하나로 마트에서 토마토와 매실 액을 구입하여 집으로 돌아왔다. 실내 온도는 31도를 가르키고 있다. 거실에 비치한 선풍기 3대중 2대를 돌려 시원함을 느끼는 찰나 졸음이 엄습하여 소파에서 한숨 자고 나니 수영장(水泳場)에 갔던 내무대신께서 돌아오셨다. 그 사람도 몹시도 더운 모양이다. 땀을 연신 닦는 모습이 힘이 든다는 표시다. 점심을 같이 먹고 냉커피 한 잔에 열 받은 속을 조금은 시원하게 하였다. 그리고 순서를 찾아 컴퓨터 앞에서 무엇을 기록할까 고민하다가 나의 오전 중에 하였던 일들을 남겨 보려고 되는 소리 안 되는 소리 하면서 지면을 메워갔다. 오늘도 안녕하십니까? 어디에서 본 듯한 문구가 생각나서 전할까 한다. 사고(思考)가 변하면 행동(行動)이 변하고, 행동(行動)이 변하면, 습관(習慣)이 변하며, 습관(習慣)이 변하면 운명(運命)이 변한다고 하였으니 시도해 보시기를 권장한다.

갈수록 코미디 2018년 7월 27일

오늘도 덥다는 말이 인사(人事)다. 세월이 약이란 말처럼 20일 정도 지나면 선선한 바람이라도 불 것이라는 확실한 기대(期待) 때문이다. 살인 같은 더위도 참고 지내는 것이다. 하루 24시간이 수시로 웃고 우는 코미디 같은 인생이라 그러느니 하면서 살아 오늘에 이르렀다. 물 흘러가듯 편한 대로 마음 가는 대로라면 정신건강에 도움 될 터인데 그게 잘 되질 않으니 답답한 것이다. 세상만사 마음먹기에 달렸다고 한다. 불볕더위라도 견딜 수 있다는 마음의 자세가 중요한 것처럼 그렇게 살았으면 하는 생각은 간절하지만 실행이 되지 않으니 문제들이 발생하는 것이다. 만사여의(萬事如意)면 좋겠지만 세상만사가 아니라고 하니 코미디 같다는 이야기다. 일이 잘 풀리지 않아 어려움이 닥치며 화가 나고 고통이 따를 것이다. 이 어려운 고비를 넘기니 잘 풀려 웃고 즐거운 날도 있으니 좋은 것 아니냐고 주장하는 사람도 있을 것이다. 긍정적인 사고(思考)면 얼마나 좋겠나 만은 안

되는 것이 또한 사람이다. 무엇이 옳고 그르냐는 주관적인 사고이지만 분명한 것은 객관성을 찾으면 있다는 것이다. 주관적 사고가 전부 나쁘다는 것은 아니다. 사람은 주관적 입장에서 시작하기 때문에 주관이 객관화에 필요한 과정이다. 잘못 생각으로 자기 발등 자기가 찍는 우를 범하기도 하지만 그것이 전부는 아니다.

이것은 많이 배우고 아니고의 문제도 아니다. 세 살 버릇 여든 살까지 간다는 말씀 듣고 자랐다. 자신의 믿음에 의의(疑意)를 달면 즉각 아니라고 반향한다. 그래서 어려서부터 훈련이 필요하다고 한다. 사고의 성립은 여러 주변의 여건에서 형성된 바탕에서 신념화(信念化)가 이루어지는 것이다. 자기가 믿는 신념은 철옹성(鐵甕城)을 만든다. 어느 누구도 반기를 들어 침입하면 목숨을 걸기도 한다. 만물의 영장인 사람이 그래서 무서운 것이다. 요사이 좌우 갈등을 넘어 한쪽으로 치우치는 모습에서 소름이 돋게 한다. 밸런스가 유지될 때 비로소 성장하고 발전한다는 것이다. 그런데 너무 한쪽으로 치우쳐 도괴(倒壞) 직전까지 진행되는 현상을 볼 때면 우려를 넘어 희망마저 사그라지지나 않을까 한다. 좌파라고 하는 사람들의 면면을 볼라치면 수백 개의 단체들이 있다고 하는데 그중에서도 김일성 주체사상을 공부하여 신념화시킨 전대협, 전교조, 민주노총 언론노조 등등이 주축이 되고 정치인들이 주체적인 동참과 지원을 하고 수많은 좌파적 시민단체들이 공동으로 참여하여 촛불집회라는 미명(微明)으로 나라를 뒤집었다. 이제 그들은 넘지 말아야 할 마지노선을 넘어서고 있다. 누가 말린다고 해서 들을 사람들이 아니다. 나라는 풍전등화(風前燈火)의 입장이다.

그들의 불법성은 일일이 열거하지 않아도 모두가 알고 있는 불법 천국을 만들었다. 자신들이 하는 불법은 적법이며 반대하는 사람들의 적법 행위는 불법으로 간주하여 처벌하는 기막힌 세상이 오늘의 대한민국이다. 힘이라고 하는 것은 적법성을 인정받을 때 비로소 위력을 발휘하는 것인데 적법의 위력은 간 곳 없고 힘이라고 하는 것이 폭력이 되어 가고 있는 실정이다. 이것을 어느 국민이 용인하겠는가. 세계에서 문맹률(文盲率)이 가장 낮다고 하는 대한민국인데 교육열이 가장 높다는 우리나라인데 어쩌다가 하룻강아지가 되었는지 이해를 할 수 없다. 그들은 죽기 살기로 목숨 걸고 고려연방에 몰입하고 있다. 불법 권좌에 올라 1년 2개월이 지나는 동안 무엇 하나 제대로 하는 일이 없다. 아무 죄도 없는 전직 대통령 두 사람을 감옥소에 보내고 모자라 그 추종자들을 하나같이 적폐청산으로 처단하고 있다. 잘 닦아놓은 대도는 버리고 무인지경에 새로운 도로를 닦다 보니 걸림돌들은 없는 죄도 뒤집어 씌우는 평원의 서부활극처럼 복수의 참극을 보고 있다. 무상복지로 나라 경제는 거덜 난 지 오래되었다. 기업을 옥죄어 중소기업은 물론이고 대기업에 이르기까지 국경을 넘겠다고 아우성인데 그들에게는 무용지물이다. 고급인력들도 열을 지어 한국을 떠나고 있다고 한다. 외교는 가는 곳마다 국빈 방문이라 자랑하였는데 정승집 개 취급을 당하면서도 성공적이라 한다. 이런 것이 코미디다.

　코미디 정권이다. 국민들은 보아도 보지 말 것이며 들려도 듣지 말고 정부가 하는 일만이 보고 들어라는 것이다. 정보는 존립의 생명인데 국정원의 기능을 무력화하였고 남은 기무사도 해체 수순에 들어갔다니 나라 지키는 국방도 만세를 부를 때가 멀지 않았다고 한다. 휴전선 철책을 걷어치우고 대전차 방호벽도 철거하며 GP도 없애겠다니 국가방위 자체를 해지하겠다고 속도전을 내고 있다. 혈맹이고 우방이며 한미 동맹 자체를 없애고 주둔 미군을 돌아가라 할 날도 멀지 않은 것 같다. 이제 우리끼리 하면 된다는 것이다. 우리끼리 하겠다는데 왜 말들이 많으냐 하는 것이다. 눈 감고 귀 막았던 우직한 백성들이 눈을 뜨고 듣게 되었다. 주권자인 국민의 뜻은 확실히 정하여졌다. 이 거대한 힘을 누가 막을 수 있겠는가. 그들의 꿈도 곧 산산조각 날 것이라 굳게 믿는다.

더위야 물러가라 2018년 7월 28일

　중복(中伏)도 지났다. 절기(節氣)로는 다음 달 7일이 가을을 알리는 입추(立秋)라 하니 더위도 한계점에 이른 듯하다. 앞으로 더워봐야 얼마나 다 덥겠느냐는 생각이다. 조금은 위로가 되기도 한다. 까마득한 옛날 고등학교 같은 반 친구이며 지금은 회사 고문으로 있는 윤광휴 친구로부터 전화가 왔다. 후배 친구들이 점심이나 같이했으면 한다기에 12시 30분까지 지정된 곳으로 나오라고 하였다. 나야 24시간 모두가 내 시간이니 못 갈 이유도 못 만날 사연도 없으니 알았다고 하였다. 오랜만에 보고 싶은 친구와 고향 후배님들 얼굴 보게 되었으니 이 아니 기쁘지 않겠는가. 잊힐만한 세월인데 그래도 잊지 않고 불러주니 즐겁고 고마웠다. 하든일 빠르게 마무리하고 보니 집안에 손주 두 놈이 '폰' 게임에 삼매경이다. 방학이 어제 시작하였는데 손주 놈들이 걱정이다. 긴 여름방학 동안에 어떻게 건강하게 보낼 수 있을까 하는 기우가 들기도 한다. 오늘은 무엇 할 것이냐고 물었더니 학원도 쉬는 날이라서 점심 먹고 오후에 학교 도서관에서 독서하기로 하였다고 한다. 끝나면 외가댁에 가서 놀다가 저녁에 어머니와 오겠단다. 이것이 오늘 그들의 계획인 모양이다. 할머니가 오후 1시경에 집에 오신 후에 가겠다는 것이다. 그들 계획에 전적으로 동의하고 점심은 할머니께서 준비하신 것 먹고 가라고 하였더니 아니란다. 점심값으로 2천 원이 필요하다기에 주고 집을 나섰다.

날씨는 정말이지 엄청나게 더웠다. 피부가 탈 것 같이 두려움마저 들기도 하였다. 멀지 않은 곳이라 걸어갈까 하였는데 생각을 접고 자동차로 인근에 정차하고 업소에 들어가니 벌써 도착하였다. 반갑게 인사하고 그간 적조하였던 기간에 소식들을 주고받았다. 윤 고문은 안색에 혈기가 넘쳐나 신원(身元)이 건강한 것으로 보이니 관리를 잘한 모양이다. 후배님들도 기력들이 팔팔하신 것 보니 나도 덩달아 젊어지는 기분이었다. 고향 이야기며 삶의 흔적들과 세상 돌아가는 모습에 걱정도 하면서 중복(中伏) 땜을 하였다. 다음에 만날 것을 약속하고 헤어졌다. 지하주차장에 와서 시계를 보니 할머니가 집에 도착할 시간이라서 전화하였더니 손주 놈들이 막 집을 나섰다는 것이다. 출입구 방향으로 백미러로 보니 두 놈이 걸어 나오는 모습에 급히 차를 돌려 태우고 학교 도서관까지 데려다주고 집으로 돌아왔다. 오후 3시가 되어야 냉방기기를 운전할 것이기에 그때까지는 인고(忍苦)의 시간이다. 참고 또 참는 시간들과 더위와 겨루기 한 판이 벌어진다. 무엇인가 하여야 하는데 마음만 있었지 행동은 가만히 있으라고 유혹하고 있다. 세상에서 제일 편안한 자세를 하고 친구들이 보내온 소식들을 검색하였다. 선별하여 저장할 것은 저장하고 보낼 것들은 다시 전송하였다. 세상 참 좋은 세상이다.

손가락 터치로 나라 안에는 물론이며 나라 밖에 있는 친구들에게도 정보를 교환할 수 있으니 이보다 더 좋은 세상이 어디 있겠는가. 감사하여야 할 것이다. 산골 벽촌에 살 때는 마을 동장 집에나 전화가 있었다고 기억된다. 지금과는 비교가 되질 않은 세상이다. 불과 1갑 자 전의 이야기다. 전통적인 농경사회에서 산업사회로 정보사회를 거치면서 빛의 속도로 발전한 이면에는 과학이 모든 것을 뒤집어 놓았다. 상상도 할 수 없는 세상이 활짝 펼쳤지만 나이 많은 사람들은 그림의 떡이라 한다. 나라에서는 각종 프로그램을 통하여 무료로 또는 저렴한 비용을 통하여 교육 기회를 확대하고 있지만 코끼리 다리 만지는 정도다. 다른 것은 고사하고라도 전화기는 인구 5천만 명을 볼 때 유치원생을 제외하고는 모두 지니고 다닌다. 인터넷 이용률이 세계 제일이라니 IT 산업의 발전은 시간을 다투어 경이롭게 발전한다. 자고 일어나면 새로운 세상이 열린다는 것이다. 미래학자들은 앞으로 2~3십 년 후면 상상과 상상으로 그려보던 세상이 온다고 한다. 사라지는 직종들이 수 만개에 이르고 새로이 생기는 일자리도 발생하니 이에 적극적으로 대비하여야 한다고 경고하고 있다. 인간의 생명도 100세 시대에서 영생하는 시대가 온다고 예측하고 있다. 신의 경지와 자웅을 겨루려고 한다는 것이다.

인간의 영역도 점진적으로 로봇들이 점령한다는 시대가 시하(時下) 열리고 있는 사실들을 곳곳에서 볼 수 있다. 과학문명의 발달은 그 공헌을 인정하지만 전부는 아니다. 인간 내면의 세계인 정신문명은 과거나 현재에 머물러 있다면 오늘 같은 우리의 갈등 사회 모습을 벗어날 수 없을 것이다. 우리의 정신문명이 멈춰버린 오늘 같은 시간이 지속된다면 어떻게 될 것인지 묻지 않아도 자명한 결과만이 올 것이다. 이 엄중한 세상에 깨어나지 못하고 갈등만이 높아진다고 생각들 해보시기 바란다. 그 결과가 끔찍하지 않은가? 더워서 못 살겠다 하지 말고, 어떻게 살 것인가에 생각해 보았으면 좋겠다.

앞을 바라보자 2018년 7월 28일

　사람의 인체(人體)를 살펴보면 눈이 앞으로 달려있다. 무슨 의미일까. 생각해 보나 마나 앞을 보라는 것이다. 그러니 앞을 보고 가라는 것일 것이다. 뒤를 보고 가면 사고를 당한다는 진리다. 눈이 앞에 있는데 뒤를 볼 수 없으니 사고가 난다는 것이다. 볼 수 없는 캄캄한 밤과 같은데 사고가 나지 않는다는 것이 더욱 이상한 일이다. 귀는 왜 옆으로 달려있는 것일까. 이것도 물어보나 마나 한 이야기다. 양옆에 무슨 소리가 나는지 귀 기울여 보라는 것이다. 뒤에 달릴 수도 있고 밑으로도 달릴 수 있는 것인데 왜 하필 양옆에 두었을까.

　누구 말처럼 신의 한수는 무엇일까. 앞은 눈으로 보아서 알고 뒤는 지나갔으니 들을 수 없지만, 남은 양옆의 무슨 일이 일어나는지 무슨 요구가 있는지 논쟁이 있는지 들어 보라는 것이다. 그리고 입의 위치도 앞에 위치하고 있다. 무슨 이야기인가. 앞을 바라보고 말하라는 것이다. 그리고 앞으로 먹어야 실수를 하지 않기 위하여라는 것이다. 옆에서 이야기하지 말고 뒤에는 더더구나 말하지 말라고 하면서 말할 때는 정면을 바라보고 정정당당하게 하라고 앞에 둔 의미일 것이다. 코 역시나 앞에 위치한다. 앞에서 일어나는 공기가 깨끗한지 분별하여 숨쉬라고 하였을 것이다. 아니면 혹여 무슨 해로운 냄새를 풍기는 것들이 있는지 검색하라고 하였을 것이다. 하나님께서 당신의 형상대로 창조하신 사람들이니 하나님의 최대 걸작품이고 하나님의 뜻일 것이다. 이 지고한 진리를 외면한다면 반드시 문제가 일어난다. 이것은 누구나 모두 다 알고 있는 일반적인 상식이다. 이렇게 금방 알 수 있는 상식을 외면하는 오만(傲慢)한 자들 때문에 개인도 사회도 국가도 무너진다는 역사적 가르침을 보고 배웠다. 배운 것을 이행하지 못하는 사람들은 배우지 아니한 사람보다도 못한 얼간이들이다. 이런 사람들이 무리 지어 힘을 과시하고 있다.

개개인으로서는 대응할 능력이 부족하니 뜻을 같이하는 사람들끼리 무리를 만들어 기만(欺滿)의 수법으로 목적을 달성하여왔다. 인간사 다툼이 없을 수는 없겠지만 해결의 열쇠는 바로 여기에 있는 것이다. 올바로 바라보아야 할 일을 바라보지 못하는 무지나 의도적 외면이 있다면 다툼의 골은 점점 더 깊어만 질 것이다. 들어야 할 일들을 듣지 않고 닫아버린다면 이 또한 어디에도 통하지 않으며 문제 해결에 어려울 것이다. 입은 있으되 진리를 외면한다면 누구도 동조하는 자도 없을 것이며 따르고 손뼉 치는 자도 없을 것이기에 꼬여만 갈 것이다. 콧구멍이 밑으로 있는 것이 천만다행이지 않은가. 만약에 위로 뚫려있다면 어떻게 될까 숨은 쉬어야 하겠지만 유해한 공기를 분별하기에는 또 빗물을 막기에는 어려울 것이다. 때문에 하나님의 뜻을 거스르지 말라는 주장이다. 우리나라의 현실이 이와 같은 것은 아닐까 한다. 학교에서 똑같이 배웠는데 어떤 사람은 민주주의 신봉자가 되었고 어떤 사람들은 정통성 교육을 외면하는 자들이 있을까 의문이 가기도 한다. 음지에서 끼리끼리 모여 독학한 것이 세상에서 최고의 가치라면서 유유상종하여 어떻게 하면 아둔한 국민들을 기만할까에 초점을 둔 자들이다. 그들이 음지에서 배운 이론들은 이론이랄 것도 없고 사상적 배경도 빈약한 것을 그들도 모두 알고 있다. 그것으로는 도저히 대항할 수 없으니 기만전술에 목숨 걸고 있는 것이다.

백성들이야 먹고살기 바쁜데 좌(左)면 어떻고 우(右)면 어떻냐는 식이다. 아무래도 좋다는 것이다. 내가 가지고 있는 것 빼앗지 말고 지켜주며 더하여 달라는 요구가 대세다. 여기에 무슨 놈의 사상이 필요한가에 뜻을 둔 자들의 대세다. 이것을 교모하게 이용하여 성공하기 위한 제반 여건들을 조성하고 자기편으로 만들어 나라를 뒤집었다. 이것이 당면한 대한민국의 현실이다. 두 번의 경험을 통하여 실패한 폐족들이라 스스로 자인하면서 겸손을 떨고 좌고우면(左顧右眄)하였다. 그것의 증거가 현재 자유 한국당 원내대표인 김성태 의원과 더불어 민주당 안민석 의원 간의 대화에서 여실히 드러났다. 탄핵하기 위하여 4년 동안 힘써 오시지 않았습니까? 라는 김성태라는 죽일 놈의 대화를 보았다. 그러니 4년 동안 탄핵을 위한 준비를 착실히 하여 성공을 거두었다는 이야기다. 탄핵의 절호 기회로 보았다. 여성 대통령에다가 과거에 누적되어 어느 누구도 청산하지 못한 일을 정리하면서 많은 반대자들이 발생하였다는 사실이다. 또한 한집 두 살림으로 살았던 친 이계며 반박 계열들이 더불어 민주당과 오월동주

(吳越同舟)하여 역사상 가장 청렴한 박근혜 대통령을 탄핵하였다.

그리고 감옥소에 보내어 죽기만을 고대한 자들이 무소불위의 칼춤을 추고 있다. 이제는 걸림돌을 대부분 죄를 씌워 단죄하면서 평화라는 달콤한 마약을 투입하여 우리끼리 고려연방제로 나라를 바치자는 것이다. 이러는 와중에도 지지도 67%라고 하니 억장이 무너진다. 백성들의 목숨줄이 경각에 달렸는데 좋다고 하는 어리석은 자들이 우리의 백성들이다. 어찌하여야 할까? 그대로 저들이 원하는 대로 보고만 있어야 하는 것일까? 쥐구멍도 볕들 날이 있다고 하였는데 우리에게는 쥐구멍도 없다는 말인가.

몽당연필 2018년 7월 29일

요사이 초등 3학년에 다니는 손녀의 몽당연필을 보면 어릴 때 나의 몽당연필을 생각나게 한다. 품질 면에서 요사이 연필과는 차이가 엄청나게 컸다. 모양새야 지금이나 그때나 비슷하지만 연필심은 잘 부러졌고, 싸고 있는 나무의 질이 좋지 못하여 심이 마모되어 깎을 때 조심하지 않으면 원하는 만큼 깎이질 않고 나뭇결을 따라 저절로 심이 보이게 일어나 낭패를 보는 수도 있었다. 또 깎는 도구도 연필깎기가 있어 구멍에 넣고 손잡이로 돌리면 깨끗이 보기 좋게 깎이지만 옛날이야 어디 칼이나 아니면 낫과 식칼도 사용하곤 하였다.

깎고 또 깎고 하여 손톱 길이만큼 짧게 사용하였던 어려운 시절을 회상케 한다. 책가방이라는 것이 어디 별도로 있었나. 보자기에 책과 공책 그리고 함석 필통에 연필 한두 자루 넣고 둘둘 말이 어깨에 비스듬히 메고 나면 준비 끝이다. 집을 나서 도선을 타고 강을 건너 신작로에 오르면 친구들에 뒤질세라 뛰어가기도 하였다. 책보자기 함석 필통 속에서 연필 부딪치는 딸각딸각 소리 들으면서 즐거운 등교 길이었다. 비포장도로에 자동차 지날 때는 숨이 막힐 정도로 하얀 먼지 흠뻑 마시고 뒤집어쓰면서 다녔다. 허름한 창고 마룻바닥 교실에 앉아 책보자기를 풀고 필통을 열어보면 깎아 놓았던 연필심이 모두 부러져 낭패를 보기도 하였다. 불과 1갑 자 전(前)의 이야기다. 어린아이들 이 이야기 들으면 먼 아프리카 이름모를 어느 나라 이야기로 착각 할른지도 모를 것이다. 몽당연필만 있는 것이 아니다. 입고 다니는 옷도 몽당 옷이다. 바지라야 요사이처럼 기성복이 아니라 집에서 어머님이나 할머니께서 정성 들여 만들어주신 저고리와 바지를 입기도 하였는데 이를 줄여서 주 적삼이라 하였다. 바지라는 것도 천이 모자란 것인지 길이가 짧아 종아리가 보일 정도이니 몽당연필처럼 몽당 바지 입고 다녔으며 신고 다니는 신발도 꺼먼 고무신이었다. 신다 보면 달아 물이 스며들기도 하지만 양말이라는 것은 이름도 모를 때였다. 살을 에는 동지섣달에 몽당 바지에 꺼먼 고무신에 눈 녹아 질퍽한 곳을 다니면서 발가락 사이로 스며드는 냉기와 종아리며 적삼 가슴과 소매로 들어오는 칼 같은 냉기도 좋다 하며 망아지처럼 뛰고 놀았다. 일제 36년 동안 식민지 치하에서 사람이며 숟가락 젓가락이며 밥그릇까지 총동원령으로 빼앗겼으니 남아있는 것이 무엇이 있었겠는가. 천왕의 신민으로 만들기 위하여 소위 내선일체를 위하여 단발령을 명하기도 하였으며 창씨개명도 강요하였다는 증거가 호적에 고스란히 남아있다. 조선의 역사도 거짓 날조하기 위하여 광개토대왕 비문까지 날조하여 임나일본부설을 조작 날조한 역사를 생생하게 기억한다. 대동아 공영을 위하여 그들의 전쟁 소모품으로 징발되었던 시절도 있었다고 역사는 말하고 있는데 그 암울하였던 후유증을 직접 보고 듣기도 하면서 꿈을 키워왔다. 중국 놈들은 근년에 한술 더 떠서 동북공정이란 이름으로 북방의 우리 고대사를 자기들의 지방정부로 날조하였으니 하늘이 무섭지도 않은 모양이다. 좁은 땅덩어리가 주변의 미친 이리들의 이빨에 속수무책으로 뜯기고 있기도 한 현실이 참담하다. 일본 놈들은 독도를 저들의 땅이라 하지 않은가. 중국 놈들은 북방을 저들의 역사에 편입하였고 그것도 모자라서 서해를 저들의 안방처럼 들락날락하고 있다.

이어도 주변 항공 식별 구역에 무단 침입을 밥 먹듯 하는 들개들을 보노라면 피가 거꾸로 솟는다. 몽당연필처럼 북쪽을 빼앗기고 서해바다도 넘보며 동쪽의 작은 돌섬 독도도 빼앗기는 절체절명의 몽당연필 처지인데 나라 안에서는 너 죽이고 나 살자는 소리 없는 전쟁이 한창이다. 어떻게 하자는 건가. 바른 곳이라는 것은 눈 닦고 찾아보아도 찾기 어렵다. 모두가 뒤틀리고 굽어진 것들만이 좋다는 세상이다. 한세대 넘도록 염려는 하였지만 그렇게 심각하게 생각하지 못한 교육의 결과가 오늘의 갈등 중심에선 세대들이다. 그들은 오직 주체사상을 지상에서 최고의 가치로 배웠으며 김일성 장군을 영웅으로 배웠고 이승만 건국대통령을 미국의 앞잡이로 배운 자들이다. 평양은 지상 낙원이라고 알고 있는 자들이다. 잘 살고 못 사는 사람 없이 모두가 평등하게 아버지 수령님의 은혜로 잘 살고 있다고 침이 마르도록 찬사를 보내는 사람들이다. 이제 그들이 실세가 된 세상이다. 나라 안에 16개 시, 도 중에서 경상북도와 대구를 제외한 다른 14곳은 모두가 연방정부가 되었으니 누구를 원망하고 탓하겠는가. 모두의 책임인 것을 교육이 100년 대계임을 배웠는데도 외면하다 보니 나라 안에서도 모두가 몽당연필에 되었다. 몽당연필의 사용기간도 얼마 남지 않은 것 같아 보인다. 바르고 옳은 것을 보고도 그르고 잘못되었다 하니 기막힌 세상이다. 뇌물 먹고 죽은 놈은 영웅 대접받는 나라다. 정의를 외치다 죽은 사람, 국방을 지키다 죽은 군인들은 개죽음, 이런 세상이 지금 대한민국이다. 나도 점점 개가 되어가는 것 같아 안타깝다.

즐거운 여름 소리 2018년 7월 30일

무더운 여름이 계속되면 특별한 소리를 들을 수 있다. 매미 울음소리가 그것이다. 귀뚜라미가 가을밤의 연주자라면 여름 낮과 밤을 가리지 않고 매미는 청신한 소리로 열기를 식혀 주는 반가운 연주자들이다. 우리나라에 15종이나 서식하고 있다. 애벌레는 약 7년 동안 땅속에 살면서 근신하다가 바깥세상에 나와 일주일가량 목청이 찢어져라 노래하다가 가는 것이 매미의 일생이다. 그런데 노래하는 놈은 수놈이라고 한다. 대신 암놈은 벙어리다. 수컷이 암컷을 유혹하기 위하여 아름다운 소리를 낸다고 알려져 있다. 우리에게 익숙한 종류인 쓰름매미와 참매미 그리고 말매미 정도는 누구나 알고 있다.

특히 말매미는 그 소리가 웅장하고 장대한 것이 특징이다. 따르르하는 소리는 멀리멀리 메아리 되어 전한다. 방충망에 붙어 매에 맴~하는 놈이 있는가 하면 세롱 하는 놈도 있다. 숲이 우거진 곳에서는 여러 놈들이 부르는 합창은 마치 교향곡을 연주하는 것처럼 불볕 하늘을 울린다. 보통 잎이 무성한 느티나무나 프라다 나스와 같이 크고 오래된 고목에 많이 있으나 어쩌다 길 잃은 놈들은 아파트 방충망에서도 보이고 집 앞 대추나무에도 감나무에도 붙어서 노래한다. 사람들은 시원한 나무그늘에 돌베개 베고 누워 매미 노랫소리 듣노라면 부지불식간에 자장가 되어 선경(仙境)에 들기도 하는 여름이다. 사람들은 더위를 극복하기 위하여 여러 방안을 찾는다. 그중에 오관(五官:눈, 귀, 코, 혀, 피부)을 즐겁게 하는 것들을 찾는다. 인간들이 창조하는 것들을 찾아 즐기기도 하지만 이와는 반대로 자연이 주는 천연의 것을 찾아 산과 강 그리고 바다를 찾기도 하며 멀리는 해외로 나가 여름 한철을 보내는 사람들도 늘어난다. 그중에 가장 가까운 곳에서 들을 수 있는 것이 매미 노랫소리다. 하늘을 가리는 무성한 숲속은 마치 천국 같다. 이름 모를 새들의 아름다운 여름 소리를 듣게 되고 바위 사이로 졸졸 흐르는 계곡수의 물소리는 가슴을 시원하게 한다. 높은 절벽에서 떨어지는 하얀 물줄기에서 발하는 시원한 폭포수의 소리는 창자 속까지 시원하게 한다. 휴가철이 되면 도로는 주차장을 방불케 한다. 몇 시간씩 고생하면서 찾는 이유는 오관(五官)을 즐겁게 위해서다. 모든 지구촌은 여기가 거기 같고 거기가 여기 같은 풍경이다. 특히 바다는 젊은이들을 부른다. 멍석말이처럼 끊임없이 밀려오는 하얀 파도를 타고 모래사장에 스며드는 소리에 매료되어 너도 나도 찾는다. 인근을 지나는 뱃고동 소리가 그리워 손을 흔들어 보기도 한다. 벼랑에 철석 부딪쳐 깨어지는 하얀 물보라의 시원한 소리가 그리워 찾는다고 한다. 친구들끼리 가족들끼리 호호 깔깔 추억을 쌓아 가는데 감로수와 같은 여름의 소리에 매료된다. 오관(五官)

을 즐기는 데는 노소가 따로 없다. 컴컴한 천연동굴을 찾아 한 방울 두 방울 떨어지는 수정 같은 물방울은 동굴 속 녹아 흐르는 곳에 발을 담그고 있노라면 시간 개념이 없어지기도 한다. 갑자기 하늘이 어두워지고 소나기 쏟아지는 빗소리에 등줄기가 시원한 기쁨이 넘쳐나기도 한다. 번쩍번쩍 천둥소리에 전율하니 더위 같은 것은 안중에도 없다. 이렇게 자연은 사람들에게 경고도 하지만 한량없는 축복을 준다는 사실을 잊어버리고 망가뜨리고 훼손하는 것은 역시나 사람들이다.

여름의 소리는 사람들도 만들어왔다. 음악이라는 장르를 통하여 한여름 밤을 즐겁게 하고 영화관을 찾아 귀곡(鬼哭) 소리로 더위를 식히기도 한다. 뜨거운 열기로 가득한 야구장이나 축구장에 나가 관중들이 외치는 함성에 열기를 묻어 두기도 한다. 실내 TV 앞에서 스릴 넘치는 소리에 반하여 밤을 새우기도 한다. 여름 한철 노래하는 매미가 없다면 얼마나 삭막할까, 쓸쓸할까. 매년 찾아오는 손님이 어느 날 갑자기 오지 않는다면 아쉬워질 것이다. 여름 노래로 사람들을 즐겁게 하는 매미는 나무껍질을 뚫고 알을 낳는다고 한다. 길게는 10개월 걸려 부화한 애벌레는 땅속으로 깊이 들어가 나무뿌리의 진액을 먹고 자란다. 2~3년이 지난 뒤에 밖으로 나와 허물을 벗으면 매미로 나타난다. 종류에 따라서 성충(成蟲)이 되는 기간이 다르다고 알려져 있다. 매미는 사람들에게는 해충(害蟲)이 아니지만 나무들에게는 피해를 주는 것으로 알려져 있다. 성충이 된 매미는 햇가지 속에 알을 낳아 나무를 고사시킨다고 한다. 매미가 우는 시간은 종류에 따라서 다르다고 한다. 말매미와 참매미는 오전에 노래하고, 유지매미나 애매미는 오후에 울며, 털 매미는 하루 종일 노래한다. 내가 살고 있는 아파트는 충일중학교 바로 옆이다. 학교에 숲이 우거지고 바로 뒤편은 만리산이 있어 매미의 서식처로 안성맞춤이다. 그래서인지 요사이 하루 종일 매미소리가 자연 선풍기가 되어 무더운 여름을 극기(克己)하고 있다. 삶에 동반자인 매미에 관심 가져 보았다.

비교 우위가 필요하다 2018년 7월 30일

모든 운동선수들이 그렇듯이 시합에 나가기 위하여 피나는 노력을 한다. 체력과 기술 그리고 인내와 강단을 길러 대비하게 되는데 특히 상대방의 전력을 탐색하는 정보력이 또한 매우 중요하다. 총소리 없는 정보전쟁을 하고 있다. 상대방의 기술은 어느 정도며 특기는 무엇이며 약점은 어디에 있는지 급소는 어느 곳에 있는지를 구체적으로 알고자 한다. 또한 체력과 인내심과 강단은 어느 정도로 훈련되었는지를 파악하는 것이 비교우위에 서기 위한 기본적인 사항이다. 기 노출된 정보 외에 감추어진 비밀은 무엇인지도 중요하다. 손자병법에 지피지기(知彼知己)면 백전백승(百戰百勝)한다고 하였다. 진리의 말씀이다. 지금 우리의 좌우 갈등이 링 위에 올라 시합에 임하고 있는데 10회전으로 보면 아마도 8회전이 끝나고 마지막 2회전을 남긴 것으로 보인다. 1회전부터 8회전까지는 일방적으로 당하였다.

그간에 두 번에 걸쳐 케이오를 당하기도 하였다. 기진맥진하고 남은 비밀의 병기도 없다. 힘도 없다. 권력도 보이질 않는다. 있는 것 모두 노출되었으니 남은 2회전은 하나 마나 한 시합이 될 것으로 보인다. 저들보다 비교 우위에 서려면 모든 전력 면에서 저들보다는 한 수 위에 있어도 50대 50인데 그렇지 못하니 패한 것이나 다름없는 실정이다. 오죽하였으면 은퇴하신 노옹들이 들고일어나 보았지만 찻잔에 이는 바람이다. 한집 살림인데 가구원끼리 잘 운용하여야 하는데 그렇지 못하고 실제로 두 집이 한 울타리 안에서 살다 보니 뜻이 맞지 않아 갈등이 표출되기 시작하면서 딴살림을 차리기로 작정하고 적과 동침하기에 이르렀다. 선량들의 공천심사에서 불이익 받을 것을 우려한 사람들과 가훈에 반대하는 사람들을 솎아내자는 사람들 간에 이견이 나타나 결국에는 옥쇄를 가지고 날으샤 한 사건이 터지면서 외부로 표출되었다. 이들은 단봇짐을 싸기로 결정하고 세를 결집하여 적과 동침하여 가장이면서 나라를 대표하는 대통령을 탄핵하기로 모의하여 실행하였다. 정치사에 가장 악랄하고 저질스러운 배신의 대명사가 되었으니 어느 누가 지지하고 지원하겠는가. 마치 조선 초기 태종이 형제들을 참수하고 선왕이며 아버지인 태조 이성계를 함흥으로 귀양 보낸 600년 전의 일을 오늘에 또 보는 듯하다.

이 배신자들의 행위는 사람이기를 포기한 금수만도 못한 행태를 가감 없이 보여주었다. 배신이라는 것이 이런 것이라는 새로운 모델을 제시해 주었다. 떼를 지어 호적을 파서 가출하여 새로운 길 잃은 미아들과 모의하여 무슨 바른미래당을 창당하였다. 남아있는 자유한국당이나 가출하여 새로 만든 바른미래당을 창당한 당이나 모두 지방선거에서 참패를 당하였다. 이런 현상은 정치를 모르는 일반 국민들도 충분히 예측 가능한 결과였다. 인류 지도에서부터 정치 도의상 도저히 용납이 되질 않은 배신자들과 난파선이 된 잔존 세력들을 어느 누가 지지해 줄 수 있는가 하는 여론의 공감대가 이럴 바에는 차라리 좌빨당을 지지하자는 국민들의 엄숙한 결정이었다. 배신의 결과가 무엇인지 국민들이 확실하게 보여주었다. 결과에 책임을 지고 가출한 미아들을 다시 호적에 입적시키는 웃지 못 할 3류 코미디를 연출하였다. 그리고 당 운영을 가출하였다가 돌아온 김성태에게 맡기고 나서 홍 아무개 당 대표는 떠나고 당은 풍비박산이 났다. 어떻게 살려보려고 김병준이라는 자를 끌어들여서 당을 재건하고자 한 첫 번째 외출이 봉하마을 노무현 묘소 참배를 하였다는 보도를 보았다. 누구의 입김으로 영입하였을까. 초미의 관심사였다. 아마도 내가 생각하기에는 옥쇄 파동의 장본인의 그림자를 지울 수 없다.

기대의 싹마저 뭉개버렸지 않았나. 한 가닥의 자존감마저 버렸다. 매일 40도에 육박하는 용광로와 같은 더위에도 구국 운동을 벌이고 있는 애국 태극기 부대가 유일한 희망이다. 성웅 이순신 장군의 말씀처럼 나에게는 아직도 12척의 배가 남아있습니다, 라는 말씀이 생각난다. 지지하고 지원하는 사람들이 늘어나 거대한 물결을 이루기에 이르렀다. 돌아섰던 백성들도 좌빨당의 안하무인격으로 휘두르는 칼날을 보고 그냥 두었다가는 나라가 거덜 나게 되었다고 인식하기 시작하였다. 곧 연방제에서 자유와 인권은 몰수당하고 경제는 나락으로 떨어져 먹고살기도 어려워 길거리마다 유리걸식하는 사태가 내게 올는지 모른다는 위기의식들이 들기 시작하였다. 목숨 부지하기도 어려울 수도 있다는 우려가 현실화되지 않을까 하는 사람들이 자꾸 늘어난다. 거의 80% 육박하던 지지율이 60대로 떨어지고 있는 보도가 증명하고 있다. 집권자들의 자충수는 끝이 보이질 않는다. 계속하여라 곪아 터질 때까지 역행하여야 한다. 그것이 유일한 희망이다. 곧 검은 그림자가 천지를 드리울 것이다. 국민들의 위기의식을 느끼게 계속 진행하여라. 여명의 천지가 보일 때까지 희망을 걸어본다.

불신과 거짓 2018년 7월 31일

　오늘의 대한민국은 불신과 거짓과 기만이 만연한 사회다. 무엇이 옳고 그름인지 가치관의 혼란이라 한다. 옳고 그름을 제대로 판단 하지 못함은 어디에서 오는 것일까? 개인과 가정과 사회와 국가의 문제다. 골골마다 맑은 샘물이 흘러 큰 강으로 흐를 때는 수많은 자연물들이 휴식하며 뿌리내려 먹고 마시면서 성장한다. 그러나 오염된 물이 가득하게 흘러간다면 사수(死水)가 되어 폐기하여야 하는 대상이 된다. 동토의 땅에서는 아무것도 생존하지 못하는 흑암(黑暗)이 가득하게 될 것이다. 이와 같이 우리 사회가 믿음과 정의가 가득한 사회라면 누구나 살만한 세상이라 칭송할 것이다. 이웃의 어려움은 서로서로 도와가면서 사랑이 넘쳐날 것이다. 아픔과 기쁨은 서로 나누어 고통을 줄이고 즐거움을 더욱 키우는데 인색하지 않을 것이다. 개인이나 가정 그리고 사회와 국가도 사랑이 넘치고 정의가 살아 숨쉬기 위하여 나아갈 것이다. 이것이 작은 바람이고 목표인데 과연 작금의 우리의 현실을 보고 어떻게 평가할 것인지는 평가자의 몫이지만 결단코 정의롭지 못하다 할 것이다.

불신과 거짓과 기만이 넘쳐나 주체하지 못할 정도로 쌓여만 가는데 아니라고 하는 세상이다. 하기야 처음부터 단추를 잘못 꿰었으니 바로잡을 수 있는 여건이 아니기 때문이다. 그래도 우매한 국민들은 돌아올 것이라 기대를 갖고 용광로 같은 찜통더위도 참고 견디는 모습이 보이질 않는 모양이다. 문재인 정부는 국정운영의 제1 과제로 국민 통합이 오래된 국민의 여망임을 알면서도 외면하였다. 그럼에도 불구하고 정부와는 관련이 없는 먼 남의 나라 문제로 보았다. 더구나 갈등에 불을 붙이는 조각을 바라본 국민들은 입이 다물어지질 않았다. 국민 통합을 위한 것도 아니었으며 국가를 위한 것도 아니었다. 오직 문재인 정부를 위한 조각이란 평가다. 잘 돌아가고 있는 것들도 중단시키는 것으로부터 시작하여 전 정부가 하여왔던 모든 정책들이 잘못되었고 끼리끼리 위원회 공화국을 만들어 뒤집어 버리고 관련자들을 적폐청산으로 단죄하였다. 소름끼치는 정치보복을 여과 없이 추진하여왔다. 대표적인 것이 박근혜 대통령을 정치 탄핵을 하고 감옥소에 가두어 죽기만을 기다리는 정부로 낙인 되었다. 지금까지 조사한 결과에는 1원 한 장 받은 바 없는 청렴한 대통령을 국정 농단이란 새로운 죄명을 만들어 법의 칼로 죽였다. 취임 1년하고 2개월이 지나가는 동안 무엇 하나 제대로 한 것이 있는지 제시해 보시기 바란다.

남북문제 정치 경제 외교 국방 문화 교육 지방자치 어느 것 하나 잘하였다는 것 눈 씻고 찾아보아도 없다. 남북문제에 있어서 문재인 대통령의 정체성이 그대로 백일하에 드러났다. 평창 동계 올림픽에 초청된 북한 인민위원회 위원장인 김영남 앞에서 사상적으로 신영복 선생을 존경한다는 보도를 보았다. 신영복은 어떤 사람인가. 대한민국 국민 모두가 그는 공산주의자임을 알고 있다. 그런데 개인도 아닌 대한민국의 대통령의 신분으로 김영남 앞에서 신영복을 존경한다는 의미는 무엇인가. 한마디로 나는 공산주의자임을 전 세계에 공지(公知)한 것이다. 대한민국 국민 5천만 명의 운명을 책임지고 있는 대통령이 지신의 말처럼 운전자론을 직접 피력하였다. 딱 맞는 말씀인데 운전을 하시는 대통령께서 스스로 나는 공산주의자라고 하였다. 목하 대한민국 대통령은 공산주의자다. 그가 추진하는 모든 정책들은 자유대한민국을 공산주의 체제로 바꾸자는데 목적이 있다 할 것이다. 분명한 것은 북한은 공산주의에서 파생된 변종 유일체제이고 교조적 성격을 띠고 있는 세계 단 하나밖에 없는 암흑의 나라다. 유엔에서 강력 제재를 하고 있는 마당에 이들을 도우려고 북한 석탄을 수입하였다고 한다.

언론 보도에 따르면 작년 10월 러시아 홀름스크항 부두에서 북한 석탄을 선적하고 인천과 포항에 하역하였다고 한다. 그리고 금년 7월 초까지도20여 차례 한국 항구를 들고났다는 것이다. 이에 연루된 기업과 금융사는 4곳으로 드러났다. 이 엄청난 이적 사실을 국가가 모르고 하지는 않았다는 것은 삼척동자도 알고 있다. 정부는 들통날 것을 예측하였을 것이다. 이깃의 의미는 미국도 유엔도 필요 없고 오직 우리끼리 만이 돕고 해결하겠다는 외세의 개입 불가론을 노골적으로 표현하였다. 이러는 와중에 국방개혁이라는 이름으로 기무사에 초점을 두고 국민의 시각을 흐리게 하는 전술임을 염려하지 않을 수 없다. 오늘 아침 보도는 기무사가 노무현 정권 때 국방장관과 대통령의 전화 대화까지 도청하였다고 보도함으로써 북한 석탄 반입으로 악화된 국민 여론을 희석하려는 꼼수가 눈에 선하게 보인다. 이제 그 실체가 확연히 드러나고 있다. 그간에 국민들은 설마하니 그렇게 까지 하겠느냐는 반신반의하였는데 연방제 꿈을 실현하기 위하여 정점에 점점 가까워진다는 느낌을 지울 수 없는 오늘의 아침이다. 국민들이 불쌍하다. 눈물이 난다.

물 같이 살자 2018년 7월 31일

사람은 물의 함유가 70%라 하니 물로 만들어졌다고 한다. 그래서 잠시도 물이 없으면 생명을 유지할 수 없는 것이다. 탈수를 방지하기 위하여 수시로 식수를 공급하여야 한다. 그것도 깨끗한 물로만 가능하다. 그런데도 사람들은 물 알기를 우습게 알고 아무렇게 해도 되는 대상으로 취급하고 있다. 문화의 발전은 곧 파괴를 가져오기도 한다. 오염 정도가 심해지면 먹는 식수를 공급하려고 많은 투자를 마다하지 않는다. 그것도 믿을 수 없다 하여 기업에서 깨끗한 물을 생산하여 상품으로 팔고 있다. 집집마다 정수기를 설치하여 맑은 물을 먹고자 개인적으로 별도의 비용을 아낌없이 사용하고 있다. 물 부족을 해결하고자 지하수도 개발하고 저수지나 크고 작은 댐을 축조하여 식수는 물론이고 농업용수와 공업용수로 사용하고 있다. 우리나라도 2020년 이후면 물 부족국가로 유엔에서 발표한 것으로 기억된다. 모든 생명체는 물로 생명을 유지하고 성장한다. 자동차에 휘발유를 공

급하지 않으면 움직일 수 없는 것과 같이 생명체에 동력의 원천이다. 물은 유연성의 대명사다. 물은 그릇을 탐하지 않는다. 쭈그러졌던 모가 났던 가리지 않고 좋아한다. 크고 작다 불평하지 않는다. 가는 길이 넓다고 말하지 않고 좁다고도 흉하지 않는다. 물은 아래서 위로 역류하지 않고 위에서 아래로 흘러간다.

급하다고 앞질러가는 법도 없다. 막히면 부딪쳐 깨어지면서도 아프다 소리 하지 않고 흩어졌다 소리 없이 다시 모여 오순도순 재잘거리며 자기 갈 길 찾아간다. 가다가 천 길 낭떠러지를 만나면 시원한 폭포로서 곡예사가 되기도 하였다. 가는 길이 막히면 즉시 불평 없이 돌아가기를 즐겨 한다. 돌아갈 때가 없으면 차고 넘쳐 난다. 물은 모든 것을 수용한다. 배를 띄워 수로를 열어주기도 한다. 거대한 화물선은 오대양 육대주를 다니면서 물류를 원활히 하니 사람들의 삶에 편익을 제공하기도 한다. 삶의 보금자리를 제공하니 찬란한 인류 문명의 발상지가 되기도 하였다. 때로는 사람들의 정복욕(征服慾)에 의하여 전쟁터가 되기도 하였다. 항공모함을 비롯하여 원자력 잠수함에 이르기까지 수많은 전함들이 물의 이권을 확보하려고 밤과 낮을 가리지 않고 경계를 게을리 하지 않는다. 우리의 서해 앞바다를 지키기 위하여 동해의 독도를 경비하기 위하여 잠시도 바다를 떠나지 못하고 경계를 하고 있다. 북한 괴뢰들은 NLL을 수시로 침범하였고 서해 해전을 비롯하여 연평도를 포격하여 민·군이 희생당하기도 하였으며 천안함을 두 쪽 내고 46명의 젊은 아들들을 수장하는 아픔을 겪기도 하였으나 자기들의 소행이 아니라고 발뺌하는 터가 바로 바다였다.

잠시도 없으면 못 사는 식수도 아낌없이 제공한다. 온수 냉수, 그래서 선인들께서는 물같이 살라고 하셨다. 자연의 가르침을 본받아 살아간다면 족하다고 가르침 받았다. 물은 좀처럼 노하기를 하지 않는다. 하지만 한번 노하였다면 인간의 능력으로는 감당하기 어려운 고통을 안겨 주기도 한다. 죄악이 차고 넘쳐 하나님의 노여움을 사게 되니 노아와 그의 방주로 하여금 증인이 되게 하시고 세상을 물로서 완전히 쓸어버리는 심판의 날을 겪기도 하였다. 자연은 자정의 능력을 발휘한다. 서로 간의 부조화(不調和)가 되면 스스로 자정(自淨)을 하게 된다. 넘쳐나는 분야는 줄이고 부족한 때는 늘려주는 자력 조정을 한다. 때로는 폭우가 쏟아져 모든 것을 앗아가는 아픔을 겪기도 한다. 일 년에 몇 번에 걸쳐 한반도 주변을 스쳐가는 폭풍을 동반한 폭우는 정말로 위협의 대상이다. 힘써 일구어 놓은 것들을 허망하게 쓸어가 서민들의 아픔을 연례행사처럼 당하는 미력한 인간들이다. 무서움을 알았다면 사전에 철저히 대비하여야 할 것인데도 다른 사람만 탓하고 있다. 애써 가꾸어 놓은 것도 뒤집기에 목숨 걸고 있다. 관련자들은 모두 불러 조사를 하고 처벌하기에 올인 하는 사람들이 있으니 그 아까운 시간에 물을 어떻게 다스릴까 어떻게 이롭게 할까 함께하여야 할 때인데도 아니라고 한다. 물은 자연이 하는 일이니 인간의 소관을 벗어난다고 믿는 모양들이다. 북한은 해마다 예고 없이 방류하여 임진강에서 한가로이 여가를 보내는 시민들을 수장시키는 모습을 화면을 통하여 보았다.

물로 사람 죽이는 것을 보고 즐기는 금수들이 호시탐탐 노리고 있다. 이런 사람들이 운전석에 앉아 있으니 기대를 한다는 것 자체가 사치일 것이다. 세상만사 모두 양면성이 있다고 한다. 이로운 점과 해로운 점을 함께하고 있다는 이야기다. 날씨가 무더우니 자주 식수를 들이키게 된다. 내 몸이 요구를 하고 있다. 갈증을 느끼게 하고 물한 컵을 들이키면 시원함이 잠시 지속된다. 오늘도 물을 몇 컵 마셨다. 고맙고 감사한 일이다. 물이 없어 흙탕물을 식수로 마시는 사람들이 있다는 것을 염두에 두었으면 좋겠다.

소나무 2018년 8월 1일

나는 평소 소나무를 좋아한다. 소나무가 보여주는 풍치는 아름답기가 그지없다. 사시사철 푸름이 풍치의 으뜸이라고 하면 소나무에 사뿐히 앉은 설경은 잠깐 사이지만 감동하지 않을 수 없다. 동서남북 돌아보면 모두 산이다. 산에는 으레 소나무가 뽐내고 있다. 홀로 띄엄띄엄 있는 경우도 있고 군락을 지어 위용을 나타내기도 한다. 풍치는 각양각색이다. 자유분방한 모습을 나는 특히 좋아한다. 어떤 힘이나 질서에 구애되지 않고 마음대로 자라고 싶은 대로 자라는 자연의 모습 그대로이기에 더욱 좋아한다.

백두산에서 한라산까지 우리의 산 어디에도 소나무는 나와 우리를 상징하는 고귀한 얼이라 생각되기에 더욱 좋아한다. 작고 아담한 모습은 마치 분재를 보는듯하여 좋았고 울창한 가지와 잎사귀는 교단에 선 스승님 같아 존경스럽다. 수백 년을 살아온 흔적을 온몸에 담아내는 고귀함과 위용은 우리의 역사처럼 표상되기도 한다. 도저히 발붙이고 살아갈 수 없는 척박한 바위에 독야청청한 모습은 경탄하지 않을 수 없다. 가지 사이로 비치는 푸른 하늘처럼 사시사철 푸름은 은근과 끈기이며 변치 않은 절개를 나타내기도 한다. 고고하고 도도함은 인성(人性) 함양에 절대적 존재였다.

성체(成體)에서 풍기는 향은 뼛속까지 스며들어 오래 머물고 싶은 충동을 느끼기도 한다. 소나무 숲을 거닐다 보면 마치 어머님의 품속 같아 아늑하고 편안하여 누워 한숨 자고 싶은 충동을 느끼기도 한다. 특히 관솔에서 나는 특이한 향을 나는 좋아한다. 관솔은 어둠을 밝히는 등불이 되기도 하였다. 전기가 들어오지 않던 시절에 산속 절간에서는 캄캄한 밤을 밝힐 때 관솔에 불을 피워 사용하기도 하였다. 봄철 꽃이 피어 풍기는 향도 사람들은 너무나 좋다고 한다. 송홧가루를 채취하여 떡할 때 첨가물로도 이용하였다. 바늘 같은 잎은 차를 끓여 건강음료도 특히 청혈제로 혈압을 조절한다고 알려져 있다.

꽃과 잎 그리고 줄기와 가지며 뿌리에 이르기까지 버릴 것이 없는 귀하신 몸이다. 과거도 현재에도 우리 민족과 함께한 이웃이며 영원한 친구이기에 즐거울 때나 슬플 때도 함께 노래했다. 시로, 화선지로 가사로 구술로 전하고 전하였다. 또한 의인화되어 벼슬도 하사받아 지금도 살아 숨 쉬는 정 2품 송이 속리산 입구에 후인들을 반가이 맞이하고 있다. 마을 어귀든 뒷동산 앞산 할 것 없이 고개만 돌리면 푸른 소나무는 사람들과 더불어 살아가기 때문인지도 모른다. 심산유곡이나 천인단애의 바위 위에서도 볼 수 있다. 살을 에는 칼바람과 북풍한설을 견디면서 고고히 자라온 모습은 인고(忍苦)의 삶을 보여주어 존경스럽기까지 하다. 하늘을 찌를 듯 좌로 우로 위로 아래로 고불고불 불규칙하게 자란 가지들은 말하고 있다. 자유가 무엇인지 몸으로 알려주는 사상가이기도 하다. 소나무가 아니면 도저히 구경할 수 없는 풍경이 사람들을 압도한다. 오래된 소나무는 귀목으로서 생활용품으로 재 가공되어 사용하기도 한다. 고대 종교에서 나타난 토테미즘이나 애니미즘 사상이 지금도 남아 전하는데 수백 년을 자란 소나무를 신성하게 모시기도 한다. 나라에서는 귀하신 존재로 보아 보호수로 지정하여 관리하기도 하는 소나무다. 우리의 의식 속에는 누구나 소나무는 자리하고 있다. 다만 의식하지 못할 뿐이다. 나라사랑하는 애국가에도 소나무는 나타난다.

"남산 위에 저 소나무는 철갑을 두른 듯 바람서리 불변함은 우리의 기상 일세"라고 하였다. 소나무의 중요성과 가치가 인정되니 절도범들이 돈이 될 만한 소나무를 보고 기회를 봐서 야간에 밀반출하는 사태까지 일어난다고 하였다. 전문적으로 묘목을 길러 판매하는 상품으로 등장하기도 한다. 인공을 가미한 분재는 억대를 넘어가는 것도 있다고 알려지고 있다. 특히 분재 전시회에 출품된 분재들을 볼라치면 경탄할 만큼 잘 길러진 분재들을 볼 수 있다. 오늘날은 의식 속에서뿐만 아니고 생활 인근까지 소나무는 함께한다. 도로변에도 소나무가 식재되었고 로터리 동산에는 몇 그루씩 군집하여 지나는 사람들의 눈길을 끌기도 한다. 아파트마다 조경수로 많이들 식재하였다. 산에 있어야 할 소나무들이 들로 내려오더니 생활의 터전까지 또는 거실까지 점령하였다. 그만큼 소나무가 지닌 의미와 가치가 중요시되기 때문일 것이다. 소나무는 우리의 정신이며 얼이다. 그런데 우리의 산에는 소나무가 점점 사라진다는데 문제의 심각성이 있다.

산림녹화10개년 사업으로 나무로 우거진 오늘의 산풍을 볼라치면 누구나 성공한 사업임에는 틀림이 없다. 비록 우리만이 평가하는 것은 아니다. 세계 유일하게 성공한 사업으로 인정받고 있다고 한다. 가뜩이나 환경파괴로 각종 재난이 인류의 생존을 위협하는 때에 산림녹화 사업은 각광받아 마땅하다. 다만 잡목과 외래종의 확산으로 소나무의 생존환경이 점점 어려워지고 있는 것 또한 사실이다. 때문에 관련된 사람들은 소나무의 생존환경을 넓혀주는데 인색하지 말아야 할 것이다. 특히나 당국은 정책적 배려가 있어야 가시적인 성과를 거양할 수 있다고 믿는다.

열풍(熱風) 2018년 8월 1일

오늘이 8월 1일이다. 기상청은 오늘이 가장 덥다고 하였다. 40도에 가까운 열풍을 느끼는 날이라고 주의를 요한다는 보도다. 직언하면 살인적인 더위다. 열풍으로 여러 사람들이 희생되었다는 보도를 보았다. 밖에 나가기가 두려움마저 들기도 한다. 특히 나이 많은 사람들은 덥지만 집안에서 가만히 있는 것이 좋다고 한다. 기상 이변은 어제오늘의 문제가 아니다. 자연은 사전에 충분하게 예고를 하지만 오만한 자는 이를 묵살하고 설마 하다가 앞통수 뒤통수 모두 맞고도 정신 차리지 못한 지도자들 때문에 환경은 점점 나빠질 수밖에 없는 구조라고 한다. 언덕이라도 있어야 비빌 것이 아닌가.

혼자 말해 보았자 내 입만 아플 것이다. 언감생심이지만 당할 때 당하더라도 오늘 같은 날은 냉방 조치를 하는 것이 좋을 것이다. 나중에 전기 사용료 폭탄이 무서워 참다가 건강을 해치는 일은 더욱 하책이니 하는 이야기다. 이 와중에도 열 받는 일들이 하나 둘이 아니니 그들과의 겨루기에 이기려면 먼저 체력을 보강하는 일이 무엇보다도 중요하기 때문이다. 기 알려진 내용이지만 저들이 평양 인근에서 ICBM을 계속 개발하고 있는 정보를 미국에서 포착하였다니 역시나 그들다운 술책이다. 항상 그래왔듯이 앞으로는 협상한다면서 뒤로는 반하는 짓을 밥 먹듯이 당한 우리가 아닌가. 우리는 과연 몰랐을까? 아마도 알고 있었을 것이다. 알고 있었음에도 쉬쉬한 것은 연방제 추진에 암초가 될까 염려하여서 일 것이다. 그러나 어쩌나 세계 정보를 손 안에 쥐고 있는 미국인데 또 한 번의 기만이 들통 나고 말았다. 반미 리스트에 또 하나를 추가하였다. 북한 석탄 수입으로 유엔이 제시한 북한 제재를 정면으로 위반하였으니 어떤 페널티가 돌아올는지 걱정이 앞선다. 가뜩이나 폭삭 망해 가는 경제정책으로 제2의 IMF 사태를 우려하는 마당에 경제주체들의 사기는 땅에 떨어져 탈 한국의 장사진도 멀지 않았다고 우려한다.

나라 안에서는 더욱 심각한 문제들이 노출되고 있다. 노 아무개의 죽음을 두고 설왕설래하는 와중이다. 우리 속담에 소금 먹은 놈이 물 킨다는 말처럼 돈 먹은 놈이 죽음으로 일단은 위기를 막았다고 자위하기에는 이른 면이 있다. 국민 여론은 점점 등을 돌리고 있는 중에 드루킹 핵심으로 지목된 김경수의 압수수색영장이 기각된 것에 대하여 국민 불만이 증폭되는 중에 특검에서는 피의자로 결정하고 압수수색영장 재청구를 고려중이라는 모처럼 반가운 소식도 있었다. 참으로 통탄할 일은 21세기 대명천지에 비정상이 정상으로 둔갑한다는데 지금까지 보고 듣고 배워온 모든 것을 부정하는 사태를 어떻게 이해할 수 있겠는가. 드루킹 사건은 권력의 핵심부까지 냄새를 풍기고 있다. 두 눈 부릅뜨고 지켜볼 국민들의 시선이 1억 개가 있다는 점을 잊지 말았으면 한다. 전력 수요 예측을 잘못하여 탈 원전 정책의 결정이 잘못되었다는 여론이 비등하자 운전자는 잘못 알려진 면이 있으니 바로잡도록 하라는 지시를 보았다. 한 마디로 웃기는 쇼를 하고 있다. 영국에 22조 원 규모의 원전 건설에 우선협상대상자였는데 우리 정부의 탈 원전 정책으로 우선 협상에서 제외하였다는 보도는 무엇을 말하는 것인가? 수요 예측을 잘못하여 운전을 중단시킨 원전을 다시 가동한다니 초등학생 수준도 이것보다는 나을 것이다.

국방 개혁이라는 것은 경악을 금치 못할 것이다. 휴전선을 지키는 전방 11개 사단을 2개 사단 줄인다니 이 사람들이 정신이 있는지 묻지 않을 수 없다. 기무사의 간판을 내린다니 국군 자체를 해체하겠다는 것이 아니고 이럴 수는 없다. 최전방 GP를 철수하고 방호벽이며 철책도 없애는 마당이며 복무연한도 줄이는 것으로 한다니 해체한다는 말이 맞는 말이라 믿지 않을 수 없다. 특히 적과의 협상은 철저하게 상호주의에 입각하여 액션을 취하여야 함에도 선제조치랍시고 차 떼고 포 떼는 국방개혁을 국민들의 목숨 줄이 달린 문제를, 어떻게 이해가 되겠는가? 핵은 계속 개발하고 있는 마당에 정부가 마음대로 결정할 문제가 아니다. 입 닫고 가만히 있으면 중간이라도 갈 것인데 입을 열었다 하면 쇼킹한 일들이니 듣는 국민들도 식상한 모양이다. 기획된 시민과의 만남이 들통 났는데도 변명에 급급하다. 3류 급 코미디를 방불케 하였다.

얼마 전까지만 하여도 지지도가 거의 80%에 육박하였는데 지금은 60%대로 떨어졌다고 한다, 무엇을 의미하는 것인가. 정신 차리고 꿈에서 깨어나시기 바란다. 제발 친중 친북 반미 정책을 재검토하였으면 하는 소망을 적어본다. 그들의 음흉한 계략에 넘어가지 않아야 5천만 명의 국민을 살리는 길이다. 북한의 2천만 명을 살리려고 5천만 명을 희생시킬 수는 없지 않은가? 모두가 사는 길은 한미 동맹뿐이라는 것을 알 때에 서광이 비칠 것이다.

스승님

일생을 살아오는 중에 수많은 스승님을 모시고 살아간다. 유치원에서 초중고등 대학에 이르기까지 많은 스승님에게 가르침 받으면서 성장하여 사회 일원이 되었다. 스승님으로부터 배우고 익힌 바를 유감없이 자아실현(自我實現)을 위하여 발휘하고, 가정과 사회와 국가를 위하여 최선을 다 하는 것이다. 자신의 위치에서 부족한 부분은 친구와 동료, 선배들로부터 배우고 익힌다. 각종 사회 교육망을 통하여 갈급한 부분을 채우게 된다. 세 사람이 모이면 그중에 반드시 스승이 있다, 라는 말도 있다. 보고 듣고 느끼는 모든 것이 스승이다. 배움에는 지위 고하가 없고 남녀노소가 따로 있는 것이 아니라는 말도 있다. 고사 중에 불치하문(不恥下問)이라는 말처럼 나이 어린 사람에게 배우는 것을 부끄러워하지 않아야 한다고 배우면서 자랐다. 스승님 대접하시기를 군사부일체(君師父一體)처럼 모시라는 것이다.

스승님은 무릇 임금님이나 부모님처럼 모시라는 것이다. 이러한 스승관은 수백 년을 통하여 전승되어왔다. 그래서 스승님의 그림자라도 밟지 않는다고 하였다. 이것이 전통사회에서의 인본교육(人本教育) 이념을 실현하기 위한 토대였다. 무엇이니 해도 가장 큰 스승님은 부모님이시다. 태어나서 어머님의 눈동자를 맞추고 옹알이하면서 어머님의 모든 것을 배우고 익힌다. 아버님의 크신 사랑과 훈육을 들으면서 부모님의 말씀 하나하나 행동과 표정에까지 모두 익히면서 자란다. 이런 교육으로 조선 500년의 역사를 이룩하였다는 것은 자랑이 아닐 수 없다. 특히 세계 유례를 찾을 수 없을 만큼 단일성으로 왕통을 이어왔다는 저력은 바로 교육에서 찾아야 할 것이다. 비판받을 부분도 없지 않지만 교육이 가져오는 동력은 국가의 흥망성쇠(興亡盛衰)에 가장 큰 요인이다. 그래서 교육은 100년 지 대계(大計)라 하였다. 최소한 100년을 바라보고 교육정책을 펼치라는 것이다. 신라 천년의 역사도 로마 천년의 역사도 단일성으로 이어오지 않았다. 조선 500년의 역사는 충효(忠孝)에서 찾는다고 한다. 이는 바로 군사부일체(君師父一體)에 기인한 것이다. 1세대를 30년으로 보면 3세대를 바라고 교육정책을 펼쳐야 된다는 교훈이다. 1세대의 교육은 적어도 3세대가 되어야 효과가 나타난다는 말씀이다.

작금의 교육정책을 바라보면 조삼모사(朝三暮四) 식이다. 이러고도 무슨 영광을 보겠다는 건지 알다가도 모를 일이다. 아침저녁으로 교육정책이 바뀌고 입시제도는 장관 바뀌면 으레 바뀌는 것이 정설이 되다시피 하였으니 혼란이 거듭되고 있는 실정이다. 비전 있는 교육이 보고 싶다. 곶감 빼먹는 식의 그때그때 단말마식이 아닌 교육이 보고 싶다. 사람 바뀌면 무조건 한건주의다. 이러고도 무슨 미래를 담보할 수 있겠는가. 나의 생각이 전근대 적일 수도 있을 것이다. 교육 이념은 어느 누구도 훼손시키면 안 된다는 취지의 이야기다.

세상이 물질 만능주의다 보니 스승님 또한 외면할 수 없지만, 국가나 사회적 대우는 충분히 고려하여야 할 것이다. 스승님이 붉은 머리띠 두르고 거리로 나오면 어떻게 하자는 것인가. 배우는 학생들은 무엇을 가르치겠다는 것인지 교육자의 본분을 망각한 모습에 참을 수 없는 분노를 느끼게 한다. 나는 교육자가 아니고 근로자로서의 권익을 챙겨야 되겠다는 스승이 늘어나 단체를 만들고 이념(理念)화 되어서 교단을 붉게 만든 결과가 무엇인가. 스승님들에게서 배운 학생들이 지금 무엇을 하고 있는지 생각이나 해 보았는지 묻지 않을 수 없다. 평화와 민주화라는 가면을 씌워 오늘날 주체사상으로 무장된 자들의 세상이다.

오천만 명이 타고 있는 차 운전석에 올라 오직 연방제를 위하여 질주하고 있다. 세상 모든 것을 뒤집어 놓은 현실의 결과가 소름 끼치지 않았다면 당신은 스승 될 자격이 없다고 말할 것이다. 오늘 나는 친구가 보내온 카톡에서 사막에서 장미꽃을 보듯 스승다운 스승님을 만났다. 한양대학교 명예교수 맹주성 님이 제자인 대통령 비서실장 임종석 군에게 보낸 공개편지를 작년에 이어 두 번째로 접하니 감개가 무량하다. 눈물이 난다. 제자 사랑하는 마음이 하늘도 감동할 것이라 굳게 믿고 싶다. 모래알처럼 많고 많은 스승님 중에 살아계시는 스승님을 한 분 만났다니 기적이 아닐 수 없다. 고령이신 김동길 교수님을 비롯하여, 천금을 주어도 못 구할 말씀들은 대한민국 역사에 오래도록 기록될 것이다. 오늘 매우 기쁜 날이다. 날마다 칙칙하고 무더운 중에 문재인 정부의 쇼킹한 뉴스에 짜증을 월파(越破) 하는 데 맹주성 교수님의 크신 사랑의 편지가 나를 기쁘게 하였으니 감사하지 않을 수 없다. 스승님들이여 깨어납시다. 당신들이 가르친 자식 같은 제자들이 지금 무엇을 하고 있는지 사랑의 편지를 띄워봅시다.

참배나무에 돌배 달릴 수 있나? 2018년 8월 3일

참배나무에 돌배 열릴 수 있느냐, 바꿔서 돌배나무에 참배 달릴 수 있느냐는 소리 들으면서 자랐다. 참배나무에는 참배만 열리고 돌배나무에는 돌배만 달린다는 진리의 말씀이다. 좋은 스승이나 부모 슬하에서 배우고 자란 자는 역시나 좋은 사람이 된다는 말씀이다. 올곧지 못한 부모나 스승에게서 자라고 배운 사람은 훌륭한 사람이 되지 못한다는 이야기다. 전부 다는 아니고 자라는 환경에 따라서 진흙 속에 장미꽃이 피듯 예외일 수도 있다고 한다. 다만 대다수가 그렇다는 이야기일 것이다. 그 사람의 행실을 들여다보면 그의 뿌리를 알 수 있듯이 어떤 교육을 받았는지 가늠이 가능하다고 한다. 그 사람의 행실을 보면서 부모님 가정교육 잘 받았구나, 좋은 스승 밑에서 참교육 받은 모양이다, 하는 등의 이야기 곧잘 듣기도 했다. 자라는 환경에 따라서 절대적 영향을 받는다는 이야기다. 생물학적으로 부모님의 유전자를 받았으니 닮는 것은 어쩌면 당연한 일인 것과 같이 정신적인 분야도 그러하다고 한다. 뿌리 없는 나무가 없는 것과 같이 원인이 있다는 말씀이다.

이는 선천적인 요인들이지만 태어나 자라는 환경에 따라서 또한 크게 변하는 후천적 요인이 더욱 각광받는 세상이다. 선천적인 요인들이 아무리 좋다 하여도 후천적인 환경에 따라서 달라질 수 있다는 것이다. 그래서 하나님께서 인간을 창조하실 때에 능력을 차등화 시킨 뜻은 죽을 때까지 열심히 일하라는 명(命)이시다. 아무리 태생적으로 좋은 능력으로 태어났지만 일하지 않고는 어떤 성공도 할 수 없도록 하였으며 태생적으로 비교 하위에 있지만 열심히 노력하면 목적한 바를 이룰 수 있다는 뜻이다. 돌배나무에 참배가 달릴 수도 있고, 참배나무에 돌배가 달릴 수 있다는 말이다. 전통적 단순 사회에서는 맞는 말씀이지만 복잡한 현대 사회에서는 치열한 경쟁 속에서는 노력으로서 만이 뜻을 이룰 수 있다는 것이다. 참배나무에 돌배가 달릴 수 없다는 가르침은 현대의 경쟁 사회에서는 상징성으로 만 이해를 하여야 할 것이다. 물질 만능 사회는 가진 자와 못 가진 자와의 이분법으로 바라보고 있다는데 수많은 문제들이 노정되고 있다. 오직 남보다 더 갖기 위하여 치열하게 경쟁한다. 수단과 방법을 가리지 않는 사회구조다. 분명한 것은 능력은 차등화 되었는데 전혀 고려 대상이 아니고 환경으로 1등을 만들려고 하는 세상이 되었다. 2등도 아니라고 한다. 이하 꼴등은 어찌 되겠는가.생존할 수 없는 환경이 조성되어간다.

가지지 못한 자의 비극이 연출되는 환경이다. 너는 많이 가졌는데 나는 왜 못 가졌나 하는 생각들이 만연하다 보니 사회문제를 풀기 위하여 노력하지만 임시적 처방에만 눈 가리고 아웅하는 정책들이 더욱 기름에 부채질만 하고 있다. 유유상종은 단체를 만들어 자존을 높이고, 경쟁에서 선점하려는 단체들이 우후죽순처럼 일어났다. 평형을 이루려고 대화를 실행해 보지만 기대에 미치지 못하니 성과를 거양하고자 뭉친 힘으로 거리를 점령하게 되었다. 중재자인 정부는 중재의 한계에 부딪쳐 갈등에 갈등을 더하는 꼴이 되었다. 근로자는 사용자와의 공동 운명체이다. 서로 잘 사는 방안을 추구하는데 진정한 목적이 있다. 회사 없는 근로자 없고 근로 없는 곳에 회사는 없다. 더불어 사는 방안을 모색하는 것이 노사 간의 협의다. 가진 자의 갑질이라면서 대대적인 매도로 회사를 아사 직전에까지 몰고 가는 현실은 같이 죽자는 것 외에는 설명이 되질 않는다. 갑질은 물론 있어서는 안 되지만 법을 어긴 자는 처벌로서 매듭짓고 회사를 살려야 너도 살고 나도 사는 것이 아닌가. 노동자 편에 선 정부는 오히려 회사가 망하는 길로 부채질하는 것은 아닌지 우려를 금할 수 없다. 우리의 경제는 강성노조로 성장 딜레마에 처하였다고 전문가들은 평가하고 있다. 외국에서 투자를 하려고 하여도 강성노조 때문에 하지 못한다고 한다.

우리 기업들도 한국을 떠나려는 업체가 늘어난다는 추세를 무엇으로 설명이 되겠는가. 미국은 떠난 기업들도 돌아오기 위하여 정부가 발 벗고 나섰다는데 우리는 떠나든 말든 안중에도 없는 모양이다. 경제가 곤두박질하든 폭삭 망하든 노동자 천국을 만들겠다는 것이다. 먹을 것이 없어 끼니를 걱정하게 되면 국채를 발행하든 외자를 도입하든 빚을 얻어서라도 무상복지로 퍼주겠다는 것이다. 사유재산은 국유화하고 가진 자에게는 세금이란 이름으로 화수하여 부족재원으로 사용하겠다고 기업을 옥죄고 있다. 소득 위주 경제정책이라면서 두고 보면 알 것이라고 한다. 기초 임금을 인상하여 수많은 자영업자들은 폐업으로 생활의 터전을 빼앗기는 현실이다. 정부가 조장하여 실업자는 기하급수로 늘어나니 또 이들에게 실업수당을 주는 알다가도 모를 정부다. 나 같은 경제에 문외한이 바라보는 대한민국의 경제 현실이 앞이 보이질 않는다.

거짓이 진실을 구축하는 세상 2018년 8월 4일

오늘 대한민국은 마치 거짓이 판치는 세상이다. 거기에는 정치인이 앞장섰다. 특히나 정치 배신자들이 주연배우가 되었다. 언론이 거짓을 뻥튀기하여 선전선동에 앞잡이가 되었다. 민주노총과 전교조 참여연대 등등 수많은 종북을 지지하고 부르짖는 단체들이 촛불 들고 광화문에서 거짓 광란의 춤을 추었다. 전교조의 제자들인 전대협의 주체사상파들이 합창하였다. 국민의 51%의 득표로 당선된 나라의 대통령을 탄핵하였다. 거짓의 법으로 감옥소에 보내어 죽기를 바라는 세상이다. 교단은 붉게 물들었고 김일성 장군은 항일투사로 영웅이라 가르치고 있다. 건국대통령 이승만은 미제의 앞잡이로 가르치는 교단이 되었다. 평양은 세계에서 가장 살기 좋은 도시라고 가르치는 선생님들의 세상이다. 공부방 뒤편 벽에는 김일성, 김정일의 초상화를 걸어놓은 곳도 내 눈으로 보았다. 거짓은 어린 아동에서부터 철저히 의식화가 되었다. 몇 가지 사례는 빙산의 일각으로 단편적인 거짓 교육현장이다. 거짓은 사회 전반에 걸쳐 세포 분열하듯 덩치를 키웠다. 거짓 언론이 전방에서 총대를 메었다. 지하에서는 상상을 초월한 여론조작 망을 구축하고 국민 여론을 왜곡 날조 뻥튀기 하였다. 그 증거가 드루킹을 통하여 하나하나 드러나고 있다. 거짓 전자개표기로 국민의 눈을 가리고 불법으로 점철된 선거였다는 증거들이 여기저기에서 나타나고 있다.

이렇게 거짓이 총동원된 선거를 통하여 정권 쟁취에 성공하였다. 취임과 동시에 여론조작의 지지도에 힘을 입어 무소불위의 전권을 휘두르게 되었다. 목표는 연방제에 두고 그 실현을 위하여 특정지역 특정 고교 출신들로 조각하기에 이른다. 비서진들은 핵심 전교조 출신들 참여연대 출신자로 배치하여 무소불위의 칼을 휘두르고 있다. 부처의 장관들은 있으나 마나 한 핫바지로 만들어 버리고 북한처럼 비서 정치에 목을 메는 모습이다. 문재인 정부는 무엇에 크게 쫓기는 모습이다. 마치 이리 떼에게 쫓기는 생쥐의 모습처럼 지금 하지 않으면 안 된다는 모습들이다. 바라보는 국민들이 더 불안하다. 왜 그럴까? 내가 아니면 안 된다는 알지 못하는 위협이 그를 옥죄는 것은 아닐까. 지난 일은 모두가 적폐로 몰아 단죄하고 있는 모습이 불안하다. 그것도 없는 죄를 만들어 씌우는 봉건사회와 공산주의 사회에서 정적(政敵)을 제거하는 방식과도 너무나 유사하기 때문이다. 반드시 내가 이루고 말겠다는 결의 같은 것이 불안하게 보인다는 것이다. 월남을 방문하여 미국이 패하는 모습에 희열을 느꼈다느니, 신영복 공산주의자를 내가 가장 존경하는 분이라는 등의 행적만으로도 나는 공산주의자입니다 라고 선언한 것이다. 자유대한민국 대통령에 공산주의자를 대통령으로 뽑았다.

그는 자신의 입지와 처지를 알고 있다. G20 회의에서 왕따 당하였고 중국과 러시아에서까지 업신여김을 당하고 인도에서도 미국에서도 가는 곳마다 정통성에 불안을 느끼고 있음이 명백한 증거로 나타났다. 그래서 위기의식이 팽배하여 속도전을 펼치고 있다. 신 북방정책으로, 신 남방정책으로 부르짖으면서 접근하고 있으니 이들 나라도 역시나 정통성에 반신반의하고 있다. 실전보다도 정보전의 중요성이 더해가는 국제사회에서 국정원과 기무사를 있으나 마나 한 조직을 만들었고 만들고 있다. 전방의 GP GOP 모두 없애겠다고 하며 전방사단 11개 사단 중 2개 사단을 줄일 계획이라 하였다. 전력 증강사업도 보류하거나 취소한다고 하며, 사병 복무연한도 18개월로 한다니 아예 만세 부르자고 하는 국방 해체론이다. 영국에 재정가로 알려진 그레셤이란 사람이 악화(惡貨)가 양화(良貨)를 구축(驅逐)한다는 이론을 편 사람이다. 우리의 경우 5만원권을 처음 발행하였을 때 회수율이 50% 불과했다고 한다. 반면 1만 원권은 111.2%. 5천 원권은 93.5%에 비하면 5만 원권이 다수 지하에 숨어있다는 것이다. 즉 명목가치가 낮은 1만 원권이나 5천 원 권은 악화(惡貨)로 보아 가격이 높은 5만 원권인 양화(良貨)를 구축(驅逐) 하고 시장을 점유한다는 것이다. 지금 우리의 현실이 이와 같다는 것이다. 거짓이 만연한 세상이다. 거짓으로 통하는 세상이다. 진실이라는 것은 찾아보려해도 찾을 수 없다.

마치 그레셤의 주장처럼 거짓이(惡貨) 진실(良貨)을 몰아내고 거짓만이 통용된다는 말이다. 나라의 국운 쇠퇴의 예고는 역사를 통하여 증명하듯 그 징조들이 하나둘씩 나타는 중인데 가장 위험요소인 거짓이 마치 진실로 둔갑하여 국민들 의식 속에 자리한다면 절망적일 수밖에 없다는 것이다. 문맹률이 가장 낮은 대한민국 국민들의 의식이 깨어나기를 바랄 뿐이다. 그것만이 희망이다. 지지율 80%에서 60%로 떨어졌다는데 한 가닥 희망을 걸어 볼 수밖에 없는 오늘이다.

하늘과 땅이 노(怒) 하였다 2018년 8월 4일

비가 온 지도 가마득하다. 산천초목들이 불타고 있다. 그저께(8월 1일부터 계속 불볕더위) 내가 살고 있는 지역의 기온이 39.3도라는 기상청의 발표를 보았다. 숨이 막히고 살갗이 타는 듯 따가웠다. 저수지마다 저장된 물을 공급하지만 워낙 고온이 지속되다 보니 농작물이 죽지는 않으나 장생에는 크게 영향을 받는다고 한다. 용수 공급이 어려운 지역에서는 농작물들도 비틀어지고 말라가는 불볕더위가 맹위를 떨치고 있다. 식수가 모자라 지역마다 식수 난리가 났다. 지표면에는 벌써 바닥을 들어내었으니 땅속에 있는 물을 이용하고자 안간힘을 쓰고 있다.

반세기 전만 하여도 비가 오지 않으면 기우제를 지내기도 하였다. 인재(人災)가 아니고 천재(天災)라 인간의 능력으로는 어찌할 수 없으니 하늘에 기우제(祈雨祭)를 지내 비를 불러오기를 원하였다는 기록들이 보인다. 농업 위주의 전통사회에서는 하늘만 바라보는 농자

천하지대본을 꿈꾸었다. 하늘이 도와주지 않으면 풍년은 고사하고 연명하기에도 어렵다는 어려운 시대였다. 보다 못한 왕이 직접 나와서 하늘을 향해 비를 내려주십사 간절하게 기우제를 지냈다. 비는 그만큼 인간뿐만 아니라 모든 만물의 생존에 절대적 위치였다. 특히 우리나라는 짧은 우기 한철 비가 내리고 대부분의 수량은 바다로 흘러가는 일과성이기에 비의 존재는 대단히 높게 평가된다. 흘러가는 비를 저장하여 이용하기로 하고 크고 작은 저수지와 댐을 축조하여 왔다. 알려진 바와 같이 유엔은 우리나라도 2020년이면 물 부족 국가로 분류하였다고 한다. 오래전부터 정부에서는 이를 대처하기 위하여 국토자원을 최대로 활용하기 위한 용역 발주 결과에 따르면 앞으로 크고 작은 댐 19개소가 필요하다는 기록을 본 기억이 난다. 이를 실현하기 위하여서는 비용도 문제이지만 지역주민의 반대에 부딪쳐 어렵다고 하였는데 지금까지 지속되는 현상이다.

천벌이 내린 모양이다. 하늘도 땅도 크게 노(怒) 한 모양새다. 자왈(子曰) 순천자(順天者)는 존(存) 하고 역천자(逆天者)는 망(亡)이라 하였다. 천리(天理)를 따르면 바라는 바를 얻고 천리(天理)를 거스르면 망(亡한)다는 공자의 말씀이다. 하늘의 이치를 따르지 않으니 하늘과 땅이 비를 내리지 않는 것이다. 개발이라는 이름으로 남미나 아프리카 지구촌 곳곳에서 열대 우림들이 사라지고 있다. 문명의 이기라는 제품들은 공기를 오염시키고 호수와 바다를 오염시켜 사람들이 이용할 수조차 없는 환경 파괴가 지금 이 시간에도 이어지고 있다. 오존층이 파괴되니 태양의 초사량이 증가하고 자외선이 더욱 강하게 되어 고온현상이 지속되니 희생되는 노인들이 많아지고 있단다. 자연이 급속하게 파괴되니 생태계가 대변화를 이어오고 있다. 열대성 어류들이 삼면 바다에 나타나고 농작물이나 초목들도 남쪽에서 북쪽으로 이동하는 추세다. 매일 보고 만지면서 먹고 마시면서도 외면하고 있다. 전문가들이 경고하지만 듣기를 마다한다. 매일 다니는 마트나 시장에 나가보면 바로 확인이 된다. 열대성 과일들이 산더미처럼 쌓였다. 물론 교역으로 수입되는 상품도 있지만 국내 생산품도 있음을 곧바로 확인이 가능하다. 가까운 인근 산에 가보면 외래종들이 토종을 덮쳐 고사시키는 모습들도 보인다. 매일 화장대에 놓고 사용하는 각종 화장 제품들 중에는 환경 파괴물질들이 있다고 경고하기도 한다.

스프레이 가스나 냉장고, 에어컨에서 자동차에서 사용되는 냉매들 모두가 환경 파괴물질들이다. 특히나 자동차 배기가스는 공기오염의 주범으로 등장한지도 꽤나 오래되었다. 뒤늦은 감은 있지만 친환경 제품을 생산하기 위하여 치열한 경쟁을 한다. 분초를 다투는 시대라고 평한다. 전기차, 수소차 등 시제품들이 속속 개발하고 있다. 소 잃고 외양간 고치는 우를 범하지 말았으면 싶다. 긴박한 고온으로 국민들의 삶은 어려워지는데 나라는 온통 적폐청산에 몰입하고 환경과 배치되는 원전 정책을 백지화하며 환경파괴의 주범인 석탄을 유엔의 제재도 무시하면서 수입하여 더운 날씨만큼이나 어렵게 하고 있다. 더구나 국방개혁이라는 이름을 붙여 오천만 명 국민의 안위를 포기하는 국방개혁이라 하니 하늘도 땅도 노하여 비를 주시지 않은지도 모를 일이다. 치수사업으로 4대 강을 다스렸는데 전부 잘못되었다고 일방적 선언하고 문을 개방하였다는 보도를 보았다. 취임 약 15개월 동안 하는 일들이 환경보존과 개선에 힘써도 모자랄 시간들인데 훼손하는데 주저함이 없어 보인다. 또한 환경과 무관한 국민의 생명을 담보로 주변 강국들과 필패가 전망 되는 게임을 하고 있다.

특히나 우방을 무시하고 적들과의 내통하는 몇 가지의 우려스러운 점들도 나타나고 있다고 한다. 힘의 절대 우위를 무시하고 사라진 이념으로 이길 수 있다고 보는 것인지 묻지 않을 수 없다. 정신 차리기에는 너무나 멀리 그리고 깊숙한 곳까지 와버렸다. 어떻게 할 것인가. 머리가 모자라면 남의 머리라도 빌려 사용하였으면 이 지경까지는 오지 않았을 것이라고 한다. 휴가 중이라니 지금이라도 늦지 않았으니 기우제라도 지내보시길 충언한다.

소나기

오늘도 여일하다. 어제만큼 더위가 맹위를 떨치지만 반가운 소식
도 있다. 반짝 소나기가 있다고 전한다. 당장은 아니지만 기대가 되
는 소식이다. 전 같으면 태풍도 한둘은 지났을 것이고 여름비도 자주
내려 대지를 시원하게 적시기도 하였다. 이상하게도 금년에는 불볕
더위만 지속되어 힘들게 한다. 어렸을 때 마당에 건조하기 위하여 멍
석에 곡식을 늘어놓았는데 갑자기 내리는 소나기에 화들짝 놀라 비
설거지하던 생각이 간절하기도 하였다. 초등학교 오가는 길에 갑자
기 하늘이 캄캄하게 어두워지고 천둥치 치며 세찬 소나기 올 때면 뛰
다가 언덕이나 바위 틈새에 비를 피하기도 하였다. 그도 없으면 흠뻑
맞으면서 집으로 오기도 하였다.

왜 이러십니까? 매년 주시던 것들 금년에는 안 주는 이유가 무엇
입니까 하고 원망도 하여보았다. 돌아오는 말씀은 너희들의 죄를 너
희가 알 것이 아닌가 하시는 말씀 같았다. 딱 맞는 말씀이다. 나의 죄

를 내가 알아야 하는 것인데 그동안 남의 탓만 하였으니 하나님께서 노하신 모양이다. 문제는 나로부터 시작이 백사만사에 다 적용된다. 내가 한 것이 아닌데 왜 내 탓으로 돌려야만 하느냐고 내 안에서의 반론도 있었다. 곰곰이 생각해 보니 정말로 보통 일이 아니다. 편익과 행복을 좇는다는 명목으로 집안에 설치한 각종 편익 시설물들에서 부터다. 에어컨, 냉장고, 김치냉장고, 정수기 그리고 자동차 등에서다. 이들에게 내장된 냉매는 하늘에 오존층을 파괴하여 태양에서 비추는 자외선 차단막이 뚫린다고 알려졌다. 스프레이 가스며 각종 크고 작은 공장으로부터 나오는 유해한 매연들이 수많은 환경파괴 물질을 쏟아내고 있다. 결국 기온이 높아지면서 많은 동식물들에게 피해를 준다고 한다. 특히 사람들에게는 피부질환을 비롯한 안질환을 일으킨다고 한다. 어디 이것뿐만이 아니다. 매일 발생하는 생활폐기물들을 온전히 분리수거하고 있는지, 각종 전열기들과 수돗물을 남용하지는 않는지.

이들 모두는 직접 또는 1차 2차 3차로 이어져 환경에 영향을 미친다. 한 사람, 한 가정, 한 나라가 모여온 지구촌이 함께 환경파괴 주범이다. 공동정범이다. 그러니 남 탓할 사안이 아니다. 하나뿐인 지구를 살리기 위하여 모두가 발 벗고 나서야 한다. 하나님이 주신 이 광활하며 아름다운 자연은 스스로 자정(自淨) 하도록 창조하셨다. 스스로 알아서 차면 줄이고 모자라면 더하는 시스템을 갖추고 있는 것이 자연이다. 사람들은 이기심(利己心)으로 이 위대한 자연의 섭리(攝理)를 외면하고 파괴와 훼손에 몰입한 결과가 오늘의 기후 변화를 가져왔다. 건기에 홍수가 나고 우기에 얼음이 얼며 더워야 할 곳에는 살인적인 더위가 오는 현상들이 지구촌 곳곳에서 일어난다. 작금의 한반도에도 예외는 아니다. 더운 하절기에 우박이 쏟아져 농작물에 피해를 주기도 하며, 찜통에 찜통을 더하니 온열환자가 3,000명을 넘었다고 하며 이 중에 오늘까지 사망한 자도 38명이라 한다. 분명 자연재해라고 하지만 엄밀히 따진다면 인재다. 사람으로부터 재해가 왔기 때문이다. 사람들은 개인들이 갖고 있는 생활의 리듬이 깨어지고 있다. 한낮 동안이나 밤에도 외출하는 사람이 보이질 않는다. 내가 살고 있는 아파트 지하 주차장에는 차량들이 빼곡히 주차를 하고 있다. 지금 방학 철이라 아이들과 밖으로 산과 들과 바다로 강으로 나가야 할 때인데 모두가 방콕으로 몸 사리고 있다.

거대한 자연의 위력 앞에는 미물 같은 존재에 지나지 않는다. 그래서 자연에서 구하고 의존하면서도 파괴를 일삼고 있다. 한번의 파괴는 돌이킬 수 없는 것들도 있고 회복하는데 수십 년이 걸리는 것들도 있다고 한다. 궁할 때는 찾기 위하여 갖은 아양을 떨기도 하고 차고 넘치면 언제 보았느냐 버리고 파괴하는 군상들이다. 용광로 같은 더위는 38명의 고귀한 목숨도 앗아갔다. 아침 기상청 보도에 귀 기울여 보니 곳에 따라서 소나기가 있을 것으로 보도하였다.

얼마나 오래도록 비를 기다렸던고. 비만큼은 아니더라도 잠깐 왔다 가는 소나기라도 한줄기 내렸으면 하는 마음 간절하다. 옛날 아니 반세기 전만 하여도 곳곳에서 기우제를 드린다고 야단들일 터인데 이제는 지나간 문화유산으로만 남게 되었다. 지금으로부터 약 40년 전만 하여도 8월 광복절이 되면 해변의 해수욕장들은 모두 철시를 하였다. 그런데 지금에 와서는 10여 일 이상 더 지속된다고 한다. 불덩

어리가 된 지구를 식혀주었으면 하는 소망이다. 손주 놈들도 더위가 무서워 밖을 나가지 못하고 오전까지 거실에서 지내다가 오후에는 학원에 간다. 나는 이 무더움 여름을 어떻게 보낼까 생각하다가 이것 저것 생각나는 대로 기록도 하고 친구들과 인터넷을 통하여 대화도 하면서 컴퓨터와 선풍기와 스마트폰으로 찜통더위와 씨름하고 있다. 앞으로 광복절도 10일 남았다. 그때가 되면 달라지겠지 하는 기대로 즐거움을 찾아보고 있다.

오랜만에 나들이로 집을 나섰다. 매일 덥다는 이유로 칩거(蟄居)하다가 모처럼 집을 빠져나왔다. 얼마 전에 친구들과 경주에서 2박한 일을 제외하고는 어쩌다가 지인들과 점심 식사 정도 하는 것 외에는 소위 집을 지키는 집돌이가 되었다. 아마도 몸과 마음이 게을러서일 것이다. 아직도 청춘을 구가하는 친구들은 높고 낮은 곳을 가리지 않고 산으로 들로 열심히 체력 단련을 꽤나 많이 하고 있다. 걸어라 걸으면 살고 걷지 않으면 죽는다는 어느 누군가의 말처럼 열심히 하는 모습에 감동하지 않을 수 없다. 동문수학했던 어떤 친구는 평생을 모든 것을 바쳐 일한 직장을 떠나서는 또 새로운 영역의 세상에 깊숙이 몰입되어 대가를 이룬 친구도 있다.

주말만 되면 명산대천을 찾아 금맥(松巖) 찾는다. 그의 제2 인생은 모든 사람들의 귀감이 아닐 수 없다. 뜻을 이루는 모습이 참 아름답지 않은가. 목적을 달성하는 것도 아름답지만 달성하기 위하여 피나는 노력은 더 아름다울 수도 있는 것이다. 꽃이 아름답다 하여 꽃만 보지 말고 그 꽃이 피기까지의 인고의 삶으로 돌아보았으면 좋겠다는 생각이 든다. 꽃이야 화무십일홍처럼 곧 사라지고 말 것이다. 그러나 봄부터 가지에 물 올라 잎 피고 꽃 몽우리 맺힐 때쯤이면 겨울이 다시 돌아온 것처럼 꽃샘추위라는 어려운 역경을 넘기도 한다. 때로는 가뭄으로 생명에 위협을 느끼면서 한송이의 꽃을 피우기까지 과정이 더 아름답지 않은가. 잘 나갔던 선인들의 삶들도 성공하기까지의 피나는 노력이 더욱 각광받는 일들처럼 결과보다 과정이 더 중요하다고들 한다. 주유소에서 기름을 가득 채우고 시가지를 벗어나니 마음마저 시원하다. 회색 벽돌이 달아 숨쉬기도 답답했는데 푸른 산과 파란 강물을 바라만 보아도 시원하다. 자연은 그래서 좋은 것이다. 가뭄이 극심하지만 수리안전답이라 심은 본답 바닥은 물이 넘치니 생장을 촉진하고 밭작물들도 스프링클러에서 뿜어져 나오는 안개비로 갈증을 시켜주기에 충분하다. 여름은 깊어만 간다. 덥다, 덥다 한 무더위도 꼬리를 내릴 때가 가까워오는 듯하다. 내일이면 절기상으로 가을에 접어든다는 입추(立秋) 일이다. 아무리 붙잡아 두고 싶지만 세월은 아랑곳하지 않고 갈 길만 찾아 나선다.

아마도 땅속 깊은 곳에서는 시원한 기운들이 올라올 것이다. 가을이라는 계절을 증명하기 위하여 활동하는 모습을 기대하여도 좋을 것이다. 향산리를 지나 세성리 국도변에 높게 설치한 사과탑을 보면서 재직 시에 사과의 우수성을 알리기 위하여 정부종합청사와 양재동 하나로 마트며 인천 남동구청에서 그리고 E마트에서 지역 특산품 만들기에 동분서주하였던 일들이 주마등처럼 떠오른다. 슬로건을

"충주 하면 사과. 사과하면 충주"라고 외치지 않았던가. 그곳을 지나면 전국적으로 잘 알려진 왕의 온천이 있는 수안보에 이른다. 충주는 전역이 온천 지역이다. 삼색 온천(三色溫泉)이 있는 유일한 곳이다. 첫 번째가 수안보 온천이다. 약알칼리성 분의 수질은 익히 전국적으로 잘 알려진 온천이다. 두 번째는 앙성에 소재한 탄산온천이다. 탄산이 다량 함유된 온천수는 따끔따끔 피부에 주는 자극에 매료되어 많은 관광객들이 몰려오고 있다. 세 번째는 문강리에 소재한 유황온천이다. 유황 냄새가 코를 찌르지만 피부에 좋다 하여 널리 알려지고 있는 곳을 포함하여 삼색 온천이라 한다. 특히 알레르기에 좋다 하여 전국에서 몰려오고 있다. 수안보 시가지를 지나 월악산 국립공원으로 들어갔다. 도로 양옆에의 향토음식점들을 지나면 골짜기가 점점 좁아지고 산세는 급박하기 시작한다.

산자락 과수원들이 가을을 기다리고 있고 건너편에는 팬션이 손님맞이를 마친 듯하다. 미륵리로 들기 전 좌측에 북바위 등산로가 있다. 언젠가 기억도 가물가물하지만 이 북바위 등산을 약 4시간에 걸쳐 넘어온 기억이 난다. 마지막에 커다란 바위가 북처럼 생겼다 해서 북 바위라 이름 하였다고 한다. 물레방아 쪽으로 하산하였다. 작은 고개를 넘으면 신라 천년의 흔적을 찾을 수 있는 미륵리가 있다. 멸망한 신라의 마의태자와 덕주공주의 한과 눈물이 서린 미륵리다. 찬란한 가람은 불쏘시개로 흔적만이 후인들을 기다리고 있다. 또 이곳은 신라인들이 삼국을 경영하고자 처음 이 길을 내고 이름을 하늘재라 하였다. 최초 영남에서 고구려를 접수하기 위하여 닦은 길이다. 기암절벽이 화려하게 펼쳐지는 월악산으로 이어진다. 동양의 알프

스로 알려진 월악산은 국립공원으로 산세가 아름답기로 널리 알려진 곳이다. 월악산은 해발 1097m의 영봉(靈峯)이 위용을 드러내고 있다. 특히 이곳을 등반하기 위하여 전국에서 산을 좋아하는 수많은 사람들이 몰려와 등반을 마치고 하산하여 향토음식으로 시장기를 때우고 나면 온천수로 땀을 씻고 돌아가는 코스로 유명세를 더하고 있다. 내가 간혹 답답하고 울적할 때면 이곳을 드라이브하면서 기분을 전환시키고 있는 곳이다.

사람의 의미 2018년 8월 7일

사람의 의미란 사람이 사람다울 때를 말한다. 사람다울 때란 누구나 마음속에 있는 양심(良心)에 따라 행하는 자를 말한다. 저 친구 사람이 맞느냐? 너 인간이냐? 저 친구 인간이기를 포기했나 봐, 저 사람이 쓴 탈은 분명히 사람인데 행동은 아니야, 등등 말하기도 한다. 이러한 말들은 형체적(形體的)인 또는 물질적(物質的)인 면에서의 이야기가 아니다. 오랫동안 교육되고 축적되어 역사성으로 인식(認識)된 가치관(價値觀)이 사람이기를 모두가 기대(期待) 하는 정도(程度)다. 행위가 외부로 표출됨이 특정 또는 불특정 다수인에게 미치는 영향의 정도에 따라서 나타나는 현상일 것이다. 사람은 누구나 양심(良心)과 악심(惡心)이 존재한다. 내 마음속에는 항상 양심과 악심이 경쟁하면서 자신을 성숙시키는 것이다. 양심은 항상 악심을 구축(驅逐)하길 원한다. 수많은 양심이 모여 그러리라고 믿음이 형성된 가치는 도덕(道德)이란 이름으로 자리매김하였다.

양심이 발하여 도덕관이 성립된다고 믿는다. 인간은 사회적 동물이라 표현하고 있다. 사회를 떠나서는 살 수 없기에 하는 이야기다. 사회는 더불어 살아가는 실체(實體)이기에 양심과 도덕만으로는 존재하기에 부족함을 스스로 경험하게 된다. 가정을 비롯하여 부족이나 국가도 마찬가지다. 더불어 살기 위하여 하여야 할 일들이 발생하고 지키며 준수하여야 할 일들을 요구받게 된다. 이를 충족시키기 위하여 사람들은 또 하나의 규범(規範)이란 이름으로 가이드라인을 설정한다. 이것이 오늘날의 수많은 법률(法律)로 나타난다. 사람이 매일 아침에 일어나고 조반 먹고 각종 교통수단을 이용하여 직장에 가며 친구들과 동료들과 문제를 풀기도 하며 친분을 쌓기도 한다. 그리고 퇴근 시간 되어 동료들과 가까운 단골집에서 시원한 맥주 한잔에 세상 이야기하다가 집으로 돌아오는 일상들을 대부분의 직장인들이 반복하는 것이다. 하루의 일과 속에 수많은 법률을 지키면서 또는 어기면서 보내지만 의식(意識) 하지 못하는 사이에 살아간다. 그 사회에 잘 적응하면서 노력하려고 하는 사람들을 일러 모범시민이라 한다. 나도 당신도 모두가 모범시민이다. 각자가 처한 곳에서 열심히 살아감을 바라볼 때에 아름답다고 한다. 태어나 가정교육과 제도 교육을 받으면서 각자 성장하여 사회에 첫발을 딛는 순간부터 독립적인 자기결정권을 발동하게 된다.

직장의 동료들로부터 상사나 선배들로부터 또 배우고 익힌다. 사회나 직장이 정한 규율을 익히며 성장하기 때문이다. 사람의 조건을 충분히 습득하고 지키면서 살아가는 보통 사람들의 생활상이다. 누구나 그런 정도는 괜찮아 할 정도의 사고와 행위들이 사람의 조건이라 생각된다. 선조님들처럼 엄격한 규례(規例)를 말하는 것은 아니다. 가치관이라는 것도 시대에 따라서 달라지기 때문이다. 오륜(五倫)을 지키는 것은 그 시대의 가르치고 지켜야 할 가치이기에 합당하다 하겠지만 오늘날에 와서 강요할 일은 아니라는 것이다. 가치는 시대에 따라서 변하기 때문이다. 인간이기를 위하여 오륜만큼이나 좋은 뜻은 없다. 그러나 현대사회에서는 부자유친(父子有親)에서처럼 엄격한 의미로는 생각지 않은 세대들이다. 그것은 하나의 이상(理想)으로 보고 자율적으로 따르라는 것이다. 그것이 사람의 조건이다. 얼마전 화면에서 지하철 내에 어느 노인 옆에 젊은 사람이 다리를 꼬고 앉았는데 노인에게 꼬고 앉은 발이 부딪쳐 발을 내리라고 하였다. 이 말을 들은 젊은 사람이 일어나 입에 담지 못할 욕을 하는 장면을 보았는데 이런 경우를 사람이기를 포기한 사람이라 누구나 공통된 생각일 것이다. 존속 살인을 비롯하여 납치 감금 살인 공갈 협박 인신매매 방화 등등 수많은 범죄들이 우리 사는 사회에 만연한 것은 무엇을 의미하는 것일까. 사람이 지켜야 할 아주 기초적이며 기본적인 양심을 짓밟아버린 악심의 발로인 결과는 법의 잣대를 떠나서 인간의 조건을 포기한 사람들이다.

사람이 사람 되기 위한 조건들은 몇 가지로 말할 수도 있겠지만 한마디로 표현한다면 양심에 부끄러움이 없는 행위를 말한다. 자신의 양심에 물어보고 행한다면 사람의 조건에 충분히 부합한다, 라고 보아야 할 것이다. 사람의 조건이 멀리 있는 것도 아니고 높은 곳에 있는 것 또한 아니다. 항상 나 자신의 내면에 있다는 것을 모두 명심하였으면 한다. 오늘날의 국가 위기설을 몰고 오는 원인 제공자들도 사람이냐 아니냐에 검토 대상이 된다. 대한민국의 정체성(正體性)은 분명하게 자유민주주의를 지키는 것이다. 5천만 명이 모두 지켜온 지고한 가치를 버리고 경쟁에서 사라진 공산주의를 강요하는 사람들을 사람으로 보아야 하는지 매우 심각한 문제에 봉착하게 된다. 이들을 이념의 잣대로 보기 이전에 사람으로서의 가치를 심판받아야 한다. 5천만 명의 순박한 국민들을 사지(死地)로 몰아넣는다면 이 또한 사람이기를 포기한 것이나 마찬가지이기 때문이다. 나의 이념(理念)이 그러하기에 행하였다는 변명이 될 수 없는 죄악이기 때문이다.

육갑 떠는 사람들이 많아 2018년 8월 7일

세상이 하 수상하니 보통 사람으로서는 이해가 가질 않은 이상한 사람들이 만연(漫然)한다. 우리말에 육갑(六甲) 떤다는 말이 있다. 육갑(六甲)은 무엇 인고 하니 간지(干支)를 말하고 간지(干支)는 곧 천간(天干)과 지지(地支)를 이르는데 천간(天干:甲乙丙丁戊己庚辛壬癸) 10개와 지지(地支:子丑寅卯辰巳午未申酉戌亥) 12개를 순차적으로 조합하여 다시 처음으로 돌아오기까지가 60년이 걸린다. 그래서 육십갑자(六十甲子)라 하였는데 이를 줄여서 육갑(六甲)이라 불리기도 한다. 반세기 전만 하여도 평균수명이 4~5십 정도였다. 그 당시에 60을 산다면 장수하는 경우를 말하였다. 한마을에 한두 명 있기도 어려운 시절에 육십을 산다는 것은 생명 임계치(臨界値)의 희망이었지만 대부분은 의식이 온전치 못하여 횡설수설하는 경우가 많다 하였다. 이를 노망(老妄)이라 하였고 요사이는 치매(癡呆) 또는 알츠하이머라는 의학적 표현을 하기도 한다. 그래서 육갑 떨고 있다는 말은 육십갑자의 비속어로서 정신 멀쩡한 사람들의 이상한 언동을 보고 노망이나 치매환자 같다, 라는 말로 쓰이고 있다.

정상적인 사람으로 보지 않고 이상한 사람으로 간주하는 사람들이 무척이나 많이 늘어난다는데 문제의 심각성이 있다. 실제로 경제성장에 비례하여 수명도 100세 시대를 맞이하고 있으나 치매환자는 크게 늘어나 국가 재정에도 영향을 준다고 한다. 실질적인 환자라면 의료의 문제와 사회문제로 국한할 수 있지만, 정신 멀쩡한 사람들이 노망기를 보이니 이것이 의학의 문제가 아니고 사회적 정치적 국가적 문제로 등장해 간단히 넘어갈 사안이 아니다. 국방개혁을 위하여 국방부 인권위원회를 발족하였는데 그 소장이라는 인간의 전력을 보면 양심적 병역거부를 한자이며 동성애를 주장하는 게이들을 지지하였다니 내 입이 다물어지지를 않는다. 이를 선발하고 임명한 자의 의식도 온전치 못한 노망한 자임에 틀림이 없다. 또 하나 특이할 점은 개혁이라는 미명하에 각 부처마다 TF 공화국을 만들었다. 자신들을 지지하는 비전문가들로 구성하여 국가를 개조한다는데 아연실색하지 않을 수 없다. 현 정부의 구성원들은 능력이 부족하니 각종 위원회에서 정한 대로 추진하는 하급기관으로 전락하고 말았다. 실력이 모자라면 사표 내고 나와야 할 것이 아닌가. 왜 국민들의 세금을 축내면서 자리보전하고 있는지 바로 자신들이 개혁의 대상이라는 것을 망각한 치매환자들이 너무 많다는데 심각성이 있다. 이도 아니면 참으로 저질적인 자들이다.

책임을 전가시키기 위하여 부처마다 수많은 위원회를 만들어 지지자들을 국가정책 결정에 참여시킴으로써 튼튼한 동아줄을 만든다는 이점도 고려하였을 것이다. 이런 검증되지 않은 비전문가들에 의해서 결정된 것들을 무조건 반영하여 추진하다 보니 온전히 돌아가는 구석이 하나도 없다. 가만히 있으면 중간이라도 간다. 움직이는 것마다 말하는 것마다 온전한 것이 하나도 없는 세상이다. 운전한다는 자는 동맹국의 중요한 손님을 맞이하여야 하는데 감기로 만날 수 없다느니 약속을 지키지도 않았으며, 중요 국정 사항에는 휴가 중이라느니 하는 일들을 운전자가 하여왔다. 국가의 승인 없이 월북할 수 없는 것은 너무도 잘 알고 있다고 믿었는데 법을 전공한 전직 변호사를 역임한 전력도 있는데 이 사람은 안중에도 없다. 법 같은 것은 자신에게는 적용 되질 않는다고 하는 행동으로 법질서를 혼란에 빠지게 하였다. 몰래 북측에 가서 말도 안 되는 살인마 김 돼지를 만나고 와서 자랑하는 자(者)가 운전하고 있으니 언제 나라가 전복될지도 모르게 되었다. 여러 정황으로 보아 치매가 있음을 여지없이 증거를 남기고 있다. 4년 전부터 박근혜 정부를 불법으로 강탈하려고 치밀하게 계획한 것은 역시나 법은 그들에게는 있으나 마나 한 무용지물이었다. 이제 본색을 노골적으로 표현한다. 유엔 제재 품목인 북한 석탄을 수십 차례 몰래 수입하였다는 보도를 보니 마지막 수순에 이른 듯하다.

　한미방위조약 같은 것은 안중에도 없다 그러하니 한미동맹도 물론 흘러간 노래가 되었다. 이제 얼마 안 가서 미국을 아웃시킬 것이다. 미군을 이 땅에서 몰아내고 중국과 러시아와 북한과 함께 새로운 동맹을 구축할 것으로 전망된다. 새로운 시대 곧 이름하여 고려연방제를 활짝 열어 나라를 온전히 북에 바치겠다는 수순을 착실하게 밟아가고 있다. 그러니 동맹국의 국기인 성조기를 불에 태워도 잡아가는 놈 하나 없는 세상이다. 일제 36년을 해방시켜주고 6·25전쟁을 승리로 이끌어준 맥아더 장군 동상을 훼손하여도 잡아가는 경찰 한 놈 구경할 수 없는 세상이다. 누가 무엇으로 아니다, 라고 설명이 되겠는가. 인공기 태웠다 하면 바로 채포하고 연행하는 세상을 어느 누가 잘하였다 손뼉 치겠는가. 이자들이 바로 치매환자들이 아니고 무엇으로 설명이 되겠는가. 목하 수많은 육갑 떠는 환자들이 나라를 운전하고 있다. 이 나라가 온전하다고 생각하는가? 자력 회생이 가장 바람직한 일이지만 희망사항에 그칠 확률이 점차 높아지고 있다. 암담한 실정이다. 나라가 어디로 갈 것인고.

나 홀로 집에 2018년 8월 9일

몇 년 전에 '나 홀로 집에'라는 영화를 본 적이 있다. 온 가족이 여행을 떠나면서 매우 들뜬 분위기에 어린 막내아들을 집에 두고 떠났다는 것을 목적지에 도착 후 알게 됨으로써 이야기는 시작된다. 홀로 남아있는 어린아이의 장난감 속에 중요한 칩이 있다는 것을 알고 찾고자 집으로 침입 한 악당들과 한판 승부를 아주 코믹하게 그리는 영화다. 무덥고 불쾌지수는 머리끝에까지 올라 숨쉬기도 힘들 때다. 이런 영화 한편으로 잠시 동안이지만 더위를 잊었으면 좋겠다. 모두가 이런 살인적 더위는 처음이라 한다. 온열환자가 크게 늘어나고 사망자도 늘어나 재난 수준이라 한다. 재난은 분명한 재난이 맞다. 이 재난은 천재다 아니면 인재다 다툼의 여지를 두고 있다 할 것이다. 요사이는 홀로 세대가 날로 늘어난다고 한다. 젊은 층에서는 남녀 모두 결혼을 기피하고 홀로 자립하여 편안한 생활을 살고자 하는 사람들이 의외로 많이 늘어난다고 통계치는 말하고 있다. 홀로 세대를 위한

주택에서부터 각종 문화시설에 이르기까지 다양한 정책들이 제시되고 있다. 발 빠른 기업에서는 홀로 족들을 위한 돈이 될 만한 각종 마케팅에 사활을 걸고 있기도 하다.

특히나 먹거리를 보면 자료를 구입하여 조리하는 시대와 완제품이 함께 공존하는 시대다. 그러하니 집에서 별도로 조리할 필요 없이 구하여 그대로 먹으면 된다고 한다. 새로운 풍속도는 여러가지의 국가적 문제로 등장하였다. 우선 결혼 기피는 인구감소로 이어진다. 인구의 감소는 고령화를 초래하고 이어서 경제활동인구의 감소로 나타난다. 노동력의 감소는 낮은 생산성과 경제성장의 둔화 내지는 마이너스로 이어진다는 것이다. 악순환이 지속되는 한 삶의 질이 함께 추락한다는 의미이고 국가적으로는 쇠망(衰亡) 한다고 보아야 할 것이다. 인간의 꿈은 무엇인가. 어느 나라에서는 요람에서 무덤까지라는 목표로 국가가 관리하고 지원한다고 하는 부강한 나라도 있다. 이에 우리는 부강하기도 전에 쇠망의 길이 눈에 훤히 보인다. 젊은 층만이 홀로가 아니고 늙은이들 또한 마찬가지로 홀로 지킴이들이 늘어난다. 핵가족은 과거의 산업화의 산물로서 두 사람이 생활하다가 한 사람이 먼저 가고 나면 홀로된 노구(老軀)들이 대부분이라 한다. 두 사람 한세대를 이룬 것은 사회와 국가적 문제로 등장한지도 꽤나 오래된 듯하다. 홀로라는 의미는 무엇일까. 우선 외로워 보인다. 처량해 보인다. 무엇을 낙으로 살고 있는가. 걱정거리 없어서 좋겠다. 마음만은 편안하겠다. 하고 싶은 것, 먹고 싶은 것 모두 할 수 있겠다, 고 한다.

보는 사람의 시각에 따라서 평가될 것이다. 인간은 태생적(胎生

的)으로 홀로 살수 없게 창조되었다. 홀로 산다는 것은 곧 종족의 멸망을 뜻하는 것이기에 천리(天理)에 반하는 것이다. 그래서 인간은 사회적 동물이라 하였다. 사회는 더불어 살아가는 세상을 이르는 말이다. 요사이 흔히 인터넷에 떠돌아다니는 글들 중에는 인간의 행복을 말할 때 99세까지 팔팔하게 살다가 2~3일 아프다가 죽었으면 하는 것이 최대 행복이라 한다. 어쩌면 맞는 말일 수도 있다. 어느 사이트에서는 친구가 많을수록 장수한다는 연구 보고도 있다. 적어도 장수의 조건 중에는 홀로와 많은 친구가 대비되는 대목이다. 홀로 족들이 친구가 없으란 법은 없지만 아무래도 적어질 수밖에 없는 환경이다. 홀로란 대화의 문이 좁아진다는 것은 분명한 사실이다. 홀로는 많은 자기 시간을 갖는다는 것은 의미가 있다. 사색(思索)을 통하여 많은 것을 이룰 수도 있다. 반면 대화의 상대가 없으니 스트레스도 받게 되고 심하여지면 우울증세도 보인다고 전문의들은 말하고 있다. 나는 매일 오전 중에는 홀로 집에서 칩거(蟄居) 하고 있다. 외부 활동을 싫어서가 아니고 하여야 할 일들이 있기에 홀로의 경험은 바람직한 것이 아니라는데 동의한다. 다만 사고력을 키우고 지적 능력을 배양하는 데는 매우 중요한 시간들이기에 필요는 하지만 전부는 아니라고 나의 경험으로 말한다.

요사이 정보통신의 발달로 자기 노력 여하에 따라서 수많은 친구들과 대화의 문은 활짝 열려있기에 인터넷을 할 수만 있다면 누구나 가능하다고 본다. 손안에 누구나 쥐고 있는 스마트폰은 수많은 친구들과 대화의 문이 활짝 열려있고, 무엇이든지 물어만 보면 척척박사처럼 상세히 알려 주는 만물박사이기도 하다. 앞으로의 세상은 스마트폰의 세상이다. 스마트폰은 자신의 두뇌가 되기도 하고 자신의 육신 역할도 한다. 스마트폰이 없는 세상은 상상이 가질 않은 것이다. 일상생활의 거의 모든 것을 지배하고 리드하는 세상이 활짝 열려가고 있다. 특히 노구(老軀)들에게는 다소 문제가 되겠지만 하고자 하는 의지만 있다면 누구나 가능하다고 본다. 정부에서도 전 국민을 대상으로 정보화(情報化) 사업을 위하여 투자를 계속하고 있다. 조금의 시간과 용기를 낸다면 새로운 세상을 맞이하게 될 것이다. 구십 구세까지 팔팔하게 살고 이삼일 아프다가 가시는 꿈을 키우시길 간절히 바란다.

수면 아래서 2018년 8월 9일

어려서 강을 놀이터로 삼아 놀기를 즐겨하였다. 전쟁 후라 무슨 장
난감이 있는 시절도 아니고 즐길 수 있는 유일한 길이 집 밖에서 자
연과 더불어 노는 일이었다. 오지(奧地) 한촌(閑村)에서는 산과 그리
고 강이 놀이 터전이었다. 강에서는 고기 잡는 흉내 내는 일과 수영
하는 일이 무더운 여름 한철 놀이였다. 수심이 깊은 곳은 2m 넘는 곳
도 있어 이곳에서 인어가 되는 일이다. 고기 떼들과 함께 유영(遊泳)
을 즐기는 것인데 아무 장비 없이 물속을 내려가 이 바위 저 바위를
오가면 물속 용궁에서 즐기는 것이다. 오래 있지는 못하지만 연속으
로 나왔다 들어갔다 반복하면서 수중세계를 익히는 것이다. 이쪽에
는 넓은 너래 석이 있고 저곳에는 큰 바위가 고기 집을 만들어 숨바
꼭질을 한다. 크고 작은 물고기들은 열을 지어 가기도 하고 때를 지
어 몰려다니기도 한다. 그들을 뒤쫓아보면서 가쁜 숨을 참기도 하였
다. 아래로 내려가면 강폭이 넓어지고 수면도 얕아진 곳에서는 수초

들이 자라 고기들의 천국이 된다. 그러나 어린 나에게는 투명하지 않은 곳이 어쩐지 두려움이 앞서 소름 돋는 대상지였다. 수면 아래는 또 다른 세상이 활짝 펼쳐진다. 다슬기며 민물조개도 유혹한다.

토끼를 꼬여 용왕님께 데리고 간다는 별주부전의 주인공인 자라가 나타나기도 한다. 긴 대나무 낚싯대에 줄달고 바늘 달아 물벌레 또는 지렁이 잡아 바늘에 꿰어 강태공의 흉내를 내기도 하였다. 내 아우는 아주 영민하여 고기를 잘 잡았다. 그는 철사로 창살을 만들어 고무줄에 걸고 잡아당겼다 놓으면 고무줄의 수축을 통하여 창살이 앞으로 나아가 고기를 날치기하는 수법에 아주 능숙하였다. 메기며 꺽지 쏘가리 등 고급 어종을 낚아 아버님 밥상에 올리는 효자였다. 몇 시간 놀다 보면 언제 시간이 갔는지 몸속에 기름기가 빠져나가 손발이 오글쪼글하여지면 집으로 돌아오기를 매일 하는 학습이었다. 여름방학은 우리들의 세상이었다. 강 위 언덕에는 신작로가 있어 오가는 자동차가 신기하게도 보였고 비포장도로에서 덜커덩거리면서 일으키는 뿌연 먼지는 비행기가 하늘에서 뿜는 매연과도 흡사하였다. 서울로 유학 간 동내 선배가 머리에 쓰고 있는 교모와 교복이 어찌나 멋있었는지 가서 만져보기도 하였다. 그 임 선배 지금 어느 하늘 아래에 있을까. 나에게는 수중세계가 잊을 수 없는 놀이터였다. 이 수면 아래는 장소와 용어가 다른 의미로도 쓰이고 있다. 특히 정치인들이 자주 사용하는 용어로 등장한다. 무슨 협의하고 협상하는 것을 수면 아래서 한다고 한다. 취재하는 기자들의 이야기인지 누가 지어 낸 말인지는 모른다.

협상이 비밀리에 이루어지는 것이 많아서 수면 아래서 또는 물 밑에서란 표현을 하기도 한다. 물 위에서 한다는 말은 들어 본 적이 없기에 의문이 들기도 하다. 어찌하여 수면 아래서 할까. 숨도 제대로 쉬지 못하는데 산소마스크를 착용하고 하는 것일까 하는 우스개 소리도 한다. 국민이 알면 큰일 나는지는 모르지만 언젠가는 알게 되는 것인데 무슨 비밀이 그리도 많은지 알다가도 모를 일이다. 비밀이 너무나 많으니 정보 전쟁이 실전을 능가하고 있다. 이들이야말로 투명하지도 않은 오염된 수면 아래서 상대방의 정보를 취득하기 위하여 밤과 낮이 없다. 정보는 생명이다. 정보를 갖지 못하는 실체라는 것은 곧 허상이 될 뿐이다. 잘 알려진 이스라엘의 모사드, 러시아의 KGB, 미국의 CIA들이 대표적으로 잘 알려진 세계적인 정보기관들이다. 특히 이스라엘은 인구 845만 명의 세계 100위 규모인 작은 나라이다. 사방이 적으로 둘려 쳐진 이슬람 국가들이 호시탐탐 노리는 절체절명의 상황이다. 그들은 세계 최고의 모사드라는 정보기관으로부터 취득하는 정보력으로 지금까지 버티고 있다는 사실을 외면해서는 절대로 안 된다는 것이다. 우리의 현실은 어떠한가. 현 문재인 정부는 사면이 적으로 진 치고 있다. 북한과 중국 그리고 러시아, 일본이 기회만 엿보고 있다. 지금 이 시간에도 영해, 영공, 영토를 전방위로 침범하려는 악의 무리들이 호시탐탐 노리고 있다.

과거의 침략을 당하였던 우리의 역사가 또다시 반복되는 것은 아닌지 우려를 금할 수 없다. 보도되는 내용은 첩자를 잡는 정보 기능을 무력화시켰고 마지막 남은 기무사의 정보 기능마저 간판을 내린다고 하였다. 더욱 기절초풍할 일은 국방 개혁이라는 것이 개혁이 아니고 무장해제하는 수준이 아닌 것인지 심히 우려스럽다. 민주화를 가장한 종북 추종자들이 거짓 평화를 앞세워 아둔한 것인 줄 알면서도 하는 짓에 아직도 50%가 넘는 지지자들이 있다니 나의 상식으로 도저히 납득이 가질 않는다. 무엇이 이런 현상일까. 분명한 것은 거짓을 날조하고 선전 선동하는 세력들과 그 추종자들이 합세하고 여기에다가 주력 세력인 지금까지 세뇌되어온 간첩 조직망이 10만에 20만 정도로 추정한다니 이들 무리들과 직접 남파되어 암약하는 괴뢰들이 합창하는 결과라 믿을 수밖에 없는 현실이다. 법치는 이미 없어진지 오래되었고 인치만이 나라를 거덜 내게 되었다. 설마하니 믿고 싶지 않겠지만 이것은 각종 주장과 보도되는 내용을 종합한 결과다. 내 주장이 제발 맞지 않기를 간곡히 바라는 바다. 이러한 현상은 거의가 수중에서 이루어지니 정보 기능을 더욱 활성화하고 전문 인력을 배양하여야 하는 이유다.

무지개 환상 2018년 8월 10일

누구나 어려서 무지개를 보면 잡아보려고 쫓아다닌 적이 있을 것이다. 빨주노초파남보가 있는지를 살피고 외치면서 뿌리가 있을 곳을 찾아 나섰다. 가다가 보면 장애물에 걸리고 넘어지면서도 찾아보았지만 결국 실패한 경험들 가지고 있을 것이다. 무지개는 작은 물방울 알갱이들이 공중에 떠다니는 공기에 실려 다니다가 햇빛을 받게 되면 나타난다. 반원형의 모양에 일곱 색깔은 태양빛이 물방울 알갱이를 통과하면서 아름다운 색깔로 나타난다. 주로 비가 그친 뒤에 태양의 반대편에 나타난다. 색깔은 바깥쪽에서부터 빨주노초파남보의 차례로 나타난다. 무지개의 뿌리가 분명히 다리 밑에 있는 것을 보고 달려갔는데 도착하고 보면 저만치 멀리 떨어져 또다시 찾아 달리기를 열심히 하였지만 환상처럼 보였다. 어려서 성장기에는 꿈을 많이 꾼다. 하룻밤에도 몇 가지의 꿈을 분명히 꾸었는데 깨고 나면 기억에 남는 것이 없다는 것이 꿈의 이야기다.

간혹 생시처럼 생생하기도 하지만 어쩌다가 있는 일이다. 또 무서운 꿈이 대부분이다. 도깨비에 마귀나 짐승에 쫓겨 도망다니다 깨기도 한다. 정신세계에 잠재된 희망사항들이 수면 중에 나타난다고 하는 사람도 있다. 높은 산에 올라 망망대해를 바라보는 꿈도 있다. 나이가 많다고 꿈이 없는 것은 아니다. 무지개의 환상처럼 남녀노소를 불문하고 잡아보려는 이상일 것이라 믿는다. 일곱 색깔의 무지개는 자연이 연출하는 아름다운 세계다. 시각적인 현상의 세계를 삶 속으로 깊숙이 끌어들이는 지혜가 있기에 세상은 아름답다 하는 것이다. 무지개라는 이름으로 각종 생활 편익을 추구하기도 하고 먹을거리도 생산한다. 문학이나 예술작품들로도 나타나 무지개의 의미를 더욱 가까이 느끼게도 한다. 몇 년 전에 아들이 IBM 연구소에서 있을 때에 미국에 갈 기회가 있었다. 뉴욕 주에서 캐나다 국경까지 약 6시간 운전하여야 하는데 그중에 2시간을 직접 운전에 참여하면서 국경을 지나 캐나다 지역 나이아가라 폭포 위 주차장에 주차를 하고 관광을 한 기억이 난다. 관광 포인트는 캐나다에서 보아야 진면목을 볼 수 있다. 미국 쪽에 있는 폭포도 있지만 스케일에 비교가 되질 않기 때문이다. 그곳에서 하류 쪽을 바라보면 아름다운 다리가 있다. 이름하여 레인보 브리지(Rainbow Bridge)라는 다리가 있다.

그 다리를 보고 아름답다는 느낌을 받은 기억이 새롭다. 200년 전에 놓은 교량인데 거리 측정기가 없을 때라 사람이 만든 연에다가 실을 매어 공중으로 날려 건너편 캐나다에 도착하고 그 실을 통하여 측량하고 설계하였다는 이야기를 들은 바 있다. 폭포에서 쏟아지는 물보라는 태양빛에 의하여 무지개가 매일 나타나니 이를 교량으로 형상화한 사람들이 꿈과 지혜를 통하여 또 다른 무지개로 나타난 것이다. 대한민국과 이 땅에 살고 있는 모든 사람들의 무지개는 무엇일까. 대한민국은 세계열강들과 함께 더불어 살아가는 1등 국가가 되기를 소망할 것이다. 이 목표는 국가의 소망인 것과 동시에 국민들의 무지개이기도 하다. 적어도 지난 정부까지는 우여곡절의 역사는 있었지만 대한민국 건국 이후 모래땅에서 빌딩을 세우듯 피와 땀으로 이루어낸 자랑스러운 나라였는데 지금은 어찌하여 풍전등화에 이르렀는지 통탄하지 않을 수 없다. 지난 역사와 성과는 모두 부정하는 자들이 무소불위의 칼을 휘두르고 있다. 그렇게도 염려하고 애써 지키고자 한 자유대한민국을 적폐청산으로 몰아 숙청하는 피바람을 일으키고 있다. 가만히 서있기도 힘든 이 무더운 찜통더위에도 주말마다 잊지도 않고 거리로 나와 나라 살리자고 외치고 있다. 애국 국민들의 활동상황은 한 장면도 보도되지 않은 적화된 언론들만이 보이는 세상이다. 이제 8부 능선은 도달한 것이라 생각되기도 한다. 8월 13일 3차 남북 고위급 회담을 하겠다는 보도를 보았다.

북미 간의 교착상태에 빠진 상황을 해결하고자 하는 북의 얄팍한 술수의 냄새가 풍기는 대목이다. 아마도 대한민국을 겁박하여 미국을 설득 내지는 국면을 전환하려는 속셈인 듯 점쳐진다. 칼춤 추는 무당들은 너무나 빠르게 속도전을 내다보니 차량 여기저기에 고장이 일어나는 듯하다. 권력에 누수가 생김과 동시에 급창이 매일 발생하니 치료하기도 어려운 상태에 몰리지 않았나. 전문가들이 진단하기도 한다. 모든 국민들이 바라는 무지개의 현실이 오기를 손꼽아 기다리는 무지의 백성들의 염원이 하루속히 이루시기를 기원해 본다. 옛 말씀에 부잣집이 망해도 3년은 간다고 하였는데 설마하니 나라가 위난에 처하였지만 그렇게 빨라야 망할 수 있겠나 하는 안일한 생각을 가졌다면 이 시각부터 바로 버렸으면 좋겠다. 나라의 구석구석 물들지 않은 곳이 없다고 한다. 누군가에 의하여 불만 붙이면 끝이 난다고들 한다니 정신줄 놓지 않았으면 좋겠다. 무지개의 환상이 노력하는 자에게 이루어지는 것이다.

우려가 심화되다 2018년 8월 11일

어느 날 갑자기 건강하였던 분이 병원에 입원하였다고 한다. 평소에 사회생활에 전혀 지장이 없었던 분이었다. 어디가 아파서 입원까지 하였는지 궁금하였다. 알고 보니 오래전부터 지병은 있었는데 철저한 관리로 가족 외에는 알 수 없었다고 한다. 입원 후 친구들이 문병 가서야 알게 된 사실이다. 진행 정도는 매우 엄중한 상태라고 한다. 나는 이 친구의 병(病)을 생각해 보고 아쉬운 점은 애써 감출 필요 없이 오픈시켰으면 좋지 않았을까 하는 생각이 들기도 하였다. 당사자가 아니고 3자 입장이지만 진작 알았다면 충고도 하였을 것을 하는 아쉬운 마음이다. 매일 전하는 소식들은 밝고 즐거운 소식들로 가득하여도 모자랄 판인데 친구의 나쁜 소식에다가, 더위에 불쾌지수, 습도 등등 병이 걸리지 않을 수 없는 환경이 조성된다. 여기에다가 북한 문제는 국민들의 생사와 관련되기에 더욱 신경 쓰이는 소식이다. 최악의 환경이 지속되고 있다. 며칠 전부터 북한산 석탄을 불법으로 수입하였다는 개연성을 도배를 하더니 어제부터는 8월 13일 남북고위급회담이 북한 지역 통일각에서 개최된다는 소식이다.

소식에 따르면 의심이 가는 석탄을 실은 화물선이 러시아를 통하여 원산지를 세탁하고 우리나라 포항과 평택 인천항에 수십 회에 걸쳐 입항하여 하역하였다는 보도다. 그저께까지도 우리의 항구에 머물렀다고 한다. 점점 우려가 심화되고 있다. 가뜩이나 운전을 하는 사람들은 북한 핵의 인질이 된 상황을 즐기는 듯하다. 이를 빌미로 남과 북이 낮은 단계의 연방제에 속도전을 내고 있다. 그리고 절호의 기회로 보고 하루속히 완성할 시점이라 판단하였다고 보인다. 대다수 국민들에게는 독재 항거와 민주화라는 철가면을 쓰고서 거짓 제조와 선동에 총동원되었다. 여기에 나팔수들과 수많은 전위부대들을 동원에 참여하였다. 법치는 길거리에 버려진 쓰레기로 만들었다. 민주주의 꽃이라고 하는 직접선거에 의하여 당선시킨 국민주권도 쓰레기통에 버렸다. 지금까지 무죄 추정을 넘어 2년이 가까워지기까지 조사한 내용을 보면 단 한 건의 죄도 범하지 않았다고 한다. 역대에 가장 청렴한 대통령을 배신자들이 적과 동침으로 탄핵하였다. 이들 무리들은 불법과 거짓선동으로 국민을 기만하였다는 증거들이 차고도 넘쳐난다. 나아가 평화라는 주사로 80%에 가까운 지지를 얻었다. 여기에 이상한 규정 이외의 투표용지와 불법 전자 개표기를 통하여 불법을 적법화로 둔갑시킨 자들이다.

이것이 그들의 민낯이다. 그리고 거짓은 국내를 넘어서 국제적으로 드러나고 있다는데 그 심각성이 있다. 외국을 방문할 때마다, 정통성에 서당개 취급당하면서까지 국제 망신을 시켜도 성공적이라 한다. 핵의 인질이 되었으니 원하면 무조건 시키는 대로 하여야 하는 입장인 모양이다. 먹을 것이 없으니 가지고 와라 하면 줘야 한다. 전기가 부족하니, 달러가 부족하니. 기술이 부족하다고 하면 기타 등등 무조건 주어야 하는 입장이다. 지금까지 쌀이 남아돌았는데 갑자기 쌀값이 올라간다는 것이다. 그것도 40%나 올랐다 하니 이상한 일이 아닌가. 우려들이 여기저기에서 터져 나온다. 북한산 석탄 수입하고 반대급부로 쌀을 주었다는 설이 시중에 파다하게 진실 게임을 하고 있다. 이것은 보통 문제가 아니다. 북한산 석탄 수입과 쌀 지원은 바로 유엔이 정한 안보리 결의 2371호를 위반하였다고 한다. 유엔 결의안은 누구를 위한 결의안인지 국민들은 똑바로 알아야 한다. 첫째로 대한민국을 위한 일이며 두 번째로 북쪽 주민들을 위한 일이라 믿는다. 그리고 세계 평화에 이바지한다는 것이다. 이렇다고 볼 때에는 우리가 제일 먼저 유엔 결의안을 철저히 지키는 것이 유엔의 회원국으로서 의무와 권리를 주장할 수 있다. 이러한 일반적이고도 기초적인 것도 지키지 못하고 무슨 놈의 비핵화를 하겠다는 것인지 이해가 가질 않은 부분이다. 국민들도 유엔 안보리 2371호가 무엇인지 분명히 알아야 한다.

다섯 가지로 크게 분류하는데 그 첫 번째는 외환수입 차단 조치로서 북한산 석탄, 철, 철광석 수출 전면 금지(기존의 제재 확대 강화). 북한산 납, 납 광석, 해산물 수출 금지(신규 제재). 북한과의 합작 사업 신규 및 확대 금지(신규). 북한 해외 노동자 고용 제한 등이다. 두 번째는 WMD 및 재래식 무기 금수로서 북한 WMD 및 재래식 무기 개발에 전용될 수 있는 이중용도 통제 품목 추가. 인터폴에 제재 대상자 관련 특별공지 발부 요청. 셋째 차단 조치로서 북한 제재위에 금지 활동 연관된 선박 지정 권한 부여 및 지정 선박의 입항 불허 의무화. 넷째 제재는 대상 확대다. 북한 핵, 미사일 개발을 지원한 개인 9명 및 단체 4개 신규 제재 대상 지정. 다섯째는 인권으로서 북한 내 거주자들이 처한 극심한 고통에 깊은 우려 표명 등이다. 분명히 첫 번째 조항에는 북한산 석탄이 포함되어있다. 이러고도 무슨 놈의 한미 동맹이며, 한미방위조약이 필요할까 하는 의심이 들기도 한다. 이러한 상황을 놓고 미국에서는 유엔의 제재를 어느 누가 지키려 할 것인가에 심각한 우려를 나타내고 있다고 한다. 당사국인 대한민국이 지키지 않는데 어느 누가 지키려 노력할 것인가, 폴리스 라인은 무너지고 말았다. 미국 조야에서는 한국도 예외 없이 관련 기관이나 기업들에게 세컨더리 조치를 취하여야 한다는 여론이 비등하다고 한다. 얼굴을 들지 못할 지경이다. 벌써 러시아와 중국 이란에서 확대 제재에는 반대한다고 오늘 보도를 보았다. 국내법을 알기를 우습게 알더니 이제는 국제법도 안중에도 없는 모양이다. 나라 걱정하는 촌로의 주장이다.

상식(常識)은 어디 갔나 2018년 8월 11일

사람 사는 세상이 어떤 세상이었으면 좋겠는가 하는 의문이 가끔 생각나기도 한다. 누구나 다 풍요를 꿈꾸면서 열심히 일하는 모습에는 부자가 되기를 꿈꾸는 것일까. 부족함이 없이 차고 넘쳐나는 삶을 위하여 공부도 하고 직장도 가지며 사업도 열심히 하는 것이 아닐까 생각도 해보았다. 높은 지식을 위하여 공부를 열심히 하여 인격적으로 추앙받는 삶도 누구나 꿈꾸고 있는 현실이 아닐까. 연구와 경험을 통하여 새로운 지식을 알아가는 위대한 과학자가 되기를 바라는 삶도 있다. 세상의 이치(理致)를 배워 위대한 정치가의 꿈을 먹고사는 사람도 있다.

흙에 묻혀 땅의 진실을 삶의 가치로 배우는 사람들도 있다. 다원화된 사회에 어느 하나를 집어 이야기하기는 문제가 있는 줄 알지만 그렇더라도 공통의 분모는 분명히 있다고 믿는다. 그것은 바로 상식이 통하는 사회라 말하고 싶다. 빈부를 떠나 지위 고하를 막론하고 강자와 약자를 모두 아우르는 것이 바로 상식으로 살아가는 사회상이 아닐까 생각해 보았다. 주장 주의는 자신의 몫이지만 모두가 공감을 얻는다면 상식이 되는 것이다. 길거리에서 쓰러진 사람을 보았다면 구급차나 아니면 119를 불러서 병원으로 모시는 것이 상식이라 믿고 싶다. 타인의 아픔을 외면하지 말고 나의 아픔으로 보고 도와주는 사회가 바로 상식이 통하는 사회라 생각된다. 지금은 이러한 사건이 발생하면 마치 특종이나 되는 듯 야단법석을 떨고 있다. 보통 누구나 할 수 있는 일인데 마치 몇십 년 만에 처음 보는듯한 모습은 바람직하지 않다고 생각된다. 무엇을 의미하는 일인가. 우리 사회가 얼마나 잘못 인식된 사회인지를, 자신만의 극한의 이기주의에 몰입하였는지 극명하게 말해 주는 것이다. 날마다 일어나는 수많은 사건사고들이 증명하고 있다. 그것들은 상식이 통하지 않은 사회임을 잘 증명하고 있다. 아름다운 미담이라 칭송하는 일을 탓하고자 하는 것은 절대로 아니다.

오염되고 어지러운 세상에 장미꽃 피듯 아름다움을 널리 알려 잠자고 있는 상식이 깨어나기를 바라는 것은 모두의 희망이고 언론의 사명이다. 다만 내가 이야기하고자 하는 것은 양심에 따라서 행함이 너무도 당연한 상식이 지배하는 세상이 되어야 하는데 그렇지 못한 사회를 탓하고자 하는 것이다. 얼마나 잘못된 사회인가를 증명이라도 하는 것 같아 입맛이 쏩쓰레하다. 상식이 통하는 사회였으면 좋겠다. 사회의 구성원들이 대부분 공유하면서 그러리라 믿고 있는 당연히 여기는 가치관이나 또 그렇게 판단하는 것이 상식이 아닐까 한다. 지금처럼 비상식이 만연하여 상식이 된 것처럼 변질된 상식이 통용

되어서는 안 된다는 이야기다. 상식이 어디에 있는지도 찾는 사람도 없고 주의를 환기시키는 사람도 찾기 어렵다. 비정상이 주인 행세를 하는 사회에 어떻게 사는 것이 옳게 사는 것일까? 모두가 고민하고 관심을 가져야 할 것이다. 인(人)은 한 사람일 때에 인(人)이라 표현한다. 그러나, 인(仁) 일 때는 두 사람 이상일 때에는 어떻게 살아야 하는지를 잘 나타내고 있다. 배려하라는 것이 글자의 뜻일 것이다. 사회적 구성원으로서의 책임과 의무는 이웃을 사랑하고 배려함으로써 인세(人歲)를 실현한다고 생각되기에 가타부타 하여 보았다.

마지막 열차 2018년 8월 12일

누구나 마지막 차를 기다려 본 기억이 있을 것이다. 티켓(ticket)을 발부받고 플랫폼을 지나 탑승 장소에서 차를 기다려 본 사람들은 몇 분간의 간절함을 잊지 못할 것이다. 정한 시간이 가까워져 오면 먼발치에 눈이 자주 가면서 기적소리에 귀 기울여 보았을 것이다. 온다는 시간은 지나 자꾸만 연착이 되는데 한 시간이 지날 때쯤이면 당황하기 시작한다. 사고로 혹시나 오지나 않을 것인지 걱정이 꼬리를 문다. 간절함이 지나면 절망이 엄습한다. 오늘은 종 쳤으니 내일까지 어디에서 잠자리를 준비해야 할 것인지 아니면 대합실에서 선잠을 자야 하는 것은 아닌지 온갖 상념에 빠지기도 한다. 이와는 반대로 오늘은 군인 간 장남이 마지막 휴가 온다는 날인데 아침부터 왠지 손에 일이 잡히질 않고 들뜬 마음이다. 전쟁은 끝났다 하지만 아직도 여진이 여기저기에서 들려오는데 남쪽 어디에서는 공비들이 밤에 출몰한다는 소식이다.

마을을 불사르고 양민들을 학살도 한다는 소식도 들리는데 불안한 마음 추슬러 보시는 어머님의 모습이 안타깝기도 하다. 당신의 분신이 생후 처음으로 집을 나가 전쟁터에 나간 지도 몇 년이 지났다. 어디 아픈 데는 없는지 다친 데는 없는지 총알이 빗발치는 전선에서 살아남기를 새벽마다 정화수로 기도하였다. 간절한 기도에 하느님께서 감동하셔서 아들 목숨줄 끊으시지 않고 살려주셨으니 날마다 감사 기도하시는 어머님이다. 주름진 골에 눈물 마를 날이 없었던 그 하늘같은 어머님의 안개 낀 눈동자는 동구 밖 성황당에 머물게 한다. 들마루에 앉아 답답한 마음 부채로 식히는 어머님의 주름진 얼굴이 몹시도 안타깝게 한다.

우리는 지금 어디쯤에서 방황하고 있는 것인가? 마지막 열차를 기다리는 마음이 아닐까. 온다는 기대가 허물어지지는 않을는지 노심초사하는 나의 마음이다. 전하는 소식들은 나락으로 떨어지는 암담한 것들뿐이다. 병아리 날갯짓은 있었으나 보이다 마는 것은 아닌지 안절부절못한다. 피의자로 소환된 놈의 당당한 모습이 나의 희망마저 빼앗아 버리지나 않는지 걱정이다. 북한산 석탄이 불법 수입되었음을 일찍이 알고도 모르겠다는 자물쇠로 채운 그들의 입에서 나온 말씀이 기가 막혔다. 전혀 몰랐다고 한다. 배는 저들 집 안방처럼 드나들며 날마다 오갔는데 당국에서는 몰랐다. 세상 참 쉽게 요리하는 사람들이다. 반대급부로 쌀을 주었다고 한다. 창고에 남아도는 그 많은 농협창고가 텅텅 비었다 한다. 경제로 그들의 목을 죄어 비핵화하고자 하는 유엔의 계획은 실패로 돌아가는 모양새다. 비핵화는 1차적으로 우리나라를 핵 인질로부터 해방시키고자 한 것인데 이 목적을 달성하기 위하여 누구보다도 먼저 솔선하여 지켜야 할 대한민국은 어디에도 없었다. 저들이 상용하는 말처럼 거짓과 선동이 산을 이루어간다는 사실을 저들은 정말로 모르고 있을까. 아니면 알면서 칼자루는 내가 쥐고 있는데 어느 놈이 감히 넘보느냐 하는 오만함이 하늘을 찌르고 있다. 마지막 열차를 기다리는 마음처럼 군인 간 아들이 살아오기를 간절히 바라는 노모님의 희망처럼 특검이 나서야 한다. 나라를 살리겠다는 의지와 국민들의 열화 같은 성화로 불법의 아이콘이 김경수이고 진실은 문재인임을 백일하에 밝혀지기를 간절히 기도한다. 8월 15일은 일제 36년으로부터 해방된 날이며 대한민국을 건국한 날이기도 하다. 이 날은 국민 모두가 경축에 경축을 하여야 하는 날이다. 그런데 불법 집권세력들은 대한민국 건국일을 인정할 수 없다면서 건국기념식도 없다고 한다. 이들의 주장은 임시정부 수립일을 건국일로 보아야 한다는 궤변을 늘어놓고 있다. 대한민국은 유엔의 감시 하에 제헌국회의원들을 뽑는 총선을 실시하였다. 그리고 제헌의회에서 이승만 박사를 초대 대통령으로 뽑아 세계만방에 알린 자유 대한민국 건국일을 부정한다니 대한민국 국민이 아님을 스스로 인정하는 사람들이다. 대한민국을 부정하는 오랑캐들에게 나라의 운전대를 맡긴 결과다. 이들은 지금 핵의 인질 됨을 즐기면서 절호의 기회로 삼아 고려연방제를 이루겠다고 입에 거품을 물고 있다. 그들이 오라면 와야 하고 가라고 하면 가야하며 돈이 없으니 돈 보내라고 하면 언제든지 준비되어있으니 석성할 필요 없다는 식이다. 무엇이든지 말만 하여라 모두 해결해 주겠다. 철도도 개설하고 도로도 뚫어주며 가스관도 매설하고 미국을 설득하여 핵보유국으로 인정하게 해주겠다는 것이다. 국민들은 막차를 기다리는 심정이다. 막차를 놓치면 천인단애와 같은 절벽에 떨어지는 낙엽의 운명이다. 마지막 희망은 잠자고 있는 국민들이다. 국민들이 어떻게 하느냐에 따라서 특검도 양지가 될 것이고, 국민 여론도 돌아설 것이다. 이것은 곧 동맹을 더욱 튼튼히 할 것이며 지지를 얻을 수 있기에 간절히 기다리던 막차도 아들도 돌아올 것이다. 절박함이 머리끝에까지 올라 이 글이라도 쓰지 않으면 내가 나를 용서하지 못할 것 같아 중구부언하였다. 깊은 잠에서 깨어나기를 바라면서.

보이는 것들의 문제 2018년 8월 13일

눈이 있으니 원하던 원하지 않던 보이는 것들의 세상이 즐겁고 기뻐야 할 터인데 그것이 아니다. 온통 붉은 세상이다. 아직도 58%의 지지를 받는다고 한다. 최고치에 비하여 20% 정도 떨어지긴 했지만 아직도 정신 차리지 못한 얼간이들이 만연한 세상인 모양이다. 마치 양철 냄비처럼 금방 달았다 식었다 하는 우리의 국민성을 탓한다고 해결될 일은 아니다. 나의 기준으로는 도저히 납득이 가질 않는다. 수백 번 생각하고 또 생각해 보았지만 이것은 아니다. 어찌하여 아닌 것을 아니라고 말할 수 없는 세상인가. 그것도 아니면 알면서도 그들을 따라갈 수밖에 없는 매력 또는 마력이 그들에게 있다고 보아야 할 것이다. 지난 반역의 무리들, 배신의 무리들과 가진 것에 안주하여 정국을 주도적으로 이끌어가지 못한 정치 폐륜들 때문이라 보아야 할 것이다. 그렇지 않고는 설명이 되질 않는다. 보고 싶지 않은 것들이 자꾸 눈에 밟히는 세상에 있으니 날마다 스트레스만 높아간다. 건

망중이 심하여지니 어제 한 일을 가마득히 잊어버린 개미들이 등을 완전히 돌린 결과다. 아직도 그 배신자들이 살아 정치에 몸담고 있다니 회생 불가능한 병신 집단들이 화면에 매일 비친다. 지지율이 올라갈 수 있는지 없는지 그 원인을 찾아 대수술을 하여도 기사회생할지 의문이다. 이 얼간이들은 국민들이 벌써 모두 잊어버린 줄로 착각을 하는 모양이다. 하루라도 빠르면 빠를수록 좋다. 모두 정치 일선에서 떠나라 그렇지 않고는 그 나물에 그 밥이라 하여 흘러간 영광 꿈도 꾸지 말아야 할 것이다. 칼자루가 아닌 칼날 위에 있다는 것은 절망일 수도 있지만 희망일 수 있다는 것이다. 어떻게 하느냐에 따라서 계속되는 지옥일 수도 천당일 수도 있는 것이 세상 이치다. 기고만장하였던 그들이 국정을 어떻게 추진해왔는지 개미들도 점점 그 실체를 알아가고 있는 기세를 잘 활용하여야 작은 밥상이라도 받을 수 있을 것이다. 세상에는 절대로 공짜는 없다. 심고 가꾸는 대로 결실을 본다는 흙의 진리를 조금이라도 깨우친다면 좋겠다. 지금까지 감나무 밑에서 입만 벌리고 감이 저절로 떨어져 입안으로 들어올 것을 기대하였잖은가. 그러하니 될 일도 안 되는 것이다. 많고 많은 적폐청산에 눈 돌려 보아야 할 것이다. 적폐가 진정으로 적폐인지 적합인지 피나도록 반성하고 터닝 포인트를 찾아보아야 할 것이다.

국정 농단으로 살아있는 권력을 탄핵하고 영어(囹圄)의 몸이 되게 하고도 모자라 죽기를 바라는 무리들의 칼부림에 분명히 불법과 불의와 부당함이 있을 것이기 때문이다. 탈 원전 정책은 국가의 운명을 좌우할 중차대한 문제임에도 결정과정에 정당성을 부여할 수 있는지 설령 적법성과 합리성을 갖추었다 하여도 국격 훼손과 국익에 어떤 영향을 주었는지 알만한 국민들은 모두 알고 있다. 세계 제1의 원전 기술 보유국의 위상은 어디에서 찾아야 할까. 이로 인하여 일어난 직접적인 국고 손실과 국익, 예정되었던 앞으로의 이익도 물거품이 되었는데 누가 책임을 져야 할 것이 아닌가. 나아가 나라 간의 외교 갈등을 초래한 것은 누가 어떻게 책임을 져야 하는지. 아무 설명도 사과도 없었다. 국민은 있으나 마나 한 장식용으로만 보이는 모양이다. 과거 정부가 추진하였던 4대강 사업을 적폐로 몰아 입맛에 맞는 감사기관을 통하여 몇 번의 감사를 하여 부실이라 하였다. 수질 악화의 원흉으로 몰아 국민들을 기만한 죄와 업체와의 커넥션이 있지 않았나 하면서 현미경을 들이대는 모습이 온전한 사람들인지 묻지 않을 수 없다. 그 결과 지금 무엇이 나왔는가? 인근 주민들의 이야기는 생생히 살아있는 증거다. 보(洑)로 인하여 녹조가 더욱 심하여졌다고 수문을 모두 열라는 지시에 열어놓고 보니 수량이 줄어 녹조는 더욱 심하여졌다고 한다.

생태계가 파괴되었다 하였는데 그 근거도 매우 빈약하다고 한다. 생태계는 건천(乾川)이 되니 오히려 더욱 심하여졌다는 것이다. 4대강 보는 다목적 성격을 띠고 있다. 홍수 조절 기능으로 보(洑) 건설 이후에 매년 연례 행사처럼 발생하는 수해 피해로 수많은 국고 손실을 초래하였는데 홍수 피해가 없어졌다고 한다. 낙동강 저 평야 지역의 물 부족으로 영농에 어려움도 깨끗이 해결되었다. 인근 공업지역에 필요한 용수며 생활용수도 해결한 반드시 하여야 할 사업이었다. 5천 년 동안 숙제를 해결한 국책사업을 적폐로 몰았다. 그들의 의식수준이 즉흥적이다. 내가 생각하고 결정하는 것 모두가 옳다고 생각하는 자들의 집단이다. 정책은 연습이 될 수 없다. 바로 국민들에게 그 영향이 돌아가기 때문이다. 그리고 국가에 미치기 때문에 연구실에서 하는 실습의 문제가 아니다. 실패한 경제정책이며, 국방개혁 등등 수많은 정책결정에 국민들의 우려를 지나 절망하기에 이르렀다. 국내외에 검증된 실례와 최고의 전문가 그룹에게 물어 결정하는 것이 실패를 줄이는 최선의 방안이다. 서투른 지식과 인식으로 위원회 공화국을 만들어 비전문가로 구성된 자들이 끼리끼리 내린 결정을 믿고 추진하는 매사가 책임 전가이며 진정으로 적폐의 대상임을 그들은 아직도 모르는가?

집안이 망하려면 2018년 8월 14일

가정이나 나라가 망하려면 자중지란(自中之亂)이 일어나 난파하는 경우가 많다. 조선이 망한 이유도 당파 싸움이 중요한 이유 중에 하나이다. 왕권이 강력하였을 때를 제외하고는 항상 권신(權臣)들 간에 파벌싸움이 국정의 주요 이슈로 등장하였다. 이는 왕권을 약화시켰으며 권신들의 나라가 되었다. 이들 권신들은 약화시킨 왕권을 옆에 끼고 예외 없이 피비린내를 풍기는 사화(士禍)들을 일으켰다. 외적(外賊)은 수시로 국경을 침범하여 양민들을 학살하고 젊은 남녀들을 인질로 잡아가는 위급한 상황에도 관심 밖의 일로하고 오직 싸움으로 권력을 잡느냐에 목숨을 걸었다. 인조는 남한산성에서 59일간 버티었으나 삼배구고두(三拜九叩頭) 즉 세 번 절할 때마다 세 번씩 머리를 땅에 찧도록 하는 굴욕적인 예를 하고 항복하였다. 선조는 왕궁을 버리고 몽진(도망)가는 신세로 전락하여 7년간 나라를 쑥대밭으로 만든 장본인이다. 희대의 성웅 이순신 장군이 아니었더라면 일찍이 천왕의 서자가 되었을 것이다.

　우유부단한 고종은 국권을 상실한 천고의 죄인 반열에 이름을 올렸다. 가정도 마찬가지다. 가장이 가정을 지키려는 확실한 의지에 따라서 흥하기도 하고 패가하는 경우를 너무도 많이 보아왔다. 지나온 과거의 역사는 가정(假定)이란 있을 수 없는 일이고, 앞으로의 갈 길을 안내하는 교본이지만 후인(後人)들은 자만(自慢)과 오만(傲慢)함으로 이를 외면한 결과 우리들에게 "역사는 반복한다"라는 가르침을 주었다. 자유대한민국은 자유민주주의를 표방하여 1948년 8월 15일 제헌의회에서 이승만 박사를 초대 대통령을 선출했다. 그날이 대한민국 건국 기념일이다. 이승만 대통령은 탁월한 정치력으로 해방 후 무질서한 나라를 정돈하면서 암흑 같은 세상에 한줄기 빛이 되었지만 권불 10년이란 말처럼 불법선거와 독재로 4·19라는 학생 의거를 통하여 역사의 뒤안길로 사라졌다. 이후 민주당 정부는 신파 구파로 나누어 집안싸움으로 사사건건 충돌하여 방종(放縱)이 마치 자유(自由)인 것처럼 국정은 한치 앞으로 나아가지 못하여 5·16혁명의 빌미를 제공하였다. 민주당 정부는 조선의 당파싸움 결과를 깨우쳤다면 새로운 역사를 열었을 것이다. 박근혜 정부 역시나 집안싸움으로 정권을 내어주는 참사를 당하였다. 집안 내에서 암묵적으로 뜻을 달리하는 사람들끼리 한 집안 두 살림을 온전히 다스리지 못한 결과다. 자유대한민국 체제를 바꾸려고 하는 붉은 무리들이 천지를 모르고 날뛴다. 국민은 안중에도 없이 반대를 위한 반대만을 일삼아 국정은 올 스톱이 되었다. 마치 과거 민주당 정권의 신파와 구파 간의 싸움을 보는듯하다. 나라가 망해가는 조건들이다. 붉은 무리들은 4년 전부터 국가의 체제를 바꾸려고 준비하여 와신상담(臥薪嘗膽) 중에 있음을 간파하고 적과 내통하여 거사를 하였다. 결국에는 정치 배신자들이 적과 동침하기로 모의하고 탄핵에 성공하였다. 그 결과는 자유 대한민국의 우파의 상징성인 대통령을 파면하였다. 그리고 감옥소에서 지금까지 정치 투쟁을 이어온 사실에 대하여 한 미디의 사과도 반성도 없다. 이들은 역사에 깊이 남을 정유년(丁酉年)의 역적들로 낙인 되었다. 집안싸움이 어떤 결과를 가져오는 것인지 살아있는 교육이 되었다. 곧 잊어지리라 믿는 얼간이들이었으니 배신도 마다하지 않았을 것이다. 한번 배신한 자는 배신을 죄의식 없이 밥 먹듯 한다고 한다. 그들의 머릿속에는 무엇이 저장되었는지 국민적 관심사항이다. 배우기를 잘못 배웠는가. 정치생활을 잘못 하였는지 그 원인이 궁금하지 않을 수 없다. 욕심이 과하면 화를 부른다고 하였다. 그릇은 종지인데 담을 것은 산 같으니 화가 넘쳐버린 결과다. 또 하나의 볼거리들이 정치판에 태동하는 듯하다. 문재인 정부도 기라성 같은 위인들이 휘두르는 칼날이 박근혜 정부의 집안싸움처럼 전철을 밟는 소식들이 들리기 시작하였다. 흘러나온 이야기로는 대통령 말도 안 듣는다는 소리가 돌고 있다. 대통령이 맞는지는 모르지만 그들이 부르는 호칭이다. 무엇을 의미하는 소리인가. 이제 2년이 조금 남는 기간에 손발 맞춰보고 머리와 입도 맞춰보았는데 뜻이 맞지 않아 도저히 함께하기에는 어려워 갈등에 불을 붙인 것이라 믿을 수밖에 없다. 처음부터 지금까지 펼쳤다고 하는 국정은 하나같이 실패삭이었다. 대다수 국민들이 우려하는 바를 그들이라고 모르지는 않을 것이다. 여기저기 누수(漏水) 소리에 화들짝 놀란 책임자들끼리 잘하였느니 잘못하였느니 소리가 들려 나오는 것이다. 세상에 비밀은 없다고 하였다. 빠르나 늦느냐의 시간적인 문제이지 반드시 알려진다는 것은 불변의 진리다. 실정이 워낙 많으니 등을 돌리는 국민들도 많아지고 있다. 위기의식을 느낀 차제에 국면 전환용으로 남북 3차 회담을 하자는데 합의하였다고 한다. 내 생각에는 북한 건국일인 9월 9일에 맞추어 정상회담이 평양에서 하였으면 좋겠다. 그들이 원하는 것 무엇이든지 하자는 대로 하여 왔기에 하는 이야기다. 그래야 평화를 담보할 수 있으니까?

아스팔트의 노성(怒聲) 2018년 8월 16일

  더위는 맹위(猛威)를 떨치고 힘들게 한다. 예전 같으면 광복절에
는 벌써 강원도 일원의 해수욕장들은 철수를 하였는데 하늘도 노(怒)
한 모양이다. 기상관측 이래 처음이라 한다. 8·15 서울 아스팔트 집
회에 참석하고자 하였더니 집사람은 더위에 가지 않았으면 좋겠다
하였다. 혹여라도 건강을 해치지나 않나 하는 염려였다. 노승일 대
장에게 간다는 신청을 하였다. 보수 우익단체들의 통합되지 못한 점
이 아쉽지만 광복절을 기하여 각 단체별 행사 계획이 발표되기도 하
였다. 집사람은 페트병 두 개를 냉동시켜 주었고, 손녀는 손선풍기
를 충전시켜 주었으며 며느리는 팔에 끼는 토시를 주었다. 행장이라
야 별것도 없이 간편한 차림에 집을 나섰다. 차는 해병전우회 주차장
에 주차를 하고 버스에 탑승하였다. 노 대장은 예전이나 지금이나 변
함없이 반갑게 인사를 나누었는데 만난 지 몇 달이 훌쩍 지난듯하다.
예약한 사람들이 한둘씩 탑승하여 11시 5분 전에 출발하여 시가지를
벗어나 탄금 대교를 건너 북 충주 게이트를 벗어나 중부내륙고속도

로에 진입하였다. 노 대장의 인사말씀과 충주에서 버스 두 대로 출발하였으며 우리가 타고 있는 버스에는 38명이 탑승하였다. 준비한 중식 거리로 김밥, 간식용으로 떡, 식수를 배급받았으며 회비 2만 원을 납부하였다. 차량은 숭례문(남대문) 옆 신한은행 앞 도로에 주차를 할 것이니 오후 6시 정각에 귀향할 것이라 하였다. 행사는 서울역에서는 대한애국당 주관으로 제75차 광복절, 건국절, 태극기 대한 애국혁명 특별 집회를 공지하였다. 대한애국당은 공식적으로 제70주년 건국기념식의 실행계획을 발표하였다. 오후 1시에 식전행사, 1시 30분 건국절 기념식, 2시 30분 2부 집회, 3시 30분 행진 시작, 5시 광화문(시청 앞) 3부 집회를 한다고 하였다. 또 광화문에서는 건국 70주년 기념 국가 해체 세력 규탄 범국민대회를 개최한다고 하였다. 걸을 수 있는 사람 모두 나오세요, 손이 있는 사람은 다 태극기 들고, 입이 있는 사람 대한민국을 외치세요, 라는 슬로건으로 오후 1시부터 광화문 광장에 개최한다고 하였다. 1부 행사는 기독교 주관으로 구국 기도회, 2부 행사로 범 국민대회, 3부는 각 단체별 행진의 순서로 진행한다고 공지하였다. 차창 밖 들판에는 벼 이삭들이 피기 시작하였다. 어떤 논배미에는 누렇게 익어 가는 모양이다. 그렇지 않으면 뜨거운 햇볕에 타는 것은 아닌지 바라보는 마음은 즐겁지만 않았다. 밭작물들은 여름 가뭄으로 뜨거운 햇볕에 피해가 심각하여 가격 폭등이 된다고 하였다. 애국자 박승렬 회장님으로부터 연락이 왔다. 집회에 참석하고자 출발하였는데 연락하여 만나자는 소식에 동의하는 답을 하였다. 지정된 장소에 차는 멈추었고 모두 하차하여 각자 선호하는 장소로 이동하였다. 나는 우선 서울역으로 발길을 돌렸다. 날씨는 숨이 멈추도록 괴롭혔으며 종종걸음으로 2번 출구에 도착하니 많은 사람들이 더위에도 출구 계단에 운집한 모습을 바라보면서 밖으로 나오니 마치 콩나물시루처럼 발을 옮기기도 어려웠다. 간신히 사람 사이를 헤쳐 단상에 접근하니 연사들은 열변을 토하고 참석자들은 손뼉과 함성을 외치기 시작하였다. 이곳에 운집한 애국 동지분들은 매주 말마다 태극기집회로 아스팔트를 안방으로 삼아 빅근혜 대통령 무죄 석방과 문재인 탄핵을 외치는 분들이다.

애국 시민들의 노성(怒聲)이 천지를 메아리쳤다. 나라를 지키고자 부르짖는 애국자들이 많기도 많겠지만 이들의 모습을 바라보노라면 나도 모르게 엄숙하여진다. 진정한 애국의 전위 부대들이다. 이곳을 돌아 나와 대한문 앞에서 동지님들과 함께 외쳤으며 광화문 광장에 이르니 수많은 사람들이 햇볕 열기와 더불어 용광로처럼 끓어 올랐다. 같이 온 동료들은 뿔뿔이 흩어져 어디에 있는지 둘러보았지만 기대뿐이었다. 서울에 거주하고 있는 친구들이 매주 집회에 참석하기에 오늘도 분명히 왔을 것으로 보고 김 국장에게 전화하였더니 아니나 다를까 통화가 되었다. 교보빌딩 뒤편에 박 사장과 이휘성 사장과 함께 있다고 하였다. 그곳으로 찾아 오라고 하였다. 전에 한번 간 기억이 있어 찾아 반갑게 인사를 나누었다. 박승렬 회장은 행진에 참여하여 광화문으로 가고 있다 하였다. 도로는 서울역 집회를 마치고 행진에 참여한 애국 인파가 마치 댐이 무너져 쏟아지는 물처럼 끝도 없이 도로를 가득 메웠다. 각 단체별 훈련이 살된 듯 질서 정연히 주장하는 바를 차량이나 각종 현수막, 피켓 머리띠 등등 어디에서 이렇게 준비하였는지 감동되지 않을 수 없었다. 박승렬 회장님에게 내가 있는 곳을 알렸다. 잠시 후에 그를 보았다. 작년도 광화문 집회에서 보고 1년이 지나고도 몇 달이 지났다. 신원이 훤해진 모습은 작년에 비하여 좋아진 느낌이다.

장소를 옮기고자 하여 같이 일어났다. 이곳저곳 찾아 어느 생맥줏집에 자리를 잡았다. 전직이 있어 혹시나 어려운 점은 없었는지 물었더니 아니나 다를까 3번 갔다 왔다고 하였다. 그들의 집요한 관리 방식에 치가 떨리기도 하였다. 매일 소식을 주고받으면서 잘 있다는 느낌은 받았지만 보이지 않는 이면에 또 다른 고통도 있었다는 것을 알게 되었다. 다른 친구들의 이야기며 소식도 듣게 되었고 아직은 자리보전 않고 걸을 수 있는 모습이 좋았다. 우리가 그렇게도 바라는 희망이 꼭 이루어지기를 기도하였다. 우리가 태어나고 자라며 꿈을 키워왔던 자유대한민국이 발전하기까지 우리가 노력한 바를 과소 평과가 되어서는 절대로 용납 되어서는 안 될 것이다. 대대로 영원히 이어가야 하는 당위성이 여기에 있기 때문이다. 건강하시게나 친구야 또 만나세나. 기다려준 애국동지 여러분에게 깊은 감사를 드리면서. 노 대장님 수고 많았습니다.

희망은 어디에 있는 것일까? 2018년 8월 16일

    사람은 항상 어떤 어려운 상황이 닥치더라도 희망을 가지고 살아간다. 희망이 없을 때를 절망적이라 한다. 절망은 존재 의미를 찾을 수 없다는 것이다. 어제는 8·15 광복절과 아울러 자유대한민국 건국 기념일기도 하였다. 수십만 명의 남녀노소를 불문하고 태극기 휘날리면서 소망을 실어 외쳤다. 지난 1년 동안 문재인 정부의 치적은 한마디로 최악의 상황이었다. 무엇 하나 제대로 된 것이 하나도 없다. 정치는 나 홀로 춤추는 독재의 진면목을 보여주었다. 사회는 갈등의 심화를 더욱 부추겨 회생 불가능에 이르게 하였다.

    남북의 문제는 낮은 단계의 연방제를 위한 속도전으로 자유민주주의 질서를 파괴하여 기형을 만들었다. 국가보위는 국방 개혁이라는 미명 아래 무장해제 수준의 만세를 불렀다. 소리 없는 전쟁의 선봉에 서 있는 국정원과 기무사를 해체하였으니 어니에도 희망은 절망적이다. 한미 동맹은 틈새를 만들어 즐기고 있으며. 주한미군은 어서 빨리 철수를 학수고대하고 있다. 전 정부 그리고 전전 정부에 이르기까지 적폐라는 이름으로 정치보복이 날로 심화되는 현상이다. 전직 대통령 두 사람을 감옥소에 보내고 그 추종자들까지 휘두르는 칼춤에 추풍낙엽이 염천의 하늘을 더욱 달구고 있다. 경제는 회생불능 사태까지 이르는 것이 아닌지 우려한다. 잘 나가는 기업을 옥죄어 한국을 탈출하려는 움직임이 대기업에서 중소기업에 이르기까지 줄을 잇는다고 한다. 대표기업인 삼성을 죽이려 하였고, 저임금 인상으로 실업률이 최대치를 경신하였다고 한다. 자영업자들의 폐업이 날로 늘어나 거리로 뛰쳐나오기까지 하였다. 제조업의 가동률도 9년 만에 최저치를 기록하였다. 국민연금을 통하여 대기업의 경영권을 탈취하려 시도를 하였다. 기업을 국유화하고자 분위기를 띄우기도 하였다.

토지공개념을 확대하여 사회주의 경제체제로의 불을 지피기도 하였다. 경제는 세상에 듣도 보도 못한 소득 위주 경제정책이라 하여 실습장으로 삼았으니 제2의 IMF를 경고하는 수준까지 이르렀다. 외교는 국빈 방문이라 하는 곳마다 서당개 취급받는 망신살이 국민의 자존감을 완전히 무너뜨렸다. 법치는 미친 이리가 물어갔는지 찾아보아도 흔적 없다. 김일성 장학금으로 공부하여 고시 패스하였으니 그 보답은 하여야지 않겠는가? 인사가 만사라 하였는데 인사가 개판이 되었으니 국정이 올바로 굴러간다는 것은 애당초부터 기대 밖이었다. 그들에게 굴종하지 않으면 아무것도 이룰 수 없다고 한다. 국가 예산 배분에 특정지역에서 독식하는 현실이다. 세상을 온통 노동자 천국을 만들어 시위 천국을 만들었었다. 초대형급 의문들이 꼬리를 물고 이어지고 있다. 가상화폐는 초미의 관심사로 떠올랐고, 홍진호의 문제도 미궁 속으로 남아있다. 비서실장의 아랍 에미리트 방문의 의문점은 해소되기는커녕 의심만이 증폭되었다. 언론을 정부의 시녀로 만들어 나팔수 역할만 하고 있다. 정론이나 직필은 교본에나 볼 수 있으며 실제로는 거짓을 날조하고 선동의 대명사가 된 것이 자유대한민국의 언론의 모습이다. 비핵화는 우리와는 아무 관련이 없는 듯하고 있다. 비핵화를 위한 아무것도 이루어지지 않은 상태에 퍼주기에 안달이 난 성부냐. 한마디로 경제공동체를 만들고자 기염을 토하고 있다.

유엔의 제재 품목인 석탄을 정부 묵인 하에 수입하고 급부로 쌀을 실어주는 것은 우리끼리만 하자고 한다. 이러니 중국이나 러시아에서는 유엔의 제재는 안중에도 없이 지원에 앞장서고 있다. 한국이 제재를 위반하는 상황인데 우리가 못할 이유가 없다는 것이다. 그러하니 살인마 김정을 살리기에 올인한다. 북한 핵은 우리의 문제가 아니라는 인식이다. 미국을 조준한 것이니 미국과 북한의 문제라고 보는 것이 현 정부의 태도다. 서울을 불바다로 위협하였는데도 애써 부정하고 있다. 무엇이든지 필요한 것 모두 줄 태세를 갖추고 있으니 말만 하라는 식이다.

관세청은 작년도에 북한산 석탄임을 이미 알고 있었는데도 아니라고 발뺌하다가 들통이 났다. 미국에서는 한국이라 하여도 세컨더리 보이콧을 면제할 수 없다는 여론이 의회에서 일어난다고 전한다. 의회가 요구를 하면 정부는 못 이기는 척하면서 제재에 임한다면 막장까지 가는 현상이 올 것이라 전망된다. 이 위기를 모면하려고 제3차 남북 정상회담에 합의하였다. 날짜까지 합의하였다고 북측 대표 리선권은 이야기하였다. 다만 우리의 입장은 협의를 더 하여야 한다고 하였다.

 9월 초순에 내정하였는데 이 기간에 북한 건국기념일인 9월 9일
(구, 구절)에 회담이 이루어진다면 그들의 선전선동에 이용당한다
는 남한 내의 강력한 반대에 부딪치기에 발표를 늦추는 형세다. 모든
것이 저들의 연방제에 맞추어 착착 진행되어왔고 앞으로도 진행되
어 결국에는 대한민국은 역사에서 사라지는 운명을 맞이할런지도 모
를 위난이 닥쳐오고 있다. 오호통재라! 바람 앞에 등불이로다. 이 위
난을 어느 누가 구제하여 줄까? 미국인가, 아니면 중국일까. 그도 아
니면 러시아와 일본일 수도 있겠다. 이것도 아니라면 혹여 북한은 아
닐까. 개꿈 꾸지 말고 생각이라는 것 좀 하고 살자. 어느 누구도 해결
할 수 없다. 있다면 오직 대한민국 국민뿐이다. 설마라는 것 믿다가
나라가 이 지경에 이르게 되었다. 눈 감고 있는 자들, 외면하고 있는
자들, 인정할 수 없다고 하는 자들 모두 일어나도 될동말동한 상황이
다. 가능성은 내 안에서부터 있다고 판단될 때 도와주는 자들도 있다
는 것을 명심하여야 할 것이다. 희망은 바로 우리들에게 있다는 것이
다.

약속을 지키는 일 2018년 8월 17일

개인이든 집단이든 나라 간에도 수많은 약속을 하고 지키면서 생명력을 가지고 활동한다. 그 약속이라는 것 중에 지금 우리에게 최대 관심사는 한미 동맹이라는 것이다. 이 시점에서 한미 동맹의 균열 조짐들이 중요 현안으로 떠오름에 참담한 심정이다. 개인 간의 구두 약속도 아니고 나라와 나라 간의 체결된 조약이다. 곳곳에서 누수 현상은 과거 크고 작은 갈등은 있었지만 이번처럼 우려되는 경우는 없었다는데 그 심각성이 있다. 한미 동맹은 한미방위조약을 이르는 말이다. 이 한미방위조약의 정식 명칭은 〈대한민국과 미합중국 간의 상호방위조약〉을 말한다. 1953년 7월 21일 휴전협정이 체결된 후 그해 10월 1일에 외무장관인 변태영과 덜레스 미 국무장관이 워싱턴 D.C.에서 체결하였고, 이듬해 1954년 11월 18일부터 정식 효력이 발효되었다. 지금까지 64년 동안 한미 동맹이라는 외부로부터 나라를 지켜준 우산이 없었다면 국민들의 안위는 꿈도 꾸지 못하였을 것이다. 한미 동맹의 보호 속에서 오직 잘 살아보자고 열심히 노력하여 세계가 부러워하는 나라로 발전하였다. 세계 최빈국에서 다른 나라를 도와주는 나라로 성장한 사례는 세계사에서 유일하다고 평가받는 자랑스러운 대한민국이다. 그런데 지금 와서 뱃살에 기름이 끼여 보이는 것이 없는 모양이다. 은혜를 모르는 사람이나 민족도 나라도 어느 곳으로부터도 환영받지 못할 것이다. 한마디로 배은망덕한 처사로 보아 그 사회에서 왕따 당하는 천덕꾸러기로 전락할 것이다. 개인 간의 구두 약속도 어기게 되면 싸움이 일어나고 방화나 살인에까지 아니면 법정에까지 이르는 경우를 수시로 보고 있다. 하물며 북한 오랑캐들의 6·25남침에 낙동강 전선까지 밀려 바로 함락될 처지에 미국이 주도하는 유엔군의 개입으로 구사일생하였고, 자유대한민국이 탄생하기까지 절대적인 지지와 후원에 힘입어 5,000년의 장구한 역사 속에 처음으로 오늘에 번영을 이루었는데 이 은혜를 모른다면 사람도 아니고·나라도 아니다. 지금 대한민국 정부는 배은망덕의 길로 달음박질하고 있다. 적어도 나라이기를 포기하였다. 그렇지 않고는 외교안보 특보라는 놈은 대통령이 미군을 나가라고 하면 나가야 했다는 보도를 듣고 보니 곧 대통령이 미군을 철수 시키려고 하는 사전 포석이라 보인다. 사드 배치를 놓고 극심한 사회 갈등을 노출시켜 한미 군사동맹에 씻을 수 없는 상처를 입혔으며, 지나온 세월을 더듬어 보면 미 문화원을 습격을 하고, 대사관 앞에서 수시로 반미 시위를 일삼았다. 성조기는 태워도 구경하는 경찰들의 모습들, 한미 합동훈련을 취소 또는 연기를 하고도 모자라 자체 훈련 계획까지 없는 것으로 하였다.

북한 비핵화의 문제는 미국과 북한의 문제로 보고 방관자적 입장을 보이고 있다. 틈새만 엿보고 기회만 있으면 북쪽을 도와주지 못하여 안달이 나는 정부다. 북 핵개발에 필요한 달러를 김대중 정부와 노무현 정부에서 주었다는 것은 삼척동자도 모두 알고 있는 사실이다. 현 정부에서도 몇 건의 의심되는 사건들이 미제로 남아있다. 소문으로만 나돌고 있는 아랍 에미리트와의 갈등설이 미궁에 있고 가상화폐며, 홍진호 사건 등이 흑막에 쌓여있다. 이것을 어떻게 이해하여야 할까. 과거 박정희 대통령 재임 시 미국은 전방 인계철선에 배치된 미군을 안전한 후방으로 이동 배치하려는 계획이 있었다. 이 계획에 강력 반대한 박정희 대통령과 카트 대통령의 갈등이 있었다. 카터 대통령은 이에 항의하여 미군 일부를 철수한 바는 있지만 곧 원상회복한 전력은 있다. 지금처럼 심화되지는 않았다. 그때는 우리가 필요해서 전방에 그대로 있어달라는 요구였다. 지금과는 정반대의 현상이다. 이제는 당신들은 필요 없으니 철수하였으면 좋겠다는 것이다. 이것이 주사파 정부의 민낯이다. 이제는 노골적으로 드러내 놓고 대북 지원 사업을 추진하고 있다. 그 일례로는 북한산 석탄을 포항과 인천항을 통하여 수십 회에 걸쳐 마치 자기네 안방 드나들 듯 하였다는 것이 백일하에 드러났다. 관세청은 작년도에 이미 북한산이라는 것을 알고 있었음이 쉬쉬하다가 들통 나고 말았다. 정부에서는 전혀 몰랐다고 한다. 두 개 은행과 두 개 기업이 연루되었다는 사실은 알 만한 사람 모두 알고 있는데도 몰랐다. 웃기는 주사파들이다. 1953년 정전 협정 당시에 36,000명의 미군이 6·25선생에서 사망하였고 10만여 명이 부상을 입었다고 하였다. 그들의 젊은 아들들이 왜 이름도 위치도 모르는 곳에서 무엇 때문에 죽었는지도 모르고 죽었을까, 생각이라는 것을 한 번이라도 해보았으면 좋겠다. 북미 간의 협상에서 북한 지역에서 죽은 미군 유해 수십 구가 우리나라를 경유할 때 정부 인사 한사람 보이질 않았다. 당연히 조의를 표하는 일이 있을 것으로 기대하였는데 없었다는 것은 무엇을 의미하는 것일까. 한마디로 한미 간의 온도 차이를 심각하게 느끼지 않을 수 없다. 유엔 제재는 있으나 마나 한 휴지 조각으로 만들었다. 중국이나 러시아도 노골적으로 돕기에 앞장서고 있다. 그제 8·15 경축사에서 남북 경제 공동체를 추진한다고 하였다. 남과 북 간의 우리끼리만 하겠다는 것이다. 얼마 전 미국 국방장관이 방한하여 대통령 면담이 계획되어 있었는데 감기로 취소하였다. 웃기지 않은가. 이번에는 우리나라 산업자원부 장관이 미국 방문하여 미국 상무장관을 면담하고자 하였으나 만나지 못하였다는 보도를 보았다. 그제 미국에서는 8월 15일 건국 기념일에 경축 메시지를 보냈는데 아마도 정부에서는 마음 편치 못하였을 것이다. 우리 정부는 1948년 8월 15일 대한민국 건국 기념일로 보지 않고 있는데 반하여 미국에서는 건국일로 보고 경축사를 보냈으니 한미 간의 현주소를 알만할 것이다. 어떤 경우가 되었던 한미 동맹은 굳건하여야 한다는 당위성은 모두가 인정할 것이라 굳게 믿는 바다. 이것을 위하여 서울역에서 대한문 앞에서 광화문에서 전국 곳곳에서 태극기 휘날리지 않았던가.

유람선과 나의 터 2018년 8월 17일

　어제오늘은 소맷자락 스미는 바람으로 숨쉬기가 한결 수월하여졌다. 거의 날마다 40도에 육박하는 용광로는 숨 쉬고 있으니 살았다 하는 것이지 산송장이나 다름없다. 몸속의 기(氣) 활동이 느슨하니 의식이 희미해지고 사지 육신이 활동이 멈춰진 현상이었는데 어제오늘은 거실이 28도 정도니 살 것만 같다. 열기는 모든 것을 태워버렸다고 한다. 사람도 예외는 없을 것이다. 열사병으로 얼마나 많은 사람들이 희생될 것인지. 생명의 원천인 식수며 농작물들이 말라버렸다니 걱정이 앞선다. 일설에 중국이 티베트 지방에 인공강우를 내리기 위한 조치가 차가운 대기 이동을 막았기에 그 원인이 있지 않았나 보는 사람도 있다. 분명한 것은 기상 관측이래 처음 있는 일이라고 한다. 요사이 대한민국 시국이 경각에 달린 것처럼 위기에 처하였음에도 무지한 백성들의 태도를 보시고 하늘도 노하여 싱벌을 주시는 것은 아닌지 별의별 상념에 들기도 한다. 잔물결이 조용히 일어난 호수의 파란 물만 바라보아도 힘이 나는 듯하다. 하얀 유람선은 물보라를 그리면서 나아가는 모습에 눈동자를 멈추었다. 충주호의 유역면적은 제일 크다, 라고 기억된다. 1985년도 준공식에 전두환 전 대통령께서 참석하셨으니 벌써 35년이 흘렀다. 기대 반 우려 반이 시민들의 마음이다. 일부에서는 호수가 생기면 외지 사람들이 많이 찾아와 지역의 경제에 도움이 될 것이라 기대를 하는 분들도 있었고 수해 걱정도 덜었다 하였다. 물을 이용한 각종 위락시설들이 들어서고 운행될 것에 크게 기대를 하는 모습들이었다. 이와는 다르게 걱정하는 사람들은 물이 많아지니 안개 일수도 많아져 건강과 농작물에 해를 가져올 것이라 우려하는 사람들도 있었다. 보전되어야 할 자연이 훼손되고 수몰되어 마을 떠나는 사람들의 반대도 없지 않았다. 상류로부터 각종 부유물로 홍역을 치를 것이라 우려하는 사람도 있었다.

태어나 35년의 청장년으로 성장하였다. 그때나 지금이나 유람선은 지정한 장소에서 계속 운행되고 있다. 충주호 선착장에서 출발한 배는 국립공원 월악 나루에서 하선하면 월악산 영봉이나 만수봉, 북바위를 등반하는 사람들도 있다. 기암절벽의 자연을 바라보면서 명경지수의 차가운 물에 발을 담그면 보이는 곳마다 선경이요 생각과 느낌은 부처의 세상이다. 마치 세상이 손바닥 안에 있음을 체험하게 될 것이다. 패망한 신라의 마지막 마의태자와 덕주공주의 한이 서린 그림자의 흔적들도 엿보게 될 것이다. 불타버린 천년 고찰 미래에 오실 미륵불의 찬란한 불교문화의 발자취도 덤으로 탐방하게 될 것이다. 또 신라 사람들이 삼국 통일의 꿈을 갖고 처음으로 개설한 하늘제를 직접 발로 밟아보면서 그들의 꿈을 생각해 보기도 한다. 그들은 동해안 구석진 곳에서 부족들이 모여 나라를 세우고 통일의 거대한 야망을 이루고자 처음으로 소백산으로 통하는 길을 개척하였다. 한강을 수중에 넣고 통일의 꿈을 실현한 역사의 현장을 보게 될 것이다. 지역 특산물을 안주로 하여 막걸리 한 잔 쭉 들이키고 수안보 온천욕으로 피로를 말끔히 풀고 집으로 가는 여행객들도 있다. 사람 살기에 참으로 좋은 고장이라 늘 생각하여왔다. 내기 이 아름다운 고장에 정착한 것이 1969년이었으니 내년이면 만 50년이 되는 해다. 지천명의 세월이 흘렀다. 새파란 30도 안 되는 나이에 와서 뿌리박고 산지가 반세기다. 10년이면 강산도 변한다고 하였는데 무려 다섯 번이나 변하였다. 아직도 바라볼 수 있고 오관(五官)에 이상 없으니 부모님과 하나님에게 항상 감사하여야겠다고 마음은 있으나 실행이 잘 되지 않는다. 때로는 나 자신이 싫어지기도 한다. 거울에 비친 내 모습은 낯선 노인 한 사람을 보는듯하니 허접한 마음이다. 곱다고 하던 얼굴에는 잔도와 대도가 여기저기 흔적을 남기고 있다. 머리에는 언제 찾아왔는지 하얀 백설이 되었다. 몸도 마음도 늙어가는 가 보다 의식하면서도 애써 아니라고 하지만 세월을 이기는 사람은 없다는 것은 인정하기가 쉽지 않다. 아직도 마음속 한구석에는 오만(傲慢)함이 남아있는 듯 생각하면 쓴 웃을 짖기도 하는 늙은이에 불과하다. 그러나 생각에 생각을 할 수 있는 능력을 주셨으니 어찌 아니 고맙다 하지 않을 수 있겠는가. 더위도 가고 시절도 풍년이 되어 이 땅에 살고 있는 모든 사람들의 웃음이 넘쳐났으면 좋겠다. 날마다 풍년가가 골골마다 사람마다 불리기를 기다리는 심정이다. 비록 시금은 암울하여 한치 앞을 바라볼 수 없는 절망적일지라도 희망을 가졌으면 좋겠다. 마귀들이 천지를 좌지우지하면서 선한 백성들의 생살여탈권을 쥐고 있는 고통을 당할지라도 희망의 싹을 틔웠으면 좋겠다. 동서남북 20분 내외 아름다운 풍경들은 내 삶의 터전이며 동력이었고 스승이었다.

금봉산(金鳳山)을 주산(主山)으로 하고 좌청룡(左靑龍)에 대림산(大林山) 우백호(右白虎)에 계명산(鷄鳴山) 안산(案山)에 대문산(大門山)이 둘러 진치고 있는 속에 분지로서의 사람 살기에 이상적인 곳에 시가지가 있다. 수안보 온천을 비롯하여 앙성 탄산온천이며 살미면 문강 유황온천 등 삼색 온천으로 국내는 물론이며 세계적으로 알려진 온천 도시다. 또한 탄금대 일원에 새로이 시설한 충주 라이트월드가 세계에서 가장 큰 규모의 빛이 빚어낸 환상적인 관광지로서의 각광을 받고 있기도 하다. 사통팔달 국도와 고속도로망이 연결되어 국내 어디에서나 두세 시간이면 연결되는 국토의 중심도시이다. 그래서 신라 사람들이 통일하고 이곳에 중원경을 설치하여 중앙 탑을 세웠다. 국보로 지정 보존하고 있다. 이 땅은 지금도 마찬가지이지만 그 옛날에는 삼국이 서로 차치하려고 쟁탈하던 전략적 요충 지역이다.

역시나 역사관과 가치관이 2018년 8월 18일

지난 8월 15일 광복절 대통령의 경축사에 국민들의 귀와 눈을 의심케 하는 대목이 있었다. "광복은 밖에서 주어진 것이 아니다. 선열들의 죽음을 무릅쓰고 함께 싸워 이겨낸 결과다." 입에서 뱉는 말이 다 말이 아니다. 우리 선조들께서 죽음으로 독립 투쟁을 한 것은 역사가 증명한다. 이를 부정하는 것은 절대 아니다. 다만 우리의 항일 투쟁에 굴복하여 일제가 항복하였는가? 일본 천왕의 항복 메시지는 라디오 주파수를 통하여 전 세계에 알렸다. 거기에 조선인들의 항일투쟁에 의거 항복한다고 하였는가? 미조리 함상에서 맥아더 사령관이 일본의 항복문서에 조인하였는데 맥아더 사령관이 조선을 대표해서 조인을 하였는지 반문하지 않을 수 없다. 경축사는 역사적인 기록물이 된다. 국민들을 위무하고 긍지를 심어주기 위한 것이라도 대통령이 할 이야기는 아니다. 훗날 우리의 젊은 세대들이 장성하여 이 경축사를 보았을 때 우리 대통령께서 어찌하여 이런 말씀을 하였을까? 평가는 그들의 몫이지만 철저한 고증과 증거 없이 왜곡된 역사를 가르쳤을 때 또 다른 문제들이 일어남을 역사는 증언하고 있다. 일본은 대동아 공영권을 목표로 조선을 침략하고 2차 세계대전의 주역으로 등장한다. 이에 맞선 주요 국제연합국(미국, 영국, 프랑스, 중국)은 전쟁의 원흉 추축국(나치 독일, 일본 제국, 이탈리아 왕국) 과의 전쟁에서 승리하게 된다. 일본제국의 결정적인 항복의 원인은 원폭 두 발에 항복하였다고 역사는 기록하고 있다. 광복은 타의(연합국)에 의하여 우리에게 주어진 것이 맞다. 이것이 올바른 역사다. 조선 500년의 역사를 돌아보면 우리는 항상 사후 약방 문하는 치세(治世)를 보였다. 병자호란이 그렇고 임진왜란이 그러하며 한일 합병이 또한 씻을 수 없는 오욕(汚辱)이 되었다. 날만 새면 공리공론(空理空論)에서 거짓을 생산하고 가공하는 것이 일과였다. 정적을 마치 원수처럼 적으로 돌려 죽이고 몰아내는 정치가들이 나라를 다스렸다. 외적의 침입은 나중이고 우선 정적부터 치기 위하여 몸부림친 역사다. 일본이 항복하면서 항복문서에 아베 노부유키 총독의 남긴 저주(1945. 9. 9)는 국민 모두가 기억하고 반성하여야 할 것이다.

"우리는 패했지만 조선은 승리한 것이 아니다. 장담하건대, 조선인이 제정신을 차리고 찬란하고 위대했던 옛 조선의 영광을 되찾으려면 100년이란 세월이 훨씬 더 걸릴 것이다. 우리 일본은 조선민에게 총과 대포보다 무서운 '식민교육'을 심어 놓았다. 결국은 서로 이간질하며 노예적 삶을 살 것이다. 보라! 실로 조선은 위대했고 찬란했지만 현재 조선은 결국 '식민교육'의 노예로 전락할 것이다. 그리고 '아베 노부유키'는 다시 돌아온다."

이 무서운 저주를 보고도 정신 차리지 못한다면 이 땅을 떠나야 할 것이다. 지금 우리의 현실은 어떠한지 기막힌 그의 선견지명이 아닌가. 마치 그의 저주를 맞습니다, 라고 확인시켜 주는 것이 되었다. 촛불이란 휘장을 치고 나라의 체제를 바꾸려는 악의 무리들이 혹세무민(惑世誣民) 한 국민들을 현혹시켰다. 김일성 주체사상을 신봉하는 무리들은 민주주의와 평화, 그리고 정의를 구현한다는 가짜 명분을 내세웠다. 그리고 그들로 하여금 인민재판으로 죄 없는 대통령을 탄핵하고도 모자라 감옥소에서 죽기를 학수고대하고 있다. 그들은 이것을 민주주의를 회복하고 정의를 구현하기 위한 촛불 혁명이라 하였다. 독재가 거한지도 수십 년이 지났고 정의는 살아 숨 쉬는데 촛불 혁명이라고, 듣는 소가 웃을 일이다. 촛불 반역이 적절한 표현이라 본다. 아베 노부유키의 저주가 73년이 지난 오늘에도 살아 웃고 있지나 않을까 한다. 우리의 현실이 너무나도 그의 저주를 따르는 것 같아서다. 남과 북은 일촉즉발의 위기상항이 계속되고 있고, 이념 갈등으로 동서남북이 갈가리 찢어졌으니 이러고도 정신 차리지 못하고 있다. 정치는 사라진지 오래되었고 뒷간에서 나는 구린내만 풍기고 있다. 정치판은 있는데 정치는 없어졌고 협의하고 합의는 하여야지만 잊힌 지도 언제인지 기억도 가물가물하다.

정의는 땅으로 숨었는지 하늘로 올랐는지 사전에나 있는 단어가 되었다. 법치는 김일성 장학금 영향으로 독재자의 혓바닥이 되었다. 미풍양속은 눈뜨고 찾아보아도 흔적이 없다. 온통 비방과 저주만이 가득할 뿐이다. 식민지 사관은 아직도 우리늘 의식 속에 살아 활동하고 있다. 신 북방 정책이라는 것이 그를 증명하고 있다. 누구 말처럼 내가 하는 것은 정의이고 당신들이 하는 짓은 불의(不義)라고 한다.

수백 번 외쳐보았지만 마이동풍(馬耳東風)이다. 어쩌나 잘난 사람들이 많은지 남의 말에 귀 기울이면 바보가 되는 모양이다. 오직 자신의 주장만이 옳고 진리라는 것처럼 오만(傲慢)이 하늘 위에 있다 하겠다. 자신의 행위는 진정한 자유(自由)이고 남이 하는 자유는 방종(放縱)으로 몰아 매장시키는 사회다. 안방까지 내주면서 평화를 구걸하는 사태까지 이르렀다. 적폐도 태산처럼 쌓여만 가고 국정 농단도 끝이 보이질 않는다. 오늘 내가 하는 한마디는 공중으로 사라진다고 생각하지 말자. 한 마디 두 마디가 모이면 여론이 되고 여론은 곧 힘을 발하게 된다. 말하지 않는다고 중간은 간다는 생각은 일찍이 거두시길 바란다. 기회주의는 더욱 나쁘다고 하니 약이 되는 소리 할 때 더위도 무서워 저만치 도망갈 것이다.

한강의 기적 꿈이었나 2018년 8월 18일

요사이 우리나라 사람들에게 그렇게도 자랑스러웠고 긍지감을 주었던 한강의 기적이란 말은 들어본지도 얼마나 되었지 가늠조차 되질 않는다. 대통령은 8·15광복 경축사에서 남북 경제공동체를 주장하였다. 실제로 공동체가 이루어진다면 향후 30년간 170조의 부가가치를 창출한다, 라고 하였다. 대통령의 셈법에 이상이 있는 것은 아닌지 검색해 볼 필요가 있다. 복잡하게 생각할 것 없이 산술평균으로 초등생도 가능하다. 30년에 170조면 10년에는 약 57조 원이고 1년에는 5조 7천억 정도다. 우리나라 1년 예산은 400조가 넘고 있다. 여기에 비하면 누구 말처럼 새 발의 피 정도다. 지구촌에는 몇 개의 경제공동체가 있다. 경제공동체는 어느 지역에서 수개의 나라들이 번영을 기하고자 다자 간에 경제적 협조를 위한 협력체를 이르는 새로운 경제석 블록을 말한다. 서로 간에 부과하던 관세의 장벽을 폐지하고 자본이나 노동이 자유롭게 이동하여 서로 간의 보완적인 선순환 자유 시장경제 원리에 입각함으로써 공동의 번영을 이루겠다는 목표이다.

먼저 유라시아 경제공동체가 2000년 10월 10일에 설립된 국제기구다. 회원국의 면면을 보면 벨 라루스, 카자흐스탄. 키르기스스탄. 러시아. 타지키스탄 5개국으로 사무국은 모스크바에 두고 있다. 이들은 과거 구소련의 위성국들로 회원국 간의 무비자 자유이동을 보장하고, 대학의 상호 입학을 허용하며 학위를 서로 인증한다는 성과를 거두었다고 전한다. 유럽경제공동체는 1957년 3월 25일 벨기에 프랑스, 독일, 이탈리아, 룩셈부르크, 네덜란드 6개국이 경제통합을 위하여 설립하였다가 1967년에는 영국, 아일랜드, 덴마크, 그리스, 스페인, 포르투갈이 합류하여 유럽공동체로 이행되었다. 다시 1993년에 유럽연합이 발족하기에 이르렀다. 아프리카 대륙에서도 서아프리카 경제공동체가 1975년 15개국이 합의하여 발족한 경제공동체가 있다.

남북의 경제공동체를 이루려면 군사적, 경제적 정치적 사회적 문화적 유사성을 확보한 연후에 가시적인 성과를 거양할 것이기에 어떤 정치적 목적에서 나온 이야기로 볼 수밖에 없다. 가장 큰 선행조건은 북의 비핵화가 우선되어야 하며 다음으로 정치와 사회체제가 자유시장경제 원리에 맞게 조정되어야 할 것이다. 경축사에서 밝힌 남과 북이 경제공동체가 가능하리라 믿는 국민은 주사파와 종북주의자들을 제외하고는 아마도 없으리라 믿는다.

제안의 배경은 어디에 있는 것일까? 문재인 정부가 추구하는 연방제하에서 경제공동체를 의미하는 것은 아닐까. 두 개의 연방 국가를 인정한다고 볼 때 가능성이 있다고 보인다. 그렇지 않다면 실현 가능성이 없는데도 왜 주장하였을까. 남북 간, 북미 간에 주변국들에게 또 다른 국면을 조성하기 위하여 던져본 정치적 목적이 있는 것은 아닌지 두고 볼 문제다. 가장 큰 문제는 비핵화가 가능하리라 믿는다면 착각이나 꿈을 꾸는 사람들이라 믿기 때문이다. 유엔이 미국이 그렇게도 제재를 가하여도 아니라고 그들은 주장한다. 서투른 감상주의에 빠져 그들이 주장하는 바를 곧이곧게 믿는다면 유치원 수준밖에 안될 것이기 때문에다. 4·27 판문점 회담과 6·12 싱가포르 회담 이후 비핵화에 진전된 것은 아무것도 없다. 말잔치만 무성하였다. 시간은 그들에게 유리한 방향으로 흘러가고 있다. 제재는 곳곳에서 구멍이 뚫리는데 우리나라가 앞장섰다. 이러하니 중국도 러시아도 자신들이 좋든 싫든 제재에 동의하였지만 휴지조각으로 만들고 위반하고 있다. 배를 째라는 식이다. 이런 상황에 미국이 무엇을 할 수 있겠는가. 그들에게 이용당하고 농락당하였다고 볼 수밖에 없는 실정이다. 분명한 것은 한반도에 두 개의 국가가 있다는 것이다. 설익은 그림으로 천금 같은 시간을 낭비하지 않았으면 좋겠다. 남과 북의 문제는 우리끼리 만의 문제는 더욱 아니다. 주변국들과 동맹들이 함께 풀어야 할 장기적인 과제이며 역사적인 안목으로 접근하는 것이 솔로몬의 지혜라 믿고 있다. 선무당이 사람 잡는 우를 범하지 않았으면 좋겠다. 우리가 그렇게도 자랑했던 한강의 기적은 다시 한번 더 이룰 수는 없는 것인지에 국력을 집중하여야 할 것이다. 국력 집중이 제1의 과제라면 방해는 어디에 있는지 찾아야 할 것이다. 그리고 문세가 있다면 지혜를 모아 문제를 해결하는 것이 첩경일 것이다. 여(與)든 야(野)든 그 문제의 심각성을 모두 다 알고 있다. 알고 있으면서도 모르쇠로 딴지만 걸고 있는 형국이 지속되고 있다. 그 암덩이를 제거만 한다면 여건은 충분히 조성될 수 있다고 확신한다. 자신감만 심어준 다면 어느 누구도 상상할 수 없는 성과를 이룩할 수 있는 역량을 가지고 있기 때문이라 굳게 믿는다. 이 시대에 위대한 영웅은 바로 자신이 전부가 아니란 것이다. 대한민국 국민 모두가 영웅이 되어야 하는 것이다. 그리고 길을 찾는 자의 몫이 될 것이다. 아무리 생각해도 가지고 있는 것 놓으면 해결된다. 불법적이고 부당한 방법으로 체득된 모든 것을 놓는 자가 21세기의 영웅이 되는 것이다. 다른 사람이 밝히면 영원한 죄인일 수밖에 없지만 스스로 놓는다면 길이길이 칭송받을 불멸의 영웅이기 때문이다. 누가 할 것인가. 자신밖에 없다.

쓰나미는 진행 중 2018년 8월 19일

겉은 멀쩡해 보이지만 속은 다 문드러졌네, 라는 말들을 들어본 기억들이 있을 것이다. 요사이 생활이 윤택해지고 의료체제가 그런대로 잘 되어 있다. 그만큼 병원 문턱이 낮아졌다는 이야기다. 감기라도 걸리게 되면 무조건 병원을 찾게 되니 평균수명 연장이라는 특효가 나타나고 있는 세상이다. 그러하니 100세 시대가 눈앞에 왔다는 것이다. 특히 노년층들이 건강에 관심들이 많아 열심히 관리하고 있다. 10년은 젊어 보이는구나, 비결이 무엇인가 물음에 대한 답변이 겉으로는 매우 건강해 보이지만 내부로는 아픈 곳이 많다는 표현일 것이다. 어느 집이든 식단은 건강과 관련된 식단으로 짜여졌다는 것을 쉽게 확인이 가능하다. 개인의 시간 관리도 건강에 초점을 맞추어 관리되고 있다. 국가뿐만 아니라 기업이나 각 사회 조직망에서도 건강 관련 시스템이 확산되어 관심만 가진다면 직은 비용으로 관리할 수 있는 분야가 사회 전반에 걸쳐서 많이 깔려있다. 이러다 보니 자네 무슨 운동으로 소일하나 어느 클럽에서 즐기느냐 등의 인사가 오간다. 각종 정보망에도 건강이 최고의 인기 프로로 등장하였다. 즐길수 있는 기회도 누구나 갖고 있다. 건강 식단에다 열심히 운동하고 여행하는 기회가 늘어나니 수명연장은 당연한 결과이다. 이것이 오늘을 살아가는 노인들의 희망이다. 좋은 것 먹고 운동 열심히 하면서 즐거운 여행도 하여 오래 살다가 고통 없이 가는 것이 꿈일 것이다. 지금 우리는 어디쯤 와있는 것일까? 모두가 다는 아닐지라도 대부분은 이에 동의한다고 보인다. 그런데 이웃사촌이 땅 사면 배 아파한다는 말처럼 방해꾼들이 쥐구멍에서 기어 나와 쓰나미처럼 생채기를 입히고 있다. 그 심각성이 도를 넘어 선지도 꽤나 오래되었다. 무엇이든지 대부분이 그렇겠지만 애초부터 적극적으로 대처하였다면 좋았을 것을 버스 지난 뒤에 후회를 하게 된다. 몇 년 전에 있지도 않은 광우병으로 난동을 부렸으니 설마 이번에도 그렇게 까지야 하겠는가 라는 안이한 대처가 국가적 위난을 초래하게 되었다. 우리는 항상 그래왔다. 지난 중요 사건들은 모두 우습게 알아왔다. 옛날 사람들이 무엇을 알겠나 하는 오만함이 나라를 거들 내었다. 세상사에서 가장 저주받아야 할 사람들을 배신자(背信者)라 하였다. 천 년 전의 고려 태조는 훈요십조(訓要十條)로 후세에 배신을 경계하였다. 그중에 〈8조에는 차현(車峴) 이남, 공주강(公州江) 바깥의 산형 지세가 모두 본주(本主)를 배역(背逆)해 인심 또한 그러하니 저 아랫녘의 군민이 조정에 참여해 왕후(王侯), 국척(國戚)과 혼인을 맺고 정권을 잡으면 혹 나라를 어지럽히거나, 혹 통합의 원한을 품고 반역을 감행할 것이다. 또 일찍이 관노비나 진, 역의 잡역에 속했던 자가 혹 세력가에 투신하여 요역(徭役)을 면하거나, 혹 왕후, 궁원에 붙어서 간교한 말을 하며 권세를 잡고 정사를 문란하게 해 재변을 일으키는 자가 있을 것이니, 비록 양민이라도 벼슬자리에 있어 용사하지 못하게 하라.)(위키백과사전 인용)

　후세 사람들에게 그렇게 경고를 하고 명을 하였는데 무시한 결과가 국가체제가 위태로운 경지에 이르렀다. 수신사로 보냈던 사람들이 돌아와서 한 사람은 침략할 것이라고 하였고 다른 사람은 할 기미를 보지 못하였다고 하였다. 결과는 7년 전쟁에 남아있을 것이 하나도 없이 잿더미가 되었다. 이런 경우가 하나 둘이 아니라는 데 우리는 으레 그런 사람들이라는데 심한 자괴감마저 든다. 외적의 침입은 항상 제일 가까운 곳에서의 침입이다. 980회가 넘는 침입은 모두가 제일 가까운 적들로부터 당하였다. 이렇게 당하기까지의 원인 제공은 언제나 내부의 균열로 이어졌다는데 당신은 어떻게 생각하시는가. 소 잃고 외양간 고치면 무엇에 쓸 것인가. 배신자들은 오래전부터 적과 동침하여 탄핵을 모의하고 실행에 옮겼다. 지은 죄가 하나도 없는 대통령을 감옥소에 보내고 죽기만을 학수고대하는 천벌을 받을 놈들이라 역사는 반드시 증언할 것이다. 북쪽은 엄연히 유엔에 가입된 국가이다. 우리가 북을 대할 때는 언제나 동족이라는 감상을 앞세웠다. 북을 대할 때는 기본이 조선민주주의 인민공화국과 대한민국과 국가 간의 입장에서 이루어져야 하는데 그것이 아니고 항상 그들은 민족을 앞세웠다. 단추부터 잘못 꿰었으니 항상 침략을 당하였고 양보하고 퍼주고 지원하여왔다. 그것이 북 핵개발을 촉신시켰나. 저들의 말은 핵은 민족공동의 성과물이라 함에 알게 모르게 동의하는 입장을 의심하지 않을 수 없다. 만에 하나 이것이 사실이라면 비핵화는 애당초부터 없는 것이나 다름이 없다. 민족 공동체를 염두에 두고 연방제에 목을 메는 꼴이 되었다. 수십 년 전부터 민족공동체를 이루기 위하여 지하 조직망이 구축되어 공산주의 변형으로 태어난 김일성 주체사상에 우리 젊은이들의 심취되었다. 이들은 주요 변환기마다 지하에서 기어 나왔다.

독재 타도를 위한 양의 탈을 쓰고 평화와 민주세력들로 둔갑하여 국민을 선동하고 기만하였다. 이제 그들의 세력은 드디어 불법적인 정권을 쟁취하고 나라를 쑥대밭을 만들고 있다. 그것은 마치 거대한 쓰나미가 되어 사회 구석구석 암세포 퍼지듯 치유가 가능할지도 의심이 가게끔 할퀴고 있다. 자연발생 쓰나미는 시간이 지나면 당연히 해소가 되겠지만 이들이 일으킨 인간 쓰나미는 해소의 기미가 보이질 않는다는데 고민이 깊어지고 있다. 해결 과제는 이미 나와 있다. 어떻게 실행할 것인가에 지혜를 모아야 할 것이다.

돌아올 수 없는 다리 2018년 8월 20일

지금 금강산 온정리에서는 남북 이산가족 만남이 진행되고 있다. 만남의 당사자들이야 통곡하여도 모자랄 지난 세월이었다. 건널 수도 없었고 돌아갈 수는 더욱 없는 다리를 건넌지도 셈하기도 어렵다. 많은 세월이 흘러갔다. 그래도 남아있는 마지막 기름 한방울의 에너지를 믿고 잃어버린 세월과 혈육을 만날 것이다. 평생을 꿈속에서 매일 밤 그려본 그쪽 땅에 발을 딛는 감회는 흥분되기에 충분한 조건이다. 그리고 오매불망 잃어버린 핏줄 만난다는 기대감에 다른 여타의 것들은 하얀 백치가 되었을 것이다. 전쟁의 부산물이다. 원흉은 어디에서 찾아야 하는지 분명하지만 희미하여지는 의식은 세월의 거리감을 좁혀주는 만남이다. 기대만큼의 효과를 이룰지는 미지수다. 6·25 전쟁에 피아간 200만 명 이상이 죽었다고 전쟁사는 기록하고 있다. 일부에서는 이를 한국전쟁으로 보는 시각들이 많이있다. 분명히 한국전쟁이란 표현은 적절한 표현이 아니다. 유엔군이 참전하였고 소련 중공, 이북이 일으킨 전쟁인데 어찌하여 한국전쟁인가? 민주주의와 공산주의의 전쟁이며 유엔군과 공산군과의 전쟁이 옳은 표현일 것이다. 스탈린의 남진정책에 따라서 김일성을 사주하고 어린 병사들을 훈련시켜 소련의 무기들을 앞세워 1950년 6월 25일 새벽 4시를 기하여 일제히 남침한 전쟁임을 전 세계가 다 알고 있다. 소련의 전쟁 물자와 군사고문단들 그리고 중공의 병사들이 그 원흉이다. 이것은 소련의 비밀문서 해지에 따른 드러난 역사다. 아직도 거짓을 선동하는 세력들은 아니라고 한다. 남침이 아니고 북침이라고 어린아이들을 교육한다니 조선시대로 착각하는 모양이다. 인간 세상에서 가장 참혹한 것이 전쟁이라는 것을 누구나 알고 있다. 그간의 이룬 문화와 번영 그리고 부모 자식은 물론이며 형제자매 모두 쓸려간다. 남아있는 것이 없다. 일천만 이산가족 발생의 근본적인 진원지가 바로 그들이다. 그들에게 전쟁배상을 요구하여야 할 당위성마저 무시한 현 정부의 태도에 참을 수 없는 굴욕감을 느끼게 한다. 항상 그들의 갑질에 놀아나는 모습이 불쌍하게 보이기 시작하였다. 대화하자고 애걸하였고, 그들의 마음 그슬리는 일이 없는지 말 한마디에 초조해하는 모습, 달라고 하면 무조건 주겠다고 약속하는 정부, 북미 간 대화에 적극 적으로 운전해달라니 기다렸다고 하였다. 특사를 보내고 저들의 계획에 첨가하여 비핵화 의지가 있다는 먹잇감을 줌으로써 북미 간의 대화는 이루어졌지만 남과 북의 기만전술에 함께 춤춘 꼴이 되어버렸다. 이제 그 실체가 점점 드러나고 있다. 우리말에 서당개 3년이면 풍월을 한다고 하였는데 서당개 노릇한지 9년이 되었는데도 큰 길에 어린아이 내놓은 초조함은 날이 갈수록 더하여진다. 가만히 있기만 하여도 괜찮을 일을 먹고 살기위한 방책인지 아니면 이념의 문제인지 모르지만 괜히 평지풍파를 일으키는 것보다 나을 것이다. 매사 국민을 팔아 장사를 하여왔는데, 민주주의와 평화를 팔아 국민을 기만하였다. 이것이 그들의 실체다. 우리 국민을 위하는 것도 아니며, 북한의 인민을 위하는 것은 더욱 아니다. 오직 인민을 개, 돼지 취급하는 집권층들을 위하여 존재하는 모습이다. 이제 며칠은 이산가족 상봉이라는 먹잇감을 던져 주었으니 비난의 칼날은 무디어질 것이라 기대할 것이다.

유엔 제재와 미국의 제재를 교묘하게 피해 갔다고 하는 것들이 그들의 정보망으로 확인하는 과정에 드러났다고 하는데 어떻게 피할 것인지에 고민이 있을 것이다. 북한 석탄 수입은 드러난 대표적인 사례다. 이것 말고도 비밀로 추진한 것을 포함하여 검증한다고 하니 초비상 상태가 아닐 수 없다. 벌써 한미 군사동맹은 있으나 마나 하는 단계에 전락되었다, 라고 보아야 할 것이다. 용산 미군기지가 평택으로 이전한 것을 두고 떠난 용산 기지를 국민의 품으로 돌아왔다고 하였다. 같은 말이라도 아와 어가 다른 것처럼 가려가면 하여야 하는데 이북에 대해서는 말 한마디까지 조심하는 것처럼 예를 갖추는 것이 정도일 것이다. 마치 지금까지 미군이 용산 기지를 점령한 점령군으로 보는 시각이다. 평택으로 이전한 땅은 또 미군이 점령하였다는 표현이 되어야 할 것이기 때문이다. 그들이 왜 멀고 먼 한국 땅에 있어야 하는지 분명히 국민들은 알아야 한다. 문재인 정부의 동맹국을 보는 시각은 확실하게 퇴색되었다는 표현이 성납일 것이다. 한미 간의 갈등이 표출될 기미가 보일 때면 또 다른 이슈를 만들어 발표함으로써 좁혀오는 위기를 피해 가기에 총력을 모을 것으로 보인다. 그것은 제3차 남북정상회담을 9월 중에 한다고 하였으니 세기의 이목을 그곳에 집중시키는 전략으로 보인다. 이제는 문재인 정부의 목표는 분명하여졌다. 연방제에 목숨을 걸었다고 보아야 할 것이다. 지금까지 국정을 추진한 각종 아젠다를 보면 명확한 답변을 얻었을 것이다. 아직도 된장인지 똥인지 분간 못하는 어리석은 백성들이 문제다. 그들은 이제 돌아올 수 없는 다리를 건넜다. 무슨 구구한 변명도 통하지 않을 단계다. 신영복 선생을 존경한다. 월님에서 미군의 패망 소식에 희열을 느꼈다. 이승만 대통령, 박정희 대통령 묘소 참배 한 적이 없는 사람이 월남을 공산화시킨 호지명을 알현하였다. 신 북방 정책으로 친 중, 친 러시아로 새로운 역학관계를 맺고자 시도하는 일련의 과정은 되돌릴 수 없는 다리를 건너고 말았다. 그들은 이제 남아있는 국민들을 상대로 선전 포고만을 앞두고 있다. 해 보나 마나 하는 싸움으로 필승함으로써 대한민국은 역사에서 사라질 것이기에 참담한 심정이다.

정치는 어디로 갔는가 2018년 8월 21일

　사람들이 많이 사용하는 단어 중에 정치(政治)라는 말이 있다. 나라에서 정치를 잘 하고 있으니 태평성대야. 그러니 백성이 편안하게 잠자리에 들 수 있잖아. 또 정치가 실종(失踪)된 모양이다. 이렇게 불안한 나날을 보내야 하니 말일세, 요사이 너무나 혼돈스러워 정치가 있는지 없는지도 잘 모르겠다는. 또는 정치가 개차반이야 등의 말들이 회자(膾炙)되기도 한다. 정치에 대하여 학문적으로 배워보지도 못했지만 정치란 백성들을 편안하게 살게 하는 것이라 믿고 있다. 좀 구체적으로 말한다면, 나라를 잘 다스려 백성들의 사람다운 생활을 하도록 하기 위하여 서로 간의 갈등을 조절하고 통합하며 사회질서를 안정시키고 적(敵)으로부터 국민의 생명과 재산을 보호하는 일이 정치일 것이라 생각된다. 아주 옛날에 살았던 맹자는 왕도정치(王道政治)를 실현하고자 주장하였다. 요지는 민생을 안정시키고 사람다운 삶을 추구하고자 하였다. 즉 힘과 무력에 의한 강제 해결이 아닌 통치자의 인격(人格)과 덕(德)의 감화력에 의한 평화적이며 순리적인 해결을 목적으로 하는 정치사상이라 한다. 여기서 왕도(王道)란 말은 공평무사(公平無私)한 중용(中庸)의 정치 이념을 의미하는 것이라고 한다. 한마디로 치자(治者)의 높은 인격과 후덕한 덕으로 정치를 하여야 한다는 말이다. 다른 말로는 인의(仁義)를 바탕으로 한 도덕정치(道德政治)론을 주장한 것이다. 지금 우리의 정치는 어디쯤에 와있는 것일까? 국가를 이루는 3대 요소가 국민, 주권, 영토라고 배웠는데 국민은 있기는 있는 것인가. 좌파들을 지지하는 자들만 국민이 된 세상이 오래되었다. 뜻이 다르고 반대한다고 무차별 정치탄압의 현실을 보고 있다. 불법 천국을 만든 촛불집회는 혁명이라는 표현을 하면서 태극기 집회는 누구 집 개 짖는 소리냐 하는 식이다. 우파를 지지하는 모든 세력을 국민이라 보지 않고 있다는 것이다. 나라 안에는 광역 16개, 시도(市道) 가있다. 이 중에 특정지역(전라도)에 거주하는 사람만이 국민 대접을 하고 다른 지역의 주민들은 자국민 대접을 받지 못하는 것은 고사하고 적폐(積幣)로 몰아 탄압의 대상이 되었다. 나라를 구성하는 국민 중에 일부 지역 사람과 좌파적 뜻을 함께하는 사람만이 국민이라는 것이다. 새로운 귀족 클래스가 탄생하였다. 이들 외에는 모두가 받들어 모시는 들러리일 수밖에 없는 현실이다. 주권은 정의롭게 사용되고 있는 것인가. 주권자들이 올바른 주권을 사용할 수 있는 여건들을 조성하였는지 의문이 이어지고 있다. 공정한 규칙에서 정당한 게임을 하였는지는 수많은 사람들이 아니라고 하지만 들은 척도 안한다. 거짓을 날조 재생산하여 선전선동으로 국민의식을 호도한 상황이라 한다. 불법으로 이루어진 게임을 정당하다고 할 수는 없다는 것이다. 이를 바로잡고자 살인적인 더위도 마다하지 않고 태극기 휘날리면서 주장하지만 거들떠보지도 않는 반국민적 정치행태를 보고 있다. 심지어 투표용지의 불법성과 불법 전자개표기를 사용하였다는 증거들이 인터넷을 통하여 도배하였지만 어떤 조치도 하였다는 소식 듣지 못하였다. 나라도 없고 국민도 주권자도 없다. 우리의 국토가 온전히 지키며 보전되고 있는 것인가에 대하여 수많은 국민들은 아니라고 한다. 일본은 독도를 저들 영토라고 수시로 주장하여 외교적 갈등이 지속되고 있고, 서해 NLL을 공동어로 구역으로 하자고 제안한 것은 대통령의 권한을 포기한 처사일 것이다. 국민들이 대한민국 영토를 마음대로 주고받고 하여도 된다는 권한을 부여하였는지 묻지 않을 수 없다. 중국은 서해 바다를 저들 안방처럼 들락날락하면서 어족들 씨를 말리고 있다. 이어도 인근 항공 식별 구역을 허가 없이 왔다 갔다 하는 것은 너들 정도는 마음대로 가지고 놀아도 된다는 노골적인 침략이다. 이런 현실을 우려와 개탄하지 않을 수 없다. 그뿐만 아니다. 나라를 지키는 국방은 개혁이란 이름으로 무장 해지하는 수준을 보고 얼마 안 가서 연방제가 현실로 다가온다는 느낌이다. 전방의 GP를 철수한다. 전차 방호벽을 없앤다. 철책을 걷는다. 전방 1개 사단을 줄인다. 사병 복무연한을 18개월로 단축한다. 드디어 기무사의 간판을 내리고 말았다. 영토는 누가 무엇을 가지고 지킬 것인지 조기에 자주국방을 한다면서 한미연합사를 없애고 미군을 철수시켜 한미 동맹을 무력화하고자 착착 진행되고 있다. 비무장지대를 공동으로 이용하고사 하는 이야기도 들린다. 어느 것 하나도 충격이 아닐 수 없다. 누누이 말하지만 북은 절대로 비핵화하지 않을 것이다. 나같이 무지한 사람도 훤하게 보이는데 적어도 나라를 경영하는 전문가 집단들이 이를 모르고 있다는 것은 도저히 납득이 가질 않는다. 알면서도 밀고 나간다면 분명한 것 아닌가. 우리끼리 잘 해보자는 것이다. 우리끼리 한다고 정말로 잘 되리라 믿는 자는 별로 없을 것이기에 더욱 화가 난다. 우리가 이룬 모든 것 다 주어서라도 평화만 지킬 수만 있다면 하겠다는 배짱이 크다. 지금까지 기만행위가 어떤 대가를 치를 것인지 철저하게 대비하여야 할 것이다. 미국과 유엔은 결코 묵인하지 않을 것이고 반드시 응징이 따를 것이다. 창피하여 쥐구멍이라도 있으면 숨고 싶은 심정이다. 손뼉칠 일 하나라도 나왔으면 좋겠다. 나라를 구성하는 핵심인 3대 요소 국민, 주권, 영토 어느 것 하나라도 국민들의 갈급함과 우려함을 해소시켜 주었으면 얼마나 좋겠는지 기대뿐이다.

70세의 성인병 2018년 8월 22일

　나이가 많아지면 각종 질병들로 고생한다. 관리를 잘못하면 생명을 잃기도 한다. 요사이 놀랄만한 의료기술의 발달로 평균 기대수명도 80을 넘었다 하고 100세 시대를 앞두고 있다고 한다. 멀지 않은 장래에는 신(神)의 영역을 넘어 질병 완전 극복의 시대를 기대한다고들 한다. 성인병은 중년 이후의 발생하는 병들의 총칭을 이르는 말이다. 각종 암이나 당뇨병, 심장질환이며 신장병과 고혈압 등은 나이가 많은 어른들에게 발생하는 병으로 노인병 또는 문명병이라고도 불린다. 과학은 알지 못하는 미지의 세계를 환하게 밝혀주기도 하지만 반대로 잘못 이용하여 인류의 생존에도 크게 영향을 미친다. 몸담고 있는 지구는 단 하나뿐인데 또 다른 재난이 될는지는 이용하는 사람들의 손에 달린 것이다. 1948년 8월 15일이 대한민국 건국기념일이다. 만 70세에 이른 나이다. 공자는 나이 70을 종심소욕불유구(從心所欲不踰矩)라 하였다. 마음 가는 대로 행하여도 이치에 그르침이 없다고 하였다.

이 말씀은 정상에서 아래를 내려다볼 수 있는 위치에 올랐다는 말이다. 진리에 이르렀다. 신의 영역에 가까워졌다는 말이다. 건국 70년인데 아니라고 한다. 대부분의 사람들이 건국이라 하는데 반대하는 사람들로 갈라졌다. 그들은 상해 임시정부 수립일이 건국일이라고 한다. 임시정부가 국민의 동의를 받고 활동한 것인지를 생각한다면 명확한 답이 나온다. 대한민국의 건국은 1948년 5월 10일 유엔의 감시 하에 남한에서 총선거를 하고 선출된 제헌국회의원이 국회를 소집하여 이승만 박사를 초대 대통령으로 선출하면서 그해 8월 15일 광복절에 국회에서 선사를 하고 세계만방에 공포한 날이다. 이날이 대한민국 건국일이다. 그런데 좌파세력들은 아니라 하고 금번 건국기념일에 기념식도 하지 않았다. 현 정부의 역사왜곡은 깊은 중병에 걸렸다. 인체는 동맥과 정맥이 있어 그 흐름의 속도가 원활하여야 각종 영양분을 공급하여 건강을 유지하는데 피가 흘러가는 통로가 주사파들의 통제 아래에 있어 성인병이 만연하고 있다. 민주노총, 전교조, 참여연대, 천주교 정의사회구현사제단, 진보적 기독교 단체, 불교단체 사이비 종교단체 등 종교단체를 비롯하여 이념화에 깊숙이 빠진 좌파단체들과 시민단체들, 범 종북 세력과, 지하에서 암약하는 세작들이 혈관을 막고 있다.

이러하니 심혈관병을 비롯하여 각종 현대 문명병이 생명까지 위협받고 있다. 경제는 최악의 상태로 질주하고 있다. 각종 경제 지표들이 이를 증명하고 있는데 아니라고 변명을 일삼고 있으며 특히 최저임금 인상과 근로시간 52시간 단축으로 탄탄한 아스팔트 같은 경제도 균열이 심해지고 있으며 17년 만에 청년 실업은 최고치를 경신하였다. 자영업자들은 주사파 정부의 최대 지지세력들인데 이들이 못 살겠다며 폐업을 하고 거리로 뛰쳐나왔다. 기업환경은 강성노조와 반 기업 정책으로 더욱 악화되어 떠나는 기업들이 날로 늘어나며 투자할 외국 기업들도 강성노조들로 발길을 돌리고 있는지도 꽤나 오래되었다. 물가는 천정부지로 뛰어 삶의 질이 퇴보하는 마당에 경제팀들이 합창을 노래해도 모자랄 판인데 딴소리들만이 들린다. 취업 증가는 사상 최저치인 5,000명이라 발표되었다. 급기야 제2의 IMF를 경고하는 사태까지 왔지만 소득주도 경제정책의 기조는 견지한다는 소식이다. 70세의 나이에 대한민국이 주사파 경제인들의 한계를 드러내었다고 보아야 할 것이다. 경제 어려운 상황은 안중에도 없고 엄연한 적들인 김정은을 도와주지 못해 안달이 나있다. 북한 석탄을 러시아에서 원산지를 둔갑시키고 포항과 인천항에 다량 수입하였다니 입이 다물어지질 않는다. 석탄 대금은 쌀로 지불하였다고 하는데 아니라고 한다. 현물거래는 아니며 석탄 대금은 별도로 신용장 발부 처에서 송금되었을 것이며 쌀은 별도로 북송되었다고 한다는데 동의한다. 창고에 가득한 쌀 30만 톤이 증발하여 쌀값 폭등이 가계(家計)에 압박을 가져왔다고 한다. 석탄은 약 66억 원에 비하여 쌀은 1,400억으로 추정됨으로 쌀을 무상으로 퍼주었다는 주장들이 인터넷에 돌고 있다. 원전 포기로 국격은 땅에 떨어졌고 수십조에 달하는 수주액이 계약 직전에 사라졌으며 전기 요금 고지를 받은 시민들은 말 그대로 전기료 폭탄을 맞았다고 아우성이다. 국민의 삶의 가치는 하향곡신을 그리고 사회질서는 무너진지 오래되었으며, 질서를 유지하는 마지막 보루인 법치는 발바닥에 밟은 지도 언제인지 기억도 나질 않는다. 언로는 완전히 좌 편향되어 국민들의 알 권리가 몰수된 지도 까마득하다. 외눈 가진 원숭이 사회에 두 눈 가진 원숭이가 병신 취급 당하는 것처럼 거짓은 산처럼 쌓여가니 마치 진실로 착각하는 사회가 되었다. 정의라는 가치는 괴물로 변하여 어느 구석에 처박혀 있는지도 모른다. 입만 열면 조정하고 통합한다고 하면서 누구와 조정하고 통합하였는지 죽기 전에 보았으면 좋겠다. 나라를 지키는 국방은 있으나 마나 명목만 남은 국방이다. 교육은 특히 초등교단은 참혹할 정도로 붉게 물들었다. 이들이 자라서 성인이 되었을 때 이 나라가 어떻게 될지는 보지 않아도 훤해진다.

역사와 문화도 모두가 좌편향 되어 불치의 병이 되었다. 외교는 있으나 마나 한 나 홀로 외교로 정통성을 상실하였고, 한미 동맹은 최대의 위기를 맞이하고 있다. 이 모든 원인은 어디에 있을까? 대북 정책에서 나라의 구석구석이 터지고 곪아 썩어 문드러지며 외과적 내과적 대수술을 하여도 회생할 수 있을는지도 의심이 간다. 이제는 각오하여야 할 때이다. 죽을 것인지 살 것인지.

그림자는 하늘을 가리고 2018년 8월 23일

태풍 '솔릭'이 한반도로 다가오고 있다. 최대풍속 39m/s 속도로 접근하고 있다, 한반도를 관통한다는 예보를 시시각각하고 있다. 일년 중 몇 개의 태풍이 한반도 인근에 직간접 영향을 주기도 하였는데 금년에는 처음으로 '솔릭'이 직접 강타한다고 하니 초비상 상태다. 거대한 파도와 태풍은 잔인하게 모든 것을 쓸어버린다. 사람들의 생활 터전이 있었는지도 모를 정도로 폐허만 남기기도 한다. 하나님께서 마치 극악한 인간의 죄를 물어 물로 심판한 흔적을 연상케 한다.

오늘을 살아가는 대한민국의 어리석은 백성들의 지은 죄가 태산처럼 쌓여 태풍 '솔릭'으로 심판하는 것은 아닌지 기대 반 우려 반이다. 날마다 유례없는 더위로 지은 죄를 물었는데 달라진 모습은 어디에도 나타나지 않았다. 이에 노(怒) 하심이 태풍으로 징벌하시고자 하는 뜻은 아닌지 자성(自省)하여야 히겠다. 주체사상으로 똘똘 뭉쳐진 문재인 정부는 하늘같이 받들어 모시는 교주 김정은에게 굴신(屈身)하여 모든 정책들의 결정은 북한 정권을 도와 살리는데 있다. 손바닥으로 하늘을 가려보았지만 이제는 모든 국민들이 알고 있다. 지난해 5월 9일 보궐선거는 불법선거였음이 백일하에 드러났다. 불법으로 찬탈된 권력은 구석구석 적폐청산으로 또는 변형된 위원회라는 인민재판으로 처단하였다. 세상이 바뀌었을 때 자신들의 책임을 회피하기 위하여 수도 없는 위원회(TF 팀)를 어중이떠중이들로 구성하여 선무당의 칼 춤추듯 하였다. 교주 김정은의 검은 그림자는 하늘을 가리었다. 간혹 띄엄띄엄 햇살이 보이지만 곧장 검은 그림자에 가리고 있는 현실이다. 진정으로 문재인 정부가 갈망하는 곳으로 흡수되어 자유대한민국이 사라지는 것은 아닌지 우려가 날로 증폭된다. 4·27 남북정상회담 후속 조치를 이행하고자 개성공단에 연락사무소가 설치되고 유류와 전기를 공급한다는 보도는 매우 걱정이 앞선다.

미국은 비핵화와 보조를 맞추어야 하는데 북은 비핵화에는 안중에도 없는 상황임에 난색을 표한다고 한다. 그것은 우리가 사용할 것이기에 유엔 제재와는 아무런 관련이 없다는 괴변이다. 대북 관련 정책은 비핵화에 맞추어져있어야 하는데 비핵화는 우리와는 아무런 관련이 없는 모습이다. 비핵화가 미국을 위한 비핵화인 것처럼 하는 태도는 납득이 가질 않은 기만의 술책이라 볼 수밖에 없다. 북 핵의 인질이 되었는데도, 주사파 정부는 아니라고 한다. 서울 불바다를 만든다고 협박하였는데도 연평도 포격을 맞고 민군의 사상자가 발생하였다. 서해해전을 치루고 천안함이 두 쪽이 나 46명의 아군이 수장되었다. NLL 경계선을 수시로 침범하는 것을 외면하고 있고, 휴전선 목함지뢰에 두 명의 병사가 영구 불구가 되기도 하였다. 이 모든 침범의 주범인 북의 김영철이라는 놈이, 국민연금 800조 중에 200조를 주어야 한다는 주장이 인터넷을 달구고 있는데도 핵과는 관련이 없다. 도로망도 연결하고 확장 또는 개설한다고 하며 철로도 개설한다는 보도에 아연실색을 하지 않을 수밖에 없다. 북은 아무것도 변한 것이 없다. 오히려 핵 개발에 더욱 박차를 가하고 있는 정보들이 보도되고 있는데도 모르쇠로 나간다. 유엔 제재는 안중에도 없다. 불법적 거래를 가장 잘 대처해야 할 대한민국이 전 방위로 유엔 제재를 스스로 어기고 있다.

이러니 중국이나 러시아도 육지에서 해상에서 금지 품목을 불법적으로 거래하고 있다. 한국도 하고 있는데 우리는 왜 못하느냐는 항변이다. 주사파 정부의 지금까지 국정 추진상황은 분명해졌다. 고려연방제에 올인하고 있다는 것이다. 북쪽을 하나의 연방정부로 또 남쪽에도 하나의 연방정부로 인정하고 이들 연방정부 위에 외교와 국방을 행사할 조절 기능을 책임질 위원회를 둔다는 것이다. 이 위원회 산하에 담당할 몇 개의 기구를 두어 실무를 수행하게 될 것이다. 나아가 이 위원회를 통하여 남북 간의 총선을 실시하여 하나의 국가로 통합을 꾀하자는 계획인데 이는 바로 적화통일이다. 통합 대통령선거는 어떤 모습일까? 북측에서 출마자는 딱 1사람일 것이다. 두 사람 이상 출마할 구조가 아니라는 것은 세상 사람이 다 알고 있는 사실이다. 남쪽은 어떠한가. 모름지기 몰라도 아마 10여 명이 출마한다고 본다면 누가 당선될 수 있을 것인지 초등생도 알 수 있는 일이다. 이것을 하고자 주사파 정부는 국민은 안중에도 없고 오직 그들의 시녀가 되겠다고 한다. 문재인 정부는 현재의 시국을 100년 전 조선말 개화기로 되돌려 놓았다. 사대하던 청나라는 지금 중국으로 변하였고,

일본은 미국으로 변한 것이 너무도 판박이가 아닌가 한다. 역사는 반복된다는 말이 사실로 증명되었다.

청나라에 사대하던 것을 신 북방 정책으로 중국에 사대하겠다고 하였으니 앞으로 모든 문제는 그들에게 허가나 승인을 받아 목숨을 부지할 수 있는 것이 아니겠는가. 개화파의 숙청으로 일본을 배척한 것처럼 친미파들을 거세하기 위하여 한미 동맹까지 무력화시켜 미군을 몰아내고자 하고 있다. 이 계획을 이루기 위하여 9월에 제3차 남북정상회담을 평양에서 개최키로 합의하였다. 가장 이상적인 나의 논픽션은 북한 건국기념일인 9월 9일에 맞추어 중국의 시진핑과 러시아도 초청하여 남과 북 중국 러시아 수장들이 건국기념을 축하하면서 6·25전쟁 종전선언을 하겠다는 발표로 미국을 압박할 것이 가장 이상적이라 보인다. 미국을 끌어들이기 위해서는 선물이 필요할 것이다. 예를 들면 11월 중간 선거를 앞둔 미국은 핵관련 성과를 내기 위하여 요구한 핵 관련 기록물을 넘겨주는 조건으로 종전선언이 성사가 된다면 아마도 9부 능선에 올랐다고 보아야 할 것이다. 다음 수순은 유엔군 사령부 해체 그리고 미군 철수로 이어질 것이다. 이것이 문재인 정부의 고려연방제 실현을 위한 몸부림이다.

비온 뒤에 햇볕 들고 땅 굳는다 2018년 8월 23일

캄캄하던 먹장구름은 물을 먹은 알갱이들이 결국에는 제 몸무게를 못 이겨 물방울이 되어 떨어진다. 세상 이치가 이와 같다. 나라를 온통 검은 악마의 속으로 감추려고 하지만 차고 넘치면 변화하고자 하는 것은 하나님 창조의 위대한 뜻이다. 모자라면 채워주시고 넘치면 조정하는 것이 진리다. 나는 길이요 진리며 영원한 생명이라 하셨다. 귀에 딱지가 앉도록 들었고 입으로 말하였다. 지난 5,000년의 굶주림을 해결하려고 잘 살아보자고 외쳤기에 오늘의 풍요를 이룬 것이다. 그저 하늘에서 공짜로 떨어진 부가 풍요가 아니다. 세상에는 공짜는 없다. 얻는 만큼의 노력 없이는 어느 것 하나도 이루어지지 않는 것이다. 한강의 기적이랄 만큼 온 세계인이 부러워한 대한민국을 공짜로 넘겨주려는 무리들이 블루하우스에서 진치고 작당을 밤낮 가리지 않고 있다. 이들은 7~80년대의 민주화라는 날을 쓰고 반정부 투쟁을 일삼았던 운동권 출신들이다. 지하에서 공산주의 사상에 심취하였으며 종주국 구소련이 무너지자 길 잃은 아이처럼 방황을 거듭하였다.

새로 변형된 주체사상에 진로를 바꿔 세를 확장하였다.

또한 사회 불만세력들을 끌어들이고 교단을 점령하기 위하여 지도교사를 양성하였고 어린 학생들을 세뇌시켰으며 차세대 투사로 양성하기에도 게을리하지 않았다. 노동 현장의 불만세력들과 노동자 세상을 꿈꾸는 자들 속에 파고들어 이념화에 성공을 거두고 크나큰 원군을 얻기도 하였다. 뜻을 같이하는 지식인들과도 연대하여 이념적 스승을 모시기도 하였다. 건국 70년을 돌아보면 김재규의 하극상으로 위대한 박정희 대통령이 서거하자, 구시대는 지나가고 새로운 시대가 도래 하였다면서 80년의 봄이 돌아왔다고 노래하였다. 40대 기수론을 부르짖던 김영삼 김대중은 마치 대통령이 다 된 듯 사회는 극히 혼란으로 접어들기 시작하였다. 이를 본 신군부는 쿠데타를 일으켜 국가 안정을 이루고자 하였다. 물질적 성장 그늘에 가려진 정신문화는 답보되어 각종의 사회병리 현상들이 나타났다. 이곳저곳에서 불만이 터져 나왔다. 이를 무마하려는 기득권 세력들이 가장 쉬운 물리력으로 진압하는 과정에서 아스팔트는 달라 올랐다. 독재 타도에 기치를 세운 일부 정치 모리배들 지원하에 이들이 기생하기에 절호의 기회였다. 이념화된 불온세력들은 전면에 등장한다. 또한 남한 사회에 정착된 세작들과 지원세력으로 남파된 무장 괴뢰들은 히틀러의 선전장관인 괴벨스를 능가하였다.

선전선동에 양민들이 참혹한 희생을 당하였다. 이를 두고 5.18 폭동, 5·18항쟁. 5·18민주화라 불리며 아직도 정리되지 못한 숙제로 남아있다. 자유는 이름뿐이었고 무질서의 극치를 보여주었다. 한 시대가 거하고 새로운 시대를 열었다. 질서를 회복하고 망가지는 경제를 살리기에 전력을 기울인 결과 시민들의 생활은 윤택하여지고 사회는 안정이 되었다. 조직폭력배들과 지역의 토호로 질서를 어지럽게 한 자들, 사이비 종교인과 사이비 언론인들, 사회의 지탄이 된 지식인들까지 일소하였다. 지금 생각해 보니 그때 그 시절이 제일 안정된 시기였다고 보인다. 88올림픽이 유치되었으며 나라가 안정이 되고 경제는 성장 속도가 붙어 한 번 더 업그레이드가 되었다. 또 새로운 정치 계절이 도래되었다. 수많은 민주화의 탈을 쓴 세력들은 1987년 6월 29일 광장으로 몰려나와 대통령선거 직선제를 쟁취하는 6·29선언이 나왔다. 민주화의 길고 긴 투쟁은 막을 고하였다. 이후 김영삼, 김대중, 노무현에 이르기까지 15년간 좌파세력들이 권력의 전면에 등장한다. 이념화된 세력들의 천국이 도래되었다. 남북 간의 통일이 가까워진 것처럼 민주화 대신에 평화를 앞세워 햇볕정책을 한다고 회담을 하면서 북의 핵 개발에 필요한 자금을 주기도 하였다. 오늘 우리가 핵의 인질이 된 주요 원인이다. 특히나 문재인 정부는 등장하면서 오직 연방제 실현에 목을 메고 있다.

그들은 이제 와서 물러설 수도 없는 데까지 너무 깊숙이 들어왔다. 출구가 보이질 않는다. 오직 가는 길밖에 없다는데 걱정이 앞선다. 자유대한민국이 그들의 계획대로 연방제로 간다고 믿거나 동의하는 자 별로 없다고 확신한다. 자유의 물을 마셔본 자들은 절대로 아니라고 장담한다. 그 첫째 이유는 자유민주주의 체제의 우월성이다. 둘째 우리는 교육수준이 세계적이기 때문이다. 셋째 공산주의들의 행패를 옆에서 보고 체득하였기 때문이다. 넷째 우리의 풍요는 그들의 세계를 절대로 동정하지 않기 때문이다. 다섯째는 국제적 정통성이 우리에게 있기 때문이다. 여섯째 국방은 동맹국 미국의 지원으로 상당 수준의 현대화가 이루어졌고, 한미 군사동맹이 보장하기 때문이다. 일곱째 국력의 차이가 크기 때문이다. 여덟째는 미국은 결단코 미국의 국익을 위해 대한민국을 버리지 못할 것이기 때문이다. 왜냐하면 트럼프는 미국이 한국에 쏟은 애정이 너무나 크기 때문에 버렸다는 정치적 부담은 결코 하지 않을 것이라는 확신이 미국인들의 의식세계이기 때문이다. 아홉 번째 결코 애치슨 장관이 주장한 방어선으로 후퇴하지 않을 것이라 보이기 때문이다. 열 번째 그들에게는 아직도 청교도 정신이 지배 사상이기 때문이다. 분명한 것은 우리의 주사파 정부는 몽상에서 헤어나지 못하고 머물러있는 수준이라 생각되다.

지나가는 복병 2018년 8월 24일

제19호 태풍이 지나가고 있다. 며칠 전부터 모든 언론들과 정부 산하 기관들이 총동원되어 태풍 대비에 만전을 기하라는 보도를 하였다. '솔릭'은 중심기압 965Pa(헥토파스칼)로서 최대 풍속이 39m/s의 중형 태풍이라 하였다. 태풍은 매년 몇 개가 한반도를 스쳐 지나거나 직접 관통하면서 많은 피해를 주기도 하는 자연의 복병이다. 금년에 처음 오는 '솔릭'에 대하여 언론 보도는 과잉보도가 아닌가 하는 생각이 들기도 한다. 마치 누구의 사주를 받은 것처럼 일색이라는데 하는 이야기다. 거짓과 날조에 대명사가 되어버린 언론들의 보도는 신뢰할 수 없기 때문이다. 믿음이 한번 깨어지면 회복하기에는 많은 노력과 시간이 소요된다. 그래서 더욱 믿을 수 없다는 것이다. 기상정보는 오보가 많았다. 비가 온다고 하였는데 강력한 태풍이 온다고 보도하였는데 잘못된 경우를 많이 보아왔기에 별로 이상할 것도 없다.

언론의 과잉보도로 마음이 개운치를 않는다. 과잉보도를 위하여 알지 못하는 힘이 작용한 것은 아닌지 의심이 가는 대목이다. 자연이 하는 일을 인간의 능력으로 정확히 맞추는 데는 한계가 분명히 있을 것이다. 정확도를 높이고자 슈퍼컴퓨터를 도입하고 나라 간의 공조도 확대하였으나 오보의 오명을 벗어날 수 없는 모양이다. 하늘에서 움직이는 기류와 기압 온도 풍향 등등은 수시로 변화하는 예측 불가능하기에 항상 오보는 있게 마련이다. 목요일 손자 손녀가 초등학교 5학년 3학년인데 수업을 마치고 집에 와서 하는 이야기가 할아버지 내일은 학교에 안 가도 되요, 라는 말을 들었다. 왜냐고 물었더니 태풍 때문이란다. 채널을 열고 이쪽저쪽 돌려보았으나 한결같이 내일 오전 9시경 이 지역을 통과한다는 보도였다. 아 그래서 하루 휴학하는가 보다 싶으면서 걱정이 앞섰다. 많은 피해를 감수하여야 하는데 특히 농작물에 막대한 피해를 가져올 것을 생각하니 좌불안석이었다. 내가 직접 농사를 짓는 것도 아닌데 왜 이럴까, 아마도 과거 그 분야에서 근무해 보았기에 동병상련(同病相憐)의 마음인 것 같다. 결실기가 가까워오는 때에 태풍이 쓸어버린다면 일 년 농사가 파경이 될 것이다. 년초 농협에서 영농자금 대출받아서 논밭 갈고 씨 뿌려 거름 주고 김매고 소독하면서 알뜰 살뜰 가꾸었다.

성장기에는 용광로 같은 폭염에 용수 부족으로 노심초사(勞心焦思) 하였는데 이제 무서운 폭염도 지나가려나, 하는 찰나에 또 악마 같이 무서운 태풍이 이 지역을 통과한다고 하니 잠자지 못한 농민들을 생각하니 남의 일 같지 않았다. 주렁주렁 달린 과일들은 폭염으로 열과에 시름이 태산이었는데 또 태풍으로 쓸어버린다면 수확할 열매가 있을는지 의문이 된다. 누렇게 익어가는 벼 이삭을 볼라치면 상했던 마음 다소 위안이 되겠지만 이 또한 바람으로 도복(倒伏)이 된다면 수확은 보나 마나 한 것이다. 밭작물들도 말라비틀어져 생육이 말이 아니니 풍년은 고사하고도 먹고살기도 어려워질 것에 염려가 된다. 날이 바뀌어 오늘 아침 기상예보를 보니 모든 언론들이 마치 무엇에 홀린 듯 태풍 보도의 광적인 모습을 보이니 누가 신뢰할 수 있겠느냐 하는 마음이다. 실제 이곳에 태풍은 없었다. 평소에 부는 미풍 정도였으며 비도 밤새 아스팔트를 축이는 정도였다. 하나님 감사합니다. 이곳에 태풍이 없게 하시니 진실로 감사합니다. 모두가 기도하여야 할 것이다. 무서운 '솔릭' 태풍의 한고비는 넘겼다. 아직도 가야 할 시간은 남았다. 그 사이에 또 무슨 복병(伏兵)이 나타나 쏟아부은 피땀이 물거품이 되지나 않을까, 염려가 되지만 천만다행한 일이다. 살다 보면 예고 없이 갑자기 닥치는 재난(災難)도 위난(危難)도 오기도 하고, 예정된 복병도 나타나기도 하는 것이 사람 사는 세상이다.

어느 날 갑자기 예기치 못하는 사고가 있을 수도 있겠고, 받아놓은 날의 위난(危難)도 있을 수 있다. 어떻게 대처하고 준비하느냐는 사람들의 몫이다. 잘 준비된 자는 승리의 월계관 상급이 있을 것이고, 그렇지 못한 사람은 눈물만이 앞을 가릴 것이다. 나라도 마찬가지다. 나라는 일정한 지역을 터전으로 뜻을 같이하는 사람들끼리 모여 살아간다. 요람에서 무덤까지는 아니더라도 열심히 일하여 일한 만큼의 행복을 누리기를 원할 것이다. 어떤 위난이 자신들이 이룩한 행복의 아성을 침범하려 든다면 지키려는 것은 같이 살아가는 사람들의 책임이고 의무이다. 가정이나 나라도 마찬가지다. 건국 후 70년 동안 피와 땀을 흘렸다. 입을 것 먹을 것 참아가면서 밤과 낮을 가리지 않고 일한 덕분에 모든 세계인들이 부러워하는 나라로 발전하였다. 잿더미에서 금맥을 찾았다. 어느 누가 상상이나 했겠는가? 이 나라에서 살아가는 모든 사람들의 노력 결과이다. 하나님이 주신 이 축복과 행복을 시샘하는 자들이 나타났다. 위난이 나타났다. 모두가 자신이 구축한 아성을 지켜야 할진대 의지가 보이질 않는다.

　나의 일이 아니라고 한다. 내가 아니라도 다른 사람이 하겠지 하며 외면하는 자들이 늘어난다. 무리에서 일탈하여 적의 진영으로 가는 배신자들이 늘어난다. 이것도 저것도 필요 없다면서 쥐구멍을 찾는 사람들도 있다. 보다 못한 늙은이들이 거리로 뛰쳐나왔다. 평생을 땅에서 금맥을 캐는 사람들처럼 일평생 자신이 일구어낸 행복의 아성을 스스로 포기하는 모습에 참담한 심정이다. 자신의 몸 하나 지키지 못한다면 죽음의 강(江)만이 보일 것이다. 깨어나는 자는 살고 잠자며 외면하는 자는 죽음만이 있을 것이다.

평화협정 서명 받는다고 한다 2018년 8월 24일

 길거리에서 평화협정 서명을 받는다고 한다. 종북 25개 단체에서 전쟁이냐 아니면 평화를 원하느냐 하면서 잘 모르는 시민들을 상대로 평화협정 서명을 받는다고 한다. 고차원적 기만전술로 나아간다. 주체사상을 신봉하는 자들이 길거리 서명대를 점령하였다. 과거 독재 타도와 민주화를 위한 거짓 민주투사들이었다. 양의 탈을 쓴 이들이 자유대한민국을 붉게 물들인 장본인들이다. 독재 타도와 민주화 투쟁은 정권 쟁취의 그 목적을 이루었으니 이제는 연방제를 위한 새로운 투쟁을 위하여 평화라는 마약을 가지고 나왔다.

 평화를 싫어하는 사람은 이 지구상에서 한 사람도 없을 것이다. 그래서 마약이라 표현한 것이다. 그런데 그 평화가 누구를 위한 평화인지 알아야 한다. 그 평화가 누구를 상대로 협상하여야 하는지가 제일 중요하다는 말이다. 앞과 뒤 모두 잘라버리고 평화만 부르짖는다면 진정한 평화가 아니다. 공산주의자들과의 평화협정이 지켜지리라고 믿는다면 어린아이 수준에 지나지 않을 것이다. 월남의 전쟁 종식을 위하여 파리에 100회 넘게 회담하여 협정문에 서명하였으나 돌아서서 휴지조각이 되었다. 월맹 공산주의자들이 월남을 침범하여 적화시키고 말았기 때문이다. 우리는 1950년 6월 25일 새벽 4시에 김일성 공산주의자들이 소련의 스탈린과 중공 모택동의 사주를 받아 일제히 남침하여 낙동강까지 밀렸다가 미군이 주도하는 유엔군의 인천상륙작전으로 기사회생한 나라다. 3년간 전쟁으로 나라는 초토화되었다. 1953년 7월 21일 휴전협정이 체결되었다. 그러나 이 휴전협정이 지켜졌는지 그들에게 물어야 한다. 평화협정 서명을 받는 자들은 반드시 답변하여야 한다. 휴전협정은 다음날로부터 휴지조각이 되어버렸다. 김일성 공산 오랑캐들이 휴지조각으로 쓰레기통에 버리고 지금까지 이어오고 있다. 휴전협정 위반 사례는 하도 많아 일일이 기록할 수도 없다.

군사정전위원회(휴전협정의 이행을 감독하며 위반 사건을 협의 처리하는 공동 기구로서 쌍방 간의 5명씩 10명으로 구성됨)의 자료에 따르면 1953년 7월 21일 휴전협정 이후부터 1985년 말까지 쌍방이 주장한 휴전협정 위반 건수는 도합 13만 3,075건이라 한다. 북한 측이 주장한 유엔군 측의 위반 건수는 4만 2,303건이고, 유엔군 측이 제공한 공산군 측의 협정 위반 건수는 9만 772건이라 한다. 무장간첩 침투, 특공대 남파, 민간어선 납치, 아군 함정을 공격하였으며 비무장지대를 요새화하여 수많은 중화기를 배치하였고, 비무장지대에서 근무하는 아군을 수시로 공격하는 도발을 자행하였다. 이러함에도 북한 측은 휴전 직후에 발생한 단 2건의 위반 사실만 시인하였다. 나머지는 모두 유엔군 측에서 날조하였다고 뒤집어씌우고 있다. 위의 자료는 군사 정전위원회가 제공하는 자료로서 1985년 말까지의 통계 수치다. 이후 얼마나 많은 위반 건수가 있었는지는 덮어두고라도 근년에 일어난 남침 사건은 국민들이 직접 보도를 통하여 보았다. 서해 해상 경계선인 NLL을 수시로 침범하였고, 서해해전(함정 간의 전투)을 도발하였으며, 일방적으로 연평도를 포격하여 민간인과 군인들의 사상자가 발생하였다. 천안함을 폭침시켜 두 동강을 내고 46명의 젊은 아군들을 수장시킨 천인공노할 죄를 범한 자들이다.

또 금강산에서 관광하는 박왕자 씨를 조준하여 사살하고도 사과 한마디 없으며 휴전선 철책 부근에 목함지뢰를 매설하여 아군 두 사람을 영구 불구자로 만들고도 아니라고 한다. 이들과는 말로는 통하지 않은 자들이다. 지금은 핵을 가졌다고 기고만장하며 이에 때맞춰 문재인 정부는 합장하고 있으니 살판이 난 것이다. 왜 이 시점에 주사파 정부는 평화에 목을 메는가. 심도 있게 검증하고 대처하여야 할 것이다. 무엇을 이루기 위한 미끼를 만들기 위하여 평화공세를 하고 있다고 보아야 할 것인지. 그것이 과연 무엇일까? 아마도 종전선언을 위한 미끼로 보인다. 이 시점에서 오랑캐는 입만 열었다 하면 종전선언을 들고 나온다. 그들에게 왜 종전선언이 그렇게도 간절히 필요할까. 종전선언이 이루어지면 비핵화의 약속 이행을 버릴 수 있는 여건이 되며 또한 유엔군정전위원회가 존속할 근거가 사라지게 되고, 미군 철수의 타당성을 확보할 수 있다는 무서운 계략이 숨어있다고 보아야 할 것이다. 그러하니 줄기차게 주장하는 것이다. 평화서명 명부는 9월 중 제3차 남북정상회담에 대미 압박용으로 선전 공세를 펼칠 것으로 추측이 된다. 북은 북의 건국기념일인 9월 9일을 기념하기 위한 명분으로 인근 국가 수장들 즉 중국, 러시아, 대한민국을 초청하여 종전선언의 굿판을 벌이고자 예측된다.

서명 받는 주체들은 전쟁 없이 평화를 하고자 하는데 서명 못할 이유가 없다, 라고 설득하여 고려연방제의 가교 역할을 하는데 목적을 두고 있다. 잘 생각하여야 한다. 서명 받는 주체가 누구인지 분명히 알아야 한다. 목적이 무엇인지도 알아야 한다. 자유민주주의를 갈망하는지 아니면 인민민주주의를 선호하는지도 알아야 한다. 최소한의 확인 없이 서명은 절대로 해서는 안 될 것이다. 그것은 곧 매국행위가 될 것이기 때문이다. 공산주의자와의 협상은 힘의 뒷받침 없으면 100전 100패 한다는 철칙을 잊어서는 안 될 것이다. 평화 서명의 의미를 정확히 알았으면 좋겠다.

쓰레기 태산 2018년 8월 25일

　자연은 언제나 쓰레기를 생산한다. 초목들도 자라 잎이 낙엽 되어 떨어지고 길거리 잡초들도 새로운 모습을 보이고자 입고 있던 옷들도 모두 벗어버린다. 동물들도 분뇨며 털갈이를 하며 생명이 다하여 쓰레기를 남긴다. 얼마 전에 라텍스 매트리스에 방사능 검출로 쓰레기 대란을 겪기도 하였다. 쓰레기는 일시적 다량으로 발생할 수 있고 매일 발생되는 생활쓰레기도 있다. 가정이나 사회 또는 나라에서도 쓰레기로 몸살을 앓고 있다. 특히 쓰레기 처리 시설은 혐오시설이라 하여 멀리한다.

　주거환경을 해친다는 이유로 님비현상이 극심하다. 쓰레기 매립장이나 쓰레기 소각장, 쓰레기 집하장, 쓰레기 재활용장 등등 쓰레기 글자만 들어도 오금이 절인다. 사람은 매일 쓰레기를 생산하고 그 쓰레기 더미에서 생활한다. 사람들이 사용하는 것 어느 것 하나 쓰레기 아닌 것이 없다. 인간의 욕구를 충족하기 위여 필요로 하는 것들은 마지막에 쓰레기로 남는다. 이들 쓰레기들은 행복 추구에 일조하였지만 환경오염의 주범이기도 하다. 필요악일 수밖에 없는 쓰레기를 처리하기 위하여 또 상상을 초월하는 투자를 반복한다. 특히 인분은 바다에다 투기한다. 육지나 바다 모두 쓰레기 처리장이 되었다. 개발이란 명목으로 자연이 파괴되는 쓰레기들로 밀림과 숲이 사라진다. 쓰레기의 폐해는 고스란히 다시 돌아왔다. 환경파괴로 산더미 같은 쓰레기 발생이 반복된다. 사람은 쓰레기를 생산하고 그 쓰레기 더미에서 살아간다. 이러한 쓰레기는 수많은 투자비로 해결하지만 어떤 쓰레기는 처리할 수 없는 것들도 있다. 바로 사람 쓰레기다. 사람도 쓰레기에 해당한다. 사람이 사람다운 대접을 받고자 한다면 사람다운 행실을 할 때 비로소 사람으로 인정한다는 뜻이다. 사람이 무엇인가 만물의 영장이라 하였다. 우주 만물 중에 가장 으뜸이 사람이라는 것이다. 가장 으뜸인 사람이 사람으로 인정받지 못하면 쓰레기 값도 못한다는 뜻이다.

날마다 들려오는 정보들 중에는 패륜(敗倫)의 행각들, 극악무도한 살인자들, 인륜 지도를 무너뜨리고 반성하지 못한 자들, 배역과 배반을 하고도 잘못을 뉘우치지 않는 자, 사람이 지켜야 할 기본적인 도리를 하지 못한 자들의 소식이다. 이들이 바로 사회질서를 무너뜨리는 인간쓰레기들이다. 재활 시키는 데는 많은 시간과 비용이 함께 소요된다. 일반 쓰레기처럼 매립할 수도 소각시킬 수도 없다. 재활용으로 분류하여 별도 징벌과 재교육을 시켜 사회에 복귀시키는 절차를 밟기도 한다. 죄질이 용서받을 수 없다면 영원히 사회와 격리시키는 절차를 밟기도 한다. 문화가 발달되고 삶이 풍요로워지는 만큼 공공의 사회질서를 무너뜨리는 자들이 날로 늘어난다. 사회악이다. 혼자 사는 사회가 아니다. 더불어 살아가는 공동의 영역이기에 사람을 사회적 동물이라 하였다. 사회의 구성원으로서의 사람이기에 사회의 일원으로서 질서는 지켜도 되고 안 지켜도 되는 선택의 문제가 아니다. 사회질서에 동참하지 못하고 일탈하는 데는 여러 요인들이 있다. 모두가 정치에 책임이 있다고 한다. 치자(治者)의 책임이 가장 무겁다는 데는 이론(異論)이 없다. 정치하는 사람들이 온전하게 백성을 위하는 위민(爲民)을 최고 가치로 두고 치민(治民)하기 바란다. 그래서 백성들은 선거로 대표자를 선출하고 주권을 위임하였다. 이것이 민주주의 핵심일 것이다.

위임받는 자들이 위민에 진력할 때 그 나라 그 사회는 순행할 것이다. 그러나 그 의무를 다른 곳에 두고 치민한다면 나라는 혼란에 처하고 사회의 질서는 무너진다. 이어서 국민적 저항을 받게 되는 것은 어쩌면 당연한 결과일 것이다. 지나온 우리의 역사는 계속 반복하였지만 어렵게 잡은 권력을 놓을 수 없는 구도로 진행될 때는 유혈로 또는 무혈로 해결하여왔다. 특히나 국민을 기만하는 정책으로 삶의 질이 떨어지고 위민의 가치가 변질될 때는 반드시 거기에는 정치 쓰레기들이 발생하게 되어있다. 자유민주주의 가치를 훼손하거나 이념이 다른 사회를 이루고자 꿈을 꾼다면 용서받지도 못할 역적으로 남을 것이며 처치 못할 쓰레기가 될 것이다. 작금의 문재인 정부는 이 평범한 진리를 일거에 외면하고 찬탈한 권자에서 앉자마자 70년 동안 쌓은 자유민주주의 체제를 부정하고 사회주의 또는 인민민주주의로 가기 위한 기만전술을 노골적으로 드러내 놓고 시행하고 있다. 이제는 대부분의 국민들도 그들의 실체를 알았다. 막다른 외길이다. 그들도 이제는 돌아올 수 없는 강을 건넜다. 남은 것은 투쟁이 불가피한 상황이다. 사회 구석구석 곪아 터지고 헐어서 치유가 어렵겠지만 제2의 건국을 한다는 마음으로 모두가 깨어나야 할 것이다. 반미(反美)로 확실하게 돌아섰음을 보여주었다. 유엔 제재 품목인 북한산 석탄을 밀반입하였다.

개성에 연락사무소를 개설하기 위하여 기름과 전기를 공급하였으며 유엔 제재는 휴지조각으로 만들었다. 쌀 수십만 톤이 사라졌고, 일부 광물자원도 지원되었다고 한다. 제재는 북의 비핵화와 함께 가야 한다는 미국 측의 주장에 대하여 주권을 침해하는 일이라 하였다. 이는 바로 한미 동맹을 끝장내겠다는 뜻이다. 지금까지 김정은에게 보인 굴종에 가까운 태도로 모든 국정추진은 고려연방제에 두고 우리끼리 하겠다는 것이다.북 핵은 통일 한반도의 자산이라는 표현이 옳을 것이다. 말로만 한반도 비핵화였지 실제로는 북의 비핵화는 미국의 소관사이고 우리와는 무관한 것이나 다름없다는 것이 백일하에 드러났다. 더 이상 동거할 수 없는 공산주의 또는 주체사상 이념으로 뭉친 정치 쓰레기들이다. 돌이킬 수도 없고 재생산할 수도 없는 이들을 준엄하게 심판할 날이 가까워져 오고 있다. 국민들이 깨어나지 않는다면 모두가 공멸할 수밖에 다른 길이 없다.

변수(變數)의 파장 2018년 8월 27일

미국 트럼프 대통령은 폼페이오 국무장관의 방북 계획을 전격 백지화한다고 발표하였다. 한마디로 충격적이다. 늦었지만 미국이 이제야 북의 비핵화는 시간 벌기를 위한 사기 쇼에 지나지 않았다는 것임을 알고 행동으로 나선 것이다. 지금까지 북은 미국을 가지고 놀았다고 보아야 할 것이다. 6·12 싱가포르 회담은 미국과의 거래를 하면서 핵 인정을 받는 찬스로 보았고 그것이 여의치 않을 때는 미끼를 놓아 시간을 벌어 핵을 완성하겠다는 복심이 숨어있었다. 싱가포르 회담은 전에도 말한 바 있지만 김정은 페이스의 회담이다. 그는 소원하였던 중국을 끌어들였고 중국 국적기를 이용해 오고 의기양양하게 돌아갔다. 김정은의 입장은 핵으로 인하여 미국과 유엔의 봉쇄 조치가 국가 존립까지 영향을 미치기 시작하니 돌파구를 마련하여야 하는 절박함에 문재인을 이용하기로 하였다. 그 출발점이 평창 동계올림픽이라는 세기의 이벤트다. 방해를 할 것인가 아니면 적극적으로 참여함으로써 평화의 사도로 평가를 받을 것인지에 고민을 하였을 것이다. 결론은 참여하여 대내외적인 소기의 성과를 거두었다. 그리고 오랜 숙원인 북미 간의 회담의 단초를 마련하게 된 것이다.

그것이 4·27 남북회담으로 이어졌다. 특히 남한 내의 부정적인 이미지는 획기적인 변화의 기폭제를 가져왔다. 그리고 6·12의 북미회담이 성사가 되었다. 여기까지 오면서 김정은은 문재인을 철저하게 이용하였다. 김정은은 북한 건국기념일인 9월 9일일을 맞이하여 세기의 굿판을 벌이고자 하였다. 중국의 시진핑을 초청하고 러시아의 푸틴도 초청하며 나아가 남북 3차 정상회담도 함께 개최함으로써 평화선언으로 미국이 종전선언에 응하도록 압력을 가하겠다는 계획이다. 미국의 참여를 유도하기 위하여 핵 리스트와 몇 개의 핵탄두도 넘겨줌으로써 미국의 요구를 충족시킬 것으로 보인다. 종전선언이 이루어지면 정전협정 유엔의 휴전협정 감시위원회를 폐치시키고 미군의 남한 내 주둔의 당위성을 약화시켜 남한으로 하여금 미군을 떠나게 함으로써 적화 통일에 걸림돌을 제거하겠다는 계획이다. 비핵화의 문제는 인정은 아니더라도 묵인하는 쪽으로 이끌기 위하여 중국과 러시아를 완전히 우군으로 끌어들였으며 유사시 북의 안전까지 약속받았지 않았나 하는 것이다. 문재인의 입장은 정권쟁취의 태생에서부터 세계인들이 정통성에 의문을 제기하였고 굴욕적인 국빈 대우도 받았다. 무엇인가 돌파구를 마련하여 정통성을 인정받아야 하는데 어디서부터 일까, 고민하던 중에 북한을 이용하고자 하였다. 평창 동계 올림픽에 초청하여 단일팀도 구성하고 북한 고위 인사들을 초청하는데 성공을 거두었다.

이들을 통하여 남북회담의 문을 열었다. 이 회담에서 북 비핵화는 미국의 소관사라 보고 언급을 자제하였으며 대신에 북에게 무엇을 도와줄 것인가에 초점을 두었다고 보아야 할 것이다. 그것은 곧 문서로 선언하기에 이른다. 고려연방제의 적극 추진, 우리 민족끼리 합당한 노력을 하겠다는 등의 이면 약속이 있었을 것이다. 그리고 북한의 최대 관심사인 북미회담의 성공을 위한 가교 역할을 충실히 했다. 문재인은 김정은이 무엇을 요구하는지 잘 알고 그에 합당한 주구 노릇을 착실히 하겠다는 다짐도 있었을 것이다. 조금이라도 귀에 거슬리는 말은 삼가도록 언명을 내렸으며 저들의 심사를 거스르지 않도록 노심초사하였다. 그리고 북핵 문제는 우리 민족끼리이니까 고려연방제가 되었던 통일이 되었던 우리의 자산인데 내부적으로는 반대의 기조를 두지 않았다고 보인다. 유엔 제재를 휴지조각으로 만들었다. 북한산 석탄을 밀반입하여 유엔 제재를 어겼으며, 남아돌던 쌀 30만 톤이 증발하였다고 한다. 어디로 갔는지는 미루어 짐작이 가고도 남는 일이다. 그로 인하여 쌀값이 3만 원 대에서 4만 원 대로 뛰었다는 보도도 나왔다. 개성에 남북 간 연락사무소를 설치하면서 유엔의 금수 품목인 석유와 경유 80T/ 1억 3천만 원 상당이 개성으로 반출되었고, 이어서 정유, 철강, 구리, 니켈, 보일러 등약 10억 원어치의 금수 품목이 지원되었다고 한다. 이를 본 중국이나 러시아도 공공연히 북을 지원하는 증거들이 육지에서 해상에서 포착되었다. 문제인 정부는 한발 더 나아가 제3차 남북정상회담을 평양에서 하는데 합의하였다고 한다. 이를 가만히 지켜본 미국은 그대로 둬서는 안 되겠다는 결론을 얻었고 바로 폼페이오 국무장관의 방북 계획을 전격 취소시켰다. 그들이 추구하는 북 핵 인정을 위한 굿판에 절대로 참여하지 않겠다는 표시다. 절대로 북 핵을 인정할 수 없다는 그리고 정전협정은 말도 안 된다는 표시다. 70년 동안 공산주의에 대비하여 일의대수 (一衣帶水) 격인 한국을 보호하고 지원하여 세계열강에 이르도록 키웠는데 지금 와서 포기한다. 절대로 있을 수 없는 일이다. 들리는 소식에는 미 의회에서 한국을 사수하고 보호하는 일에 더욱 확고하다고 한다. 북 핵의 인정은 동북아의 핵 도미노 현상을 초래하게 된다. 한국과 이어서 일본이 바로 핵 보유하는 빌미를 제공한다는 것이다. 또 중국과 러시아의 환태평양 출로를 지금까지 한국과 일본이 잘 대응하여왔는데 방패막이 하나가 사라진다면 미국의 방위전략을 새로이 구축하는 부담을 안게 될 것이라 한다. 트럼프 대통령 취임 후 키신저는 한국을 중국에 넘기고 애치슨라인으로 방어 전략을 변경하는 것이 좋겠다고 충고하였다는 보도를 보았다. 지금까지 번영을 이루게 된 주요 외인(外因) 중에 하나가 미국이다. 나라 지키는 일에는 미국에 무임승차를 하고 오직 경제개발에 혼신의 노력을 한 결과에 그들의 공을 높게 치하하여야 할 것이다.

새로운 아침 2018년 8월 28일

새벽녘에 빗소리에 깨어났다. 폭풍이 지날 때는 조용하였는데 며칠 지난 후에 많은 비가 쏟아졌다. 그간 여름 가뭄으로 사람도 초목들도 어려웠는데 하늘이 불쌍히 여기사 많은 비를 내려 주시니 고맙지 아니한가. 만물은 거의 하늘에 의존하는데 무엇이 그리도 잘났는지 기고만장하는 인간들은 마치 천년만년 살 것처럼 욕망에 사로잡혀 온갖 짓을 마다하지 않은 모습이다. 기쁨이 가득한 아침이다. 조용히 명상을 하면서 감사기도를 하고 아침 운동에 들었다. 하나님이 주신 몸뚱이의 신비에 놀라기를 어디 한두 번이 아니지 않은가. 잠자리가 편안하였으면 몸도 가벼워진다,

불편한 잠자리는 반드시 아침에 몸을 통하여 나타난다. 오늘은 무엇을 할까, 메모지도 보고 기억력도 되살려 본다. 가족들이 불편한 것은 없는지 원지(遠地)에서 생활하는 형제자매들도 자식들과 손자 손녀들도 생각해 본다. 오늘은 비가 많이 와서 어린 손자 손녀 등굣길에 우산을 챙겨야겠다는 생각도 들었다. 필요 없는 기우에 지나지

않지만 자꾸 마음이 쓰인다. 책가방은 잊은 것 없이 모두 준비가 되었는지 어디 아픈 곳은 없는지 신경이 쓰이기도 한다. 모두 필요 없는 걱정을 사서 하는 꼴이지만 자꾸 마음 가는 걸 어찌할 것인가. 오늘은 은수 아우님 68회를 맞이하는 생신이다. 전화 걸어 축하를 하였다. 멀리 울산에 떨어져 일 년에 한두 번 만나는 것이 고작이니 형제간의 우의라는 것이 아쉽기도 하다. 일찍이 집을 나가 무서운 세파에 홀로 부딪치며 일가를 이루어 자식 낳고 산 지가 몇십 년이 지난 지도 가마득하다. 아침에 미역국이라도 먹었는지 전화하고 보니 눈물이 앞을 가린다. 가까이 있었더라면 함께 축하 식사라도 하였을 터인데 생각하니 눈시울이 뜨거워졌다. 전국에 흩어져 지금까지 살아왔고 살아갈 형제자매들이 몹시도 생각이 나는 아침이다. 아! 나도 나이를 먹었다는 표시로구나 생각이 난다.

할 일이 별로 없으니 온갖 생각이 하루의 생활 속에 한 부분이 되었다. 이 세상에 남아있을 시간들은 하나님께서 담보하고 계시지만 내가 어떻게 하느냐에 따라서 늘어날 수도 있고 단축될 수도 있다고 믿는다. 시시각각 즐거움으로 살자 하면서도 실행이 잘 되지를 않아 안타깝기도 하다. 그래도 자꾸 연습을 하다 보면 좋아지겠지 하는 마음으로 달래 보기도 한다. 위로는 누님 내외분이 계시는데 처녀 때 그렇게도 곱고 아름다운 누님도 80이 가까워오니 할머니가 다 되어 바라보는 내 마음도 안타깝기만 하다. 세월 이길 장사 없다고 하였는데 부정하고자 하는 것은 아니다. 얼른 접수가 되질 않는다는 말이다. 날 바뀌면 수많은 정보들이 폭포수처럼 쏟아져 나온다. 선별하여 보기도 힘에 겨운 실정이다. 아침뉴스에 노령인구의 비중이 드디어

14%를 넘었다고 하였다. 우리나라도 본격적인 고령사회로 접어들었다고 한다. 간단히 말하면 나라가 늙었다는 말이 된다. 젊어야 나라가 발전도하고 부(富)도 축적할 터인데 늙었으니 젊음이 이룩한 것들의 반의반만이라도 하였으면 좋겠다. 과학문명의 발달은 시간을 다투어 세상을 변하게 하는데 얼마 가지 않아 질병(疾病)들도 완전히 정복하는 날이 온다고 한다. 다음 세대 아니면 그다음 세대일런지도 모를 일이다. 살아갈 터전이 모자라 다른 지구를 찾아야 할지도 모른다. 태어나는 인구는 완만하게 늘어가지만 죽는 자가 없다면 다른 터전을 찾아야 한다는 이야기다.

또 다른 소식은 당장 우리가 경험해 보지 못한 출생률 0%대에 이르렀다고 호들갑이다. 생산 인구는 점점 줄어들 것이고 노령화는 점점 심화되어 사회적 비용은 기하급수로 늘어날 것이다. 경제성장은 답보상태 아니면 마이너스 성장 시대를 준비하여야 할 것이다. 현실에 적극적으로 대응한다면 열강들과 어깨를 나란히 할 수 있다는 전망이다. 그러나 그렇지 못하여 지금처럼 옆길을 바라본다면 영원히 낙오되고 말 것이다. 무엇을 어떻게 할 것인지는 오직 국민들의 선택권이다. 달콤한 몇 마디에 이성을 잃어버리고 감성에 젖어 결정함이 얼마나 참담한 상황을 초래하는지는 잘 알 것이다. 지금 우리의 상황을 바라보면 금방 알 수 있는 일이다. 길은 여러 갈래가 있다. 직진으로 갈 것인지, 돌아갈 것이지, 뒤로 갈 것인지, 큰길로 오솔길로 갈 것인지는 오식 국민들이 몫이다. 지금 우리가 이념에 투쟁할 시간도 시기도 아니다. 그것은 미친개에게나 주어버리자. 그것 처먹고 자손 대대로 잘 살아 보아라고 선심이나 쓰자. 잠자는 자는 발전할 수 없고 성장할 수도 없다. 모두가 멈추어진 상태다. 지금의 권력을 탈취한 자들은 꿈속에서 악몽을 꿈꾸고 있다, 라고 하였으면 그래도 조금은 위안이 되겠지만 계속 꿈속의 악몽이 현실처럼이라면 미친개만도 못한 영원히 저주를 받을 것이다.

　지금이라도 깨어난다면 그보다 더 좋은 일이 없겠지만 너무 깊이 멀리 들어가 버렸다. 되돌아갈 여지마저 없어지고 말았다. 그렇다면 남은 것은 무엇일까. 막장까지 갈 수밖에 없다는 것이다. 그 결과가 끔찍하지 않은가. 아침저녁 전철에서 버스에서 길거리에서 인사 주고받든 우리의 이웃 사람들인데 한순간의 생각 잘못으로 파멸을 맞이한다는 것은 비극이 아닐 수 없다. 정치에 상수(常數)는 있다고 하지만 항상 변수(變數)로 이어져 왔다. 난마같이 얽히고설키어 위난에 처한 자유대한민국을 누가 구해줄까. 기대하기 전에 우리 손으로 우리가 깨어나야 한다. 도와줄 가치가 있을 때에 도움을 받을 수 있다는 것이 인생사다.

자기성찰(自己省察) 2018년 8월 29일

　오늘도 비가 온다고 예보하고 있다. 전에는 비 오면 친구 만나 소주 한 잔에 세상을 주름잡기도 하였다. 친구의 흉도 하면서 평소의 먹은 마음 취중에 표현도 하는 날이다. 일선에서 은퇴를 하게 되면 조용히 사색도 하면서 지난날을 돌아보는 시간을 갖기도 한다. 그때는 정말로 천방지축이었다. 좌충우돌하면서 세상이 돈짝만 하게 보일 때도 있었다. 무엇이 무서운지 두려운지도 모르고 하늘 높은 줄도 모르고 옳고 그름은 안중에도 없었다. 들판에 날뛰는 망아지였다고 생각하니 웃음이 절로 나온다.

　감나무에 감꽃이 피었다가 떨어지고 세파란 풋감이 맺히는 시기였을 것이다. 콧물 흘리면서 6·25전쟁이 무엇인지도 알바 없었고 이곳저곳 부모님 등에 업혀 피난 다니던 암울하였던 시절에 철수와 바둑이도 배웠다. 새로운 낯선 곳에서 새로운 친구도 사귀면서 동심을 키우기도 하였다. 천성이 놀기를 좋아하였고 지기 싫어하는 성정으로 학생의 신분을 일탈할 때도 있어 부모님의 걱정을 끼치기도 하였다.

매일매일 악동(惡童)이 되다 보니 나를 싫어하는 친구들도 늘어나고 무서워하는 친구들도 나타났다. 문제의 학생이 되어갔다. 어른들의 흡연이 멋이 있어 보였고 흡연에 매료되어 친구의 권유로 담배를 배워 피우기도 하였다. 상급생이 되면서 공부한다는 명목으로 친구와 산중 절간도 찾기도 하였다. 시가지(市街地)는 전쟁의 상처로 여기저기에 흔적을 남겼고 그것을 바라보면서 꿈이 무엇인지도 모르고 성장하였다. 나중에 절박함을 알고 공부를 하였지만 기초가 없는 상태에 아둔한 머리로 따라갈 수 없다는 것을 알게 되었다. 몇 번의 도전에 실패를 하고 보니 그때야 정신이 번쩍 들기도 하였지만 세월은 나를 위하여 존재하는 줄로만 알았는데 아니라고 하였다. 절망감을 실제로 느끼는 때였는데 그 기간이 좀 더 길었다면 참담한 일이 벌어졌을 수도 있었지 않았을까 회상이 되기도 한다.

마침 고통스러울 때에 누구나 모두 가는 고된 훈련을 받고 새로운 생활에 익숙하여갔다. 이곳도 만만한 곳은 아니었다. 자유분방(自由奔放)한 생활을 접고 엄격한 규율(規律)이 나를 또 괴롭히기 시작하였다. 절대로 해서는 안 되는 것과 하라는 것만 존재하는 곳이다. 이곳저곳에서 포 소리에 잠 못 이룬 밤도 있었고 야간 경비 설 때 도망을 꿈꾸기도 하였다. 꿈을 함께 키우던 친구들도 내가 이곳에 있는 줄 알고 찾아와 만나게 되었다. 생활에 점점 익숙해지는 모습에 나도 모르게 놀랐다. 세월이 약이 되어가는 시간들이었다. 월남 파병이 있던 때라 나도 지원할까 여러 번 망설이기도 하였다. 반복되는 날밤들은 또 다른 나를 한 단계 성장하게 하였다. 집으로 무사히 돌아와 기쁨도 잠시 아버님이 마련하신 새로운 터전으로 집에 온 지 사흘 만에 찾았다. 옛 고사에 맹모삼천지교(孟母三遷之敎)가 생각나게 하였다. 아버님께서 고향에 두면 잘못될 것을 염려하여 수부일천지교(洙父一遷之敎)를 하셨다는 것을 나중에 알게 되었다. 이렇게 항상 덜된 자식으로 불효로 경천하(敬天下)에서 살고 있다니 감사하여야 할 것이다. 제2의 인생 문이 활짝 열렸다. 배운 것 일천하고 가진 것 없지만 새로운 사람들을 사귀고 인정이 넘쳐나는 곳에 온 지도 내년이면 50년이 되는 해가 된다. 25살 때 왔으니 많은 세월이 흘렀다. 후회 없이 열심히 살았다. 크고 작은 일이라도 최선을 다한다는 마음으로 살았다.

나 자신을 수시로 성찰하면서 부족한 부분이 무엇이며 어디에 있는지 확인하고 보충하기를 생활화하였다. 아름다운 고장에서 일터도 찾게 되었고 천직으로 알았고 열심히 36년간이나 나를 키워준 곳이다. 나와 같이 동고동락(同苦同樂)하였던 하늘같은 선배님들 그리고 또래의 동료님들, 받쳐주는 후배님들이 나의 인적 자산이다. 그분들이 없었다면 어찌 오늘 내가 여기에 있겠는가 하는 생각을 할 때면 너무나 감사하고 감사할 뿐이다. 5·16혁명 정부를 바라보았고 경제개발 5개년 계획과 산림 10개년 계획들과 새마을운동에 직접 종사하였으며, 문세광에 의하여 육영수 여사님의 시해 사건을 보면서 나라가 어려울 때마다 마음 졸이기도 하였다. 김재규의 하극상(下剋上)으로 박 대통령 저격사건도 보았다. 양김들이 마치 자기 세상이 온 듯 80년의 봄을 노래하면서 자유를 넘어 방종에 나라는 무질서의 극치였다. 보다 못한 군인들이 전면에 등장하였다. 그들은 사회질서를 바로잡고 범법자들을 색출하여 사회안정에 최우선하였다. 제5공화국 군부독재에 반대하는 세력들은 소요사태를 증폭시킨 가운데 계엄령이 선포되고 이를 빌미로 5·18이라는 폭동인지 항거인지 민주화인지 아직까지 정리되지 않는 채 갈등의 가장 큰 원인으로 남아있다. 이것이 해결되지 않는다면 통합은 없다고들 평가한다.

제5공화국은 민생을 안정시키고 경제를 발전시켜 민초들의 삶이 어느 때보다도 안정되었다고 기억된다. 민주화라는 가면을 뒤집어쓴 종북주의자들이 직선을 외치면서 6·29선을 이끌어 내기도 하였다. 양김 축의 하나였든 김영삼은 노태우와 합당에 성공을 하고 문민정부 노태우 대통령이 탄생하였다. 단군 이래 처음으로 88올림픽을 성공적으로 개최하여 세계만방에 한강의 기적을 알리게 되었다. 오늘은 여기까지 하고 나머지는 다음 기회에 또 이야기하기로 하였다. 나는 무엇인가. 그 어려웠던 국가 발전 단계에서 나는 무슨 일을 하였는지 주마간산(走馬看山)으로 돌아보았다. 몇 날 몇 밤을 이야기하여도 다 못할 일들이지만 내가 보고 듣고 겪으면서 느낀 대로 가감 없이 두서없이 좁은 지면을 활용하였다.

가을이 오면 2018년 8월 30일

내일이 되면 8월의 마지막 가는 날이다. 생각하기도 끔찍한 폭염이었다. 48명이라는 고귀한 생명도 앗아갔다. 다시 돌아보기도 싫은 8월이었다. 지은 죄의 업보가 너무나 많아 하늘이 노하여 내린 천벌일 것이다. 김일성 교주를 위하여 태산보다도 높은 죄를 짓고도 모자라 지금도 계속 이어가고 있다. 양동안 교수가 공산주의자 분별을 위하여 제시한 기준 11가지 중에 최소한 4가지만 해당되어도 공산주의자로 보아야 한다고 하였는데 문재인은 무려 11가지 전부가 해당된다고 하니 자유대한민국 대통령 자리에 공산주의자 문재인이 앉아 무소불위의 권력으로 난도질하고 있다. 그곳은 암흑의 시대다. 캄캄하여 사시사철 빛을 볼수 없는 암흑의 천지다. 종교는 물론이며 토속신앙도 허용치 않는다. 있다면 김일성 교주와 그의 아들 김정일 손자 심성은 만이 있을 뿐이다. 모든 종교인들이 각성하고 깨어나야 한다. 그렇지 못하다면 믿음의 자유마저 빼앗길 것이다. 우매한 백성들 일부는 그곳이 좋다고 어서 빨리 가자고 한다. 노를 잡은 선장이 문재인이다. 전쟁을 원하느냐 아니면 평화를 원하느냐고 하면서 길거리에서 서명을 받는다고 하였다. 날이 바뀌면 무슨 일이 일어날지 두려움마저 들기도 한다. 보수를 궤멸시켜야 한다고 외치는 놈은 미친 쇼를 하고 어중이떠중이들 지지를 얻기에 혈안이 되어있다. 이승만 대통령님과 박정희 대통령님의 묘소를 참배하고 구미에서 보수의 지지를 호소하였다.

9월의 문턱이다. 황금물결이 넘실거리는 풍요의 계절 가을이다. 국민들 마음에 둥근 보름달만큼 기쁨이 가득하기를 소원한다. 현실의 삶이 어렵고 고통스러울지라도 시국이라도 국민을 편안하게 하였으면 얼마나 좋을까. 날마다 기도하는 심정이다.

"전능하신 하나님 지금 처한 우리의 상황이 너무나 참담합니다. 우리의 지은 죄 우리가 알면서도 아니라고 하였습니다. 가르쳐주신 길로 가라 하셨는데 다른 길로 갔습니다. 하지 말라 하셨는데 하고 말았습니다. 매사 저희들은 욕망의 유혹에 빠져 살았습니다. 우리의 운명과 나라의 운명이 백척간두(百尺竿頭)에 섰습니다. 하나님을 믿는 자들부터 깨어나야 합니다. 저희가 지은 죄를 우리가 사하여 준 것같이 우리의 죄를 사하여 주시옵소서. 아멘"

창문 밖으로 보이는 것은 바로 9월이 저긴데 제3차 남북 정상회담이 있다고 하는 달이다. 한반도를 둘러싼 기류는 급류가 바위에 부딪쳐 물보라를 일으키는 모습을 연상케 한다. 대한민국을 그물망으로 씌워 사방에 대못을 박아 움쩍달싹도 못하게 하고자 아귀들이 평양에서 모이는 달이다. 무슨 절망적인 소식이라도 들릴까, 노심초사하는 중에 변수(變數)가 발생하였다. 미국 트럼프 대통령은 국무장관인 폼페이오의 방북 계획을 전격 취소시켰다. 무엇인가 잘못 돌아간다는 낌새를 알았다는 모양이다. 북의 협상 전면에 선 김영철의 메시지를 트럼프 대통령에게 전달되고서 바로 폼페이오 장관의 방북을 취소시켰다는 보도다.

11월 중간 선거를 앞둔 트럼프는 북 핵의 비핵화에 가시적 성과를 기대했는데 그 기대가 충족되지 못한 모양이다. 싱가포르 회담 이후 김정은의 태도가 확 달라진 모습에 그 배후에 중국이 있다는 것을 수차 지적한 트럼프다. 중국을 길들이기 위하여 경제 보복 조치를 취하여 지금까지 압박하고 있다. 북한 건국기념일인 9월 9일에 중국 시진핑, 러시아의 푸틴, 대한민국의 문재인, 북의 김정은이 만나 반미 전선을 펼칠 가능성이 농후하여 그 결과가 11월 중간선거에 영향을 미칠 것으로 판단하고 그들의 목적을 달성하지 못하도록 한 조치로 보인다.

나 같은 시골의 늙은이가 무엇을 알겠는가마는 세상 돌아가는 이치(理致)가 그럴 것이라 짐작하는 것이다. 그들의 목표는 아마도 트럼프가 중간선거에서 패배하는 방향으로 성공하기를 기대하였을 것이다. 그것이 북한의 꿈이지 않을까. 또는 남한의 주사파 정부의 꿈이기도 할 것이다. 중국과 러시아는 초록은 동색인 것처럼 이 네 사람의 뜻이 공히 일치한다면 승부를 걸어보아도 좋다는 판단이었을 것이다. 북한은 어떤 경우라도 핵은 포기하지 못한다는 기존의 입장을 계속 견지하여야 하는데 미국이 문제다. 싱가포르 회담에서 심성은은 트럼프에게 항복문서에 서명한 것이나 다름이 없다.

트럼프를 낙마시키기 위해서는 원군이 절대로 필요했을 것으로 보인다. 그것이 트럼프의 굴레를 벗어나는 기회로 보았다. 문재인은 평양회담이 기존의 한미 동맹에서 벗어나 한미 간의 새로운 관계를 만들겠다는 생각인지도 모르겠다. 지금까지는 미국이 주도하는 방위체제에서 벗어나 자주적인 방위체제로의 전환을 위해서는 6·25의 산물인 유엔군의 이미지를 탈색하여야겠고 또 미군 주둔의 필요성이 약화되기를 바라면서 결국에는 이 땅에서 철수시키는 꿈을 가지고 있을 것이다. 주사파 정부가 지금까지 옆도 돌아보지 않고 질주해 온 것은 오직 고려연방제에 목을 매고 있기 때문이다. 문재인 정부의 존립은 고려연방제가 분명하여졌다. 이것을 이루기 위하여 불법적인 탄핵도 하였고 사회 각 기능들을 이념화시켜 주구(走狗)로 만든 결과라 믿는다. 도망갈 곳도 피할 곳도 없다. 이제는 모두 정면으로 대응하는 길만이 남았다. 경제가 망하던 사회질서가 무너지든 정치가 개판되든 안중에도 없다. 연방제만을 위하여라면 모든 것을 희생할 각오로 나아가고 있다. 잠자고 있어야 할까. 아니면 깨어 일어나야 할까. 모든 것은 국민들의 결정에 달렸다.

알곡은 어디에 있나? 2018년 8월 31일

도정공장에 가면 탈곡을 위한 벼들이 산더미처럼 쌓여있다. 도정 입구에 계속 벼들이 스며들고 도정이 완료된 출구에는 하얀 알곡들이 자루에 차례로 담기는 모습을 쉽게 볼 수 있다. 공장 외부에는 도정 부산물(왕겨)들이 바람에 날려 쌓여간다. 황금 들판을 생각하면 바로 떠오르는 소출의 모습이기도 하다. 누구든 자식 기르듯 애지중지 길러 풍성한 알곡을 얻기를 희망하면서 땀을 흘린다. 오늘도 비는 계속 내리고 있다. 기상청은 게릴라성 집중호우라고 한다. 특히 저지대나 강가 산자락에서 주의할 것은 재난 문자로 알뜰한 서비스를 하고 있다. IT 산업 발달의 위력을 실감하는 현상이다. 이곳저곳에서 피해가 속출되고 있다. 물을 잘 다스리는 나라들이 선진국이라 한다. 그래서 4대강 사업을 하였는데 쥐뿔이 있는지 없는지도 모르는 무식쟁이들이 모여 한다는 짓이 뒤집는 일이다. 녹조가 어떻고 환경이 이떠하며 온갖 부정적인 이유를 동원하여 감사를 몇 번에 걸쳐 하였음에도 믿지 못하겠다면서 또 하였다. 갈수기를 대비하여 장시간 가두어놓은 수자원을 일고의 가치도 없다면서 수문을 열고 바닥이 드러나도록 물(돈)을 바다로 흘러버렸다.

그러고도 반성은 어디에도 찾아 볼 수 없다. 이것이 주사파들의 실력이며 공산주의자들이 나라를 경영하는 방식이다. 4대강 사업이 이루어지지 않았을 이전에 비하면 홍수 피해는 거의 사라졌다고 한다. 매년 수조 원씩 국가예산을 피해 복구에 쏟아 부었는데 반드시 누군가는 하여야 할 사업이었다. 풍부한 수자원으로 식수며, 농업용수에 이어 공업용수까지 부족함이 없도록 사용하고 있는, 알곡만큼이나 소중함이 만천하에 드러났다. 매사 하는 일들이 자충수를 두어 비난의 소리만 높아지고 있다. 박정희 대통령이 녹색혁명으로 식량 자급 자족한지 반세기가 지난듯하다. 그런데 지금 쌀이 부족하여 가격이 폭등하고 있다는 소식에 아연 실색을 금할 수 없다. 농협창고가 텅텅 비었다는 소리가 여기저기에서 들린다. 농협 직원들의 소식에 따르면 보관하였던 쌀들이 청와대의 지시로 북으로 보냈다고 하였다. 감사나 검사를 대비하여 돌려 막기 식이라 한다. 기막힌 현상이 일어나고 있다. 심지어 민간이 보유한 쌀을 빌려오기도 하고 비싼 값으로 매입하여 빈 창고를 채운다. 시중에 떠돌던 이야기가 사실로 드러났다. 북한에 무상원조를 하였다는 말들이 사실로 증명이 되고 있다. 주려면 온 세계가 알도록 떳떳하게 줄 것이지 무엇이 두려워 쥐새끼처럼 뒷구멍으로 국민의 눈을 속이면서 주었는지 상식이 통하지 않는 자들이다.

유엔 제재 품목이라면 하지 않는 것이 당연한 일인데도 무시하고 퍼주는 것이다. 그 쌀이 정말로 굶주린 북한 백성들에게 배급이 된다고 생각하면 어리석은 하수 중에 하수들이다. 북쪽 오랑캐들의 정치는 선군 정치다. 군을 위한 정치이고 군대를 위해 존재하는 나라다. 당연히 검토해 보나 마나 한 일이 아닌가. 그 쌀은 정권 실세들과 군부로 들어갔다고 보아야 할 것이다. 비 그치면 들판은 황금물결들이 가을바람에 파도를 이룰 것이다. 군데군데 중절모를 비스듬히 쓴 허수아비들이 등장할 것이다. 모진 가뭄과 싸워가면서 익어가는 이삭들이 고개 숙일 때쯤이면 같이 살자며 도둑질하는 새들을 경계하기 위하여 등장할 것이다. 고추잠자리 주위를 빙빙 비행하고 포기마다 곡예를 즐기는 메뚜기도 점프를 할 것이다. 보기만 하여도 배가 저절로 불러오는 결실의 계절이다. 하늘은 높아 파란 하늘에 흰 구름 뭉게뭉게 정처 없이 목적도 없이 바람에 실려 흘러간다. 매미 울음소리 그치니 풀 벌레 합창곡이 짧아가는 가을밤 나의 귀를 즐겁게 한다. 또 우리 민족의 최대의 명절이 있기도 하는 달이다. 옛날 그 옛날부터 이어오는 최대 명절이 다가온다. 주신 것에 대하여 경천(敬天) 하는 계절이다. 이 땅에 뿌리박고 살게 하신 조상님의 은덕을 생각하면서 하늘에는 감사제와 땅에는 충효(忠孝) 제사이다.

알곡은 항상 받은 것에 대하여 감사하는 마음을 갖는다. 알곡이 되기 위하여 이른 봄부터 수고로움의 손길을 빌려 수많은 어려움을 이기고 알곡으로 남기를 원한다. 세상에 널리 이로움을 주려는 홍익인간(弘益人間)의 단군 할아버님의 가르침을 실현하고자 한다. 이것이 알곡의 존재 의미이고 가르침이다. 한 톨의 쌀알이 갖는 위대한 의미마저 외면하면서 쭉정이로 남겠다고 발버둥치는 어리석은 자들의 모습은 또 다른 우리들의 모습이다. 부모님의 하늘같은 은혜와 나라의 도움으로 내노라는 지식인들 모두 한강에 투신자살 하였는지 코빼기도 보이질 않는구나. 무엇을 배우고 무엇을 이루고자 숨 쉬고 있는지 부끄럽지 않은가. 의(義)로운 일 한 번쯤 하여야 큰소리라도 한번 치고 죽을 것이 아닌가. 머리는 머리인데 행위는 머리가 아니고 돌이 되어버렸다. 계속 쭉정이로 남을 것인지 아니면 눈치만 보면서 기회를 잡을 것인지 저울질하다가 세월 다 가고, 꿩 놓치고 매도 놓친다는 말이 있다. 당신의 인생은 당신의 것이 아니고 모든 사람들로부터 평가받을 대상임을 심사숙고하기 간절히 바란다. 이것이 올바르게 가는 길이다. 먹고 입고 마시고 배운 것이 당신의 능력이 아님을 알아야 진정한 알곡이 되는 것이다. 알곡의 되느냐 쭉정이로 바람에 날려버릴 것인지는 오직 당신의 선택에 달렸다. 우리 사회에 쭉정이가 너무 많아 처리하기에도 어렵다고 한다.

놀고먹자 판 2018년 8월 31일

문재인 정부는 놀고 먹자판이다. 소득 주도 성장이 잘 말하여 주고 있다. 모든 정책들이 정부가 다 해주겠다는 것이다. 국민은 가만히 앉아 있기만 하면 되는 세상을 만들겠다며 전부가 무상이다. 무상천국이 되었다. 얼마나 좋은 세상인가. 일하지 않아도 먹고살게 해준다는데 좋아하지 않을 자가 있겠는가. 그래서 최저임금을 인상하였다. 무슨 말이 그렇게도 많은가. 조금 지켜보면 될 것을 왜 색안경을 쓰고 보느냐 하는 것이다. 우리 국민들 인내심이 부족하다고 질타한다. 장 아무개가 하는 소리다. 주 52시간만을 일하고 여가를 이용하라는 것이 문재인표다. 일하지 않아도 돈 주는 세상이고 또 일하지만 그 시간도 줄여주니 정말로 좋은 세상이다. 또한 시간들이 많으니 북한도 개방시켜 여행할 수 있도록 철로를 신의주까지 연결하고자 추진 중이라고 한다.

공직자는 실력들이 모자라 뒤로 빠지고 혹여 잘못될 것을 예비하여 책임을 면피하기 위한 조치로써 민간인 TF를 구성하였다. 그 원장에 국민들도 잘 알고 있는 광우병 선전선동에 일등공신인 코미디 김미화 씨가 위원장을 맡았다고 전한다. 그러하니 책임은 내가 지지 않겠다는 얄팍한 술수다. 이용하고 버리겠다는 것이다. 총알받이로 쓰겠다는 것이다. 개성공단도 재개하기 위하여 연락사무소 문을 연다고 알려졌다. 이산가족 상봉도 하였으니 금강산 관광사업도 시작될 것으로 점쳐진다. 북의 어려운 경제사정을 고려하여 금수 품목이지만 북한 석탄도 밀반입하였는데 정부에서는 모르는 일이라고 발뺌하였다. 작년도에 이미 관세청은 북한산이라는 것을 알고 있었음에도 오리발이다. 두 개의 은행과 두 개의 기업이 연루되었다는 것을 미국도 알고 우리도 알고 있는데도 아니라고 한다. 대단한 문재인 정부다. 북한 핵의 인질이 되었다고 모두가 이야기하는데 정부는 천만의 말씀이라고 한다. 북 핵은 미국과의 문제이지 우리와는 전혀 문제 될 것이 없다고 입에 거품을 품고 있다. 하기야 고려연방제가 되면 자연히 우리의 자산이 되는 것인데 왜 우리가 앞장서서 비핵화를 하느냐하는 식이다. 참으로 정답다운 정답을 문재인 정부에서 제시하였다. 문재인 정부의 힘은 놀랍도록 강함을 보여주었다. 세계 최강 미국도 안중에 없다. 유엔도 하수로 보고 있다. 오랜 역사적으로 그래 왔다.

그래서 중국을 매우 무서워하는 모양이다. 전형적인 사대를 하여 온 대국이다 보니 항상 저자세로 굽실거린다. 서해 바다를 무단 침입하여 어족을 싹 쓸어가도 경비병을 폭행하여도 항의하였다는 소리를 듣지 못하였다. 이어도 부근 항공 식별 구역을 무단 침입하여도 별다른 대책이 없다. 전투기 몇 대 띄우고 퇴거 방송하였다는 것과 대사관 관련자를 불러 재발방지를 요구하였다는 것이 전부다. 그것도 무려 4시간이나 들락날락하였다니 벌벌 떨었을 우리의 비행사들을 생각하니 안타까운 마음 그지없다. 이에 반하여 혈맹이며 한미 동맹을 입만 열면 외치는 미국에게는 얼마나 문재인 정부가 대단한지는 날마다 양키 고 홈을 외치고 있다. 미 대사관 앞에서 시위는 새 발의 피고 성조기를 태워도 경찰들은 눈 하나 깜박이지 않고 구경하고 있는 모습만 보아도, 미 문화원을 무단 침입하여 난동을 부려도 되는 그렇게 힘이 센 나라다. 과거에는 잘 몰랐는데 문재인 정부에서 그 위력이 드러나고 있다. 광우병으로 미국을 공격하여 미국 소고기는 먹으면 구멍이 송송 난다고 하여도 꿈쩍 못하는 미국이었다. 사드 배치 문제로 온 나라가 반미 항전하듯 갈등을 부추겨도 한마디 못하는 미국이다. 이를 주도한 세력들이 야인으로서의 그들의 존재 위력을 발휘한 사례들이다. 아직도 그 불씨는 꺼지지 않고 있다.

언제 다시 되살아날는지 모를 폭탄을 안고 있는 형세다. 문정인이라고 하던가 뭔가 하는 문재인의 주구는 대통령이 미군을 나가라고 하면 나가야 한다고 하였다. 어제인지 오늘인지 문정인 외교안보특보는 문재인 대통령이 가을 유엔총회에 참석하여 종전선언을 할 것이라는 기염을 토하고 있다. 무슨 이야길까? 사전 운을 뗄 때 미국의 뜻을 살피겠다는 것이다. 모든 회원국들이 참석하는 총회에 나가 종전선언을 한다면 그 의미는 무엇일까. 주한미군을 나가라고 직접 하기에는 그 효과를 기대할 수도 없을는지도 모를 일이다. 확실한 압박수단으로서 유엔총회를 통하여 종전 선언함으로써 되돌릴 수 없는 압박용으로 하겠다는 것이다. 그것은 곧 미군 철수를 요구하는 결과를 가져올 것이다. 이것이 문정인 외교안보특보의 발언 요지라 믿고 있다. 조선일보의 지난 1년간 문재인 정부의 평가는 참담한 결과다. 어느 구석 하나 제대로 된 평가가 없으니 어찌 된 일인가. 국민들이 모두가 바보인가 아니면 문재인 정부가 바보인가. 둘 중에 하나는 바보가 분명하다. 경제, 외교, 안보. 국방, 교육 모두가 아니라고 하는데 오관(五官)을 막고 우리끼리만 귀 기울이고 달려간다. 그곳이 마치 천국이라도 되는 것처럼 맹신에 가깝다. 운전자를 자처한 문재인은 마치 취중에 차를 몰고 가는 듯하다.

길이 없는 무인지경으로 몰고 가지를 않나, 큰길을 옆에 두고 오솔길을 가다가 막혀 멈춰 서기도 반복한다. 타고 있는 5천만 명의 목숨줄은 안중에도 없는 듯 보인다. 아무리 외쳐 보아도 쇠귀에 경(經) 읽기다. 뜻을 세우는 것만이 장사가 아니고 국민이 무엇을 원하는지도 귀담아들어야 지도자다. 때로는 자신의 뜻도 꺾을 수 있는 자가 진정한 지도자다. 그런 대인(大人)이라야만 나라를 이끌어 갈 지도자 상이다. 우리는 지도자를 잘못 선택하였는지 불법으로 선택하였는지, 되돌릴 수만 있다면 천 번 만 번이라도 하여야 되지 않을까 한다.

9월을 맞이하여 2018년 9월 1일

지난 7~8월의 더위는 기상 관측이래 처음 있는 일이라고 하였다. 생각하기도 끔찍한 더위였다. 40.3도까지 숨쉬기도 힘들었다. 나만이 겪는 일도 아니고 또 이곳만이 더운 것은 아니지만 이렇게 더위로 힘들은 적이 없었기에 하는 이야기다. 바다에서 강에서 계곡에서 사건사고도 많았다고 기억된다. 나라 안에서는 경제가 망한다고 난리 법석은 지금도 진행형이다. 소득 위주 경제성장이 지금까지 이룩한 번영을 하루아침에 말아먹는다고 각 경제단체들이 우려를 하고 있다. 정당과 시민단체들, 국민들이 강력한 문제 제기를 하고 있다.

그러나 운전자는 더욱 강력하게 밀어붙이겠다고 한다. IMF에서 경고도 있었는데 마이동풍(馬耳東風)이다. 9월은 가을의 계절이라 한다. 오곡이 무르익어가니 사람들의 마음도 익어가며 산야에 늘려 있는 초목들도 익어가기 위하여 채비를 하는 계절이다. 사람이 익어간다는 말은 성숙함을 지나 자신을 실현하는 계절이라 표현하고 싶다. 적어도 몇 달간 성장의 동력을 받았으니 한 단계 성숙하는 것이

천명에 순응함이라 할 것이다. 길섶에 무수히 자라는 잡초들도 움트고 잎 돋아 수세를 풍성하였다가 결실을 위하여 준비한다. 밤에는 풀벌레를 품어 더불어 가을을 노래할 것이다. 지나는 사람들의 눈길을 끌어보면서 나 여기 있다고 뽐내가도 한다. 밭에는 머리가 무거워 목이 꺾어질세라 가을바람에 일렁이는 조 이삭의 모습은 보는 사람마다 가슴 부풀 것이다. 장다리 수수 이삭도 키 작은 친구들이 부르는 가을 노래에 온몸으로 손뼉 치며 춤을 춘다. 태양빛이 너무나 좋아 쫓는 해바라기는 무거운 머리 지탱하기도 힘들지만 잊은 채 햇빛만 따라다닌다. 빨간 고추잠자리 날갯짓에 벌 나비도 함께 춤으로 가을임을 알린다. 세상이 좋아 태어난 각종 곤충들도 천국을 맞이한 가을이다. 높고 낮은 산에 초목들도 오랜 갈수기와 고온에 살아남기에도 힘들었지만 가을이 되었음을 전신으로 표현하고 있다.

여름 끝 장마에 충분한 영양분을 공급받아 몸 구석구석 저장할 것이다. 강가 둔치에 매어놓은 누렁이 황소는 엉덩짝이 반들반들 윤기가 돌아 풍년을 예고함인가. 석양빛이 수면에 드리울 때 살이 오른 어족 떼들의 수영 경기장인지 물결을 이룬다. 수면을 어루만지는 버들 잎사귀는 바람에 춤출 때면 연비어약(鳶飛魚躍)의 제1막을 연출하기도 한다. 하늘은 높아 공활하여지고 푸름이 짙어진 화판에는 여기저기 흰 구름 조각배들이 돛을 올려 희망의 나라로 항해한다. 이름모를 온갖 잡새들의 활공 연습장이다. 눈총이 가는 곳에는 바로 먹이를 채어 비상하는 가을 하늘이다. 가을밤은 또 다른 세계가 펼쳐진다. 하늘에 홀로 뜬 둥근 달은 사위를 은은히 구석구석 밝혀 마음을 사로잡는 꿈꾸는 밤이다. 모기장 속에 어린애기 손짓 발짓에 옹알이

하는 밤이기도 하다. 마당가 모깃불 피워 자욱하지만 멍석에 옹기종기 가족들 만찬 시간을 허락하는 밤이다. 별빛 쏟아지는 밤이면 할머니 무릎베개 삼아 이 별은 내 별 저 별은 네 별하면서 꿈을 꾸어본 밤이다. 가을밤의 무대는 활짝 열려있다. 이름 모를 풀벌레들의 합창은 계수나무 아래 방아 찧는 토끼의 지휘로 교향곡이 연출되기도 한다. 마당 한구석에 자리한 강아지도 잠 못 이루고 감상하는 밤이다. 보는 것이 모두가 천국이요, 느끼는 것들 모두가 행복이요 평화다.

어느 누가 이 아름다운 세상을 만들어 보일 수 있을까. 생각 한번 해보았으면 좋겠다. 오직 창조주이신 하나님의 걸작품인 것을 모두가 감사함을 가져보았으면 한다. 나 역시 그분의 사랑으로 이 땅에 보내셨기에 날마다 감사함을 잊지 않고 기도하고자 한다. 세상에는 70억이 넘는 많은 사람들이 살고 있다고 한다. 잘난 사람도 없고 못난 사람도 없다. 각자 하나님의 주신 사명을 갖고 이 땅에 왔다. 그분이 이루시고자 하는 세상에 순응하였으면 좋겠다. 옛 말씀에 종즉유시(終則有始)란 말씀이 있다. 끝이 있은 다음에는 새로운 시작이 있다는 말씀이다. 하나님의 세계는 끝은 없다는 말씀이기도 하다. 생(生)과 사(死)의 차이는 찰라 간이다. 사(死)의 세계를 믿지 않는다면 영원히 절망하고 끝이 나겠지만 또 다른 사망의 세계를 믿는다면 새로운 시작의 삶을 영위한다는 것이다. 믿느냐 안 믿느냐에 따라서 천국이 올 수도 있고 지옥일 수도 있다는 표현이다. 결혼식장에서 주례 선생님을 모시고 결혼 당사와 양가 부모님 그리고 일가친척들과 하객들 앞에서 결혼 선서를 하면 바로 부부가 새로운 일가를 이루게 되는 것처럼, 이전의 시간들은 총각 처녀의 시간들이 끝나고 바로 이어서 새로운 부부로서의 삶이 시작된다는 말씀이다. 시간은 영원하고 불변하지만 그 영원한 시간 속에 살아가는 인간들에게는 천년만년 살 것처럼 느껴지기도 한다.

이것은 인간들의 한계와 능력을 여실히 보여주는 하나님의 뜻이다. 요사이 과학문명의 발달이 하나님의 영역까지 넘보고 있다고 한다. 일부 분야에서는 그런 징조도 보인다고 한다. 그러나 전부일 수는 없다. 지천에 늘려있는 잡초 잎 하나 원형을 창조할 수 없다. 우주를 하나하나 정복한다고 하지만 꿈은 영원한 꿈으로서만 존재할 것이라고 믿는다. 하나님의 가르침은 멀리 있는 것도 아니고 사람들이 일상으로 생각하고 실천하는 것 이상도 이하도 아니다. 사람들이 하여야 할 도리(道理)를 가르치고 있기 때문이다. 이 평범한 진리를 외면하고 불신한다면 천국의 문은 열리지 않을 것이다. 이것이 나는 길이요 진리며 영원한 생명이라 하신 말씀을 9월 중에 모두 실천하였으면 하고 권면(勸勉) 해 본다.

산이 그리워질 때면 ^{2018년 9월 2일}

철따라 산이 좋아 산을 찾는 산 사람들이 늘어난다. 산이 사람들을 유혹하는 계절이 봄가을이다. 봄산과 가을산은 변화무쌍하여 악필로 논평하기는 어렵겠지만 봄산은 겨우내 엄동이 무서워 살아남기 위한 보신에 치중하다가 봄이 온다는 향기에 나팔 통처럼 귀를 열고 기쁨에 넘쳐날 것이다. 전신에 닫혀두었던 모세혈관까지 깨어나게 하여 기를 받아들이고 에너지를 키울 것이다. 잎이 돋아나고 푸름이 짙어질 때면 그 품속이 좋아 산을 찾는다. 생기(生氣) 정기(精氣)를 느끼고 새로운 활력을 얻고자 너도나도 몰려온다. 어머님 품속처럼 모든 것을 받아주는 넓고 넓은 품속이 그리워 달려온다. 찌든 세상사에 탈출하고 싶어서 찾기도 한다. 미망에서 깨어나기 위하여 또는 벽에 부딪쳐 갈 바를 못 찾을 때 답을 구하고자 찾는 이도 있다. 산을 알기 위하여 산을 찾기도 한다. 산사람이 될 수 있을까 살피기도 한다. 산이 높으면 골짜기도 깊어지고 물이 많아지며 임산자원이 풍부하여진다. 지하자원도 무엇이 있는지 살피기 위하여 산을 오른다. 산은 무

엇이든지 찾고 부르면 모두를 채워준다. 없는 것이 없는 크신 사랑이다. 한 발 두발 오르고 숨 한번 크게 쉬고 또 한 발 옮길 때 막혔던 기가 뚫려 고통마저 사라지게 한다. 산은 만병통치의 주치의사이면서 하해와 같은 사랑의 부모님이시고 스승님이시며 선배이고 친구이다. 산은 만물박사다. 그곳은 놀이터고 운동장이며 허기를 채워주는 보물 같은 창고다. 무엇이든지 찾으면 준다.

　가을산은 또 다른 정취를 느끼게 한다. 여름을 거치면서 마음껏 성장하여 몸신을 만들어간다. 때가 되었다 하면 옷을 갈아입기 시작한다. 울긋불긋 오색의 화려한 옷으로 갈아입는다. 수종에 따라서 주위의 환경과 일조량에 따라서 칼라도 다양하다. 그곳이 보고 싶어 너도나도 산이 되고 싶어 산을 찾는다. 생활의 새로운 리듬을 찾아보고자 하는 사람도 있다. 젊음을 즐기기 위하여 너도나도 달려간다. 산은 낭만을 부른다. 기개(氣槪)를 높여주어 용기와 관용도 가르쳐준다. 낙락장송의 위엄을 바라보면서 아름다움과 빼어난 우리의 산을 즐긴다. 산은 단순히 산이 아니다. 그렇다고 산은 마냥 기쁨만 주는 것은 아니다. 산은 인간의 도리를 가르쳐주기도 한다. 과욕을 하게 되면 징계로 금욕을 가르쳐 준다. 죄지은 자 법으로 심판하는 것처럼 자연의 순리를 어기면 상응하는 조치를 하는 산이다. 산은 할아버지의 회초리처럼 때로는 매섭게 치시기도 한다. 산은 엄하신 아버님 같다. 길이 없는 곳을 갈 때는 고생은 당연한 것처럼 아픔과 고통을 주기도 하는 산이다. 줄 것이 너무 많아 넘쳐나는 산이지만 욕심을 부리다 보면 하나도 얻지 못하는 경우도 있다. 산은 자연이지만 도리(道理)를 좋아한다. 특히 그 도리를 지키고 사랑하는 자를 좋아한다. 우리는 항상 산속에서 살아가지만 잘 알지 못한다.

우리들의 능력으로는 그 위대함을 측량할 수 없는 곳이 산이다. 앞산 뒷산 보이는 곳이 산으로 진쳐있지만 산을 안다 함은 오만일 것이다. 산을 두려워할 줄 알아야 한다. 매사가 쉬운 것은 하나도 없다. 내 것만이 소중하고 남의 것은 하찮다는 생각은 위험천만한 생각이다. 오만한 생각은 자기를 망치는 지름길이다. 산은 진리다. 산에 대한 고사를 생각해보고자 한다. 옛날 당나라의 큰 스님이신 청원유신(靑原惟信)이 제자들의 요청에 의하여 강단(講壇)에서 가르침 중에 산과 물에 대한 말씀이 있어 소개하고자 한다. 그의 강론은 오늘을 살아가는 우리에게도 큰 가르침이 되고 있다. 老僧三十年前, 未參禪時(노승이 30년 전 참선에 들기 전에)/ 見山是山, 見水是水(보이는 산은 그냥 산이었고 물이었다)/及至後來, 親見知識, 有個入處(후래에 스승(참선)을 만나 배움이 있은 후에 보니)/見山不是山, 見水不是水(산은 산이 아니고 물도 물이 아니었다)/而今得個休歇處(금후에 공부가 높은 경지에 오르니)/依前見山祗是山, 見水祗是水(산은 역시 산이고 물도 역시 물이었다)/大衆, 這三般見, 解是同是別, 有人緇素得出, 許汝親見老僧(여러분들이 이 세 가지 견해가 같은가, 다른가를 가려낸다면 노승이 친견을 허락하겠노라)라는 말씀이었다. 십수 삼년 전에 고승 성철 스님이 입적하시기 전에 남기신 법어는 2000년 전 당나라 고승이신 청원유신(靑原惟信) 선사께서 하신 말씀을 인용하였다.

1단계는 산과 물은 단지 바라보이는 실체를 그대로 받아들이는 말씀이며, 2단계는 공부를 열심히 하여 어느 단계에 들고 보니 산에는 산만이 있는 것이 아니고 보이지 않는 수많은 것들이 있어 이것은 산이 아니며 물도 아니라나는 말씀이며, 마지막 3단계는 최고의 경지인 진리에 도달하고 바라보니 산은 역시 산이고 물은 역시나 물이었다는 깨우침의 말씀이라 설명한다면 좀 더 이해가 쉽지 않을까 하여 주접을 떨어 보았다. 산은 우리 생활의 터전이면서 계절마다 새로운 옷으로 갈아입으며 우리를 부르고 있다. 산이 부르면 나도 모르게 미친 듯이 쫓아간다. 그곳에 진리(眞理)의 가르침이 있기 때문이다. 사람은 누구나 보배를 찾아 일생을 헌신한다. 그것은 다이아몬드일 수도 있고 진주일 수도 있다. 그것이 하나님이 주신 진리(眞理)의 사명이기에 찾다가 가는 것이다. 오늘도 산이 부르는 소리에 귀를 열어놓았다.

의타심에 물들면 2018년 9월 3일

자식이 귀한 집에 어렵게 얻은 자식은 부모의 품속을 떠나지 않게 싸고 키운다고 한다. 혹에 다칠세라 애지중지(愛之重之) 노심초사하면서 치마폭에 감싸 키운다는 아이는 마마보이라고 한다. 무엇이든지 부모님이 해주니 입으로만 요구하면 무엇이든지 얻을 수 있으니 애써 스스로 하려는 의지가 박약해진다. 이런 아이는 성장하여 스스로 살아가기가 어려워진다. 특히나 부모님께서 돌아가시면 더욱 낭패다. 스스로 해 본 적이 없으니 가야 할 길을 못 찾아 우왕좌왕하다가 스스로 침몰하고 만다. 먼 옛날의 이야기가 아니다.

현대판 마마보이도 있다고 한다. 출생률이 한 번도 가보지 못한 0%대에 이르렀다고 하니 자식 하나 있으면 국민이요, 둘 이상 있으면 애국자라 한다. 이렇게 자란 아이들은 모두가 마마보이가 될 수 있는 여건이 조성되었다. 두 사람이 만나 결혼하면 최소한 두 명은 낳아야 본전인데 하나만 낳는다면 50%가 감축이 되는 셈본이다. 그런데 하나도 힘들어 못 낳겠다는 사람들이 늘어나고 있는 것도 모자라 아예 홀로족들이 늘어나 사회문제로 비화하고 있다. 둘도 아니고 하나 낳아 잘 키워보겠다는 맘들이 대세를 이루고 있다. 자식의 자질이나 소질 특기 취미 등등은 고려 대상도 못되고 오직 부모의 뜻에 따라 기획된 사람으로 키우기를 원한다.

어느 분야에 발군의 능력이 있다 하여도 아니라고 한다. 맹모삼천지교(孟母三遷之敎)는 들어 보았는지 좋은 유치원에 보내려고 밤새워 진 친다는 보도도 보았다. 환경 좋고 일류라 알려진 학교 보내려고 이사도 서슴없이 한다. 자식 위하는 일이라면 무엇이든지 하는 부모들이 요사이 풍속이 되었다. 모두가 1등만을 위한다. 2등도 고려가 되질 않는다. 몽유병 환자처럼 1등에만 목을 매는 모습이다. 공부라면 무엇이든지 다 해준다. 박봉에 먹고살기도 바쁜데 1등을 위해서는 비싼 학원에도 여기저기 보내야 한다. 돈이 없으면 빌려서라도 보내야 직성이 풀린다. 오직 1등만을 위하여 모두가 1등 병에 걸려 치유하기도 어려워지고 있다. 기획성장에 빨간불이 켜지면 당황한다. 출구를 찾다가 여의치 않으면 남 탓을 하게 된다. 가정문제로 불이 옮겨 붙는다. 그래도 해결이 안 되면 정부에서는 무엇하느냐 라고 비난의 여론이 증폭되는 세상이다. 하루 삼시 세끼 밥만 먹고사는 사람들이 아닌 표까지도 먹는 정치인들은 이들의 소리를 간과할 수 없다. 만약 무시한다면 표가 우수수 낙엽 되어 떨어지기 때문에 모든 수단과 방법을 동원하여 해결해준다. 내 돈 들어가는 것이 아니고 국고가 있으니 마음 놓고 생색은 자기네들이 내고 있다. 국민들의 피땀으로 바친 세금으로 마음대로 써도 어느 누가 왜 그러느냐 시비하는 사람이 없다.

대한민국의 국회의원 나리들은 염라대왕님도 놀랄 특권을 가지고 있으니 지옥문을 지키는 수문장도 어쩔 수 없다고 한다. 쌀이 떨어지면 쌀도 줘야 하고 학원비가 비싸다면 해결하여 줘야 한다. 놀고 있다고 하니 실업수당도 주어야 한다. 청년이라는 이유로 청년수당도 주어야 한다. 나이 많아지니 노령수당도 줘야 한다. 거마비도 무료다. 감기만 걸려도 종합병원 찾는다. 어린아이들 보육수당이며 급식도 해결해 주어야 한다. 세상이 온통 무료다. 달라고 하면 무조건 주는 것이 국회의원들의 임무이다. 우리가 언제 이렇게 잘 사는 세상이 되었는지는 관심 밖이다. 당신들은 세상이 부러워하는 특권을 가지고 있는데 우리가 요구하는 것은 새 발의 피 정도이니 무조건 주지 않으면 광화문이 말할 것이다. 촛불이 대신 요구할 것이다. 강성노조들이 전교조들이 어용언론들이 시민단체들이 떼 지어 선전하고 선동할 것이니 내놓으라는 것이다. 여기에 법 같은 것은 안중에도 없다. 다만 아스팔트 법만이 위력을 발휘하는 세상이다. 옆의 사람이 죽든 살든 관심 밖이다. 오직 나만을 위하는 세상이다. 사회 풍조가 망하는 쪽으로 기울어간다. 여기에 불난 집에 부채질하듯이 정부는 소득을 보전해주어야 경제가 발전한다는 교본에도 없는 경제정책을 오천만 명의 국민을 대상으로 실험하고 있다. 주권자를 실험한다는 세상에 듣도 보도 못한 정책을 펴고 있다.

그렇게 해서는 안 된다고 경제전문가들이 국민들이 요구하여도 마이동풍이다. 나라의 근간이며 가장 기초인 통계마저 입맛에 맡도록 하기 위하여 통계청장을 전격 갈아치웠다. 통계는 앞으로 이루어질 것이 아니며 지나간 일정한 기간에 이루어진 통계수치다. 모델은 국제적으로 인정된 모델로 조사하여 발표한다. 그런데 새로 임명된 청장은 통계로 보답하겠다고 정부에 말하였다니 국민을 알기를 졸로 보는 쓰레기다. 이런 놈은 바로 퇴출되어야 나라가 바로 설 것이다. 정부는 이런 쓰레기에 의존하여 무엇인가를 꾀하려 하는 모양인데 어불성설이다. 1억 개의 눈동자가 지켜보고 있다. 모든 것을 나라가 해주니 일하려는 풍조가 사라지고 있다. 실업자가 사상 최고치를 경신하였다니 아마도 이 중에는 자의적인 실업자도 있을 것이다. 왜냐하면 가만히 있어도 실업수당 주고 청년수당도 주는데 무엇 하러 취업을 하느냐 하는 경우도 있을 것이기에 하는 말이다. 국가정책 자체가 기업을 키워 고급 일자리를 많이 만들어 일하는 풍조를 만들어야 하는데 기업을 옥죄어 환경을 어렵게 하고, 일자리가 늘어나지 않으니 일자리 만들라는 압력은 공산주의 국가에나 있을 법한 이야기다. 만사가 의타심 천국이 되었으니 길은 분명히 있는데 찾지 않고 없는 길을 만들어 가자고 한다. 문재인 정부의 민낯이다.

우물 안의 개구리 2018년 9월 3일

속 좁고 어리석은 사람을 이르켜 우물 안의 개구리 같다는 표현을 하곤 한다. 우물 안은 보이는 곳이 좁고 한정되었으며 햇빛도 못 보는 어두컴컴한 곳이다. 조선 말 경에 대원군은 쇄국정책(鎖國政策)으로 외세를 철저하게 차단하였다. 오직 사대(事大)만으로 나라를 지켜 왔기에 보이는 것이 아는 것이 그것뿐이었다. 문을 열자는 개화파(開化派)가 있었지만 찻잔 안에 바람에 지나지 않았다. 그래서 우물 안에 개구리였다는 표현이 합당할 것이다. 조상님들은 항상 이웃 나라 일본을 섬나라 미개한 나라로 보았다. 그런데 섬나라 사람들은 일찍이 외국 문물에 관심을 가지고 문호를 개방하여 발달된 선진 문물을 과감하게 도입하였다. 이후 19세기 후반에는 일본국의 메이지 천황 시절에는 바쿠후(江戶幕府)를 무너뜨리고 중앙집권 통일국가를 이루었다.

자본주의 형성의 시발점이 된 정치적, 사회적 대변혁을 이루었는데 그 이름도 생생한 명치유신(明治維新)의 산물이다. 그들은 발달된 선진 문물을 받아들여 배우고 익혀 결국에는 정한론(征韓論)의 꿈을 이루었다. 우물 안의 개구리는 결국 역사에 씻을 수 없는 치욕(恥辱)을 후세에 남겼다. 나라를 이끌어가는 자들이 우물 안의 개구리가 된다면 어떻게 되는지는 우리의 살아있는 역사가 증명해 주고 있다. 한일 합병 이후 36년간의 고통은 두 번 다시 언급하기도 싫다. 문재인 정부의 치국(治國)을 바라보면 세 살 먹은 아이 대로변에 내놓은 듯하여 마음을 놓을 수가 없다. 위태위태하기 그지없다. 정치는 연습장이 아니다. 정치는 곧 국민들에게 바로 전가되기 때문에 연습으로 해본 다음 아니다 싶으면 바꾼다는 생각은 아예 버려야 한다. 지금 민생과 관련된 정책들을 보면 조삼모사(朝三暮四) 식이다. 무엇 하나 일관성이 없다. 고집불통 정부다. 박근혜 정부를 불통정부로 낙인찍어, 하지 말아야 할 것 들과, 가지 말아야 할 곳으로 가고 말았다. 소득 주도 성장 경제정책은 모든 통계지표들이 최악이라고 하는데도 저들만이 아니라고 한다. 이것은 고집을 넘어 무엇인지는 모르지만 큰 족쇄에 갇혀있는 모습을 연상케 한다. 국정은 국민된 도리로 충언하면 한 번쯤 귀담아 볼 필요가 있을 터인데 거들떠보지도 않고 있다.

아마도 운전자 위에 무엇인가 조종하는 느낌을 지울 수 없다. 초기 78%의 여론 몰이로 오만(傲慢)함이 극에 이르렀는지는 모르지만 지금 40~50%대를 왔다 갔다고 한다. 그렇게 여론에 민감한 정부라면 한두 번쯤 무엇을 의미하는 것일지 짚어볼 만한 가치가 충분한데도 아니라고 한다. 이러하니 대책이 없다는 말이 나온다. 경제가 일본의 잃어버린 20년처럼 답습의 터널로 진입하는 것은 아닌지 우려함이 점증(漸增) 하는데도 강 건너 불구경하듯 한다. 끼리끼리 모였으니 귀에 거슬리는 소리는 적으로 간주한다면, 이들이 바로 우물 안의 개구리로 취급할 수밖에 없다는 것이다. 우물 안의 개구리는 한 번으로 족하지 두 번은 절대로 해서는 안 된다. 정치, 안보, 국방, 외교, 경제, 법치, 교육, 문화 어느 것 하나 제대로 하는 것이 보이질 않으니 수많은 국민들이 우려한다. 오죽하였으면 100수를 바라보시는 나라의 원로님들께서 아스팔트로 뛰쳐나왔을까. 어느 누가 그분들과 소통한 사실이 있는지, 그분들이 할 일 없어서, 몸이 건강하셔서 태극기를 들었을까? 당신들은 하늘에서 그냥 떨어졌기에 조상 알기를 우습게 알고 있는 것인지 대답을 들었으면 좋겠다. 청와대 잔디밭을 카페로 젊은 친구들과 커피잔으로 소통하는 화면을 보여주면서 40도에 육박하는 염천에 불면 곧 쓰러질 노인들의 외치는 소리에는 눈 감고 귀 막고 입 봉하고 있는지 참담한 심정이다.

사람의 됨됨은 그의 행실을 보면 알 수 있듯이 그 나라의 됨됨을 볼라치면 치국(治國)에 종사하는 분들의 행실을 보면 알 수도 있다고 한다. 그것까지는 그렇다고 치자, 그러나 나라만큼은 온전하게 다스려야 한다는 말씀이다. 그런데 온전한 곳이 한 군데도 없다 하니 이를 어찌 할꼬, 마치 김정은 어린놈의 손아귀에서 놀아나는 모습이다. 무엇이 무서워서 벌벌 떨면서 시키면 시키는 대로 순한 양처럼 끌려가는지 상식이 통하지 않는다. 고희(古稀)를 넘게 가꾸고 발전시킨 자유대한민국을 버리셨나는 것인지 아니면 북에 가져다 바치려는 것은 아닌지 심히 우려된다. 이제는 알만한 국민들은 모두 알게 되었다. 아무리 나팔수 어용언론을 통하여 막아보지만 넘쳐나는 물을 누가 무슨 힘으로 대수(大水)를 막을 수 있겠는지, 머리가 있는 자라면 생각 한번 아니면 10번 100번이라도 해야 하지 않을까 한다. 시간이 많이 있는 것은 아닌 것 같다. 개구리 우물 안의 생각을 버리기 바란다. 세상은 넓고도 할 일도 많다고 어느 기업 총수가 이야기하였던가. 넓고 할 일도 많은데 왜 좁고 습하며 컴컴한 우물 속에서 허덕이는지 정말로 알 수 없다. 생각을 바꾸면 밝은 태양이 활짝 펼쳐질 것인데 개미 쳇바퀴에서 맴돌 듯 깨어나지 못하는지 안타깝다.

많이 살아보아야 팔구십인데 무엇을 이루고자 하는지, 족보에 감투 몇 자 올리려고 하는지, 돌아가신 조상님 면전에 저는 이렇게 살았습니다, 라고 자랑이라도 하려는지 이리저리 아무리 생각해도 답이 나오질 않는다. 송충이는 솔잎을 먹고 살아간다. 자유대한민국에서 살아온 사람은 공산주의 사회나 이와 유사한 사회에서는 살아가기가 어려운 것처럼 장구한 세월 동안 가꾸어 온 이 땅을 버리지 않았으면 좋겠다. 하루속히 우물 속에서 나와 밝은 태양을 바라보면서 더불어 살았으면 하는 희망이다.

오기(傲氣) 2018년 9월 4일

살다 보면 마음이 앞서 오기(傲氣)를 부릴 때도 있다. 자신의 능력은 잠시 묻어두고 마음속에 불같은 도전의식이 반드시 성공할 수 있다는 자세가 결국에는 실패하는 아픔을 겪기도 한다. 아시안 게임에서뿐만 아니고 모든 경기장마다 흔히 있는 일이다. 실력은 딸리는데 이길 것이라는 행운이라도 찾아올 것으로 착각하고 도전한다면 반드시 필패를 한다. 이는 선수뿐만 아니고 관전하는 응원자들도 마찬가지다. 손자병법에 지피지기는 100전 100승한다고 하였다. 진리의 말씀이다. 상대를 알고 자신을 알 때에 이길 수 있다는 말씀이다.

각종 입학시험이나 취업시험 등등 수많은 평가를 거쳐서 통과한다면 목적을 이룰 수 있는 사회가 우리 사회다. 대부분의 실패 원인을 보면 지피지기(知彼知己)를 모르기 때문에 재수 삼수를 하는 결과다. 그릇은 종지인네 담을 것이 대접만 하다면 불문가지(不問可知)가 아닌가. 철인 소크라테스는 "너 자신을 알라"고 하였다. 나 자신만 안다면 오기(傲氣)로 패망하는 일은 많이 줄어들 것이기 때문이다. 모든 원인은 먼 곳에 있는 것이 아니고 가까운 또는 자신에게 있다는 평범한 이치를 외면한 결과는 실패와 패망 그리고 사망으로까지 이어진다. 하루살이가 명이 하루만 살다가 죽는다는 것을 모르기 때문에 천년만년 살 것처럼 불 속이 무엇인지도 모르고 뛰어든다고 한다. 세상사 원인 없는 결과는 없다고 한다. 사필귀정(事必歸正)이란 말이다. 흔히들 뿌린 대로 거둔다는 말이 있다. 뿌리지 않았는데 어찌 수확이 있는가. 바람이 가만히 있는데 저절로 분다 하지 않는다. 기압(氣壓)들이 이동할 때 바람이 분다고 한다. 항차 만물의 영장이라는 사람들이 행함에는 반드시 원인에 따라서 그 결과에 책임이라는 것이 따라다닌다. 그래서 금수(禽獸)들과 구별되는 것이 아닌가 한다. 태어나면서부터 모두가 어렵다고 하는 공부를 한다. 출발은 같았지만 구간별 결승점에는 현격한 차이가 나기도 한다.

자기 능력을 셈하지 않고 과속을 하다 보면 중간에서 낙오되기 십상이다. 거기에도 오기가 존재한다. 항상 오기는 함께 한다. 오기를 다스리지 못하면 결과는 물어보나 마나이다. 자신의 능력에 자신의 그릇에 맞추어 행하라는 말씀이다. 운전자라고 자신하는 사람들은 과속을 넘어 폭주에 정신을 차릴 겨를이 없다. 이 사람들에게 돌다리는 없다. 쏘아 놓은 화살처럼 질풍노도처럼 달린다. 권력을 찬탈함을 긴가민가하였는데 그 증거들이 속속 드러나고 있다. 그간에 미운 틀에 박힌 자들을 적폐청산이라는 올가미를 씌워 전 정부, 전전 정부의 대통령을 비롯하여 관련자들 200여 명을 뒷간의 법으로 얽어 감옥소에 보내고 있다. 그들은 배운 대로가 아니고 어둠 속에서 독학으로 익힌 씨앗을 뿌려놓고 발아 정도로 자랐는데 수확철이 되었다고 낫 들고 논밭으로 나왔다. 여물어 익어야 하는데 수확물들이 없으니 잘 익은 옆의 논밭을 주인의 허락도 없이 무차별로 거두어 가는 중이다. 이것을 날도둑놈들이라 태극기로 심판하고자 하니 약삭 빠른 어느 얼간이는 태극기조차도 못 들게 하겠다고 위협하고 있다. 순리대로가 아닌 오기로 만사를 해결하고자 한다. 드루킹인가 경인선인지 불법 여론조작이 명명 백일하에 드러나 특검인가 하였는데 살아있는 권력 앞에는 특검도 소용없다.

무소불위의 권력 앞에 문을 닫고 말았다. 그들은 배운 대로 아는 대로 연방제에 목을 매면서 기회는 자주 오는 것이 아니니 왔을 때 확실히 하여야겠다는 복심으로 치국(治國)이 연방제에 맞추어져 있다. 혹여라도 말 실수로 저들에게 오해를 불러올 수 있다고 안절부절하는 모습에 기막힌 현상을 보기도 하였다. 달라고 하면 그 대상이 무엇이든지 주어야 하고 막아라고 하면 무조건 막아야 한다. 시켜만 달라고 한다. 기업을 압박하여 활동을 위축시키면서 일자리는 내놔라고 협박한다. 강성노조를 지원하여 노동자 천국을 만들겠다고 기염을 토한다. 최저임금 인상으로 최대의 지지 세력들인 자영업자 모두가 거리로 몰려나오게 하였다. 실업자는 사상 최대치를 경신하였는데도 무상으로 소득위주 경제정책을 고수하겠다고 한다. 복지 수준은 미국을 능가한다고 한다. 현지에서 살고 있는 교포들의 말씀이다. 그래서 나라가 안정이 되고 자유민주주의가 확고해지는 기회가 온다면 다시 귀국하겠다는 교포들이 늘어나는 추세나. 유엔의 세세나 미국의 제재는 안중에도 없다. 김정은 목숨 줄 살리기 위하여 안달이 난 정부다. 북한산 석탄을 몰래 들여왔고 농협창고가 텅텅 비도록 쌀을 퍼다 주었다고 한다. 심지어 광물자원도 거래하였다고 하며 돈도 달라면 무조건 주었다는 소식이다. 개성에 남북연락사무소 개소식을 곧 하겠다면서 필요한 기술도 제공하였다. 또한 기름도 보내고 전기도 공급하였다고 한다.

우려를 하니 금수 품목에 해당되지 않는다는 답변이다. 연락사무소를 통하여 지원하는 루트를 개설하겠다는 심사다. 또 문 닫았던 공장들도 문을 열게 하겠다는 청사진들이다. 무엇이든지 자신의 입맛에 따라 실행하고 변명으로 대응하고자 한다. 북의 비핵화는 우리들의 문제가 아니고 미국과의 문제라는 것이다. 인질은 우리가 되었는데도 마치 인질이 좋다는 것인지도 모르겠다. 그렇지 않고는 동맹국미국을 배제하겠다는 모습들이 국민들을 불안하게 하고 있다. 미궁에 잠자고 있는 가상화폐며, 홍진호의 미스터리, 아랍에미리트와의 석연치 않는 관계 등등 국정 전반에 걸쳐서 우려의 목소리가 정점에 가까워지는 듯하다. 오기(傲氣)는 자신은 물론이며 가족과 이웃을 그리고 나라까지 망치는 역적(逆賊) 자로 낙인 될까 우려가 된다.

쇠코뚜레 2018년 9월 4일

쇠코뚜레라는 말 모르는 사람들이 많을 것이다. 순수 우리말이다. 젊은 사람들은 무슨 말인지 전혀 알지 못하는 단어다. 나이가 많은 사람들도 시골에서 자란 사람들은 혹시 알는지 모르지만 잊어진 순수 우리말이다. 한마디로 소와 관련된 용어다. 소는 농촌에는 없어서는 안 되는 중요한 자산이면서 소가 없으면 농사를 지을 수 없는 환경이었기에 자산 1호에 등극한 것이다. 논밭 갈고 짐 싣고, 농부 열 명에 해당하는 일들을 감당한다. 그러하니 집집마다 농우를 가족처럼 사랑하였다. 지금도 마찬가지다. 요사이는 비육우로 사육하여 양질의 육질 생산을 위하여 많은 수의 소를 사육하는 전문 기업 형 축산 농가들이 늘어났다.

농우는 그냥 농우가 되는 것이 아니다. 훈련이 필요하다. 그러기 위해서는 송아지 때부터 쇠코를 뚫어 나무로 만든 코뚜레를 꿰어 쇠고삐를 매어 좌로 우로 앞으로의 훈련에 필수 장식품이다. 꼼짝없이 말을 듣도록 하기 위하여 굴레를 씌우는 것과 같은 이치다. 코뚜레가 없다면 마음대로 움직이지도 않으며 제멋대로 행동하기 때문에 사용할 수 없다. 선조들께서는 오랜 경험에서 취득한 지혜의 산물로 야생소를 길들이는데 성공하여 정착하였다. 가축이 되려면 끊임없이 반복되는 훈련과 사랑으로 이루어지는 것이다. 가축들도 주인이 베푸는 사랑에 눈물도 흘리며 웃기도 하고 감사하기도 한다.

사람도 이들과 별반 차이가 없다. 태어나 부모의 사랑을 듬뿍 받는다. 자라면서 끊임없는 교육과 반복되는 훈련을 통하여 성장한다. 느낌으로 부모님의 일거수일투족을 보고 익혀나간다. 말을 배우기 시작하고 의사표현을 서툴게 시작한다. 배고픔과 즐거움을 몸으로 표현한다. 마음에 들지 않으면 울면서 항의도 한다. 조금 자라면 선생님을 모시고 제도 교육을 본격적으로 받는다. 하여야 할 것들과 해서는 안 되는 것들을 익히면서 사물의 이치(理致)를 하나하나 배우면서 성장한다. 배움에는 나이가 필요 없다고 하였다. 배움에는 시간이 정해진 것이 없다. 늙어 죽을 때까지 배우다 죽는다고 하였다. 배움에는 나이가 많고 적음에 구애(拘礙) 받지 않는다고 하셨다. 불치하문(不恥下問)이라 하였다. 아래 사람에게 묻는 것을 부끄러워하지 말라는 명언(明言)을 남기기도 하였다. 배움이란 왜 무엇 때문에 많은 돈과 시간과 노력을 들려야 하는 것일까? 묻는다면 한마디로 성공을 위하여라는 답변을 듣는다. 틀린 말은 아니다. 성공은 무엇인가. 다수의 사람들이 그렇게 인정되는 어떤 분야별 모델을 이르는 말일 것이다. 그 성공이라고 하는 위치에 이르면 끝나는 것일까. 아니라는 것이다. 또 다른 성공을 위하여 노력한다는 것이지, 반복되는 성공의 욕망에 부응하기 위하여 산을 오르는 것이다.

정상까지는 가야 할 길이 많이 남았으니 밤과 낮을 가리지 않고 또 연구하고 공부하는 길을 가는 인생이다. 궁극적인 목표는 무엇이며 정상에는 무엇이있을까. 금은보화가 가득하게 있을까. 성인들은 이를 깨우침이라 하셨다. 깨우침이 곧 금은보화라는 것이다. 석가는 각(覺)이라 하셨다. 사물의 이치를 알았다. 깨우쳤다는 말씀이다. 예수는 나는 길이요 진리(眞理)며 영원한 생명(生命)이라 하셨다. 성리학은 허령지각(虛靈知覺)이라 하였다. 역시나 마음으로 알아 깨우친다는 말씀이다. 한마디로 요약한다면 진리(眞理)에 도달하였다는 표현이다. 이것이 인간의 본성(本城)으로서 가야 할 길을 제시하여주었는데 사람들은 그 길이 아니고 다른 길로 마치 자신이 가는 길이 진리인 것처럼 착각하고 간다는 것이다. 철인(哲人)들은 삶의 바른길을 제시하였지만 욕망에 시녀가 된 인간들은 아니다 단정하고 자신이 정한 길을 택함으로써 여러 문제를 야기한다는 것이다. 지금 우리 사회의 양극화는 어디에서 근원을 찾을 수 있을까. 가진 자와 못 가진 자의 갈등일까. 진리(眞理)와 각(覺)과 허령지각(虛靈知覺)을 잘못 알고 접수한 탓일까. 이로써 나라가 풍전등화처럼 갈기갈기 찢어졌다. 100세를 바라보는 나라의 원로님들을 말씀도 들으려 하지 않고 한쪽 귀로 흘려버린다. 세 살 버릇 여든 살까지 간다는 말씀 듣고 배우면서 자랐다. 어려서 배운 것은 죽을 때까지 변하지 않고 간다는 말씀이다. 그것도 스스로 배우고 익힌 것에는 남다른 애정이 있기에 더욱 버리지 못한다. 남의 눈을 피하여 스스로 배우고 익혔으니 그것이 최고의 가치로 의식화된 사람들이 자유대한민국을 접수하여 연방제에 총력을 경주하고 있다. 아마도 그들은 눈을 감기 전까지는 절대로 변하지 않을 것이다. 과거의 역사 뒤안길로 사라진 냉전체제의 공산주의와 민주주의가 아직도 우리 사회에 살아 꿈틀대고 있다. 원조가 패망하니 변질된 주체사상으로 다시 태어난 교주 김일성이로 하여금 지난 70년 동안 심어놓은 독초들이 자라 체제를 뒤집으려 혈안이 되었다. 물러서면 모든 것이 물거품이 된다는 것을 너무나 잘 알고 있는 사람들이다. 그래서 속도전을 내고 있는 것이다. 이 기회를 놓치면 끝장이라는 생각으로 최후의 승리를 쟁취하기 위하여 부모자식도 형제자매들도 일가친척들이며 지인들도 모두 필요 없이 소모품으로 사용하겠다는 냉혈 인간으로 변하였다. 내가 아니면 안 된다는 유아독존(唯我獨尊)의 생각이 자신들을 병들게 하였으며 죽음에의 길로 재촉하고 있는 모습은 측은지심(惻隱之心)이 들기도 한다. 인간이기를 포기한 상태다. 전쟁터에 병기들과 같이 변하고 말았다. 이순신 장군의 아직도 내게는 12척의 배가 남았습니다, 라는 말씀에 귀 기울였으면 한다. 자유대한민국은 결코 그들의 마수의 손길에 무너지지 않을 것이기 때문이다. 신념(信念)은 자신을 살리기도 하고 죽음에 이르게도 한다.

멍청한 아침 명상 2018년 9월 5일

파란 하늘의 9월이다. 그 하늘이 너무 좋아 날아보고 싶은 심정이다. 흰구름 두둥실 떠다니는 자유로운 모습이 좋아 타고 훨훨 날아보고 싶다. 보이는 곳이 좁고 티끌세상이라 너무나 답답하여 높은 곳에 올라 멀리멀리 그곳에는 또 무엇이 있는지 바라보고 확인하고 싶다. 그곳이 나를 오라 손짓한다. 구름아 바람아 나를 태워다오, 솜털 같은 안장에 바람같이 달리는 준족을 주소서, 말갈기 휘날리듯 구름을 재촉하여 주시길 바랍니다. 나의 믿음이 진정 나의 소망이 이루어졌으면 좋겠다. 거기에는 없는 것이 없는 천국이다. 무엇이든지 바라기만 하면 나타나고 이용하고 소유할 수 있어 좋다. 내 이름 석 자 새겨 보았으면 너무나 좋겠다. 잠도 자고 책도 읽으면서 친구들과 모여 이야기도 하면서 자랑도 하고 싶다. 작은 소리에도 귀 기울여 속삭이는 소리에 엷은 웃음이 그리워지기도 한다. 가만히 잡아주는 손길에 입 맞춤하면서 나의 존재를 알리고 싶다. 즐겨 부르는 노래하면서 보고 싶은 영화도 감상하고 명상의 나래를 펼치고 싶다. 동화 속에서 꿈을

꾸었으면 좋겠다. 요술방망이 잡고 금 나와라 뚝딱하여 확인하고 싶다. 도깨비놀음에 간담이 서늘한 기분도 느껴 보았으면 좋을 것 같다. 소꿉놀이에 흠뻑 빠져 보았으면 좋겠다. 내 부모님은 어디에 계시는지 아픈 곳은 없으신지 걱정 근심 없이 잘 지내시는지 확인도 하였으면 좋겠다. 내 형제 자매들 그리고 내 가족들도 행복하였으면 좋겠다. 암울한 이념의 시대 상황이 삶의 질을 망치려 하고 있다. 붉은 악마의 혓바닥이 넘실거림을 보이기도 한다. 암흑의 계곡 입구가 보이기도 한다. 장수들의 싸움이 격렬하게 진행된다. 엎치락뒤치락 누가 이기고 지는지도 분별이 잘 되지를 않는다. 오늘은 아군이 승리하는 듯하나, 오늘이 지나고 나면 적군이 승리의 헹가래를 치지나 않을까 노심초사하기도 한다.

지원군의 말 한마디에 울고 웃는 희비쌍곡선이다. 서로가 살아남기 위하여 피를 튀기고 있다. 우리는 하나라고 하면서 날마다 낮과 밤을 가리지 않고 싸움질이다. 너는 너대로 나는 나대로 살아온 지가 70년을 지나고 있는데 아(我)는 자유를 너는 교주(敎主)를 위하여 그렇게 좋다면서 살아오지 않았나. 믿는 대로 살았으면 좋겠다. 그곳에 자유가 있느냐, 밥이 나오느냐 돈이 생기느냐, 신념을 가지고 살면서 가꾸고 거두었지 않는가. 선택은 각자의 몫이었고 그 결과도 자신들이 택하였으니 그대로 살았으면 좋겠다. 그런데 누구 마음대로냐, 어느 놈이 주권자에게 물어나 보았는가. 국정을 농단하였다는 죄가 있는지 없는지도 몰랐는데 멀쩡한 대통령을 국정 농단이라는 죄명을 씌웠다. 사전에서 찾았는지 법전에서 찾았는지 모르지만 듣도 보도 못한 죄명으로 역사에 길이 남을 판결이다. 감옥소에 보내고도 시간이 모자란다는 이유로 연장하여 죽기만을 고대하는 역적들이다. 배신자들과 정치모리배들 어용 나팔수들 그리고 붉게 물든 집단들과 아스팔트 쓰레기들이 합작하여 뒷간의 법으로 탄핵하였다. 이것도 모자라 지구에서 사라지기를 축원하는 무리들이 목숨으로 지켜온 자유를 빼앗고자 광분하고 있다. 나에게는 자유가 없다면 차라리 죽음을 달라 하겠다. 생명은 곧 자유다. 자유 없는 세상 꿈에라도 저주할 것이다. 적폐청산은 또다시 적폐청산을 부를 것이다.

　오뉴월 밭고랑 품삯은 바로 돌려받는다고 한다. 두렵지 않은가, 살 떨리지 않은가. 피는 피를 부르는 것이 세상의 이치(理致)다. 나의 눈에 티는 자기 눈에 들보라 하였다. 세상의 이치가 그렇다는 것이다. 손에 잡고 있는 권력이라는 괴물이 천만년 너의 손에 머물러 있을 줄 착각하는 머저리 같은 놈들의 끝이 보이는구나. 너희들 머리와 눈에는 국민들은 안중에도 없을 것이다. 개돼지로만 보일 것이 분명하구나. 불법으로 찬탈한 권력의 대접은 외국 나라의 대통령이나 원수들이 명쾌한 판단으로 왕따 시켜주질 않았는가. 바라보는 5천만 명의 국민들의 굴욕감을 생각이나 해 보았는가. 그 책임을 반드시 묻지 않을 수 없다. G 20 회의에서 미국에서 중국에서 베트남에서 인도에서 러시아에서 가는 곳마다 국빈 방문이라 화려하게 포장하였지만 정승집 개 만큼도 대접받지 못하였음을 온 국민들이 보고 알았지 않았는가. 콩이 콩이라 하여도 믿을 사람들이 없다고 한다. 잔머리로 무엇을 하고자 하지만 그 한계도 지나가는 듯하다. 어찌할 것인가. 철벽으로 막아 놓았던 악마의 계곡 입구를 마음대로 허물기 시작하였다. 어서오십시오, 환영합니다는 뜻이 아니고 무엇인가. 평화롭고 자유가 넘쳐난 자유대한민국을 악마의 소굴로 끌고 가기 위한 광란의 춤을 추고 있다. 산천초목도 증인이며 땅을 기는 짐승이나 하늘을 나는 잡새들도 보았으니 모두가 증인이다.

심판의 날이 가까워 오고 있습니다. 자유를 지키자는 헌신적인 애국동지들의 울부짖는 통곡의 기도를 들어주십시오, 아직도 잠에서 깨어나지 못하는 백성들을 긍휼히 여기사 동참하게 하소서, 악마들을 징계 하소서 악마들을 접근하게 하지 마소서, 날마다 기도하게 하소서. 자유의 소중함을 얼마나 그리면서 작은 몸뚱이 하나 건사하여 보자고 노력하지 않았습니까. 간절한 기도를 꼭 들어주실 것으로 굳게 믿습니다. 세상이 온통 시커먼 먹장구름으로 덮혔습니다. 앞을 바라볼 수도 없습니다. 무엇이 옆에 있는지도 감도 잡히질 않습니다. 걷어주소서, 찬란한 태양을 보고 싶어집니다. 나의 지은 죄과에 대하여 벌을 내려 주소서, 너의 믿음이 너를 살렸다고 하셨는데 나에게 그 믿음 하나 주소서, 눈물이 앞을 가려 분별을 못할지니 긍휼히 여기소서! 그곳이 그리워지오니 허락하여 주소서.

자연은 생기(生氣)다 2018년 9월 6일

지구는 태양계의 별이다. 낮과 밤을 교차하면서 활동과 휴식을 갖
도록 살아 숨 쉬는 인류의 터전이다. 끊임없는 생기를 충전하여 부족
함이 없도록 큰 은혜를 베풀고 있다. 티끌 같은 나의 육신도 자연의
생기로 오늘도 활기찬 하루를 맞이하였다. 감사하고 또 감사하여야
할진대 그렇게 살지 못하였음을 고백한다. 앞으로 좀 더 진지하고 때
마다 감사하여야겠다는 다짐도 수없이 하면서 오늘에 이르렀다. 생
기(生氣)는 말 그대로 싱싱하고 살아있는 기운을 말한다. 다른 말로
는 명근(命根)이라고도 한다. 생명(生命)의 근원(根源) 즉 뿌리라는
말이다. 나도 자연이고 너도 자연이다. 자연의 생기 없이는 잠시도
살아 있을 수 없다. 숨 쉴수 있는 신선한 공기며 갈급함을 해결해 주
는 맑은 샘물도 빛과 어둠도 잠시도 없으면 생존을 허락하지 않는 곳
이 자연이다. 필요한 만큼 이용할 수 있게 베풀어준다. 노소를 가리
지 않고 빈부 차이 두지 않으며 공평하게 필요한 만큼 베풀어주는 곳
이 자연이다. 생기의 고마움을 잊어버리고 살아왔다. 어디에서 오는

지도 관심 밖이었고 그 고마움도 생각해 보지도 못하였다. 당연히 있는 것이며 애초부터 자신을 위하여 그곳에 있는 것으로 착각 속에서 살았다. 밤새 휴식하다가 새벽녘에 생기 돌아 눈 비비고 일어나 창문 활짝 열어 아침 시원한 공기 마음껏 마셔본다. 몸속 구석구석 잠자고 있던 세포들을 깨워준다.

시원한 물 한 잔으로 갈급하고 텁텁하였던 기운을 일신시켜주기도 하는 고마운 생기다. 이렇게 없어서는 안 되는 생명의 근원인 생기는 그냥 생기가 되는 것이 아니다. 잘 보존하고 관리하여야 하는데 사람들은 애써 외면하고 오염시키고 파괴하여 사기(死氣)를 만들고 있다. 죄의식 같은 것은 찾아볼 수도 없다. 그 정도야 괜찮겠지 한다. 숨 쉴 수도 없고 마실 수도 없으며 이용할 수도 없이 오염되고 파괴되어 망가져도 좋다고 희희낙락한다. 공존에 필요한 대오각성(大悟覺醒)이 절실히 필요한 때다. 여기저기에서 목소리는 있지만 미풍이다. 아직 때가 되지 않았다고 외면하는 모습이다. 그보다도 더 훨씬 큰 문제부터 해결해야 한다고 아우성이다. 오염되고 망가진 자연은 용서라는 것이 없다. 반드시 상응하는 벌을 내리는 것이 자연의 법칙이다. 생기(生氣)는 자연에만 있는 것이 아니고 정신세계에도 존재한다. 의식(意識) 속의 생기가 더 중요한지도 모를 일이다. 그만큼이나 중요성을 가지고 있다. 정신이 썩었다. 의식이 병들었다는 말을 곧잘 하고 있다. 인간의 본성(本性)은 자연과 같은 것일진대 사는 동안 오염되고 파괴되어 병들어 자신을 사망에 이르게 하고 나아가 공존의 문명사회를 멸절(滅絶) 시키기도 한다. 과학문명의 발달은 사람들에게 한없는 편익을 제공하고 풍요도 가져다주었다.

또한 명(命)도 신의 영역을 넘고자 한다. 하지만 역작용도 큰 만큼 경계를 게을리해서는 안 된다. 죽기 위해서 사는지 살기 위해서 죽는 것인지 애매모호한 의미를 던져 주기도 한다. 자유는 분명히 생기다. 생기 없는 곳에 자유는 없다. 자유는 곧 생명이란 말이다. 너는 왜 사느냐고 묻는다면 자유가 있기 때문이다, 라고 말할 것이다. 그래서 자유는 곧 생기다. 생명의 근원이다. 지금 우리 사는 대한민국은 자유를 만끽할 수 있는 나라다. 이 숭고한 자유에 도전장을 내어 없애겠다고 하는 병들어 사기(死氣)를 가진 자들이 날뛰고 있다. 그들은 의식 속에 교조적(敎條的)인 주체사상으로 가득하게 무장시켰다. 그곳에는 자유는 없다. 생기(生氣)란 찾아볼 수 없다. 있다면 오직 사기(死氣)만 가득할 뿐이다. 유일신(唯一神)으로 모시는 김일성만이 존재할 뿐이다. 평생의 삶 자체가 김일성을 위한 일생의 삶이다. 여기에 무슨 자유가 있겠는가. 종교가 있겠는가. 공동생산 공동소유의 공동분배만이 자유라 믿고 살아가는 사기(死氣)가 만연한 세상이다. 철저한 감시망이 가족 간, 친족 간, 이웃 간에 만연하여 자유를 억제하고 있다. 어기게 되면 법이라는 이름하에 공개 사형제가 허용되는 나라다. 이런 독초(毒草)들이 문명 발전의 병리 현상을 통하여 지하에서 잡초들로 자랐다. 발아가 되더니 잎 나고 줄기를 세워 거리로 몰려나왔다.

김일성 교주를 위한 아류(亞流)들이 세를 확장하기 시작하였다. 대학에서 초중고 교단에서 노동조합에서 각종 예술단체에서 어용언론에서 사회 구석구석 사기(死氣)들이 넘쳐나기 시작하였다. 이들은 계파를 만들어 마치 민주투사인 것처럼 선전선동에 혈안이 되었다.

미망(迷妄)한 국민들의 지지를 앞세워 패권(覇權)에 몰입하였다. 그들도 자유라는 생기(生氣)를 먹고 자랐다.

그들의 의식 속에 사기(死氣)는 제어(制御) 할 기능들이 부족하였다. 브레이크 파열된 열차처럼 의식화되고 계획된 선로를 따라서 앞으로만 갈 것이다. 이것이 오늘의 우리 자유대한민국의 현실이다. 대북 특사를 파견하여 어젯밤에 돌아왔다. 9월 18일~20일에 남북회담을 평양에서 개최한다고 발표하였다. 비핵화에 긴밀한 협력을 하겠다는 내용과 개성 연락사무소 개소식을 회담 전에 문을 열겠다는 내용 그리고 남북한의 충돌 방지를 위한 협의를 하겠다는 내용이 전부다. 비핵화의 언급은 미국을 의식한 의례적으로 하는 외교적 수사에 불과하고, 회담의 주목적은 개성 연락사무소 개소식에 꽂혀 있다는 것이 백일하에 드러났다. 단순한 연락사무소가 아니다. 이 사무소가 사람과 물자와 돈이며 각종 비밀들이 오가는 통로로서 활용되고 나아가 연방제의 가교며 창문이 될 소지가 다분하다고 판단된다. 생기는 찾는 자에게만 열릴 것이고 바라만 본다면 그림의 떡일 수밖에 없을 것이다.

갈등(葛藤) 2018년 9월 7일

산다는 것이 갈등이 아닌가 생각할 때가 많다. 나이 어려서는 갈등 같은 것은 별로 생각나지 않았다. 어떻게 즐겁게 야단맞지 않고 놀까 하는 등이 있었다. 성장하면서 사물의 이치를 깨우쳐 가면서 홀로 설 때쯤이면 세상이 점점 넓어지니 갈등이란 놈이 같이 살자고 밤낮 붙어있기를 원한다. 꿈이 많아지는 시기에는 그 꿈을 이루기 위하여 갈등들이 괴롭히기도 한다. 발원지는 심리적인 갈등에서 시작한다. 마음에 갈등의 싹이 돋아난다. 자신의 내부적인 갈등도 있고, 또 다른 외부의 영향으로 오는 갈등도 있다. 자신의 내적인 심리적인 갈등이 있을 수 있다. 믿어야 할 것인가. 아니면 부정하여야 할 것인지의 갈등도 있다. 좌측 또는 우측으로 가야 할 것인지에 대하여 문학을 할 것인지 예술을 할 것인지에 대하여 갈등도 있을 것이다. 수많은 갈등으로 한정된 천금 같은 시간을 이용하여야 할 때에 허송세월만 보낸다.

친구와 친구 사이의 갈등, 부모 자식 간의 갈등, 고부간의 갈등, 사랑의 갈등, 사람과 자연과의 갈등, 나라와 나라 간의 갈등, 수많은 갈등이 일어난다. 갈등은 하나의 목적을 이루기 위한 몸살이 될 수도 있고 고질병이 되어 회생 불능 상태도 야기한다. 때로는 사망의 골짜기로 떨어질 수도 있다. 원인 없는 결과 없듯이 해결하고 봉합하기 위하여 또 많은 시간과 자원과 노력을 필요로 한다. 인간은 갈등이란 벽과 매일 힘겨운 투쟁을 한다. 갈등의 원인이 어디에 있는지 원인을 분석하고 자신이 주도적으로 해결하는 방안을 모색하기도 하고 상대에게 설명하여 공동으로 해결하는 방안도 있을 것이다. 사랑으로 온전히 포용하는 방법을 취하는 사람도 있다. 이것도 저것도 아니다 싶으면 세월에 맡기는 경우도 있다. 또한 갈등 같은 것은 없다고 완전히 못 본척하는 방법도 있다. 힘으로 완전히 제압하는 수단을 강구하기도 한다. 갈등의 해결은 결코 쉽지 않다. 홀로 또는 두 개 이상의 대립되는 의지나 성격을 하나의 공통분모를 찾는다는 것은 말처럼 용이(容易)한 일이 아니다. 해결하는 과정에서 또 다른 희생이 따를 수도 있다. 갈등의 해소 방안에는 여러 가지가 있을 수 있다. 대화를 통하는 방법도 있을 수도 있고, 중재자를 통하여 조정하는 터널도 있을 수 있다. 또 법의 심판을 받아 해결하는 방안도 있다.

우리가 사는 세상은 갈등이 전부인 것처럼 느껴지기도 한다. 해결 후의 양상도 여러 가지다. 비 온 후의 땅 굳는다는 말처럼 갈등이 해소되면 더욱 관계가 좋아지는 경우도 있다. 이런 경우는 대화로 서로를 이해하는 경우가 될 것이다. 또 사랑으로 갈등을 해소한다면 금상첨화일 것이다. 갈등을 해소하였지만 더욱 커지기도 하는 경우도 있다. 힘에 의한 해소는 또 다른 힘을 요구받기 때문이다. 법의 심판으로 해결하였다고는 하지만 앙금은 남아 있어 언제 다시 도질지도 모르는 경우도 있다. 제 삼자를 통한 중제자에 의한 해소는 서로 간의 양해하는 수준에서 이루어진 해결이니 양자가 인정하는 수준일 것이다. 지금 우리나라는 갈등의 소용돌이에 나라가 거들 나게 되었다고 한다. 동서남북이 갈가리 찢기어 봉합하기도 어렵다고 한다. 여기에 정치인들이 패권을 위하여 지역을 이용한 갈등을 부추겼다는 데는 다수가 동의한다고 한다. 지역을 바탕으로 한 패거리를 만들고 그 우두머리의 절대적인 영향을 갖도록 지역의 힘을 모아 갈등의 칼을 휘둘렀다. 그것이 수십 년 해결하지 못하고 이어온 결과가 암담한 지경까지 이르렀다고 한다. 이들에게 불온한 자들이 기생하는 온상이 되었고 그들로 하여금 새로운 출로를 모색하였다. 민주화라는 무대에 가면극을 연출하면서 사라진 공산주의에 물들기 시작하였다.

여기 기생에 성공하여 세력 확산에 성과를 보았다. 미망한 국민들의 지지 속에 기존의 권력 질서에 편입하는 놀라운 일이 자유대한민국에 갈등의 한 갈래가 되기도 하였다. 그 갈등의 여세는 국가의 정체성마저도 바꾸려고 안달하고 있다. 나라를 연방제로 바꾸겠다는 세력들이 폭풍질주하고 있다. 하늘도 놀라고 땅도 놀라며 지하의 애국지사도 놀랐다. 돌아가신 조상님들도 통곡하고 있다. 설마 설마가 사람 잡는다는 말처럼 설마가 자유를 만끽하는 자유대한민국을 동토의 땅으로 바꾸겠다고 환장하는 세력에 의하여 바람 앞에 등불이 되었다. 나라의 근간이 뿌리째로 날아가고 있다. 나라의 골간이 무너지고 있다. 국정원의 기능도 있으나 마나 한 기구로 전락되었고, 국가를 지키기 위한 국가보안법도 폐지되었다. 언론들도 사실상 완전히 접수하였다. 노동조합과 전교조를 흡수하였다. 명목상 사법부도 있다고 하나 아류화(亞流化) 시켰다. 행정부는 물론이며 연방정부 수립도 착착 진행 중이며, 적폐청산도 완성하였다. 원전정책도 백지화하였고. 갈등은 최고조로 심화시켰다. 역사마저도 부정하는 왜곡도 이루었다. 입법부와 시민단체들도 장악하였다. 나라 경제는 연방제에 걸맞은 수준으로 파탄 내고자 질주하고 있다. 국방을 개혁한다는 미명으로 만세를 부르게 하였다. 제3차 남북정상회담을 열기 전에 개성 연락사무소를 개설한다고 하였다. 연방제를 위한 주요 통로며 기능을 부여받을 것이다.

연방제의 준비 기구이면서 나중에 남북통일 기능까지 담당할 것이다. 북한 비핵화는 걸림돌이 되고 있는 미국에 사탕발림으로 외교적 수사에 불과할 것이다. 거대 공룡은 그래도 좋다고 한다. 남은 것은 미군 철수하고 헌법 개정하여 주체사상이 활개를 치는 세상이 올 것이라는 희망이 유일한 갈등의 해소 방안이라 믿는 자들의 세상이다. 갈등의 방안은 무혈 적화통일이냐, 아니면 무력적화냐, 무력 자유를 지키느냐 만이 남았다. 우리는 무엇을 준비하고 대비하여야 할까? 각자의 선택에 달렸다. 믿거나 말거나.

소식(消息) 2018년 9월 7일

아침마다 소식이 홍수처럼 밀려온다. 날마다 새로운 소식들이 너무 많아 선별하기도 어렵다. 미디어 영역이 모든 분야로 확대되어 광속(光速)으로 전달해 주는 IT 기기들로 장소와 때를 가리지 않고 전해준다. 멀리 있는 외국의 친구들과도 마치 안방에서 얼굴 마주 보면서 대화하듯 한다. 지구촌의 숨어있는 비경들도 방안에 앉아 구경하는 시대다. 전(錢)이 허용하면 세계 곳곳을 누비면서 더울 때는 추운 곳으로 추울 때는 더운 대로 내 마음대로 여행을 하면서 인생을 즐긴다. 능력만 갖추어지면 어디든지 발길 닿는 대로 갈 수 있는 세상이다.

언젠가 우주여행도 예약을 받는 회사가 있다는 이야기를 들은 적이 있다. 각종 사고와 특종들 그리고 지구촌에 살아가는 사람들의 일상도 볼 수 있다. 각 나라별로 살아가는 문화 체험도 가능하다. 세계 주요 도시 일기예보도 볼 수 있는 세상이다. 모든 정보들이 손바닥 안에 있다. 작은 휴대폰 안에는 없는 것이 없는 만물박사가 그 안에 있어 묻기만 하면 척척 알려 주기도 한다. 옛날 어릴 때 도깨비방망이처럼 무엇이든지 해결해준다. 은행도 그 안에 있고 여행 티켓도 구입할 수 있고 집안의 가전제품들도 원거리에서 마음대로 조작이 가능한 시대다. 대부분의 쇼핑도 가능하다. 휴대폰의 세상이다. 휴대폰이 없으면 아무 일도 할 수 없는 시간이 다가오고 있다. 집에서 직장의 일도 척척 하는 시대다. 공부는 물론이며 어려운 각종 자격증도 딸 수 있다고 한다. 생활에 벌써 익숙한 친구가 되었다. 필수품이 되었다. 하루의 계획이나 일주일 한 달간의 계획도 이 휴대폰이 대행하여 준다. 비서도 이런 비서가 어디 있겠는가. 가는 길도 척척박사다. 휴대폰이 없으면 아무것도 할 수 없는 시대다. 시중에 나는 생활용품의 가격이며 매일 먹는 식료품들의 가격 변동도 상세하게 알려준다. 어느 지역에 무엇이 특산물이며 생산 가격 동향까지 알려준다.

현지까지 갈 필요도 없이 집에 앉아서 구입 신청하고 송금하면 배달 루트를 통하여 안방까지 배달되는 세상이다. 문화생활도 골라가면서 할 수 있다. 노래면 노래, 영화면 영화, 연극 그리고 각 분야별 교양을 쌓을 수 있는 네트워크도 있다. 사람들은 소식을 먹고 살아간다 하여도 과언은 아니다. 소식이 없는 세상을 상상해 본다면 끔찍하지 않겠는가. 우리는 불과 반세기 전만 하여도 캄캄한 그런 세상에서 생활하였다. 과학문명의 발달이 생활의 패턴을 모두 바꿔놓았다. 우리말에 알아야 면장이라도 할 것이 아닌가? 하는 말이 있다. 알아야 된다는 말일 것이다. 모르면 아무것도 할 수 없는 세상이다. 옛날 같으면 몰라도 남이 하면 따라가면 되는 시절도 있었지만 지금은 남이 거름 지고 장에 간다고 하여도 알아야 거름도 진다는 이야기다. 모르면 한 발짝도 앞으로 나아갈 수 없는 시간들이다. 남녀노소 불문하고 배우지 않으면 21세기의 문맹자다. 배워야 산다는 말이 실감난다. 특히 나이 많아지면 새로운 문화에 적응하기가 쉽지 않다. 몸담아 생활하여온 긴 세월 동안 익숙한 문화들에 훈련되었기에 새로운 영역에 접하기가 쉬운 일은 아니다. 국가에서는 여러 경로를 통하여 공짜로 또는 적은 비용으로 정보화 교육 사업을 실시하고 있다지만 성과의 척도는 발표된 바 없는 것 같다. 우선 처음 만나는 기기만 보아도 머리가 아프다고 한다.

어디에 무엇을 만져야 하는지 기기에 대한 두려움, 불신, 그리고 맹신이 가로막아 진전을 이루기에는 한계가 분명히 있다. 세상은 또 한 번의 성장을 위하여 몸부림치고 있다. 흔히들 볼 수 있는 드론 사업은 그 사용처가 무궁무진하다고 한다. 초보적인 일로서 드론에 카메라를 장착하고 사람이 접근할 수 없는 지역에 보내어 각종 정보를 획득한다고 한다. 또 상품 배달도 드론을 통하여 시간과 인력을 절감시키는 사업을 실험하고 준비한다. 미래 산업이라면서 유엔에서 발표된 내용은 상상의 세상을 실제로 옮겨놓은 듯하다. 대부분의 일상생활은 로봇이 대신하고 자동차 운전도 주유소도 세차장도 은행도 모두 없어진다고 한다. 현재의 직업들 중에 수많은 직종이 사라진다는 것이다. 전쟁도 군인이 하는 것이 아니고 대신하는 인공 병사가 하며, 모든 전자장비들을 한순간 무력화시켜 병기들을 무용지물로 만든다는 것이다. 각 분야별로 새로운 문화의 내변혁이 곧 다가온다고 한다. 그것도 30년 내외에 다가온다는 것이다. 그간 영화에서 공상으로 만 바라보던 화면들이 실제로 다가온다고 한다. 우리의 기업들도 발 벗고 나섰다 한다. 앞으로 10대 먹거리 산업을 준비한다는 소식을 접하기도 하였다. 문화의 발달 주기를 보면 지금은 분초를 다툰다고 한다. 자고 나면 새로운 상품들이 홍수처럼 쏟아져 나온다. 누가 살아남을까.

누가, 어느 나라가 승리의 북을 울릴지는 자명한 세상이다. 많은 정보를 가자고 활용하는 나라는 승리의 월계관을 쓸 것이며 그렇지 못한 나라나 개인은 낙오될 자로 남을 수밖에 없는 것이 많은 전문가들의 이야기다. 이렇게 급박하게 빠르게 돌아가는 시대적 변화 속에서 지금은 우리는 무엇을 하고 있는 것일까. 이념이란 카테고리에 갇혀 한 발짝도 앞으로 나아가지 못하는 현실이 참담할 뿐이다. 순천(順天)자는 살아남을 것이고 역천(逆天)자는 멸망(滅亡)할 것이라는 시대적 사명감을 되찾았으면 좋겠다.

무엇을 수확할까? 2018년 9월 8일

아침저녁으로 선선한 바람이 불어오니 가을인가 보다. 며칠 전까지 더위로 몸살을 앓았는데, 사람들이 죽기도 했는데, 언제 그런 일이 있었냐는 것이다. 사람들은 흔히 봄은 시작과 활동의 계절임을 알린다고 하였다, 여름은 성장하고 성숙하는 계절이라 노래하고 가을은 수확하여 경천(敬天)하고 경친(敬親) 한다고 하였다. 겨울에는 저장하고 자력증강(自力增强)하는 계절이라며 근신하였다. 시하(侍下) 가을의 초입(初入)에 일손 멈추고 나는 무엇을 찾고자 봄부터 열심히 살았는지 긴 숨 한번 쉬어보았으면 좋겠다.

옛날 고사(古事)에 따르면 일야지정(一夜之情)으로 만리장성을 쌓았다는 말이 있다. 지금까지 수많은 낮과 밤을 보냈는데 무엇을 이루었는지 쉬어 갔으면 좋겠다. 봄과 가을은 사람 살기에 좋은 계절이다. 그래서 많은 사람들이 봄과 가을을 노래하였다. 황금물결 파도치는 들판을 바라보노라면 사람들의 마음을 즐겁게 풍요롭게 한다. 하늘에 감사하고 조상님 은혜에 감사한다. 흩어졌든 가족들이 모여 정을 나누기도 한다. 사람들의 지은 죗값으로 하늘이 재해(災害)라는 징벌을 내리기도 한다. 하늘은 높아지고 청명해지며 흰구름도 두둥실 뜬다. 태양도 정수리에서 점점 멀어지는 시기다. 남성의 계절이라 힘이 넘쳐난다고 표현하기도 하는 가을이다. 오색 단풍으로 산천을 물들이고 원색의 사람들 물결이 길게 장사진을 이룬다. 백두에서 시작된 화려한 오색단풍은 산을 내려 들을 지나 강을 건너 차츰 아래로 남쪽으로 내려오더니 어디 갔나 했더니 남해의 푸른 바다로 흔적 없이 숨어버리는 단풍철이다. 지역마다 특색 있는 축제로 수확을 꿈꾸는 가을임을 상징한다. 날짐승 들짐승 모두 겨울 준비에 몰입하는 계절이 가을이다. 죽음을 무릅쓰고 바다 건너온 제비들도 새끼들을 훈련시켜 본향을 찾을 준비에 한창이다. 초목들도 내년의 봄을 기약하면서 옷을 갈아입기를 원하는 계절이다. 삼라만상이 겨울을 대비하는 가을이다.

오늘도 변함없는 하루가 시작되었다. 무엇을 하고자 했는지도 가마득히 잊혀져 버렸다. 기억력도 예전만 같지 않고 건강도 기대 이하다. 노력한 만큼 나타나고 이룬다고 하였는데 공짜로 바라기만 하였는지도 모를 일이다. 봄부터 이 시각까지 이룬 것이라고는 내 이름 석 자 기억하는 것 외에는 아무것도 생각나지 않는다.

이렇게 살다가는 것이 두렵기도 하다. 나도 너도 세상이 손바닥 안에 돈짝만 하게 보인 적도 있었는데 먼 나라 이야기로 보인다. 하나님을 믿는다고 하면서 그분께서 즐거워하셨는지 생각해 보지만 항상 부족한 믿음으로 살아왔다. 지구촌 73억 인구 중에 나는 무엇이었나. 옷깃만 스쳐도 인연이라 하였는데 연이 있는 지인들에게 나는 무엇으로 비칠까, 부끄러움만 남는다. 수확이 끝날 무렵이면 또 어떤 모습일까. 황금물결은 간곳없고 텅텅 빈 들판에는 떨어진 이삭에 반하여 잡새들 차지가 되었다. 벗어버린 앙상한 나목(裸木)들의 모습이 마치 나의 모습처럼 변화되어 간다. 죄인 중에 죄인을 낳아 길러 가르치셨지만 배움은 뒷전에 묻어두고 항상 애물단지로 부모님 속만 썩였는데 불효가 하늘을 가리어 죽어 어떻게 뵈올지 천근만근이다. 이판사판의 용기마저 어디로 숨어버렸는지 찾을 길 없구나. 혼이 없는 나의 삶이 아니었나. 넋이라도 있었으면 기대해 보지만 공기 빠진 고무풍선처럼 처참하다.

아무리 생각하고 반성하여 보았지만 빠져나갈 틈은 오직 지금 이 시각에 이곳에 살아 숨 쉬고 있다는 것이다. 그래도 죽지 않게 먹고 살게 일터도 마련하여 주셨으니 얼마나 고마운 일이 아닌가. 세상이 무엇인지도 눈뜨게 하여 주셨으니 또한 즐겁지 아니한가. 무력하였던 나 자신을 알아가게 지혜와 능력도 주셨으니 절이라도 올려야겠다. 노동의 신성함도 배워 알았고, 공직의 가치관도 정립하게 한 선배님들과 동료들 그리고 사랑하는 후배들의 도움에 죽을 때까지 감사할 것이다. 터전을 제공하여 주신 직장과 나라에도 감사하여야겠다. 옷을 벗은지도 강산이 한번 변하고 두 번째로 한참 변하여가는구나. 세상은 요지경이라 하더니 언제부터인지 알지 못하였던 붉은 쥐들이 캄캄한 땅굴을 파고 살을 찌워 밖으로 나와 세상을 접수하였다고 한다. 통곡할 일이 아닌가. 조국의 근대화, 현대화에 기생한 버러지만도 못한 기생충들이 저들 세상 만났다고 기고만장한다. 하늘에서 마치 땅으로 뚝 떨어진 것처럼 나라를 위하여 순국하신 애국지사와 돌아가신 조상님들 살아계시는 부모님 형제자매님들도 자손들에게도 천고에 한을 남기는 죄에 죄를 더한 죄를 짓고 있다. 가까이는 일제 36년의 원흉들 역적의 행적들을 보고 배웠다. 그 역적의 행로를 즐기는 무리들이 자유대한민국을 불법접수하고 괴뢰 집단에게 바치려는 음모를 하고 있다.

나라의 근간을 이루는 모든 곳을 밤낮으로 갉아먹어 쓰러지기 직전이라고 한다. 연방제가 가까워 오고 있다. 연말까지는 되돌릴 수 없는 데까지 목표를 두고 속도전을 내고 있다고 한다. 바라만 보는 어중이떠중이들 지식인이라 자처하며 떠들고 다니는 똥개만도 못하는 놈들과 마빡에 별을 단 놈들 자리가 아까워 주구 노릇하는 배신자들이 들끓고 있으니 파보나 마나 한 붉은 감자, 쪼개보나마나 수박 빨갱이가 아닌가. 목덜미에 칼이 들어와 이것이구나, 할 때는 벌써 버스는 지나가고 말 것이다. 꿈도 희망도 저승에서나 생각들 해 보시길 엎드려 축원 드린다. 견자(犬子)도 못 되는 놈들 염라대왕 앞에서 무엇을 수확하였는지 변명 정도는 남겨두길 바란다.

미친개는 어떻게 2018년 9월 8일

개를 사육하게 되면 광견병 예방주사를 놓는다. 광견병은 보통 미친개를 이르기도 하는 병이다. 사람과 동물을 공동 숙주로 하는 병원체에 의한 인수공통전염병이라 한다. 광견병 바이러스에 의하여 발생하는 중추신경계 감염증을 이른다. 사람이 이병에 걸리면 물을 무서워한다고 해서 공수병(恐水病)이라고 불린다. 감염경로는 바이러스를 갖고 있는 야생동물 즉 너구리, 오소리, 여우, 코요테, 스컹크, 박쥐 등에게 사람이 물리거나 개가 물리고 다시 개가 사람을 물어 상처 난 부위를 바이러스가 신경을 타고 중추신경까지 올라가는 병을 말한다. 증세는 크게 성내며 날뛰기를 하며, 마비 증세가 나타나기도 한다. 대개 환자의 80%가 크게 노하며, 과다활동, 지남력 장애나 환청 등 이상한 행동을 하기도 한다. 오늘 우리 사회가 미쳐 돌아가는 것은 모두가 다 아는 사실이다. 마치 광견병에 걸려 나라가 온전히 돌아가는 곳이 없는 듯 보인다. 광견병 증세를 나타내는 사람들이 너무 많아서 큰일이 아닐 수 없다. 오래전에 광견병 바이러스를 가

진 야생의 금수들로부터 물린 어린 청년 학도들이 신경계를 타고 올라간 바이러스는 중추신경을 마비시켜 그 중세가 나타나기 시작하였다. 이들은 민주화라는 갑옷을 입고 미쳐가기 시작하였다. 기존의 질서는 인정할 수 없다고 질서를 무너뜨리고자 폭력화되어 법이라는 마지막 보루마저 무시하고 공권력에 도전하였다.

사회는 극심한 혼란으로 몰아갔으며 일촉즉발의 위기 상황에 나라를 지키는 간성들이 더는 두고 볼 수 없다는 구국의 신념으로 나라를 안정시키기에 이른다. 패권에 사로잡힌 주구의 그늘에서 독버섯이 된 광견 병자들은 한 지역을 볼모로 민주화의 거짓 환상에 사로잡혀 광견병 중세로 본격적으로 춤을 추기 시작하였다. 여기에는 원조 야생 광견병자들이 잠입하여 무기고를 탈취하고 형무소를 습격하였으며 중화기를 도둑질하여 양민들을 살해하기 시작하였다. 선전선동에 달인이 된 원조 광견병자들은 나라를 공산주의 국가로 뒤집기 위하여 한 지역을 발판으로 전국적으로 확산하고자 미쳐 날뛰기 시작하였다. 진압하는 계엄군에게 모든 것을 뒤집어 씌워 광란의 춤을 추기 시작하였다. 진압에 성공한 구국 세력들은 사회적 독소를 소탕하여 안정에 성공하였다. 안정된 질서를 바탕으로 경제의 구조적인 문제들을 정리하고 수술하여 경제활동에 총력하였다. 물가는 안정되고 가계의 소득은 늘어나 삶의 질이 한 단계 높아지게 하였다. 신상품들은 오대양 육대주를 대상으로 명실상부한 수출입국에 큰 성과를 내기도 하였다. 이러한 안정을 기반으로 88올림픽 유치에 성공하였다. 대통령 단임제에 근거한 체육관 선거를 반대한다는 민주화의 물결에는 광견병자들이 주축이 되어 미망한 국민들의 지원에 성공하여 직선제를 성취하였다. 적과의 동침이 이루어져 간신히 권좌에 성공하였다. 단군 이래 처음으로 88올림픽을 성공적으로 치렀다.

나도 놀라고 너도 놀랐으며 세계인 모두가 놀랐다. 극동에 작은 자유대한민국을 세계만방에 알리는 전기를 가져왔다. 또한 눈부신 발전상의 표상이 된 한강의 기적을 세계인들은 부러워하였다. 민주화의 대명사처럼 김영삼 40대 기수론자가 대권을 잡았다. 개혁에 신들린 사람처럼 사명에 불탔다. 역시나 그의 한계도 드러났다. 평생을 정치투쟁의 삶이었으니 경제는 나락으로 떨어져 외환 보유고는 바닥이 나고 투자되었던 외국 자본은 썰물처럼 빠져나가 결국에는 IMF의 구제 금융을 지원받는 나라로 전락하였다. 김영삼의 영원한 경쟁자였든, 다시는 정치를 하지 않겠다면서 영국으로 갔던 김대중은 돌아와 국민과의 약속을 헌신짝처럼 버리고 다시 정치의 선봉에 섰다. 대선에서 김대업이라는 희대의 사기꾼 거짓 선동과 김영삼의 보이지 않는 그림자 지원에 이회창을 물리치며 꿈에 그리던 권좌에 올랐다. 이때 생긴 말이 정치인의 말은 절대 곧이곧대로 들으면 안 된다는 것이다. 그들은 목적을 위해서는 천 번이라도 거짓을 마다하지 않을 사람들이기 때문이다. 맹신에 가까운 지지자들의 도움으로 IMF를 조기에 졸업하는 저력을 보이기도 하였다. 그는 곧 본색을 여실히 드러내기 시작하였다. 영원한 지원군이었던 미친개들을 지원하고자 회담을 제의하고 마주 앉는 기염을 토하였다.

낮은 단계의 연방제가 최선의 방안이라 협의하였다. 그리고 국민들이 모르게 수 억불의 달라도 가져다 바쳤다. 그 돈은 결국에는 핵 개발에 사용되었다는 평가를 받기도 하였다. 그는 민주화의 투사로 또는 남북 화해의 대명사로 세계인들에게 알려지기 시작하였다. 결국에는 노벨이 주는 평화상에 이름을 올렸다. 그 영광을 축하하였다. 단군 이래 처음이라 하여 거국적으로 지원하고 민주투사로서 세계 평화의 사도로서 추앙받는 위치에 올랐다. 그러나 나라 안에서는 그에 대한 평가는 크게 양분되었다. 정치하는 과정에서 광견병 원조의 지원을 받아 성장하였다는 설이 끊이지 않고 있다. 한 지역을 볼모로 민주화인지 폭동인지 정리되지 않는 조종자라는 증인들이 나타난다. 책임이 있느냐 없느냐에 있어 수많은 사람들이 그로 하여금 발생한 원인을 밝히자고 한다. 이상한 일은 5·18의 민주투사의 결정은 광주 시장이 위원장이 되고 관련 단체의 사람들과 시민들로 구성되어 심사하고 결정하면 보건복지부에서는 보상과 각종 특혜를 준다고 하였다. 납득이 가지 않는다. 더불어 민주당 대표인 이해찬은 나는 광주에 가지도 않았는데 민주화 유공자로 선택되었다고 고백하였다. 보상도 주고 특혜도 받는데 왜 안 받겠는가라는 말을 하였다. 문재인의 복심으로 알려지고 드루킹의 몸통이라는 김경수는 그때 불과 나이 12살이었는데 민주화 유공자라고 한다.

무엇인가 잘못되어도 한참은 잘못된 것 같다. 이렇게 왜곡된 여론과 불평등의 시정을 요구하는 주장들이 법에 의하여 밝히자고 소송 중에 있다고 한다. 전국 곳곳에 시설한 소위 김대중의 아방궁을 혐오하는 사람들이 늘어나고 있다. 진실은 언젠가는 밝혀질 것이다. 그의 시대가 가고 새로운 노무현의 시대가 왔다. 청렴과 도덕성으로 정치를 하겠다는 비전으로 국민들에게 가까이 다가갔다. 역시나 그의 경력처럼 인권 변호사로 청문회의 스타로 등장하면서 이인재를 제치고 대권의 영광을 차지하는 행운아였다. 그도 역시나 김대중처럼 광견병 원조에 미련을 버리지 못하고 서투른 남북협상에서 드러난 굴욕적인 자세와 NLL의 포기 발언, 수많은 돈을 가져다 바쳤다는 사실들이 밝혀졌다. 이러한 내치와 외치의 잘못이 있었고 특히나 박연차 게이트로 탄핵되어 비리가 드러났다. 권양숙 여사가 받은 돈의 출처가 드러났다. 노무현 정부의 존립이 청렴과 도덕성이었는데 버티기 힘들었는지 부엉이 바위에서 낙사(落死)하고 말았다. 세월은 고장도 없이 물 흐르듯이 흘렀다. 우파로 알려진 이명박 정부가 들어섰다. 정신도 차리기 전에 광우병으로 거의 실신하게 되었다. 전염된 광견병자들이 난동을 부린 광란의 춤판이었다. 중도를 표방한 정부는 광견병자들의 눈치에 얼어서 답보상태가 진행되었다. 새로운 시대가 열렸다.

보수의 아이콘으로 알려진 박근혜 정부는 출범과 동시에 강력한 국정 드라이브를 시작하였다. 역대 정부에서 하지 못하였든 여러 난제들을 하나하나 해결하였다. 대북에는 강력한 제재로 관계 재설정하여 광견병자들로부터 비난을 받았다. 공무원연금을 개혁하였고, 전두환 전 대통령과, 노태우 전 대통령에게 국고 횡령에 대한 반환을 실시하기도 하였다. 고질화된 좀먹는 숙주 광견병자들인 전교조를 법외로 추방하였으며, 이념화에 물든 노동문제에도 깊숙이 개입하였다. 넘어진 역사 교과서를 바로 세우기도 하였다. 헌법을 부정하는 공산주의 세력을 법의 이름으로 단죄하고 해산하기도 하였다. 그는 사회 곳곳에 적들을 양산하였다. 남성 우월주의 사회 분위기에 반대세력들은 오래전부터 계획하고 기회만 엿보다가 적으로부터 배신자들의 원군을 얻어 민주노총과 전교조를 앞세워 탄핵의 불씨에 불을 붙였다. 여기에 언론노조들이 합세하여 거짓과 선동에 기수가 되었으며 특히나 JTBC의 손석희라는 놈은 태블릿 PC의 조작으로 용광로를 만들었다. 가까이 둔 친구 최순실과 국정을 함께하였다는 국정농단의 죄명으로 듣도 보도 못한 탄핵에 성공하였다. 이를 헌법재판소에서 인용하고 파면한다, 라는 천인공노할 판결이 나왔다. 정유년 8적이 나왔다. 특검은 말도 안 되는 공소장을 제출하고 법원은 이를 인정하여 감옥소에 가두고 시간이 모자란다는 이유를 들어 연장시켜 죽기만을 학수고대하는 중이다.

문재인은 여론조작으로 개표조작으로 말도 안 되는 탄핵과 불법으로 탄생된, 권력 찬탈이다. 그가 국정 농단을 넘어 나라 자체를 연방제로 가기 위해 줄달음치고 있다는 현실을 국민들은 아직도 실감하지 못하는 모양이다. 오늘 여론은 49%로 떨어졌다고 한다. 이를 역전시키기 위하여 무슨 일을 도모할는지 우려가 된다. 커가는 젊은 세대들이 불쌍하게 느껴진다. 미래가 밝아도 무한 경쟁의 국제사회에서 살아남아야 하는데 지원은 하여주지 못할망정 주체사상에 바친다니 통곡하고 싶은 심정이다. 미친개는 몽둥이가 약이라는 박정희 대통령의 말씀이 명언이 되었다.

이것은 아니지 않는가? 2018년 9월 10일

사람은 마음속의 뜻한 바를 외부적으로 표현할 때 말로서 전달된다. 말이 곧 마음의 표현이며 마음 자체가 말이기도 하다. 말이 없다는 것은 곧 죽음이나 마찬가지다. 말 한마디로 천냥 빚을 갚는다는 말이 있다. 또 말 한마디로 죽음을 부른 경우도 흔히 있다. 이러고 보면 말의 중요성은 참으로 다양하고도 중요하다. 말은 곧 생활이고 문화며 역사이기도 하다. 말이 없다고 하면 의사전달이나 마음의 표현은 어떻게 이루어질까, 아마도 손짓 발짓 등 온몸으로 표현하고자 할 것이다.

동화 속의 임금의 귀는 당나귀인데 임금 앞에서 직설한다면 곧 목이 날아갈 형편이었다. 하지만 임금님의 당나귀라고 꼭 말해야만 숨통이 트일 것 같았다. 어디에서 할까를 찾다가 우물 속을 바라보고 여기가 적당한 곳이라 생각하였다. 그리고 고개를 숙여 임금의 귀는 당나귀라고 소리쳤다는 동화 이야기다. 오늘을 살아가는 우리에게도 시사(示唆) 하는 바가 매우 크다 할 것이다. 말이라고 하는 것은 잘

할 때는 금과옥조(金科玉條)처럼 평가받지만 잘못하였을 때는 개똥철학으로 전락되기도 한다. 말은 또한 때와 장소를 가려가면서 하여야 한다고 배웠다. 동문서답을 한다든지, 필요한 시기와 장소를 가려가면서 할 때만이 그 효과를 볼 수 있다는 것이다. 말의 전달 수단으로는 여러 가지 경로를 통할 수 있다. 글로써 나타내기도 하고 노래로도 전하기도 한다. 연극, 영화, 만화, 연설, 강의, 욕설 등의 수단으로 자신의 뜻을 전하기도 한다. 말은 오랫동안 마음먹었던 것일 수도 있고, 즉흥적일 수도 있다, 또 분위기에 휩싸여 본의가 잘못 전달되기도 한다. 일반적으로 말은 쓸 말과 써서는 안 될 말을 가려가면서 하라고 한다. 말은 자신의 품위를 나타내기도 하고 인격이라 말하기도 한다. 때문에 신중할 필요가 있다. 말 한마디 잘못으로 송사에 휘말리기도 한다. 허위진술로 쇠고랑을 차기도 한다. 말 한마디로 죽고 사는 문제가 발생하기도 한다.

말은 잘하면 금의(錦衣)가 될 수도 있고 수의(壽衣)가 될 수도 있다. 말로 인하여 나라 간의 전쟁도 일어난다. 말로써 먹고사는 사람들이 있다. 보통 말이 많을 경우에는 쓸 말이 별로 없다고들 한다. 많다 보면 아무래도 쓸 말의 비중이 적을 수밖에 없기 때문일 것이다. 특히 정치인들은 말로써 먹고사는 사람들이다. 다른 나라에서는 모르지만 우리나라에서는 거짓말 잘하는 사람은 누구냐고 묻는다면 첫 번째로 정치인들이라 할 것이다. 이들이 하는 말은 절대로 곧이곧대로 들으면 안 된다고 한다. 오랜 경험이 가르쳐주고 있다. 그런데 대부분의 국민들은 진실로 받아들이기에 동쪽으로 가야 할 나라가 서편으로 간다는 것이다. 이것은 다른 나라 이야기가 아니다. 바로 지금 우리나라의 실정이다. 나라가 자유민주주의로 가야 하는데 붉은 이념에 물든 칼자루 잡은 정치인들인 조선민주주의 인민 공화국으로 가자고 무당이 칼춤 추듯 광분하고 있다. 대부분의 우매한 국민들이 독재보다는 민주주의가 좋고 민주주의보다는 평화주의가 더 좋게 보이도록, 주체사상에 물든 자들이 총동원되어 선전선동에 마취된 결과다. 건국 이후 최대의 위기를 맞이하였다고 한다. 패권을 잡기까지 설마하니 그렇게 까지야 하고, 안이(安易)하게 생각하고 있었다. 세상에 듣지도 보지도 못한 국정 농단이라는 죄명을 뒤집어 씌워 불법 탄핵을 하였다.

　드루킹이며 경인선 등을 통하여 불법 여론조작과 댓글도 모자라서 불법 투표용지까지 동원하여 당선되었다는 증거들이 속속 나타나고 있다. 그런데도 어느 누가 무슨 소리 하느냐고 한다. 말도 안 되는 소리를 그만두라고 한다. 자신들이 깊이 빠진 주체사상은 확고하게 신념화되어 고려연방제로 가는 길목에 장애가 되는 사람들은 모두를 적폐청산이라는 말로 잡아넣었다. 지금도 붉게 물든 재판관 앞에서 심판을 받는다고 한다. 우리는 몇 번의 선택을 잘못한 죄로 오늘에 와서 거스를 수 없는 적화 체제로의 대세가 아닌지 우려가 된다. 지난 8월 23일 목요일, 문재인 대통령이 공산주의자라고 주장하는 등 명예훼손 혐의의 재판에서 고영주(68세) 전 방송문화진흥회(MBC 대주주)이사장이 제1심에서 무죄 선고를 받았다. 매우 중요한 판결이다. 불법으로 권좌에 오른 자가 공산주의자라고 한다. 자유대한민국 대통령에 공산주의자가 앉았다. 어떻게 생각하시는가? 이것도 사상의 자유라고 말할 수 있는 것인가. 이석기는 공산주의자로서 자유대한민국 체제를 부정하고 주요 국가 기간 시설을 사전 조사하여 유사시에 집수하려는 사실이 드러났다. 자신은 감옥소에 가고 당은 해체되기도 하였다. 똑같은 문재인 대통령도 공산주의자인데 심판을 받아야 하는 것이 법의 공평성과 형평에 부합 되질 않은 것인지 묻지 않을 수 없다.

대통령이 공산주의자니 나라 운전에 직접 그리고 깊이 관여하는 자들은 모두가 공산주의자가 맞다, 라고 보아야 할 것이다. 또 기막힌 소식은 문재인도 김일성 장학금을 받았다고 한다. 그러하니 어린 김정일 놈에게 슬슬 기는 모습에 국민들은 화가 머리끝까지 올랐을 것이다. 자신들의 의사에 반하는 자들은 모조리 적폐로 감옥소에 보내고 있다. 적국에게는 말 한마디에 혹여라도 심사를 그르칠까 노심초사하는 모습에 갈 때까지 갔구나 하는 생각이 들기도 하였다. 친북을 할 수밖에 없는 상황이다. 김정은의 말 한 마디면, 예를 들어 5·18의 진실과 김대중, 노무현, 문재인의 정체들을 언급하는 날이면 끝장이기에 연방제로 나라를 받쳐야 그래도 살아남을 수 있는 기회가 있다는 것이다. 평화를 빌미로 종전선언에 이어 미군 철수 다음에 적화의 수순이 눈에 보인다. 자유대한민국이 이래도 되는 것인지 아닌지는 국민들에게 달렸다.

한가위만 같아라! 2018년 9월 23일

내일이면 한가위다. "더도 덜도 말고 한가위만 같아라"라는 말처럼 기쁨이 넘쳐나는 추석이었으면 좋겠다. 흩어졌던 가족들이 고향을 찾는 날이다. 그리웠던 부모님 용안(容顔)도 뵈옵고, 크신 사랑이 그리워 한달음에 쫓아왔다. 어디 아픈 곳은 없으신지 얼마나 늙으셨는지 앙상하신 손을 만져보니 만감에 눈시울을 적신다. 먹고산다는 핑계로 자주 찾아뵙고 자식 노릇해야 되는데 걱정만 끼쳤으니 죄인 중에 죄인이 되어 돌아왔다. 부모님 죄송합니다. 이런저런 모습의 자식들이다. 어려웠던 시절에 일가를 이루고 자식 낳아 잘 가르쳐서 가문을 세우고자 밤잠을 설치셨다. 별 보고 나가 별 보고 들어오는 고달픈 농사일에 허리 한번 펴지 못하고 일하면서 오매불망 성공하기만을 축원하신 부모님이시다. 추석은 여러 가지 이름으로 전해진다. 한가위, 가배, 중추절, 가위 등으로 불리고 있나. 전동사회에 가상 큰 경천사상(敬天思想)으로 전해온 문화다. 봄에 씨 뿌리고 길러 열매 맺어 수확하는 계절이다. 첫 소산을 있게 하여 주신 하늘에 감사하고, 조상님에게 경배 드리는 의식이 행하여진다. 땅은 거짓말을 하지 않는다. 뿌린 대로 노력한 만큼 주시는 것이 땅의 은혜다.

그러나 하늘이 시샘한다면 바라는 바를 이루지 못할 때도 있다. 그래서 경천(敬天)한다고 한다. 우로(雨露)와 일조(日照)량이 적절하게 주어졌을 때 풍년(豊年)이라 노래한다. 흩어졌던 형제자매들이 모이고 자손들이 함께 차례(茶禮)를 올리고 성묘(省墓)를 한다. 특히 조상숭배 사상은 조선의 억불숭유(抑佛崇儒) 정책인 건국이념에 따라서 배우고 익혀온 지고한 가치(價値)다. 인의예지신(仁義禮智信)이란 오상(五常)을 위로부터 아래 민초들까지 배우고 익혀왔다. 아무리 핵가족 사회가 되었다 하여도 우리들의 핏속에 조상숭배 사상은 면면히 그리고 도도하게 흘러왔고 앞으로도 영원히 이어갈 것이다. 동방예의지국이란 말이 그냥 생겨난 것이 아니다. 한가위는 음력으로 8월 15일로 정해졌다. 오곡이 무르익어 첫 열매를 수확하여 제물을 준비한다. 햅쌀로 송편도 빚고, 각종 과일을 제상에 올린다. 삼국시대 신라에서는 궁중에서 편을 갈라 길쌈 내기를 한가위 전날까지 한 달 동안 하였다. 진 편에서는 이긴 편에게 음식을 대접하는 기록이 남아 전하기도 한다. 여자들이 하는 강강술래는 손에 손을 잡고 둥글게 서서 빙글빙글 돌아가 춤추고 노래하면서 밝은 달빛 아래서 즐겨 하였다고 전한다. 청년들은 서당에서 상대편 가마를 빼앗거나 부수는 가마싸움 놀이를 즐겼다. 모래판에서 씨름도 하였다. 남사당패의 놀이로 줄타기도 하였으며 소싸움이나 닭싸움도 하였다.

또한 양반님들은 바둑이나 장기 놀이를 하였다고 전한다. 금요일부터 육로나 해로는 물론이며 항공로까지 모든 길들이 몸살을 앓고 있다. 크고 작은 선물 꾸러기를 들고 고향을 찾는 한가위다. 가고 오는 길이 가볍고 즐거웠으면 좋겠다. 시절은 예년만큼 아닌듯하다. 유례없는 더위에 사람들도 초목들도 힘에 겨운 기간이었다. 한창 무성하게 자라야 할 시기에 고온으로 오곡은 예외 없이 성장에 수난이었다. 그러하니 풍성한 수확은 기대할 처지는 아닌 듯하다. 물가는 천정부지로 올라 서민들의 생활에 어려움도 나타나고 있다. 게다가 나라님들께서 백성을 편안하게 살도록 정치를 하여야 하는데 날마다 걱정만 태산처럼 밀려온다. 백성들의 삶은 안중에도 없는 듯 보이고 있다. 국정에 최우선이 주권자인 백성이다. 정치는 백성을 위한 정치여야 한다. 어느 것도 백성들을 벗어나는 정치는 있을 수 없다. 정치는 연습이 되어서는 안 된다. 이는 백성이 연습의 대상이 되어서는 안 된다는 것이다. 그래서 맹자는 왕도정치론을 주장하기도 하였다. 현 정부의 국정운영 모습은 마치 번갯불에 콩 구워 먹는 듯 모습이 국민을 불안하게 한다. 마치 무엇에 쫓기는 모습이다. 돌다리도 두들겨 가라는 말처럼 해야 하는데 아니다. 그래서 국민들이 불안하다. 무슨 큰 약점이 있는 것은 아닌지 염려하지 않을 수 없다.

　무엇을 얻으려고 김정은에게 그렇게도 목을 매는지 도저히 이해를 할 수 없다. 내가 아니면 안 된다는 절박한 사정이 있는지 알 수는 없지만 상식이 통하지 않은 정부다. 3차 남북정상회담에서 무엇을 하였는지, 말도 안 되는 평양선언이라는 것을 하였다고 국민을 설득하려고 한다. 한마디로 3류 코미디 같은 이야기다. 실력이 모자라서인지 아니면 국민의 수준을 너무나 우습게 보는 것 중에 하나일 것이다. 세상에 물어보자. 어찌하여 동맹국을 무시하고 배은망덕 하는지 이해를 할 수가 없다. 그들이 없었다면 오늘의 대한민국이 존립하였다고 생각하는 사람이 얼마나 될까. 한 번만 생각하면 곧 답이 나올 것이다. 이렇게 쉬운 답이 나오는데도 아니라고 다른 것에 목을 매는 모습은 참으로 안타깝고 불쌍한 마음이 들기도 한다. 70년 동안 속아왔는데 또 속자고 한다면 치매 증상이 아니라고 말 못할 형편이다. 구제할 싹수가 보여도 국민들의 동의를 받고 하였을 때 비로소 힘을 받는다. 나라 안은 온통 동서남북 갈기갈기 찢어져 봉합도 어려운 실정에 망상에 사로잡힌 몽유병 환자인지도 모르겠다. 이번 한가위 차례 상에 조상님에게 무어라 보고드릴 것인지 곰곰이 생각하면서 우선 가족 간의 소통이 되기를 간절히 바란다. 나라는 내가 바로 주인이다. 주인이라는 의식이 살아있다면 희망은 있을 것이다.

끊어진 길 2018년 10월 9일

세상을 살다 보면 종류도 다양한 길을 걷기도 한다. 어떤 사람은 평생 외길을 사시다 가신 분들도 많이 있다. 자신이 선택한 길을 가다가 아닌가 싶으면 중단하고 되돌아오는 사람이 있는가 하면 다른 길을 선택하여 걷기도 한다. 자신의 능력과 주변의 조언 등을 포함해서 자기 판단에 따라서 결정하기도 한다. 또한 다른 사람들은 남의 말만 믿고 좋고 그름을 판단하지 않고 인과관계에 따라서 무조건 따라가는 허수아비들도 많이 있다. 자신의 이성(理性) 능력을 빌리는 것이 아니라 감성(感性)에 의존하였다. 진실(眞實)과 정의(正義)를 왜곡하기도 한다. 실사구시(實事求是)를 하지 못하고 공리공론(空理空論)에 치우쳐 일을 그르치는 경우를 많이 보아왔다.

조선 500년의 장구한 기간 동안 배워온 성리학적 본성(本性)에 대하여 특정된 일부 계층들의 전유물(專有物)이 되고 말았다는 탄식이 절로 나온다. 인간의 본성에 대한 가치 중에는 정의(正義)가 도도한 강물처럼 흘러왔고 앞으로도 영원히 흘러갈 것이다. 오늘을 살아가는 나를 포함한 모든 사람들은 배우기는 배웠는데 자신의 것으로 소화하지 못하고 남의 이야기로만 치부하여왔다. 옳고 그름을 떠나서 무엇이 내게 이로움인지만 관심있다. 내가 이룩한 작은 성터에 어떤 도움이 될까 아니면 편익과 이로움이 될 것인지에 관심뿐이다. 사회나 국가도 가는 길이 있다. 우리는 얼마 전까지만 하여도 절대왕권 체제에서 개방(開方)이냐 쇄국(鎖國)이냐를 놓고 갈팡질팡하다가 국권(國權)을 일본에 빼앗기고 천왕의 신민으로 36년간 질곡(桎梏)을 겪기도 하였다. 운이 하늘에 닿아 타의(他意)에 의하여 해방(解放)이라는 기쁨도 맞보았다. 혼란이 시작되었다. 우후죽순(雨後竹筍)처럼 내노라고 하는 사람들이 나타났다. 우매한 백성들은 그들을 쫓아 사분오열되어갔다. 미군정 2년 동안 명맥을 이어오다가 유엔의 감시 하에 1948년 5월 10일 총선으로 제헌의회가 구성되고 그해 7월 17일 제헌헌법이 제정 공포되었다. 다음 달 1948년 8월 15일 제헌 헌법에 의하여 국회에서 대통령 선출에 이승만 박사가 당선되어 취임하였다. 자유대한민국을 만방에 선포하고 대망의 길이 활짝 열리게 되었다.

손바닥만 한 땅에 길을 달리하는 사람들이 끼리끼리 모이기 시작하더니 결국에 북쪽 땅에서는 공산주의자들끼리 모여 조선 인민공화국이라는 나라가 태어났다. 참으로 안타까운 일이 아닐 수 없다. 이들은 임시정부 탄생에서부터 전면에서 활동하였다. 우리는 그때나 지금이나 000파 000당 등의 패당을 좋아하여 좁은 땅이 두 개로 쪼개지고 70년이 지나고 있다. 이들은 소련의 스탈린이 사주를 받아 1950년 6월 25일 새벽 4시를 기하여 일제히 남침을 하였다. 유엔군이 개입하고 북진이 압록강에 이르니 중공 모택동의 참전으로 통일 자유 대한민국의 절호의 기회를 놓치고 말았다. 이 전쟁으로 피아간 약 200만 명의 고귀한 인명이 희생되었고 1,000만 명의 이산가족이 이 시간에도 통곡하고 있다. 남쪽은 위대한 지도자 만나서 국력이 날로 신장되어 체제 전쟁에서 승리하였음을 누구나 인정하고 있다. 그러나 북쪽은 조선의 절대왕권을 넘어 신의 나라로 3대 세습하였다. 종주국 공산주의가 망하고 나서 살아남기 위하여 변형된 김일성 주체 사상으로 재무장하고 핵을 개발하기에 이르렀다. 아이러니하게도 자유대한민국의 좌파 정부 10년 동안 퍼다 준 달러로 개발되었다는 사실이다. 지금의 문재인 정부는 어떠한가. 이제는 투자하였으니 거둘 차례라고 한다. 연방제로 나라를 김정은에게 바치자는 것이다. 그것을 위하여 자유대한민국 체제를 허물기 시작하였다.

정적들과 반대자들을 숙청하기 시작하였다. 컨트롤 타워를 주사파로, 정부 조직을 5·18의 세력들로 조각을 마쳤다. 교육계와 노동계 문화계며 보건복지 외교 정보 통신 및 국방 안보, 지방자치단체, 교육자치단체에 이르기까지 정부의 모든 기능을 좌파 성향으로 완료하였다. 언론과 노동단체를 접수하였고 교단을 붉게 하였다. 수많은 사회단체를 동조세력화 하였다. 좌파 역사학자들을 통하여 왜곡된 역사관을 어린 학생들에게 심고자 광분하고 있다. 건국대통령 이승만은 미제의 앞잡이로 묘사하고, 김일성은 항일 영웅으로 묘사하고 있다. 황장엽 비서의 말로는 당시 5만 명의 고정간첩이 있었다고 하였으니 지금에는 수십만 명에 이를 것으로 추정된다. 북과의 몇 차례 만남에서 비핵화는 애초부터 관심 밖의 일이었으며 오직 죽어가는 김정은의 목숨 줄을 연장시키는 회담이 되었다. 돈도 주고 쌀도 주면서 투정하는 어린아이 다루듯 오매불망이다. 짝사랑도 이럴 수는 없는 것이다. 육해공에 최후의 방어선마저 무너뜨리자고 서명하였단다. 개성공단도 재개하고 금강산 관광사업도 검토하겠단다. 철로도 연결하고 도로도 연결하자고 우리가 제의하였단다. 5,000만 명의 남쪽 국민들은 핵 위협에는 안중에도 없다. 41%의 자신을 지지해준 지지자들의 생명과 재산도 보장해 줄 수 없다고 한다. 이제 연방제를 위한 기반은 모두 갖추었다.

들러리인 당 대표라는 얼간이는 평양에 가서 김영남을 만나 국가보안법을 폐지하겠다고 보고하고 돌아왔다.

내가 살아있는 동안에는 정권을 넘겨주는 일은 없도록 최선을 다하겠다고 하였다. 통일부를 관장하는 자는 북쪽의 리선권이란 무식한 놈의 질책을 받고 돌아왔다. 운전수를 자처하는 자는 김정은의 대변인을 자처하는 발언을 가감 없이 마음 놓고 하고 있다. 이제 시기만 기다리면 된다. 정치는 힘이 있는 여당이 마음만 먹으면 무엇이든지 할 수 있다. 야당 시절에는 박근혜 대통령을 탄핵하기 위하여 친이(親李) 계열과 친박(親朴) 계열을 이간질에 성공하였으며, 탄생된 배신자들과 동침하여 탄핵에 성공하였다. 살아있는 권력도 감옥소에 보냈는데 못할 게 무엇이 있겠는가. 그들의 계획은 적중하였다. 이이제이(以夷制夷)로 성공하였다. 적을 통하여 적을 친 것이다. 친 이라는 적을 통하여 친 박을 무너뜨린 것이다. 두 개의 적을 모두 감옥소에 보냈다. 그 수하들도 함께 처단하였다. 통쾌한 승리다. 이제는 거칠 것이 없다. 연방제가 언제쯤이 될까? 아마도 북미회담에서 종전선언을 하고 평화협정이 이루어지면 유엔사와 한미 동맹을 해체하고 미군을 철수시킨다. 이어서 헌법 개정을 완료함으로써 연방제는 성공하는 시나리오다. 지금까지 드러난 자료들을 보면 감이 잡히는 것이다. 가장 실현 가능성이 있다고 믿는 모양이다. 어떻게 할 것인가. 우파라고 외치는 병신 자들과 병신 집단들아 너희들의 그 잘난 주장주의들도 연방제에서는 무용지물이 된다.

짙어가는 추색(秋色) 2018년 11월 5일

　말간 하늘이 너무 아름답다 노래하지만, 그늘진 마음의 잔재마저도 깨끗이 씻기는 듯하다. 푸른 하늘은 높아 시계(視界)도 끝없이 창공을 활공한다. 점점이 엷은 솜털 같은 흰 구름은 마치 망망대해를 항해하는 조각배처럼 여유롭고 한가롭기만 하다. 펼쳐진 쌍돛에는 가을바람을 가득 채워 풍선처럼 터질 듯 날고 있다. 인세(人世)의 풍진(風塵)들을 실어 날려버렸으면 좋을 것 같다. 천지를 진동시키는 음속(音速)을 자랑하는 전투기의 훈련비행에 화들짝 놀라 바라보니 찰나(刹那) 간에 사라진다.

　귀청을 찢는 굉음만이 길게 이어지기도 한다. 가까이 날으는 온갖 새들은 앞으로 날고 위로 오르고 아래로 내리면서 자신의 활공을 뽐내면서 그들의 세상을 만들어 간다. 남쪽 하늘에서 온 철새들은 언젠가 때 되면 귀소(歸巢)를 위한 준비의 모습일 것이다. 남을 자는 남고 가야 할 자, 갈 준비에 예외 없는 만물들이다. 파란 가을 하늘은 거대한 우산이다. 우산은 호보막이다. 하나님은 만물을 말씀으로 창조하시고 이들에게 이롭게 복(福) 주시기 위하여 궁창(穹蒼)을 열었다. 사계(四季)를 열고 필요한 곳에 우로(雨露)를 주시며 한서(寒暑)도 잊지 않으신다. 밝음과 어두움을 주시며 일할 때 일하고 쉴 때에 쉬라고 주신 선물이다. 하늘은 영원하다. 계절 때라 색색이 변화무쌍하게 잘한 곳에는 복도 주시고 잘못된 곳에는 벌도 주시는 궁창이다. 현자(賢者)는 나이 50에 지천명(知天命) 하였다고 한다. 50년을 살고 나서야 비로소 하늘의 이치(理致)를 알게 되었다는 말씀이다. 궁창은 하나님의 뜻이다. 어느 누구도 하늘의 뜻을 거스를 수는 없는 것이다. 진리(眞理)이다. 누구나 이를 깨우치고 실천하고자 평생을 몸 부림친다. 오르고 또 오르면 못 오를 곳이 없다고 노래하였지만 과연 몇 사람이나 올라보았을까? 궁창의 세상에 올라 체험한 사람이 되고자 노력하는 인간의 군상들을 바라보시는 하늘이다. 말간 가을 하늘은 익어가는 계절이다.

매일 바라보는 하늘이지만 느끼지도 못하고 생각지도 못한 하늘이다. 으레 있는 것이니 새삼스러울 것도 없다는 것이다. 궁창이 없다는 생각을 한 번도 하지 않다 가는 것이 인간들이다. 발등에 불이 떨어져 보아야 그때야 궁창의 이로움과 두려움을 느끼는 미물들이다. 짙어지는 추색(秋色)은 궁창이 만들어내는 걸작품 중에 하나일 뿐이다. 중추(仲秋)도 지나 만추(晚秋)에 만나자고 약속하였다. 한 부모님의 피를 받아 자라고 성장한 형제자매들이다. 각자 자신들이 구축한 삶의 버선이 날라서 자주 만나시 못한 아쉬움을 달래고사 모인다고 몇 달 전부터 노래처럼 하였다. 하늘은 높아지고 정수리에서 거리감을 두기 시작하더니 날씨도 몹시도 힘들던 염천도 서서히 꼬리를 감추기 시작하였다. 활동하기에 좋은 날씨라는 생각도 잠깐, 초동(初冬)처럼 변하기 시작하였다. 길섶에 잡초들도 논과 밭의 들 색들도 변하기 시작하였다. 바라보는 금봉산(金鳳山)과 계명산(雞鳴山)의 산색도 변하기 시작하였다. 중추가절(仲秋佳節)에 시작한 하나님이 거하실 장막(帳幕)을 인도하심에 따라서 새로이 단장하기 시작하였다. 또 기존의 시설들 철거에 날밤을 기도와 실행으로 1개월이 꿈결처럼 지나갔다. 몸도 마음도 힘들었지만 하나님을 모시는 장막을 준비한다는 기쁨과 즐거움으로 나날을 보내는 중이었다.

11월 2일에 만나기로 약속한 날이다. 오전에 큰 처남을 만나 집에서 시장기를 때우고 터미널에서 막내 처제와 합류하였다. 반가운 인사를 하고 이동하였다. 각 지역마다 장구한 세월 동안 지역민들이 살아온 역사적 흔적들이 있게 마련이다. 그 실상을 보면서 체험하는 장소로 중앙탑이 있는 공원으로 이동하였다. 박물관을 돌아보면서 이곳이 백제와 고구려 그리고 신라가 각축하던 전략적 요충지였음이 유물들을 보며 확인하면서, 오래고 오랜 옛날 선인들의 삶의 흔적들을 돌아보았다. 거대한 칠층탑의 위용을 바라보고 잘 조성된 공원과 아름다운 탄금호와 오색으로 물들던 풍치는 마치 선경이 여기인지 착각이 들기도 하였다. 신라 사람들은 동남쪽 궁벽한 해변에서 부족국가로 탄생하였다. 빈번한 왜구의 침략을 당하면서 명맥을 이어 오다가 웅지(雄志)를 품은 위정자들이 나타났다. 영토를 확장할 수밖에 없다는 뜻을 모아 삼국통일에 거보(巨步)를 시작하였다. 북방을 도모하기 위해서는 필수적으로 한강을 수중에 넣어야 한다는 판단이었다. 이를 도모하기 위해서는 충주지역을 관통하는 달천(達川)과 남한

강(南漢江)을 통하여서만 가능하다는 전략을 세우게 된다. 문경시 관음리에서 충주시 미륵리까지의 하늘재를 개통하기에 이른다. 역사상 최초로 영남에서 소백산을 넘는 도로를 개통하게 된다. 이 도로를 통하여 북방의 각종 정보를 취득하였다.

남한강을 어떻게 이용하여 한강에 손쉽게 도달할 수 있는지 치밀한 계획이 수립된다. 고대 정복 국가 시대의 이동 수단은 우마와 사람뿐이었다. 누가 가장 빨리 이동하느냐에 따라서 승자와 패자가 결정되는 시대였다. 병사들과 전쟁 물자들은 하늘재를 넘어 탄금대 합수지역에서부터 뗏목이나 도선으로 한강까지 순식간에 도달하여 외세를 몰아내어 통일 대망의 꿈을 이루었다. 통일 신라는 전국에 9주 5소경을 설치하면서 이 지역에 중원소경을 설치하였다가 후일에 중원경으로 개칭하였다. 주마간산으로 둘러보고 중원고구려 비각으로 이동하였다. 가금면 마을 입구에 큰 입석(立石)이 자리하고 있어 그 마을을 입석리라 칭하였다. 70년대에 지역의 예성 동호회라는 향토사학자들의 단체에서 이 입석이 단순한 자연석이 아니라 판단하고 사학계에 알리고 전문인들이 입석의 진면목을 밝혔다. 모형은 광개토대왕비를 닮았다 하여 중원고구려비로 명명하였다. 연대로 보면 20대 장수왕이 세운 비석이라고 한다. 아버지 광개토대왕은 중국 일대와 몽골 그리고 유럽에 이르기까지 대제국의 위업을 이루었으나 그의 아들 장수왕은 남진정책으로 충주지역을 점령하고 국원성을 설치하였다. 이를 기념하고자 비석을 새웠다고 한다. 삼국이 서로 각축하였다 하였는데 제일 먼저 백제는 이곳에 미을성(未乙省)을 설치하였고 이어서 고구려는 백제의 세력들을 몰아내고 국원성(國原城)을 설치하였다. 신라는 통일 신라의 찬란한 위업을 이루고 중원경(中原京)을 설치하였다.

큰 처제와 윤 교장 내외가 온다고 연락이 왔다. 중앙탑공원에서 만나 반갑게 인사를 나누고 주변을 돌아본 후에 오후 5시가 되어 식당으로 이동하였다. 사전 예약 된 정가(情家)로 이동하였다. 주력 메뉴가 약돌 삼겹살이다. 조병천과 변혜숙 내외분은 문경 온천지구 뒤편에 위치한 금강산 가든을 경영하시다가 충주에서 매일 출퇴근하기가 부담이 되어 이곳에서 정가(情家)라는 상호로 개업하였다. 약돌은 문경지역에서만 생산되는 거정석으로 사람에게 이로운 무기질 성분이 다량 함유되어 있다. 이 돌을 갈아서 분말을 돼지 사료와 섞어서 사육하였기에 약돌 돼지로 명명하고 문경시의 특산품으로 전국에서 각광받고 있다. 생산량이 한정되어 생산지에서 공급해주는 것이 아니고 필요한 양만큼 가서 구입한다고 하였다. 육질이 매우 존득하고 돼지 특유의 냄새가 없으며 참나무 숯불에 구워 먹는 자연의 맛을 그대로 유지한다고 한다. 특히 변 사장님은 음식 솜씨가 뛰어나 이 지역에서는 그 명성이 자자하다고 알려졌다. 전국의 맛을 음미하는 식도락가들이 많이 찾아온다고 한다. 이곳에서 저녁식사를 마치고 만남의 장소인 제천시 백운면 애련리에 소재한 정재기 사장님의 소유인 별장으로 이동하기 시작하였다.

어제 주문하였던 동해안 회가 택배로 도착되어 물건을 찾아 마즈막재를 넘으니 일몰이 되어 사위는 캄캄한 암흑가였다. 충주댐 주변 도로를 지나 동량면을 거쳐서 산척면으로 이동하여 국도에 차를 올렸다. 백운면에서 애련리를 알리는 이정표를 보고 시골길을 드라이브하였다. 내비에 애련리를 찍고 가는데 정확한 데이터가 아니라서 인지 착오를 자주 일으켰다. 간신히 찾아 도착하니 권용웅 처남(妻男)과 정지현 동서(同婿)가 먼저 도착하였고, 별장 주인이 신 정재기 사장님과 오랜만에 반갑게 해후(邂逅)하였다. 온다는 사람 다 모였다. 가지고 온 물건들과 별장에 있는 물품들을 식탁에 올리니 백 부자가 따로 없다. 이곳이 바로 먹거리 천국이 되었다. 주거니 받거니 하면서 안부도 묻고 추억을 회상하기도 하였다. 개 같은 시국 이야기도 하면서 점점 취기가 올라 구름을 타는 기분이었다. 특히나 정재기 사장님의 배려에 감사하지 않을 수 없다. 이곳은 두 번째로 왔지만 세월이 생소하게만 느끼게 되었다. 밤은 깊어지면서 손뼉 치고 노래도 부르면서 만남의 의미를 엮어갔다. 취침시간이 되어서 잠자리에 들었다. 아침은 여성 동무들의 헌신으로 매운탕으로 공복을 채웠다. 나이가 많아지면 자신의 시간이 많아야 하는데 요사이는 그렇지 않은 모양이다. 상주에서 결혼식이 있다는 사람, 강태공들의 약속도 있다고 하였다.

저녁에 교회 일로 시간 맞추어 가야 한다고 한다. 그러고 보면 한가로운 사람은 큰 처남과 나뿐인 모양이다. 대충 정리를 하고 정원에서 기념촬영도 하였다. 큰 선물도 받았겠다, 여기서 죽치고 있어도 좋고 이동하여도 좋다. 별장이 너무 크고 좋았으며 감춰진 비경이 너무나 아름답다. 앞산의 오색 단풍이 거실 창문 안으로 가득하고, 계곡수는 1급수에만 있는 어속늘로 불 반 고기 반이란다. 2층은 명당 중에 명당이다. 해가 뜨면 방안으로 햇살이 가득하다. 양택(陽宅)지로는 최고다. 현직에 있을 때에 강 건너 충주지역 석천리 마을에 예산 배분 관계로 온 기억이 지금 생생하다. 석별의 정을 나누고 출발하였다. 옛 정취가 가득한 박달재의 가을을 담으려고 옛길로 접어들었다. 천등산 박달재 노래처럼 몇 가지의 볼거리를 구경하는 기회도 가졌다. 특히나 박달 총각과 금봉 아가씨의 애틋한 이별을 생각하면서 청풍명월(淸風明月)의 탄생지로 이동하기 시작하였다. 시골 길이라 몇 번의 착오로 왔다 갔다 하면서 중앙고속도를 타고 남 제천에서 청풍문화재 단지로 이동하였다. 거대한 청풍호가 세파에 찌들어진 마음마저 시원하게 했다. 호수를 가운데 두고 여러 종류의 위락시설들이 즐비하다. 호수 중앙에는 예나 지금이나 수중분수를 하늘을 향해 토해낸다. 단지 내에 주차를 하고 매표소로 이동하여 표를 매입하고자 하였다.

노인 어른들께서는 무료 관람이라 하여 노인들의 세(勢)를 인정하는 모양이다. 충주댐으로 호수 바닥에 있던 문화재를 이곳 언덕으로 이전하고 관광지로 가꾸고 있다. 볼거리도 많고 담을 거리도 많다. 대표로 상징되는 한벽루(寒碧樓)에 올라 옛사람들의 그림자를 생각하기도 하고 반들반들한 루(樓)의 바닥은 거쳐 간 선인들이 생각 나기도 한다. 바라보는 곳마다 천국이다. 아마도 천국에 가본 사람의 증언을 듣는다면 이런 모습들이 아닐까 생각된다. 호수 건너편 오색 물결은 겹겹이 진쳐진 능선이 아름답다 아니할 수 없다. 청풍 현감의 죄지은 자들의 태형을 치면서 불호령이 떨어질 듯 같은 착각도 들었다. 오후 1시가 지나고 있다. 금강산도 식후경이라 하였다. 식당가로 이동하여 큰 처남이 쏘는 산나물 비빔밥으로 중식을 해결하였다. 웅이 처남은 낚시하러, 윤 교장 일행은 시간 맞추어 가야한다기에 여기서 작별하였다. 남은 나와 권 여사와 큰 처남 그리고 예쁜 영선이 처제와 함께 충주로 이동하기 시작하였다. 오는 도중에 상주 결혼식에 갔던 정지현 박사를 충주터미널에서 만나 서울로 이동하고자 하였다. 우리는 시간을 맞추려면 월악산을 거치는 것이 좋다하여 방향을 정하고 아름다운 국립공원의 진수를 드라이브하면서 풍치를 간직하였다. 패망한 신라의 왕손들이 금강산으로 들기 전에 이곳에서 거주하면서 불법으로 내세를 기원한 흔적들이 돋보인다.

영봉(靈峯)으로 오르는 중간지점에 덕주공주가 덕주사를 창건하고 현세불에게 구복을 빌었으며, 미륵리에는 마의태자가 미륵사를 창건하고 미래불이 오시기를 기도한 곳이다. 눈총이 가는 곳마다 기암이요 가을의 청취를 만끽하게 한다. 계곡에 흐르는 물소리는 옛날이나 지금이나 변함없고 바닥에 깔린 돌멩이 하나하나 의미 없는 곳 하나도 없다. 생생히 살아있는 박물관이다. 제천과 충주의 경계선인 만수봉 계곡을 분기점으로 충주 땅에 들어섰다. 가로수로 심어져 있는 단풍은, 단풍이 무엇인지를 극명하게 보여준다. 연도에 차를 세우고 진홍색 붉은 단풍을 배경으로 기록하기에 여념이 없다. 칼라에 너무나 반하여 토하는 소리 들어 보소! 영선이 처제의 왈 미치고 환장하겠다, 하였다. 이곳을 지나 과수원 길을 따라서 수안보를 거쳐 충주로 이동하였다. 정 박사는 벌써 터미널에 도착하였다고 하였다. 서둘러 이별을 하고 집으로 돌아오니 오전부터 교회 청소와 정리로 힘든 모양이다. 오늘이 가면 또 내일이 기다리고 있다. 하나님의 섭리다. 절망을 접고 내일을 향하여 진군하련다. 모두들 감사하고 즐거웠다. 기회가 닿는 데로 또다시 만날 것을 기약하면서 장을 접을까 한다.

진실 찾아 아스팔트로

초판 1쇄인쇄 2019년 2월 23일
초판 1쇄발행 2019년 2월 25일

저 자 김광수
발행인 박지연
발행처 도서출판 도화
등 록 2013년 11월 19일 제2013－000124호

주 소 서울시 송파구 중대로34길 9－3
전 화 02) 3012－1030
팩 스 02) 3012－1031
전자우편 dohwa1030@daum.net
인 쇄 (주)상현디앤피

ISBN | 979－11－86644－79－9*03810
정가 15,000원

도화道化, fool는

고정적인 질서에 대한 익살맞은 비판자,
고정화된 사고의 틀을 해체한다는 뜻입니다.